U0108237

看不見的圖書館

8

被遺忘的故事
The Untold Story

【完】

The Invisible Library

Genevieve Cogman

珍娜薇・考格曼 —————— 著 聞若婷 —————— 譯

看不見的圖書館■書評推薦

「輕快的節奏、多彩的角色，最後還有個驚人眞相，絕對會讓讀者迫不及待地想往下讀。」

——《書單》雜誌（*Booklist*）

「考格曼充滿生氣與機智的文字爲這個類型帶來了新氣象……讓人聯想起戴安娜．韋恩．瓊斯和尼爾．蓋曼的作品。考格曼的小說是閱讀的一大樂趣。」

——《出版人週刊》（*Publishers Weekly*）

「機智的對話、穿越於有趣的時空地點、大量動作場景及新鮮的伏筆，這都讓讀者們更加期待下一次的大圖書館任務。」

——《圖書館期刊》（*Library Journal*）

「考格曼開啓了一條通往龐大奇幻世界遺產的嶄新道路。而且，就像她的故事提醒讀者的，我們仍然渴求更多。」

——《華爾街日報》（*The Wall Street Journal*）

「這部機智風趣的奇幻裡面有福爾摩斯式的偵探、奇妙的魔法列車、讓人著迷的妖精政治、逗趣的橋段，以及爲了在有限時間內營救凱，艾琳所經歷的驚險迷人冒險。」

——《軌跡》雜誌（*Locus*）

「如此機智，同時又讓人毛骨悚然，還有精心建構的世界觀與伶牙俐齒、聰明又性感的角色們！」

——雨果獎得主、「繼承三部曲」作者　潔米欣（N. K. Jemisin）

「耀眼的愛書人出道作。」

——雨果與軌跡獎得主，查爾斯．史卓斯（Charles Stross）

The Invisible Library

看不見的圖書館 8 被遺忘的故事

目次

CAMDEN TOWN
REGENTS PARK
Botanic Garden
OUTER CIRCLE
PARK ROAD

Thank you for reading my book.
I hope you like the story.

Genevieve Cogman

感謝你們閱讀我的作品。
希望你們喜歡。

珍娜薇．考格曼

獻給我的母校基督公學，

我曾在那裡榮爲初階圖書館員，

並且盡可能整天在圖書館流連忘返。

致謝　Acknowledgements

套句福爾摩斯的名言：當消去所有不可能的選項，剩下的選項，哪怕可能性再低，都必定是真相。因此我要點出，我設法寫出八本小說並非「不可能」——只是以十年前的角度來看，可能性極低罷了。我希望再過十年，我又會說出類似的話……然後數字再高一點。

不過就目前來說，我想先感謝許多人的幫助、支持、專業、友誼，以及他們所做的一切，將這本書由想像變成了現實。感謝我的經紀人Lucienne Diver；感謝我的編輯Bella Pagan和Jessica Wade；感謝Pan Macmillan和Penguin Random House的所有夥伴：Jessica Mangicaro、Alexis Nixon、Charlotte Wright、Georgia Summers與所有人；感謝我的試讀者Beth、Jeanne、Phyllis、Anne、Sharon等等；感謝我的同事們：Sarah、Maureen、Naheeda、Hazel等人，過去這一年經常捺著性子聽我解釋情節大綱。謝謝。

謝謝所有支持與鼓勵我的朋友——真的很感謝你們。

這本書裡的故事並不是在我寫第一集之前就完全想好、規劃好的，我也不是像失控的東方快車，挾著勢不可擋的力量，鐵了心直衝向預訂目的地。這種說法挺不錯，但並不精確。（我常有寫到一半「想到更好的點子」的困擾。）不過，這本書裡有些元素是一開始就設定好的，我希望一路看著艾琳驚濤駭浪的職業生涯發展的讀者，會覺得一些懸而未決的情節線都獲得收束。

這本書代表艾琳和她的好夥伴從此畫下句點嗎？不。我認爲它比較像是一季的最後一集；某些劇情線收掉了，某些角色不太可能再出現，讀者闔上書本時能夠因爲宇宙仍完好而合理地感到滿足——即使明天它可能又有待拯救。我確實有更多關於艾琳、大圖書館，以及它其他居民的想法，到了某個時間點，這些想法或許會化爲文字。我的下一個寫作計畫完全屬於不同類型（涉及吸血鬼、紅花俠【註】，以及一個寧可整天繡花的不幸女僕），不過我很慶幸之後還能回來這個宇宙，而且還有更多故事可寫，也有讀者願意讀。

故事就是這樣，它們會等你，直到你能回去找它們。

譯註：紅花俠（the Scarlet Pimpernel）爲奧希茲女男爵（Baroness Orczy, 1865-1947）所創作的同名小說的主角，爲一隱藏身分行俠仗義的貴族，他用來當作化名的花，其正式名稱是「玻璃繁縷」。

序章

寄件人：科西切（資深圖書館員）
收件人：考琵莉雅（資深圖書館員）
密件副本：美露莘（圖書館安全部門）
主旨：礙事的青少年

考琵莉雅：

別擔心，我不打算提議殺了艾琳。這件事我們已經討論過了，我贊同妳的觀點。我們都知道故事怎麼發展：命運多舛的無辜者發現她其實是某個極度危險又邪惡的傢伙生的，由於那時候她的雇主「基於她代表著危險」而試圖殺她，結果一切都荒腔走板，她與他們反目成仇。我絕對不想重演那一連串事件。不管這選項多麼誘人，我都不會建議除掉她。

對，我很心動。那女孩的圖書館員生涯像流星一樣耀眼，並證明了自己能力很強，不過她也是我們防禦上的一個大漏洞。要是她父親確實想到辦法用她當武器來對付我們，那會怎麼樣？與整座大圖書館的安全相比，一個圖書館員的命值多少？

不過正如妳一再指出的，我們兩人都知道這個論述會有什麼結論。而在大圖書館內，即使我們的外皮是秩序，核心卻是混沌。我們讀了太多故事，無可避免地造成這個結果。不公平地背叛忠誠的僕人——或至少，沒有先窮盡其他所有選項就這麼做——會毀了我們所有人。

所以……考慮一下自己的立場，以及我們有什麼選項吧。

她知道自己的父親是妖伯瑞奇（不過希望她不知道母親是誰）。他現在也知道了。以她現在的心理狀態，可能貿然做出任何事——甚至試圖暗殺他。大圖書館從幾百年前就一直想殺他，而他設法躲過我們所有最高明的攻擊，但妳也知道這群孩子是什麼德性。他們總是深信自己是「天選之人」，幾百個人都失敗的事——即使是像殺死大圖書館有史以來頭號叛徒這麼危險的事——只要是他們一出手就能成功。說真的，有個人殺人如麻、行竊、綁架、販賣大圖書館資訊，還試著摧毀整座大圖書館，任何有腦袋的人應該都會放聰明一點，離這傢伙遠遠的，不是嗎？

不過，什麼都不告訴艾琳只會逼她公然抗命，我們要操作得更細膩一點。需要製造一個焦點，讓她忙上兩、三個星期，我們則趁此研擬更長期的方案。

我們收到了B－268世界那個黑社會老大妖精提出想簽和平協議的要求。上次艾琳和他的手下一起執行了竊盜行動，所以派她去處理這項談判，也算合理。況且她本來就是我們這一方的協議代表。不消說，她會懷疑我們是為了塞滿她的行程才指派這項工作——她是個聰明的女孩。（至於她是否講理，我仍願意和妳一辯。）根據報告，他會花一個月左右決定，這能帶來額外的好處，亦即讓她待在安全的地方。我相信妳能巧筆撰寫一封介紹信讓她帶去，請她的東道主不要公開她人在那裡，盡量低調、遠離麻煩。

與此同時，妳可以思考一下她回來時妳要怎麼和她說。對，我把這燙手山芋丟在妳懷裡了。對，我非常不厚道。對，妳會進退兩難。妳是她真心信任的少數人之一，不論是我或其他資深圖書館員提出的任何解釋，在她聽來都很自私。妳最可能說服她遠離麻煩，救她自己一命。提醒她：她的命不光是她自己的——當她向大圖書館立誓，接受了大圖書館烙印，就選擇隸屬於大圖書館了。為了徒勞的復仇行動而送命，等於白白浪費她成就的所有事。妳覺得怎麼說有用就怎麼和那小傢伙說，反正別讓她做出脫序行為，如果運氣好，我們都能避免不必要的粗暴。

還有，趕快把那個肺炎治好吧。我們可沒時間灑這種臥病在床的狗血。樞機主教和敖廣在信裡提到那些消失的世界，著實令人不安——我們仍然人力不足，事情卻多到做不完。

妳會不會覺得我們最近花太多時間在搞政治了？

科西切敬上

PS：如果妳睡眠時間正常一點，就不會有那麼多健康問題了。

PPS：麻煩行行好，把那本露易莎・奧爾科特的《殭屍新娘大反攻》送回來，我想查一句原文。

第一章

窗外的雪嘶嘶落下，環繞建築的刺眼聚光燈將雪花照得清清楚楚。艾琳隱約能看到外頭維護得宜的花園和人工湖的模糊輪廓——更遠處則是警衛前哨站、高牆，以及讓這棟莊園大宅與周邊地產保有隱私、不受打擾所需的一切設備。白色草坪上一道深色抹痕——是先前那具屍體被拖過草坪時留下的新鮮血跡——很快就被雪掩蓋了。

她看不到那些西伯利亞恐狼，不過有人向她保證牠們就在外頭。老實說，她甚至不確定恐狼的原生地是不是西伯利亞，或是牠們在那裡能不能生存，不過就像那句老話所說：**別在獨裁者的地盤上反駁他們，除非你有很好的理由，或是很穩妥的逃生路線。**

在這一刻，她兩樣都沒有。雖然莊園裡有圖書室，卻是她被嚴格禁止進入的少數房間之一。這是合乎邏輯的預防措施——畢竟他們知道她是圖書館員，而她能在任何平行世界（例如這一個）利用小型圖書室進入祕密的跨維度大圖書館，那裡是她的家。此時此刻，那裡離她非常遙遠。

她把嘆氣憋回去，從窗邊轉身走回壁爐前。這裡有提供報紙——包括《泰晤士報》、《觀察家報》、《世界報》或《華爾街日報》等外文報紙，以及俄文報紙——所以她在等待房子的主人時，總是不愁沒有填字遊戲可玩，也可以關心目前的世界局勢。

艾琳並不是囚犯，但嚴格說來也不是客人。她是被召來做事的中間人，雖然這確保她擁有安全通行權，卻也代表她的個人心願不會受到優先考慮。讓她現在火冒三丈的倒不是被迫靜靜待著，或甚至也不是現場的危險；主要是她心思一直繞著「自己的人生是個謊言」這種可能性打轉。

她已發現大圖書館最老、最危險的叛徒妖伯瑞奇，可能就是她的父親。她最近一次執行完任務回來時，滿心想要知道更多，有許多迫切的問題要問所有資深圖書館員，他們勢必一直都在掩蓋眞相。她傳了訊息給她的父母——將她養大的那兩人，她視他們爲眞正的父母——問他們知道什麼。但她幾乎還沒來得及將最新的傷口包紮好，又被派遣單獨進行這項任務，而她根本沒收到任何答案。上級用了類似「迫切地緊急」和「要命地重要」這類形容詞；她還不打算直接忽視命令、拒絕前往。

她的朋友們能夠理解。前任實習生、龍族王子、好友兼情人的凱，保證會盡力查出任何事。與此同時，她被困在這個任務裡脫不了身，無法回答那些將她整個人生都籠罩在陰影中的疑問。

雪上加霜的是，這趟任務的目標甚至不是蒐集書——她身爲圖書館員，慣常的任務類型是從特定世界取得一本獨特的書（是否合法不受限制）。大圖書館蒐藏的故事使它能夠維護所有平行世界間的平衡；艾琳並不完全明白背後原理，但這套機制顯然有效。另一方面，這項任務涉及政治，最近她花在政治上的時間實在太多了。應該說大圖書館本身最近似乎都太沉迷於政治了……

門被推開，她倉促地擺出微微好奇的表情，從報紙中抬起頭看看來者何人。

走進門的年長女士與用手替她抵住門的大塊頭男人，幾乎在各方面都完全相反。那男人渾身肌肉，金髮，身軀碩大到連剪裁得宜的西裝也難以掩飾；女人個頭嬌小，一頭大波浪白髮，身穿精心設計的鄉村風服飾，艾琳看出材質是眞絲和天鵝絨。艾琳猜想這兩人確實有一項共同點，和這屋子內所有人都一樣——犯罪。

男人朝艾琳點點頭，她禮貌地從椅子上站起身。這男人名叫恩斯特，雖然艾琳不會說自己和他很熟，但她確定能信任他。這棟俄羅斯別墅的主人是個妖精，這是他的鄉間地產及第二個家，而恩斯特是這個妖精的親信之一，艾琳也是因爲他才會來到這裡。「抱歉讓妳久等，」他用俄語說，「老大在忙。」

「常有的事。」艾琳也用俄語回答，「我了解他很忙。」畢竟，身爲必須協調管理好幾個世界活動的犯罪老大原型，可是很花時間的。

恩斯特聳聳肩。「今天到目前爲止只處死兩個人。叛徒每次都讓他心情很差。」

女人瞇著眼打量艾琳，審視她別致但價位中上的衣著、俐落的短髮，以及大致而言算樸素的打扮。在二十世紀或二十一世紀的許多地區，一般人都能接受高級長褲套裝：這種服裝易於打包行李，逃跑時行動也很方便。「啊，妳是獨立作業嗎？還是組織代表？」她抬頭看恩斯特，「沒人向我提到她。」

「夫人，妳也知道老大不喜歡我對任何人透露任何事。」恩斯特說，「這不是我的職務要求。」

「《觀察家報》的塡字遊戲還可以玩。」艾琳熱心地提出，「還是妳比較喜歡數獨？」不管這女人看起來多麼沒有殺傷力，她勢必和這房子裡所有人一樣危險。

「我比較喜歡對話，但我想我是無法如願的。」

「晚餐後，還活著的人有酒可以喝。」恩斯特愉快地朗聲說，「不過現在老大有空見溫特斯小姐了。」

「那我就不讓他久候了。」艾琳邊說邊隨他走出房間。

房屋本身可以用兩個成語形容：金碧輝煌、固若金湯。感覺像是某人跑去找建築師說：「給我蓋一棟看起來像大革命前的法國王室最侈靡的豪宅，但格局要符合戰略目的，好讓我的私人警衛能把任何入侵者身上射滿鉛彈，甚至能拿他們作教堂的屋頂。」恩斯特和艾琳在路上經過幾對兩人一組的巡邏警衛，所有人都處於警戒狀態。艾琳有點慶幸自己並沒有想從這裡偷任何書。

「老大現在心情不是很好。」他們接近左右各有一名目光犀利警衛的沉重木門時，恩斯特輕聲說道。「注意禮貌，圖書館員女孩，還有別指望今晚就會有結論。」

「你的關懷眞令我感動。」艾琳說，她不是完全在開玩笑。

「關懷個鬼。是我獻計贊成妳來訪的，我可不希望因此惹禍上身。」

「明智的利己主義是我最喜歡的動機之一，我能和這種人合作。」

「那就好，我還擔心妳因爲不能帶龍小子一起來而耿耿於懷。」對方只邀請了艾琳，還特地註明禁止帶其他「助理、保鑣、殺手、侍女、祕書、床伴、專家或任何額外人員」同行。

「耿耿於懷的不是我，」艾琳說，「是他。他堅信沒有他在身邊，我一定會惹上麻煩。」

「呿！就我和你們兩個相處的經驗，我毫不懷疑沒有妳在身邊，他也一樣容易惹麻煩。」

「你這樣講並不讓人放心啊，恩斯特。」

「我的工作不是讓人放心，而是粗暴地讓人認清現實。我很想說妳該試試我的方法，不過……」他聳肩，「今天妳是外交人員，圖書館員女孩。拿出外交手腕吧。」

其中一個警衛對他們點了一下頭，恩斯特打開門，艾琳走進去。

這是個專門設計來進行祕密討論和審問的房間。上方的燈光調暗了，讓天花板和屋角都暗影幢幢，壁爐裡躍起的火焰爲室內帶來暖意，卻無助於增添亮度。壁爐附近的扶手椅旁邊有兩盞立燈，角落書桌旁也有一盞，燈罩的方向調成僅照亮燈旁區域，讓闖入者或訪客無法輕易打量環境。艾琳憑間諜的經驗，加上或許得倉促逃生的個人利益，將這房間編目歸檔。四個人——一個男人坐在書桌前，兩個性別不明的大塊頭在遠處角落，最重要的是，壁爐邊其中一張扶手椅中坐著一個年長男人。深色木地板上鋪著兩張白老虎皮，牠們的玻璃眼珠映照到光線而閃著幽光。

「進來吧，圖書館員。」她的東道主說，「我允許妳坐下。」

「謝謝你，先生。」艾琳在與人面會時，喜歡採取先禮後兵的策略——如果情勢所趨需要「後兵」的話：若是一開始就出言不遜，等到發現苗頭不對才開始鞠躬哈腰，那就尷尬多了。她走向壁爐，強烈意識到每個人都盯著自己看，她坐進等著她的空椅子。「我該如何稱呼你比較好呢？」

「妳可以叫我……」他頓住，斟酌著。火光讓他的皺紋像一幅立體地圖，用極度的高齡為面具來隱藏任何真實的表情。他光禿禿的頭皮上布滿老人斑，雙手像樹枝一樣有節瘤且罹患關節炎──不過，艾琳心想，這雙手仍然能開槍。「『老大』不太適合，對吧？畢竟妳又不是在為我工作。不過我已經不再需要實際的名字了，妳不如就叫我……叔叔。」

你說你已經不再需要實際的名字了？我不認為這說法百分百精確，艾琳判定。她到現在已經遇過不少妖精，隨著妖精的力量增強，並且更加深陷到他們的敘事原型模式中，他們便會拋棄或藏起原本的名字。他們先是改用化名，然後等力量達到巔峰，更直接以頭銜自稱，例如「樞機主教」或「公主」。等登上那個級別，他們就等於是他們所選擇成為的刻板印象有血有肉的實體了。他們周圍的世界都會自動變形來促使他們的故事成真。

她的東道主段數還沒那麼高。先前他們告訴她的名字是歐洛夫先生，這是個化名，而不是頭銜。不過她還是不想冒犯他。她越快搞定這件事，就能越快閃人。「就照你的意思，叔叔。謝謝你好心招待我來作客。」

「有妳這樣的年輕人在家裡走動，總是讓人心情愉快。」他說，表現出適切的長輩口吻。他傾身向前。「好了，圖書館員，我怎麼知道妳不是來這裡出賣我的？」

這倒是……比艾琳預期中來得開門見山。她同樣坦率地回應。「那樣做對我有什麼好處？」

他舉起一根手指對著她。「妳很出名啊，圖書館員。我看過妳的檔案。」

「真可惜我始終弄不到那些檔案。」艾琳遺憾地說，「每次我要求給我看，那些人就講些類似『想看我就燒了它』或是『除非我死了』的話。」

「個人名稱：艾琳。假名包括艾琳．溫特斯和克萊瑞絲．拜克森。大圖書館效率最高的竊賊之一，爲了配合大圖書館耐人尋味的新政策，最近轉任外交人員，目前是龍妖和平協議由三名成員組成的委員會中，大圖書館方的代表。」

艾琳兩手一攤。「我以爲你會欣賞效率高的人，叔叔。」

「那取決於我用不用得上。要是效率是用來對付我，表示妳是我的首要攻擊目標。」

一絲緊張寒意沿著艾琳的背往下延伸，遍及她每一吋脊椎。她原本以爲這趟任務相對安全，雖說與力量強大的妖精談判從來就不可能眞的安全。「我以爲是你親自點名要我來的，叔叔。要是你認爲我是敵人，爲什麼還要邀我來你家？」

他咯咯笑，笑聲滿渾厚的，不像他這個年紀的人。「也許我想看看大圖書館有多麼認眞看待讓別人簽他們的『和平協議』這檔事。如果他們願意派出最優秀的人員，我也願意認眞考慮。前提是妳是眞的艾琳．溫特斯。」

「而不是冒用她名號行走江湖的殺手，來此是爲了殺你，再讓大圖書館背黑鍋？」她用眼角餘光看到那兩個守在一旁的保鑣繃緊身體。她原本希望這玩笑能逗樂他，不過顯然他們並不覺得有趣。

「妳是嗎？」他頓了一下，「如果妳是，我也能理解狀況，不過那麼一來我就得重新考慮我的態度了——以及是要讓妳帶著聘雇合約走出去，還是橫著出去。」

艾琳試著在可能的回應中挑選。**提醒我下次別在彈一下手指就能下令幹掉我的人面前開自作聰明的玩笑**。「我是竊賊和間諜，」她終於說，「但不是殺手。而且是如假包換的艾琳・溫特斯。」

「很好，很好。那我們來談談妳能提供我什麼吧。」他的語氣很歡快，不過艾琳聽得出潛台詞。**向我證明妳不是在浪費我的時間**。

她擠出笑容。她很擅長微笑，尤其是在能夠殺她的人面前。「大圖書館的立場是休戰對所有人都是好事。我們對龍族與妖精過去的紛爭不作任何評判，也坦然承認很多事件可能都有合理起因。我們現在想阻止的是隨意爲之的侵犯行動，這類行爲非但沒有任何建樹，還會造成不必要的附加傷害和破壞。」

具體而言，就是對人類的傷害和破壞。不是對龍族，這些秩序生物能夠號令自然元素，要是權力基地被摧毀，也可以拍拍屁股直接飛到另一個世界去。也不是對妖精，他們是屬於混沌和敘事原型的生物，對他們來說，戲劇化的損失幾乎和戲劇化的勝利一樣值得開心，只要娛樂效果夠強就好。倒楣的是夾在中間的人類，他們散布在無數的平行世界上，過著自己的日常生活，渾然不知兩方勢力都把他們當成棋子。穩定平行世界並保護生存其中的人類，是大圖書館的任務——先前這項任務是藉由從那些世界偷取獨特的書籍來達成，不過現在多了「外交」這個額外選項。

事實上，最近感覺外交已經成爲主要選項，偷取獨特書籍反而淪爲次要。

艾琳對外交並沒有熱情，無論她是否有外交天分。她寧可去偷書——若是能看書就更好了。

但她得謹記自己工作的終極目標，而不只是死抓著固定做法。「我們自然不會要求你對攻擊你的對象以德報怨。但如果他們是對方的人，而且簽了協議……」

「妳指的是扭曲現實、愛管閒事的『zmei』。」她的東道主打岔。

艾琳知道這個詞出自俄羅斯民間傳說，意思是龍或巨蟒。她點點頭。「我們要求若是發生這種狀況，你能透過協議代表表達不滿，讓他們那一方自行懲戒當事人。你也知道『zmei』的階級很分明。」使用對方的語言和用字來說服他們你和他們同一邊。「設想要是你的手下冒犯了你的生意夥伴，你會怎麼處理。我認識一些『zmei』，他們也會做出類似的反應。」

「妳的意思是他們會送幾塊屍塊給我，證明他們眞的很抱歉？」

「完全有可能。」艾琳面不改色地說，「我的重點是，如果大家都負責處理自家人的不當行爲——引發地震、觸發戰爭、刺殺君王等等——事情會比較乾淨俐落，而不是任由議題擴大，把整個世界都牽扯進去，將更多人拖下水。」

「那妳的『不當行爲』清單，有沒有包括偷書呢？」他傾向前。火焰選在這一刻往上跳，熱氣像警告般撲面而來。

艾琳拘謹地交疊雙手。「大圖書館是協議的簽署者，我們自然不會從任何簽署者那裡偷東西。我們或許會索討，或提出交易，但不會用偷的。我們說到就得做到。」

「對，我聽說過這件事。你們用你們的語言發誓做什麼事，就受到約束一定要遵守。」

「就像妖精給出承諾就要遵守一樣。」艾琳回應。

他點頭。「我想我們有滿多共同點的，艾琳．溫特斯。繼續說，我有興趣。」

□

不過他的興趣還不足以在當天就承諾任何事。

艾琳在床上輾轉反側，盯著天花板沉思。她知道談判仍在進行總比被一口回絕來得好——好很多，但這還是很惱人。她至少還要再被困在這裡一天，可能好幾天，她的東道主才會作出決定。搞不好甚至要好幾週，或是一個月。

她被自己的責任感綁死了。用不著大偵探也看得出來，是有人刻意操作讓她負責這工作，好讓她不要礙事，順便阻止她在大圖書館問些尷尬的問題。**他們是擔心我會像我爸一樣背叛他們嗎？還是認為我會查出危險到不能曝光的事情？**

如果是後者，到底是什麼祕密如此危險，以致於大圖書館不惜犧牲她也要繼續隱瞞？

睡覺本該再正常不過，但她夢中充滿夢魘畫面。那些影像倒是有理可循——不必靠心理學家告訴她，爲什麼每次闔眼入睡，哥雅的畫作《農神吞噬其子》經常成爲夢境主題——但知道原因於事無補。更糟的噩夢是她走在大圖書館裡，一片血浪淹到漆蓋，還不斷在升高；或是凱大叫著她是她父親的女兒，永遠都會是，而大圖書館因爲其創建者的罪孽註定毀滅……

月光由窗簾邊緣滲入，暴風雪停了，現在外頭的世界幾乎和白晝一樣亮，充滿銀光和黑到不可思議的影子。她是由一名妖精使者用他們從一個世界走到另一個世界、穿越不同世界的技巧帶到這裡來的，不過這個世界的任何普通人類若想進到這棟別墅，都得吃不少苦頭。

她的思路突然被打斷，因爲左側牆上有某個東西晃了一下，在她的眼角餘光裡幾乎難以察覺。她動也不動地躺著，保持規律呼吸，瞇眼斜睨，試著辨明自己看到了什麼。

衣櫃一側邊緣的影子線條變寬了。一秒後，同樣狀況又出現，寂靜無聲，連洩露半點馬腳的鉸鏈摩擦聲或腳步聲都沒有。牆的另一側有人想偷偷潛進她房間。

她應該更害怕才對，不過說實話，即將發生狀況——暴力狀況——讓她如釋重負、樂於迎接。她繼續裝睡，等待衣櫃整個往前推開，讓對方進到房間。對方或許需要保持安靜，可是一旦制伏入侵者，她肯定要掀翻屋頂。看到是誰想殺她一定很有趣。

此時破碎的月光映照在剛偷偷摸摸進到房間的男人淺色髮絲上，於是她看出來者何人了。她嘆口氣，在床上坐起身。「哈囉，席爾維大人。」她說，「你來我臥室做什麼？」

第二章

她的動作和發言完全出乎妖精的意料；他驚愕地後退，整個人貼在牆上。

艾琳趁著他搞不清狀況、傻盯向她時，打開床邊檯燈——只要能讓他茫然失措都好。「我相當確定屋主答應給我安全通行權時，並沒有計畫這種事。」有人在夜裡潛入她臥室已經夠糟了，更何況這個妖精的原型是放蕩的誘惑者，他的銀髮引誘人愛撫，金色皮膚讓人恨不得摸一把，嘴唇默默承諾會帶來邪惡的愉悅，他說的每個字都會把聽者召喚到他的床上……

不幸的是，他對這一套的技巧夠高深，她得刻意壓抑自己這類無意識的思緒。她背上的大圖書館烙印在發癢，抗拒著他本質的力量。

他抬起一手遮眼睛，阻擋突如其來的刺眼燈光。「別尖叫，溫特斯小姐，否則我們都會很遺憾的。」

他喊她「溫特斯小姐」，而不是那些惱人的暱稱，例如「我的小老鼠」，這不幸地代表事情很嚴重。「我手頭的危機還不夠多嗎？」她不滿地說，「你為何要爬進我的臥室，給我帶來更多危機？」

「我要對『爬』這個字提出抗議。」他輕巧地走向前，坐到床緣。「紳士是不會用爬的。也許會迂迴地潛入……」

他穿著晚禮服，不過領結沒有繫好，鬆鬆地垂掛著。艾琳不自在地察覺自己只穿著絲質睡衣。在這一刻，她更希望穿著厚重的花呢布，或甚至是鎧甲——總之是在他的眼睛和她的肉體之間隔著更實在的東西。「席爾維大人，請解釋你爲什麼要『迂迴地潛入』我的臥室。」

他眼中假裝的欲念稍微消退了一些。「我得和妳私下談一談。在我平常住的那個世界，也就是妳擔任駐地圖書館員的世界，根本就不可能辦到這件事——有太多雙眼睛在監視我們兩人了。當我得知妳被派來這裡找歐洛夫先生時，我就決定好好利用。」

「你的受詞最好不是『妳』。」艾琳用力說道。

「我們姑且說是『這種狀況』如何?這樣我們兩人應該都能接受。」

「拜託，直接說明吧。」艾琳自尊心並不會強到拉不下臉來要求直接明瞭的答案。

「很簡單。」他傾向前，在燈光下俊美無比，像是一尊充滿誘惑力的藝術品坐在她床上。「我要妳先不聲張卡瑟琳能進到大圖書館的事。如果不得已，妳可以告訴上級，但別向外界的人提起。」

艾琳皺眉。「我以爲讓她當我的實習生，就是爲了讓她可以進到大圖書館。」卡瑟琳是席爾維大人的外甥女，她和他一點都不像——雖然身爲妖精，卻對戀愛或性愛毫無興趣，倒是滿懷熱情想符合一般圖書館員的原型，也想以大圖書館的圖書館員爲職業。正常來說妖精是進不去大圖書館的，但艾琳已收她爲實習生，並答應試著把她弄進去——結果成功了。

「禍患正在醞釀。」她還來不及詢問細節，他就舉起手截斷她的話頭。「不，我不知道現在是什麼狀況——這就像身在人滿爲患的房間外圍，雖然知道房間中央有事情發生，卻什麼也看不到，周遭也吵得讓人聽不到。有好幾個世界消失了，有些該和我談的人卻不和我談，也有些人講了一些讓我憂心的話。我不確定現在是什麼狀況，但我要妳——不，我希望妳能針對卡瑟琳人在哪裡、她能做什麼這些方面，暫時閉緊妳甜美的小嘴。」

這事事關重大，足以令艾琳撇開自己對他態度和措詞的不快。「你說『有好幾個世界消失了』是什麼意思？」

「我的意思是有些世界不在它們該在的位置，沒人知道發生什麼事，不知道這是否刻意爲之、是否永久持續，不知道任何有用的資訊。不幸的是，由於那些世界不復存在，資訊也跟著付之闕如。現在我們能不能回到更重要的話題，也就是我的外甥女上了？」

某些消息絕對不算好消息——而世界消失絕對是壞消息。艾琳決定回到大圖書館後一定要打聽更多資訊。「會有危險的人是卡瑟琳，還是你？」

「問得好。她會有失蹤的風險。當災難即將開始時，有太多人會尋求武器，而他們會視她爲潛在的武器。我的族類中有人能夠自由進出大圖書館？實在太有誘惑力了。」

艾琳決定不提實際狀況其實並不是「自由進出」。卡瑟琳得由知道她眞名的圖書館員拉進大圖書館——目前知道她眞名的只有艾琳。但綁架犯未必會相信這是眞的。「是你把她交給我，」她咬牙切齒地說，「你要我完成把她弄進大圖書館的任務。如果這件事會害她面臨這麼大的危險，你幹嘛大費周章？」

他優雅修長的雙手一攤。「因爲她太想成爲圖書館員，太想進到妳的大圖書館了。噢，我承認也許這裡那裡是可能有一些政治利益存在啦……」

「確實，我想身爲唯一能進入大圖書館的妖精的舅舅，是會有一些政治優勢。」艾琳嘟噥。他伸手輕觸她的下巴，將她的臉轉過去正對著他。「那是她要的。我的小老鼠，妳有沒有過能夠送別人他們最想要的東西的經驗？妳明白這種事多麼吸引人嗎？」

艾琳不理會那股想靠向他的手的衝動；她抓住他的手腕，用力拉開。「嗯，你不該要求我做某件事，等我做了又發牢騷！」她是故意發脾氣的，以此爲工具來對抗想貼到他身上的衝動。「那關提斯夫婦怎麼說？他們出現的時候，你直接開溜，丟我一個人照顧她。」

「而妳可稱職得很！這倒提醒我了——艾琳．溫特斯，因爲妳應付他們，我欠妳一個人情。妳有空的時候可以向我討還。」

艾琳聽了很訝異。她當然贊同自己除掉了他們的共同敵人，他應該欠她人情，但她沒料到他會承認。「知道了。」她說。

他彈了一下手指。「這倒提醒我了，我有東西要給妳，一封信。」他從內側口袋拿出一張摺得小小的信箋，用普通的封蠟封住。「我不知道寄件人是誰，也不知道這信的內容，不過我答應轉交給妳。答應的前提是它沒有殺傷力。」

艾琳有些懷疑地打量信箋。「你百分之百確定它不危險？」

「要是我覺得危險，哪會隨身攜帶。再說，我要妳幫我的忙耶，我怎麼會給妳可能殺死妳的東西？」

面對如此強而有力的兩個自私論點，艾琳也無法反駁。她有點緊張地接過信箋，剝開封蠟。席爾維湊過來看內容，但她傾斜信紙不讓他看。

當她看到簽名時，一股寒意掠過皮膚，讓她頸後寒毛都豎了起來。妖伯瑞奇。「這是誰給你的？」她氣沖沖地質問。

席爾維向後畏縮；顯然她的語氣嚴厲到讓他產生眞實反應，而不只是擺出色迷迷的態度。「朋友的朋友。」他冷冷地說，「沒有名字，沒有細節，這是我和對方談好的條件。我不能告訴妳更多了。」

「這信是妖伯瑞奇寫的，先前他與關提斯夫婦合作，想要殺我們——還是你的間諜還沒向你更新情報？我以爲他被困在他自己的世界不能離開，他是怎麼把這封信送出來給我的？你確定什麼都不能告訴我嗎？」

他咬著下嘴唇，彷彿在試探某種內在的界限。「我不能，」他終於說，「無論是誰訂下交易條件，一定都考慮到這種情況了。信裡說什麼？」

艾琳又瞥了一眼信箋。內容並不長，只有幾行字。

艾琳：

我知道我說什麼妳都不會相信，不過妳對妳相信什麼事應該要小心把關。某些人會擔心妳知道得太多。

妳有聽說世界消失的事嗎？我知道幕後黑手是誰，知道原因。我可以告訴妳很多事，但前提是妳要和我談。

大圖書館的核心有腐敗的東西，每張網都有一隻蜘蛛坐鎮。

我會再和妳聯絡，別弄丟小命了。

妖伯瑞奇

他沒有署名爲「妳的父親」或類似的稱呼，這是好事；那對艾琳來說會是壓垮駱駝的挑釁。她本來已經安頓下來，準備靜靜地睡一晚，現在床上卻坐著席爾維大人，手裡還拿著妖伯瑞奇的信。說什麼換個環境散散心，想得美。

艾琳的胃在痙攣，有種想吐的感覺。她想把這張信箋撕成一千片，或是直接丟進火裡。她想縮成一團躲在被子底下。天啊，她想要凱在這裡陪她——不是要他抱著她說一切都會沒事的，而是因爲能看著他，知道世上有個人能讓她完全地依靠。

但是她身邊沒有凱——只有席爾維大人，而她承擔不起在他面前示弱的後果。他目前或許是她的盟友，但她想像力再怎麼豐富，也不能當他是朋友。她刻意不讓他看見信箋內容，並將它重新摺起，同時努力光靠意志力使心跳慢下來。「沒什麼重要的，」她終於回答他的問題，「都是老生常談。」

他哼了一聲。「我或許不是圖書館員或大偵探，我的小老鼠，但我可沒瞎。不管怎麼說，很遺憾我害妳沮喪了。」

艾琳決定換個話題。「我問你——這不是我在向你討人情——你到底是怎麼進到這間臥室的？歐洛夫先生不值得信任嗎？」會允許席爾維半夜進到她臥室的人，都絕對大有問題。

席爾維不以爲意地擺擺手。「是我認識的人認識的人告訴我這條密道的，歐洛夫先生不知道有別人知道。所以我們不要提起，以免害死人家，好嗎？我相信妳這麼善良的人絕對不想造成大規模死亡的。」

「我不是善良的人，」艾琳嘀咕，「請你記得這件事。」

「胡說，妳的道德標準很高——而我發現當我有絕對的需要操弄妳時，這一點對我來說很方便。」他的笑容流露純粹的自私。「我一開始來這裡是因爲歐洛夫先生正在談生意。他不會告訴妳這件事，不過目前在我聽過妳稱之爲他的『敘事原型』的最頂端，出現了一個空缺。」他提到「敘事原型」時語氣很嫌惡，彷彿那是個嚴格說來雖正確，但未能傳達原汁原味的翻譯。「妳可以稱之爲『教父』，或是『老大』，或是『老闆』，妳愛怎麼叫都可以，總之原本占據這位置的人已經沒了，現在所有自認爲扮演這類角色的人，都想要接管這個頭銜。或者以某些人來說，是要確保死對頭拿不到這頭銜。」

「這倒說明了他爲什麼選在這時候考慮簽協議。他想避免和龍族——或是大圖書館——發生任何嚴重爭端。」她出於忠誠而把大圖書館加進去，不過她知道對妖精來說，龍族才是更要緊的潛在敵人。「這讓他能把全部注意力都放在妖精敵人身上。」這也說明了莊園裡爲什麼會有其他訪客，以及爲什麼會提到「叛徒」。

「我很熱心提供資訊對吧？」席爾維的笑容消失了。「現在妳能否向我擔保，妳會對卡瑟琳的事保密？」

「我沒有要向你擔保，」艾琳小心翼翼地說，「我無法作出任何承諾。不過我會盡量先壓下這項資訊，而且等我安全地離開這裡回去以後，我就把她弄進大圖書館。她在那裡很安全。你最好也向凱，還有韋爾知會一聲，他們兩個都知情。」凱的哥哥山遠也知情，但有鑑於他對妖精極度排斥，他向任何妖精洩露此事的機率低到幾乎不存在——她希望是這樣。

「王子和偵探更可能聽妳的，而不是聽我的。」席爾維抱怨，「妳最好盡快結束這裡的事。妳覺得還要花多久才能說服——」

他的話被屋內近處嗱嗱嗱的機關槍槍聲打斷。

第三章

席爾維像野兔般彈出去，衝往密道入口，不過艾琳像狐狸一樣撲向他，抓住他的手腕。「你要去哪？」

「閃人啊！」他沒好氣地說，試著甩開她。「妳不能和我一起走，要是歐洛夫發現還有別人知道這些密道……」他停住，正視她的臉。「除非妳要把這件事當作我償還妳的人情？」

艾琳才不打算這麼輕易讓他脫身。人情是妖精互相交易的一種貨幣，這種抽象的鉤子深陷在他們的靈魂裡──假如妖精有靈魂的話，有些人主張他們沒有──而他們得服從它。「我要向你討的人情比救我脫困來得更值錢一點。」她說。最好還是在此時此地就告訴他，別冒險讓他接下來失聯一整年。那是很有可能的事：避免現身而被索討人情是獲得普遍認可的妖精策略。「我要你幫我和曾與妖伯瑞奇打交道的妖精牽線。得是相對理智且值得信任的妖精。我知道你人脈很廣，席爾維大人，你應該可以爲我做這件事。」

「好吧！」他惡狠狠地說，「成交！」

他一扭身掙脫她的箝制，跑進牆上的開口。衣櫃在他身後關上，艾琳懷疑另一側上了鎖。

另一陣猛烈的槍聲直接從門外的走廊上傳來；艾琳深思自己會否太倉促就指定了要討的人情。她翻身滾下床，快手關掉檯燈，四處張望尋找躲藏的地方。浴室？衣櫃？床下？跳窗？

門在門框內晃動，有人在另一側踹門。慌亂中，艾琳跑去緊貼著門邊牆壁。更多子彈咬穿門鎖，門被另一下重踢給踢開。有個壯碩的男人大步走進黑暗的房間，舉起槍對準現在已沒人的床，往凌亂的被褥一陣猛射。

艾琳暗忖：當人們顯然在進行無差別濫殺時，總是令人欣慰——這樣在選擇應對方式時就簡單多了。選項由「我在這棘手的政治狀況下該怎麼做」，限縮爲「此時此地我要怎麼保命」。在波濤洶湧的驚慌之海上，攀在無情的實事求是這座寒冷的冰山救生艇上漂浮，她潤了潤嘴唇，用語言說：「**在你的認知裡，我是你的同事。**」

她說話時男人迅速轉朝她，槍口準備發射，不過當她最後一個字在室內迴盪，他扣著扳機的手指放鬆了。「不要這樣嚇我好嗎。」他的英語是美國口音。

「抱歉。」艾琳聳聳肩，同樣用美語回答。男人很高，黑髮理成平頭，身穿素色軍服和防彈背心，腰帶上帶了各種裝備；他的靴子踩過外頭的雪，還是濕的。雖然她一頭亂髮，身穿絲質長睡衣（千不該萬不該讓凱幫她打包行李），還光著腳，但語言會使他把艾琳當成同事。

這是身爲圖書館員的附加好處之一——能夠使用語言，語言是大圖書館內部創造的機制，能夠改變現實、使物品自己行動，還能影響人的認知。這三件事都能在有人拿槍指著你時發揮很大的用處。不幸的是，物品或認知維持受影響的時間長度不一定，這表示她不該太悠閒地在這裡聊天。「任務進展得如何？」她問。

「屋子這一側目前都搞定了，不過我們還沒逮到歐洛夫。妳呢？」

「一樣。」運氣好的話，這回答夠模糊，不會促使對方突然醒悟「等一下，我同事才不會這麼說」。她在男人腰帶上看到很有用的東西。「我可以借一下這個嗎？」

「可以啊。等等，妳這是——」

艾琳用他自己的電擊槍好好地電了他一會兒，直到完全確定他再也起不來了。她稍微考慮要搜他身確認身分，不過又決定那沒有意義。暗殺小隊是不會隨身攜帶護照或身分證的。「床單，牢牢綁住這個男人。」她命令。

床單自動從床上剝除，飄過地板繞在昏迷的男人身上，牢固地纏住他的手臂和雙腿，要用刀割才能脫困。

艾琳耍弄著電擊槍，考慮下一步該怎麼辦。屋子其他區域傳來更多槍聲。她不想被捲進別人的私人恩怨。她並無意保護犯罪首領——即使她自己的工作經常涉及偷書。不得不說，這些入侵者打算射殺她還滿過分的，不過這可能是「不留活口」的那種池魚之殃，而不是針對她個人。

她想到這些入侵者的任務可能以「燒了這地方好湮滅證據」收尾，才終於動起來。她套上睡袍，躡手躡腳地走到外頭昏暗的走廊上。

幸好她被護送到臥室時，已暗自記下別墅的格局。那一邊是起居室，那一邊是更多臥室，那一邊是歐洛夫先生的書房，那一邊是她不該去的圖書室……

一時間她實在很想悄悄溜進圖書室，用它回到大圖書館。任何圖書館，或圖書室，都能成爲通道——只要有像她這樣的圖書館員和語言就能辦到。面對持槍的危險入侵者，明智地撤退並沒有什麼可恥的。但她還沒能順著這個思路多想幾步，理智就攔住她。要是歐洛夫先生在這場突襲中倖存，結果發現她失蹤了，大家一定都會認定她有參與其中。她的名譽──更精確地說，是大圖書館的名譽──將賠進去。

艾琳默默經過兩個死去的警衛。他們背部中彈，凶手當時站在……哪裡？她審視現場，試著模仿她的好友韋爾，他是某個維多利亞時代平行世界的大偵探──而且觀察力比她強到惹人厭，不管她多麼努力。

窗戶扣鎖上的一道銀光吸引了她的注意力，她仔細察看。是破開的金屬，有人從外頭把某種工具或撬棒伸進來，鋸斷窗閂，解除藏得很隱密的警報器，然後從這裡進來。外頭雪地上沒有任何痕跡，但別墅邊緣有一圈窄窄的黑土地可以走，那是雪被房屋的暖氣融化而造成的。

好吧，現在她知道他們是怎麼進來的。她也知道他們勢必要去什麼地方：找歐洛夫先生。他們夠有自信，直接用槍聲向所有人示警，而且人數夠多，可以分散開來到處屠殺偶然見到的賓客。

艾琳眞心希望結果證明這是他們的誤判，而不是正確掌握局勢。

附近傳來噠噠槍聲，似乎只隔了兩條走廊。她偷偷朝那方向走去，赤腳在地板上沒發出聲音，每遇到一個轉角，她都小心翼翼地探頭察看。

即使她做足準備，還是差點一頭闖入槍戰現場。兩個和剛才的攻擊者很像的入侵者正往走廊另一頭射擊，那裡有些歐洛夫先生的手下。雙方都不願意爲了取得更好的開槍角度而讓自己曝露在危險中，因此雙方人馬都一邊亂射希望僥倖命中，一邊保護好自己的要害。艾琳很幸運，入侵者沒注意到她靠近。

歐洛夫先生的手下一定不知道狀況有多嚴重，否則他們的反應會更急迫，艾琳心想。很方便的是，兩個入侵者的穿著和裝備都與攻擊她的人完全一樣——也就是說腰帶上都有電擊槍。「手持式電力武器，朝你們的物主體內放電。」她音量不大但很清楚地說。

那兩個男人邊慘叫邊抽搐地倒下，手指不受控地扣著扳機，剜去好幾塊昂貴的牆壁。艾琳優雅地退後避開亂飛的子彈，等待他們不再動彈。然後她用俄語朝走廊另一端喊道：「他們倒下了！」

「妳是誰？」有個嗓音回應。

艾琳深吸一口氣，舉起雙手表明她沒有拿著武器，並跨入對方的視線中，準備好若他們開槍就要撲向地面找掩護。「我是艾琳．溫特斯，你們的訪客。稍早之前有一名惡徒想殺我——他現在在我房間，被綁起來了。我撂倒了這裡的兩個人，不過他們還活著。」

對方喃喃地交談幾句，然後同一個嗓音高聲說：「好吧，過來我們這裡，手不要放下來。」

艾琳聽命照辦。對方迅速而專業地對她進行搜身，然後那三個男人就把她晾在一邊，自顧自地低聲討論接下來該怎麼辦。

過沒多久，艾琳說：「不好意思，我可以提個建議嗎？」

「妳不是來提供建議的，」其中一人說，「我們會保護妳，但不會幫妳提行李或跑腿——」

「瑟爾蓋，她剛剛確實幹掉兩個入侵者。」顯然是隊長的人疲憊地說。他轉向艾琳。「妳建議怎麼做？」

「你們剛才說歐洛夫先生在地下碉堡裡，這很好，不過入侵者堵在碉堡外，而且有炸藥，這很糟，另外他們也守住入口不讓任何人靠近。」艾琳抓出他們剛才討論的重點複述一遍，「如果你們能讓我離他們夠近，我就能卡死所有人的槍——就像我觸發剛才那兩人身上的電擊槍一樣。接下來就是比人數了，而你們人多勢眾。」

他們顯然沒什麼信心。「問恩斯特嘛，」艾琳靈機一動，補上一句，「他可以替我作證。」

「對，但這對妳有什麼好處？」瑟爾蓋問。

艾琳上前一步，用力戳他的防彈背心。這舉動只是折彎她自己的手指，不過她開心就好。

「也許這是一樁錯綜複雜的陰謀，妳先救我們以博取我們的信任，我們帶妳到歐洛夫先生的地下碉堡後，妳再背刺我們所有人，然後用妳瘋狂的圖書館員魔法把整個地方炸掉。」瑟爾蓋臆測道。他聳肩，「這種事常常都是這樣發展的。」

「他們想讓我死在臥室裡，還記得嗎？我幹嘛站在他們那一邊？」

「瑟爾蓋，閉嘴啦。」隊長嘆口氣說。「之前恩斯特說過她很有用處，我們就試試看吧。」

他帶頭經過那兩個昏迷的入侵者，只暫停腳步各朝他們頭上開了一槍。艾琳忍住畏縮的表情，別開目光。當在面對殺人不眨眼的警衛時，把這兩個人弄昏而任人宰割，她就知道自己等於是做了什麼了。況且那些入侵者也想殺她呢。

不過那並不會使她更容易接受冷血謀殺。*我越快脫離這一切越好。眞希望我根本沒被捲入。*

隊長按下一小塊不顯眼的飾板，牆上一扇密門就滑開了。他示意艾琳跟著他進去。另兩人緊跟在艾琳身後。認爲他們殿後是爲了防備有人突襲是很美好的想法，不過艾琳懷疑更可能是爲了方便在她搞鬼時射死她。

通道裡很昏暗——比外頭的走廊要暗，光線只勉強夠讓認得路的人穿行。通道在牆壁之間繞來繞去，艾琳原本覺得這屋子裡的牆壁都花俏過頭了，現在才恍然大悟那些裝飾是爲了掩飾窺孔和射擊孔。

「妳看到密道好像一點都不驚訝。」他們快步前進的同時，隊長開口，語氣流露一絲狐疑。

糟糕，露餡了。「我的工作就是要知道別人不知道的事。【註】」艾琳擋下這一擊，引述她最愛的作家的句子。

「是嗎。」他們轉了一個彎，然後又一個。艾琳聽到隔著好幾層牆壁的遠處傳來零星槍聲。

「等我們到了以後——」

他的話被打斷，有個小型金屬物體從上方掉下，落在四人中間的地上。它爆開來化作一團毒氣，在通道的封閉空間裡效果加倍。艾琳用袖子捂住嘴，試著讓足量的乾淨空氣進到肺裡，好使用語言驅散毒氣，但她腦袋發暈，知道自己辦不到。

譯註：這句是柯南．道爾筆下福爾摩斯的名言。

一條強壯的手臂摟住她的腰，她感覺自己被拋甩到某人肩膀上。動作在她眼裡模糊得讓她暈眩——往後、往前，她不確定自己在朝哪個方向移動，甚至不知道哪個方向是上方。

然後她突然吸到苦苦的東西，腦袋變得清醒。她被支起靠坐在牆邊，有個臉上戴著奇怪凸出物的男人——不對，現在她能看得更清楚了，那個男人戴的是防毒面具——剛剛在她鼻孔下方打破一個小容器。*是解毒劑，可是爲什麼？*

他的打扮與其他入侵者相同。「妳準備好說話了嗎？」他用俄語問。

「你是誰？」艾琳喘著氣問道，她不用很費力就能裝出暈眩無助的模樣。她本能地想把睡袍領口合攏一點，不過轉念一想，索性讓它曝露地敞開。

男人摘下防毒面具。面具下的他……很帥。髮色和周圍的影子一樣黑，呈現有點亂亂的逗點狀拂在額前，膚色微深，灰眼珠，嘴唇弧度殘酷無情，寬肩，肌肉發達到即使隔著層層戰鬥裝備都看得出來……

理智攔劫了艾琳大腦中正在列舉這些特徵的迴路，往她的心智程序潑下一桶不受歡迎的冷水。*這裡暗到幾乎看不見他，我怎麼會注意到這些細節？我爲什麼有股衝動想要倒入他的懷裡，否則乾脆從背後刺他？我到底怎麼了？*

「妳不用知道我的名字。」他簡短地說，「乖乖聽話，妳就能活著離開。妳在這裡工作嗎？」

「對。」艾琳抱著希望撒謊。這男人活捉她又把她弄醒，表示他對她有所圖謀。她一定能利用這一點。

「妳知道妳家主人密室的密碼嗎？」

「不，當然不知道！」她迴避他的目光。

「我覺得妳知道。」他湊近她，侵入她的個人空間，那種態度讓艾琳不愉快地想到席爾維大人。「別害怕，我會保障妳的安全，但妳要信任我才行。我只要妳讓我和我的部下進到地下碉堡。做完這件事，一切都沒問題了。我會讓妳安全地離開。」

艾琳已經好幾年沒見識過這麼露骨、明顯、毫無魅力的說服手法了，不過它卻發揮了奇怪的效果。那股自以為是反而激發了某種程度的信任感。當男人凝視艾琳的雙眼，他的灰眼睛映照光線，艾琳莫名地覺得他的承諾是眞心誠意的，只要她肯幫忙，他眞的會讓她離開，事後他會很感激……

艾琳背上的大圖書館烙印刺痛起來，回應著那股試圖將她拽入這個妖精故事的敘事影響力。沒錯，他是妖精——正如同歐洛夫先生和席爾維大人。但他走的是截然不同的原型路線。他是在敵方大本營內暢行無阻、執行竊盜或暗殺任務的祕密幹員，能夠冷靜自若地應付無數敵方嘍囉，並用魅力征服美艷的敵方間諜。要是他們當前的情境有不同的走向，他大概會被俘虜，面臨某種不合情理的駭人死法。總之，現在他帶著忠誠的部隊進到敵方基地，正準備把敵方的僕人（眞是諷刺）玩弄於股掌間，說服她背叛她的主人。

艾琳自己或許是圖書館員和間諜，但她希望自己至少沒有這麼老套。不過現下她得設法利用眼前的局面——同時避免不小心踏入「英勇的間諜殺了想操弄他的邪惡女反派」這種故事設定。這傢伙勢必會在她垂死的身軀旁說些自以為聰明的妙語。

她深呼吸，試著模擬無腦相信他說詞的態度，並指著她認為那群人原本前往的大致方向。「在那裡。你保證會讓我很安全？」她輕聲說。

「我不會傷害無辜的。」他安慰她。**最好是。你的隊員明明跑去人家臥室亂開槍。**艾琳忍著沒流露出不以為然，只是點點頭。

「為了防止妳打算做蠢事……」他從腰間的槍套拔出一把流線型的手槍，微弱光線似乎都集中在它上頭，使走廊其他區域陷入更深的陰影。「開始走吧，不要喊、不要叫，不要做任何我們兩個都會很遺憾的事。」

艾琳閉緊嘴巴，遵照指示。從壞處想，她後頭的男人拿著一把槍，她還來不及用語言說完任何句子，他就能射殺她。不過從好處想，她也許剛取得一大優勢——混入敵軍核心的通行證。不可否認，那張通行證走在她後面，還握著一把槍，不過天底下沒有完美的事。

俘虜她的人本來就知道怎麼走，超越她所知道的程度。他先前一定是在測試她有沒有講實話。他在她背後發出簡短的指令指引方向。他們開始聽到前方傳來噪音時，男人走到她身旁，用空著的手抓住她右手腕，反扣到她背後。

他們在通道中轉了一個彎，突然就被好幾把槍指著——不過那些人看到她的俘虜者後便放下槍。對方有六個人，都全副武裝。其中一人跪在通道側邊一扇厚厚的鋼門前，正把看似一塊塊強力炸藥磚的東西組裝成艾琳認不出的結構，不過當它引爆時她可不想站在旁邊。

「我們的朋友還有再試著干擾我們嗎？」她的俘虜者問道。

「目前沒有，指揮官。」顯然是副指揮官的人回答，「他們還在努力想辦法在他們設計成對防守方有利的地形主動攻擊我們。我最愛這種搬石頭砸自己腳的狀況了。」

「很好，因爲這位年輕女士知道開鎖密碼，她能讓我們進去。」艾琳的俘虜者把她往前推，同時放開她的手臂。

艾琳揉著手腕，環視這群人，評估機會。她眞正的優勢在於沒有人知道她是圖書館員。只要有人對她的身分起疑，情勢可能就會急轉直下。

或許她採取的視角錯了。他們不但火力強大，而且稍受刺激就會使用暴力。只要走錯一小步，他們就會對她開槍。她倒是能利用這一點。

負責炸藥的人對她皺起眉頭。「這門是用密碼鎖？」他質問。

「對啊。」艾琳撒謊。她向前跨一步，遠離她正後方的槍管。該是擲骰子的時候了。「不過是這樣啦，**在你們這些男人的認知裡，你們都是彼此的死對頭。**」

她用語言講出最後一個字的同時，整個人撲到地上，即使這裡是高度混沌世界，但同時對這麼多人使用語言所耗費的力氣仍讓她頭暈。

槍火在她上方塡滿走廊，這群男人沒有遲疑也沒有清醒地思考，就做出反應，開槍殺人。一具屍體倒在艾琳身上，壓得她喘不過氣。她感覺到鮮血浸濕她的睡袍並滲進睡衣，她隔絕了大腦中處理諸如恐懼或震驚等完全正常反應的區域，專注在掌管求生的區塊。她翻身好把那具動也不動的屍體推開，瞄了一眼周圍狀況。幾乎所有人都已倒下了。

等等。那個「幾乎」很不妙。

一隻穿著靴子的腳踢向她身側，她像蝦米一樣彎起來，張口喘息。攻擊者又踢她，她滑過地面躺進另一灘血泊，抬起雙臂保護臉。她得把空氣吸進肺裡，她得呼吸，否則說不出話來，而要是不能說話，她就全然無助……

「妳現在這麼做有點嫌晚了。」噢，眞是好極了，唯一的倖存者就是先前俘虜她的人。她放下手，看到他面向她，牢牢握著槍，臉上明白寫著憤怒。「我警告過妳不要做蠢事——」

不過在他說話時，他身後的門無聲地滑開，恩斯特站在那裡。艾琳還來不及瞪大眼，恩斯特已經伸手箝住指揮官的右手腕，將他的手往上一拉指向天花板，空著的手臂則箍住指揮官脖子。

艾琳把自己撐坐起來，專注在恢復正常呼吸上。她聽到背景中傳來恩斯特和指揮官角力的悶響，還有歐洛夫的警衛跑出來協助恩斯特制伏囚犯的其他聲音。

艾琳的衣服都被血浸透了。她的周圍全是死人——是她說服他們自相殘殺的。他們原本多麼凶暴、是敵人，而艾琳面臨生命危險，這些都不重要。她是個圖書館員、間諜和偷書賊，這不是她想要的人生。

而如果她的人生變成這樣，究竟是哪裡出了問題，她又該怎麼解決？

艾琳深呼吸，站起身，確立自己有權被視爲平等對象而不是受害者。指揮官已被打昏，在地上被人抓著腳踝拖走。「他會怎麼樣？」艾琳問恩斯特。

恩斯特聳肩。「還不就那樣。拷問，殺雞儆猴式的處決。也許歐洛夫先生會拿他餵狼。」

艾琳對於這個走向有種不祥的預感；以標準的敘事比喻來說，英雄往往會由這類狀況中脫逃，而妖精是敘事比喻的奴隸，不管歐洛夫先生多麼希望弄死這個指揮官。

然而，她沒有義務指出這一點。事實上，這一切都已經不干她的事了，攻擊已經落幕。她可以回房間沖個澡，洗掉這一身血，試著睡一覺──嗯，至少試試看。

歐洛夫先生從鋼製的門框中現身，左右各有一個警衛，他打量艾琳。在這暗影幢幢的場景中，即使四周都是全副武裝的魁梧男人，他仍明顯是最危險的人物。

「很有效，」他稱讚艾琳，「其實不必要，但很有效。」

「很榮幸能服務你，叔叔。」艾琳說，搬出訓練有素的客套話，來阻止自己說出失禮很多的話。

「尤其是他們也想殺我。」

「如果他們不是先想殺妳，妳還會來保護我嗎？」

陷阱題。一般人會想狗腿地說「當然會呀」，但那恰好是錯誤的答案。「大圖書館不介入這種事，」她反而這麼說，「我們不是你的盟友，但也不是你敵人的盟友。」

「很公平的回答。」他的眼底有某種情緒一閃，他作了決定；他仍然不動聲色，但氣氛稍微變輕鬆了。「很好，我會簽你們的協議，我向妳保證。現在妳回房間去收拾行李吧，馬上就會有人護送妳回家。」

艾琳眨著眼。「你這麼快就要我離開？」這比她期望中更理想——她可以離開這裡，問那些她急著想知道的關於妖伯瑞奇的問題——但是她做錯什麼了嗎？

「妳獲得安全通行權而待在這裡，我的敵人卻差點殺了妳。我可不想向妳的大圖書館賠償。」他轉向恩斯特。「送她回房間，確保她安全到達。」

等他們遠離被聽到的範圍——雖然無法百分百排除有監視器和隱藏式麥克風的可能——艾琳看著恩斯特。「我是不是不小心得罪他了？」

「不是。」恩斯特用低沉的嗓音回答。他的頭部裹著一圈繃帶，表明他在稍早的攻擊中受了傷。「原因有兩個。一是妳比他預期中更危險。他沒想到妳操弄認知的那一套手法效果有這麼快或這麼強，他本來以為妳的力量有一部分是因為有龍小子當盟軍。第二個原因是兄弟們拿事情的發展來下注，而他不喜歡大家只顧著玩樂。」

「噢。」

恩斯特拍拍她肩膀。「別擔心啦，圖書館員女孩。我已經提醒過他妳就是有這麼危險了，所以我的名聲沒有受損。」

「那賭金呢？」

「噢，我押在妳身上啊。」他輕點一個口袋。「也許下次我們可以再來一遍。妳很擅長裝出無助又配合的樣子。」

「抱歉，」艾琳挖苦地說，「龍小子不會贊成的。」

第四章

「妳怎麼回來了？」凱開門時用質問的口氣說。

「我還以為會受到更熱烈一點的歡迎呢。」艾琳有點受傷地說，「可以先讓我進去嗎？行李箱好重。」

凱退後一步讓她進門。倫敦難得沒有大霧滿天，陽光灑了下來，上午的天光讓凱蒼白的臉頰有了些血色，也照出他黑髮中隱含的深藍色調。他袖子上薄薄一層吐司屑表明他剛才正享受早午餐和慵懶早晨。「我真是詞不達意。過來。」

他伸長手臂，艾琳用腳把門帶上，行李箱往地上一丟，享受溫暖的擁抱。她本來還想多做點什麼，但眼角餘光看到樓梯頂端有條裙子閃了一下。卡瑟琳在偷看。

「妳渾身血味。」凱嘟噥，鼻子埋在她頭髮裡。他微微退後，但仍牢牢握著她。「出了什麼事？」

「如果你別在我每次從外地回來後就審問我，我們的關係會比較輕鬆。」艾琳喃喃道。龍的感官當然比人類敏銳，但她真心希望能先吃早餐喝咖啡，然後再面對棘手的解釋階段。「這與我提早回來的原因有關。你應該注意到我完全安然無恙，連瘀青或擦傷都沒有。」

「目前的狀況很緊急嗎？」

「普通。只有你和卡瑟琳在家嗎？」

「韋爾也在這。」凱朝起居室歪了一下頭。「我們正在喝咖啡。」

艾琳倒不能真的說眼紅，但她的朋友都悠哉地在這喝咖啡，而她卻被不講理的士兵捧著機關槍追殺，確實感覺有點不公平。「他一起聽也好。卡瑟琳！」她朝樓上喊。

「來了。」卡瑟琳走下幾級樓梯。陽光也照耀著她，照暖她棕色皮膚，讓那襲深綠色絲絨洋裝有種春天的氣息。她肉桂色的頭髮以堅決並實際的手法向後紮起，腰帶上插著一支雞毛撣子。她懷裡抱著一疊書。「有事找我嗎？我正要把這些按順序排好。」

「真抱歉耽誤妳做這件事。」艾琳有些同情地說。她能體會在那種勞務中渾然忘我的感覺。這時她突然瞇起眼睛。「等一下，那些是我的《約翰辛克萊幽靈獵人》系列嗎？」這套書是她父母送的遲來的聖誕禮物，不是這個平行世界的產物，而且非常不符合這個時代。已經好幾個月了，她還是沒時間看這套書。

「別擔心，我沒對它們做什麼。」卡瑟琳保證，「我只是整理而已。已經擱在那兩星期了，都沒人按照順序把它們排好。」

艾琳咬牙忍住，沒說出她是刻意把這樂趣留給自己的，她想要悠閒、愉快地沉浸其中，一邊整理一邊隨意翻開書本尋找有趣的段落。或許一個屋簷下容不得兩個圖書館員——或該說是一個圖書館員，以及一個準圖書館員。「嗯，總之，」艾琳說，「下來吧，我有新消息，妳聽了應該會十分高興。」

「應該、十分？」但卡瑟琳放下那疊書，乖乖下樓。「這表示我又能去大圖書館了嗎？」她滿懷希望地問。

「我先喝點咖啡，然後就告訴你們所有事。」艾琳抱了凱最後一下，便放開他，走進起居室。卡瑟琳想回到大圖書館一點也不令人意外，她與她舅舅完全相反：對其他人，以及可能與他人發生的肉欲關係毫無興趣，卻深愛書本。她就和任何藏書家一樣，對進入大圖書館垂涎不已，因爲大圖書館自從沒人記得的遠古時期就開始貯藏虛構文學了。

韋爾坐在起居室的扶手椅中。他們交情夠好，他沒有費事起身表示禮貌，只是把剛才趁她說話時倒好的咖啡遞給她。韋爾的指節有剛被酸性物質灼傷的疤痕：他從住處前來之前，顯然正在進行某種化學分析工作。他的晨間西裝無可挑剔，鞋子擦得亮晶晶——不過那得歸功於他的管家，而不是他本人。他黑眼圈很重，瘦削的臉累得憔悴，不過表情隱然透露出洋洋得意的滿足。

「我看得出妳此行功德圓滿，溫特斯。」他說。

「這根本不需要推理，」艾琳回答，「你只要耳朵沒問題，就能聽到我剛才在門廊說的話。而我看得出你在調查某些事。」

他倦怠地擺擺手。「下毒案，毒液是從河豚體內抽取出來的，而做案用的枕頭在套上枕頭套之前就先沾了毒液。被害人的體溫和夜裡頭部施加的壓力足以令他吸入致命劑量，但警方只把死因註記爲心跳停止。很簡單——不過恐怕莎莉．卡魯瑟斯小姐得另外找個未婚夫了，因爲她的未婚夫現在因謀殺罪被逮捕。」

「我很高興你一直有樂子——我是說，一直致力讓倫敦更安全。」艾琳在咖啡前安坐下來，凱和卡瑟琳則各自找到座位。艾琳喝了一口能讓她恢復元氣的咖啡，同時評估現場氣氛。卡瑟琳是最容易判斷的人：不耐煩，想回去弄書，預期會失望。韋爾比較中性，願意根據她所說的事情本身下判斷，再用他自己的才智分析整件事，而有鑑於他是名副其實倫敦最偉大的偵探，他的分析可能會指出艾琳沒注意的盲點。至於凱——則像是處於休眠狀態的活龍，暫時看起來很平靜，但內心燃燒著能量，炙熱到願意為她挑戰天空。

這想法讓艾琳不安。她並不希望凱為了她惹上麻煩。她當然很感謝他的支持、他的信心、他的愛……然而她也經常擔心自己不值得他這麼做，覺得他去不那麼危險的地方會更好。當她抱著凱，她新解開的身世之謎感覺像沾在她手上的一種譬喻性血跡。

艾琳咬緊牙關。正因為如此，她將很謹慎看待自己對凱提出的要求。她不是那種會試圖訴諸感性的傻瓜，以「我太愛你了，不能冒險讓你受傷」為理由阻止他參與。任何圖書館員都知道那類故事會如何發展：犧牲者會堅持硬要涉入，反而陷得更深。艾琳知道如果她試著偷偷溜去找妖伯瑞奇，凱勢必會緊追在後。但她至少能夠注意自己對他提出什麼要求——這表示控制局面。

「好吧，」她放下杯子說，「我就直接切入重點了。我提早回來是因為我的目標歐洛夫先生昨晚決定簽署妖龍和平協議了。我的下一個任務必然是把他簽好的文件交到大圖書館，不過在那之後，我又能自由運用時間了。」

「除非妳的某個上司指派工作給妳。」凱說。

「嗯，對啦。」艾琳承認，「不過暫時假設他們不會指派工作給我吧。」她看向卡瑟琳。「我在歐洛夫先生的別墅時，妳舅舅和我聊了一下。他要求我暫時把妳藏起來，而最容易實現這件事的場所就是大圖書館。妳會反對我帶妳回到那裡嗎？」

卡瑟琳的眼中閃爍著飢渴的光芒。「我最不可能有的反應就是反對。謝謝妳！我是說，我當然會想你們大家……」她倉促地補上一句，敷衍地展現圓融。

「席爾維大人爲什麼要求妳不讓他外甥女公開露面？」韋爾一針見血地問。

「他擔心妖精之間有某種權力鬥爭正在上演，要是別人認爲卡瑟琳可以自由進出大圖書館，她可能有危險。」艾琳回答。

「但我不能自由進出啊，」卡瑟琳提出抗議，仍然因爲受到允諾能回到她心目中的天堂而眼冒愛心，「我純粹是因爲妳用了我的眞名把我拉進去，我才進去了。如果別的妖精想如法炮製，他們得先找到一個圖書館員才行。」

凱拿起一份摺起的報紙，伸長手用報紙敲她頭。「妳根本沒在思考嘛。他們又不知道這件事，只有這間屋子裡的人和艾琳的上級知道而已。在其他人眼裡，妳就是憑自己進去的。要是妳到處宣揚艾琳做了什麼，就會害所有世界的圖書館員都有危險。」

卡瑟琳怒瞪他。「那是大圖書館的問題，干我什麼事。」室內的死寂令她重新思考自己丟出來的這句話。「呃，這聽起來或許是有點過分……」

「不是『聽起來』，卡瑟琳。」艾琳輕聲說。她很容易忘記這年輕女孩只有十七歲，但是當她說出那種讓周圍無言的話來，總是狠狠提醒艾琳她的年齡和缺乏經驗。「『就是』。我知道妳不像我對大圖書館有個人的忠誠，但如果妳想成為圖書館員，終究必須作那個決定。」

「可是如果我只想從那裡借書、偶爾進去逛逛呢？我們討論過這件事，艾琳，我不確定我想成為像妳一樣的圖書館員。我想在某個地方當眞正的圖書館員，能夠與讀者分享書，也許偶爾冒個險。老實說——大圖書館根本就不分享。」

「但妳仍然想擁有大圖書館的通行權。」艾琳指出。她一直小心翼翼地避開終究可能會出現、因忠誠問題而引發的衝突。卡瑟琳得找她舅舅及資深圖書館員辯論她的未來，艾琳打算不要蹚這渾水，在討論時躲遠一點。「妳不用像我這樣鞠躬盡瘁，但妳確實要開始思考妳的未來了。」

「我可以在大圖書館慢慢思考，」卡瑟琳一臉恬靜地說，「而且我在那裡很安全。大家都滿意。」

艾琳憋回一句話：**除了我，因為妳不想成為像我一樣的圖書館員，這罪名要由我來扛。**畢竟在接下來可見的時間內，她都要把卡瑟琳交出去，自己則有空閒研究妖伯瑞奇，這確實不失為一個雙贏局面。「好吧，」她說，「我想妳應該不知道目前妖精的權力政治或派系的情況如何吧？或是世界消失的事？」

「我怎麼可能知道？這兩個月我都和妳在一起，我甚至沒機會看舅舅的信。」她頓了一下。「等等，妳說世界消失？」

「我也很好奇。」凱說。

「這是席爾維大人轉述的謠言，妖伯瑞奇也提到了……我收到一封他寫的信。」凱和韋爾都瞪著艾琳，她趕緊解釋。「還是那些老話，威脅、影射大圖書館腐化、想和我談什麼的，沒什麼意料之外的內容。他提到一些世界消失了，不過沒有詳細說明。席爾維大人也只知道這樣而已。我要向大圖書館報告，看看是不是眞有此事。」她看回卡瑟琳。「妳最好去打包行李了，妳可能要在大圖書館待上好一陣子。」

「可是那裡已經有很多書可以看了呀。」卡瑟琳抗議。

「打包衣物，卡瑟琳。妳在那裡時總要穿衣服吧。」

卡瑟琳嘆氣，不過仍然跳起身，衝向她的房間。

「妳們兩人的差別是，」凱提出見解，「妳也會想到要打包書，但妳會繼續待在門外偷聽我們講話，而不是眞的去打包。」

「我有從小就接受良好教育的優勢。」艾琳把咖啡喝完，感覺世界變得美好了一點。

「此言差矣，應該說妳從小就被以毫無道德觀的方式養大。」韋爾說。他已經整個人半躺，垂著沉重的眼皮打量他們。「溫特斯，妳還是很堅定地想調查妳的父母可能是誰嗎？」

「我不覺得還有選擇的餘地。」艾琳回答，壓抑住突然閃現的煩躁和不快。韋爾身爲推導出這項發現之人，現在開始把它說得好像只是「一種理論」未免有失公道。「再說，眼前妖伯瑞奇威脅著我——」

「我們。」凱打岔，顯然不想被排除在外。

「好吧，我們，因爲最近的一些事件。綁架、附身未遂、謀殺未遂……」艾琳放下杯子，兩手一攤。「他背叛了大圖書館，他是大圖書館的敵人。」

「這些絕對構成充分理由，讓妳慶幸自己不是由他帶大的。」韋爾說，「但如果妳發現他果眞是妳父親，妳打算如何？」

他的話狠狠侵入了艾琳一直在逃避的區域。她刻意不去想之後自己該怎麼做，尤其是其中一種做法涉及殺了妖伯瑞奇，否則他可能先殺了她——或更糟。「我不知道。」她說。她在逃避，他們兩人都很清楚。

韋爾坐直身體，然後傾向前，定定看著她。「溫特斯，我從未嘗試——好吧，沒有積極嘗試——強迫妳遵守這個國家，甚至是這個世界的法律。我接受事實：妳來自這個世界之外，而且身爲圖書館員，妳根本就來自所有世界之外，因此我頂多只能期望妳受到某種個人道德感約束。我已向現實妥協，妳再怎麼撒謊、偷竊，都不會有一絲愧疚。然而，要是妳打算在非屬立即性的自我防衛情況下，也未接獲妳理論上較高層級的權威命令，便冷血地謀殺某人，妳將玷污妳的個人道德——要說是妳的靈魂我也沒有意見。我寧可不要發生這種事。」

「你明知道我殺過人。」艾琳輕聲說，「我刺死了關提斯大人，就當著你的面。」那也不是她第一次——或最後一次——殺人。

「那算是立即性的自我防衛，還加上保護他人。」韋爾回答，「我或許不會鼓掌叫好，不過我能接受。但這回情況不同。」

「這對我們所有人來說都攸關生命。」凱生氣地打岔。顯然他也仔細想過這件事了。剛才他和韋爾就是邊吃早餐邊聊這個嗎？「妖伯瑞奇還活著，而他絕對會試著殺光我們——尤其是艾琳。或是殺了她的人但拿走她的身體，這更糟。」

艾琳感覺雙手握緊椅子扶手。妖伯瑞奇視她為潛在的身體來源，他試過附在她身上，要不是韋爾聲稱妖伯瑞奇是艾琳的父親，讓他分心，他就得逞了。那真的會是比死亡更悲慘的命運。「我不否認，想到被變成傀儡，被用來摧毀我投注信念的所有事物，確實影響了我的判斷。」這話說得太保留了點。那種概念讓她的胃部凝結，喉嚨發乾。「我是在自我防衛。我說了，我在歐洛夫先生家時，他的信送到我手上——他仍然對我有興趣。我不能冷處理，希望他知難而退。」

「我不打算和你爭辯，石壯洛克。」韋爾當沒聽見艾琳的意見，逕自對凱說。「我知道我動搖不了你的想法。不過既然溫特斯作任何決定你都會接受，我會盡全力說服她。」

「這事很單純直接，」凱說，他的表情和語氣充分流露龍族王子的傲慢，「他敢攻擊我和我家裡的人，我就除掉那個人。這不是什麼犯罪和審判的問題；這是戰爭。」

「對，我有想到你可能會這麼說。」他回頭看艾琳。「那麼妳打算這樣做嗎？殺了他？」

「正如凱所說，現在是戰爭狀態。」艾琳決心不發脾氣。她提醒自己，韋爾現在提出這些論據是因為把她當朋友。「姑且說我會避免殺他——但我希望阻止他。那你建議我怎麼做呢？去找個地方躲起來，希望他一直找不到我？放棄這個世界還有他知道我去過的任何世界？」

「我還以為你們圖書館員都會訓練自己放下執著、看淡一切。」

「簡直是胡扯，」艾琳馬上厲聲回道，「我們根本不是某種出家人好嗎？我們對所有事都執著得要命——我們的書、我們的朋友、我們最愛的街道、我們最喜歡的咖啡品牌……」

「你們的復仇。」韋爾接口。

「我這個人是不記仇的。」

「去和布菈達曼緹說吧。」凱嘟囔。

艾琳裝沒聽見。她老早就放下對同事布菈達曼緹的敵意了。「這都是假設性的討論，」她堅持道，「我的疑問需要解答，我才能繼續往下走。韋爾，你通常不會根據這種未經證實的推測提出主張，現在為什麼這樣做？」

「因為我很擔心妳，溫特斯。」韋爾輕聲說，「對妳——以及我們幾個來說，實在太容易沉溺在眼前的難關，而忽略了長遠該朝什麼方向走。妳或許是殺過人——但不是殺人狂，我也不希望妳變成殺人狂。」

「那不然你要我們怎麼辦？」凱質問。艾琳聽他說「我們」覺得心情一振——這提醒她凱是站在她這一邊的，會在身邊支持她。

「如果我們應付的是正常罪犯，我會建議擒捕、受審與判決。」韋爾說，「他曾是圖書館員，我想大圖書館可以主張司法權——畢竟它也算是某種擁有主權的政體。妖伯瑞奇搞不好是他們紀錄中最早的罪犯。」

「搞不好。」凱沒什麼建設性地說，「我在大圖書館當學徒時，曾試著研究那地方的歷史。

艾琳，妳絕對沒資格抱怨我對我的祖先知識貧乏，大圖書館半斤八兩。」

艾琳不想把話題扯遠了。如果她眞想獲得有多少叛徒曾背叛大圖書館的資訊，可以直接問大圖書館內部安全部門的主管美露莘。她也許得不到答案，但問總是可以問的。「韋爾，那你的意思是？你要我向上級申請正式的逮捕令，然後試著活捉妖伯瑞奇？」

「我不贊成試著活捉他，不過正式命令應該派得上用場。」凱插嘴。

「凱，配合一下好嗎，」艾琳嘟噥，「我還以爲你是我的後盾。」

「我是啊，」他的語氣冷冷的，「但我也想讓妳活命。如果大圖書館要妳針對妖伯瑞奇採取什麼行動，就得回答妳的疑問。而如果妳確實拿到某種正式的追捕令，妳就能向他們請求支援。妳有盟友——在我這一邊，妖精那一邊也有。很多盟友都會樂於找辦法幫助妳，而又不涉及政治議題，純粹只有圖書館員知道。」

艾琳輪流看著他們兩人。兩人都是她的朋友，都願意幫她，但都因爲個人道德觀或標準而該死地很囉嗦。「其實我做了一些事來善用我的盟友。稍早見到席爾維大人時，他說他欠我一次人情，我就請他去找能提供我妖伯瑞奇有用情報的人。」

「這正是我所想的那種事啊！」凱愉快地說，「眞可惜妳確實得和妖精打交道才能獲得這項資訊，不過這已經往正確方向前進一步了。」

「你的偏見露餡了，凱，」艾琳嘆口氣說，「很誇張地露餡。你眞的得停止哀嘆與妖精合作有多痛苦，因爲卡瑟琳在門外偷聽。」

「我沒在『偷聽』。」卡瑟琳隔著門說。她沒有開門，不過門和門框的縫隙仍看得到她的裙子——艾琳就是因此察覺她在那裡的。「我是在『等待』。」

艾琳由她兒時就讀優良寄宿學校的經驗知道，原則上，好人是不會在門外偷聽的。日後她判定這項原則完全沒有問題，只不過她本身就不是好人。「妳說是就是吧。」她看回凱和韋爾。「所以你們兩個都堅持要我向上級取得正式命令，來決定接下來怎麼做？前提是我能逼他們回答我的疑問？」

「妳通常沒這麼小心眼吧，溫特斯。」韋爾說。他竟然如此大膽、如此厚臉皮地流露出對她失望的語氣。「至少我個人並沒有『堅持』什麼。我會支持妳——如果妳願意接受我的協助，但我也有權表達我的憂慮。」

「就像如果我們陷入妳的處境，妳會為我們做的。」凱和他一搭一唱。

「顯然我遺傳到我父親的部分，多到誰都不樂見的程度！」艾琳惡狠狠地說。片刻後她看到凱毫不掩飾的受傷眼神，以及韋爾退縮的表情，她就後悔了。可是她怎麼可能不去想這件事？

她站起身，感覺體內的憤怒像蛇一樣由盤繞狀態舒展開。「你們兩人的大腦都不曾裝過他的思想，你們都不真正了解他是怎樣的生物。我不光是指他殺人的事，我指的是他還凌虐人，用他們的皮囊來偽裝自己……我不是為了某種小家子氣的報仇欲望而以身犯險，我這麼做是因為我不管的話，之後又會有別人受害。我不是唯一有危險的人，我們不是唯一有危險的人。對，我會利用盟友，也會利用優勢，我會徵求正式許可，我會用盡辦法來提高機率，成功地……」她本來想說「殺了他」，結果改口成：「活下來。但我不會再逃了。」

這些都是實話。不過在她的思緒中，總是藏著一件她不會告訴凱的事，就像鎖了三道鎖的箱子中的有毒寶物。凱的哥哥山遠想把他們兩人分開，他說是爲了凱好，他甚至可能眞心這麼認爲。但是他知道艾琳是妖伯瑞奇的女兒。也許有人會相信這種邪惡不會遺傳，可是龍族的世界就是建立在遺傳、世系和遺緒上。凱的父親與叔叔們會說些客套話，會提出充分理由去採取一些行動，他們不會把她不幸的血緣怪在她頭上……但她和凱將被拆散。

她必須知道自己到底是不是妖伯瑞奇的女兒。如果眞的是——她得做點什麼。

「艾琳，妳要怎麼做？」卡瑟琳輕聲問。

艾琳很想回答「我不用向妳報備」，但她想像這句話聽在耳裡的感覺，在其中聽到了她父親的口吻。不是她的養父，那是她愛的人，而是她那藉著罪惡生下她的生父。這想法令她畏縮，彷彿她發現最愛的書有一些頁面腐爛成一團。「這樣下去討論不出結果的，」她很勉強地說，「卡瑟琳，我帶妳去大圖書館。我在那裡的時候會要求一些解答，然後我再釐清接下來該怎麼辦。凱、韋爾，你們有誰想和我一起去嗎？」

韋爾和凱互看一眼。後來回答的人是凱。「我自己已經寄信打聽消息了，我待在這裡才不會不小心錯過回信。」

「我目前正在追蹤關提斯夫人的組織在倫敦本地的餘孽，」韋爾說，「也許會找到她和妖伯瑞奇的通聯紀錄。」

「好吧。」艾琳試著從他們的回應聽出道理，而不是立刻刺傷她的那種「不了，妳自己去吧，我們才不在乎」。她知道這種感覺太過情緒化、不公平又不理性，卻仍揮之不去。「謝謝你們。走吧，卡瑟琳，我們得先甩掉想跟蹤我們的人，所以準備好要連換幾輛計程車。」

在她離開前，凱站起來再度擁抱她。「當心喔，」他說，「我聽到一些……奇怪的風聲。」

艾琳揚起眉毛。「是誰、在哪裡、什麼時候、說了什麼、怎麼說的？」

「我寫信給李明尋求資訊和建議時，他說會盡力而爲，但也勸我別惹麻煩。他提到我的一些族人正面臨政治困境，還說有什麼事正在醞釀。雖然是有點大膽的假設，不過這或許和妳提到世界消失的事有關——如果那是眞的。」

艾琳不喜歡追問他顯然不想透露的私密龍族資訊，但這項警告實在籠統到近乎無用。她甚至不確定警告中指涉的對象是凱的家族，還是泛指所有龍族。「我現在不逼你講這件事，不過有什麼我應該特別小心提防的嗎？」

凱敷衍地擺擺手。「我也不確定，可是……如果有人向妳求助，或請妳賣個人情，最好不要輕易答應。」

艾琳幾乎微笑。「我什麼時候輕易答應過了？」

「嗯，妳答應收我當實習生啊。」他嘴角勾起，「還有卡瑟琳。」

「作這兩個決定我都沒有半點後悔。」她緊抱凱最後一下，然後放開他。

但她再次穿上大衣，往門口走去時，艾琳想起凱說的話：**妳渾身血味**。

第五章

「**進來大圖書館，塔莉塔。**」艾琳用語言下令，同時牽著卡瑟琳的手把她拉進門。這仍然和上次一樣困難，就像拖著沉重的行李爬坡，或是扛著昏迷的人體，不過仍然成功了。這妖精的真名結合語言的效力，足以將她從韋爾倫敦的小型郊區圖書館拉進大圖書館。不管是場景或場所都截然不同：原本是呆板的次等房間，瀰漫著讓人鼻子發癢的黴味，書架上擺滿三本一套的當紅小說；然後一腳跨入的是彷彿冰雪女王宮殿內部的房間，全是白色大理石和山毛櫸木材，書架上放滿以奶油白和象牙白皮革裝訂的厚書。

艾琳仔細地把門帶上，卡瑟琳則開心地打量四周，走過去用指尖掠過滿架書背。她的表情是對書籍純粹的頌揚，它們的存在——以及她能取得它們——讓她充滿喜悅。艾琳看著這一幕，感到微微心酸。她自己已經好多年沒有感受過如此單純的快樂了。

幸好這房間裡就有一部電腦，讓艾琳不必拖著一個寧可去探索的妖精到處找電腦。「我先通知上級現在的狀況，」她邊說邊坐下來開機，「別逛到不見人影啊。」

她聽到一聲希望是允諾的嘟囔，被挪書的聲音給蓋過了，艾琳沒再管她，登入帳號，心中已在構思要怎麼寫電子郵件給她的導師考琵莉雅解釋一切。結果她很詫異地看到收件匣頂端有一封寄給自己的信，標記爲「最高優先」。

寄件人就是考琵莉雅，幾小時前寄的，而她顧不上寒暄。立刻來見我。使用速移，密碼是「挫折」。

艾琳快速瀏覽其他等待點開的信件標題，不過都不重要或與眼前的事無關，也沒有她父母的信，所以她沒看那些信就關掉電腦。「妳今天要獲得有趣的新體驗了。」她對剛偷偷靠近想從她肩後看信的卡瑟琳說。

「我可以待在這裡就好，」卡瑟琳提議，「那妳就知道我在哪了。」

「這也是爲了妳的安全著想。有些圖書館員若是發現有陌生人在四處亂逛，可能會做出不恰當的反應——尤其如果發現那陌生人還是個妖精的話。」

「『我待在這裡就好』怎麼被偷換成『四處亂逛』了？」卡瑟琳碎唸，拖著行李箱跟在艾琳身後。

「個人經驗談。」她們沿著房間外的走廊走，艾琳左顧右盼；更多白色大理石，更多山毛櫸，拱窗外還閃爍著極光，在淺色牆壁上投射奇異光線。「我不是不能體會——相信我，我能，我自己也會這麼做，所以我才對妳這麼凶、這麼殘忍、這麼不公平。」她終於在一個路口看到目標。「有了，速移櫃。這是我們在這裡快速移動的方式，而不用花幾小時走路，才終於找到考琵莉雅的辦公室。」

「那爲什麼不每次都用就好？」卡瑟琳顯然對上次在大圖書館裡靠雙腿跑完全部行程的經驗還耿耿於懷。

「因爲這要耗費很多能源，只有資深圖書館員可以授權使用。」

「而妳很擔心，因爲要不是有充分理由，考琵莉雅是不會授權使用它的？」

艾琳轉頭回望卡瑟琳。她得記住，這女孩就和艾琳本人一樣，不只是一介入魔的藏書癖患者而已。她從她舅舅那裡受過一些政治方面的訓練，雖然她缺乏艾琳的實戰經驗，不過能夠判斷成年人的情緒——儘管她並不總是有耐心發揮這項專長。「對，」艾琳承認，「如果考琵莉雅急著要我過去，那麼……嗯，我怎麼想都不覺得是好事。」

她們兩人擠進櫃子時，卡瑟琳默不作聲，她的行李箱塞在兩人之間。艾琳關上門，眼前陷入一片黑暗。「抓牢囉。」她警告，然後切換成語言。「**挫折**。」

櫃子有如全世界速度最快的送菜升降機一樣動起來，墜落的速度快到足以讓最不怕死的特技替身嚇出一身冷汗，然後又在黑暗中轉著看不見的彎。卡瑟琳被甩到艾琳身上，她驚愕地發出尖叫。艾琳咬緊牙關站穩腳步，在心中默默讀秒，等待旅程結束。

她們轟然落地。艾琳先扶卡瑟琳站好，才把門打開。光線湧入。

這房間有點像中世紀的日光室，屋頂的大片玻璃板讓外頭的陽光滲落，籠罩底下刷白的石牆和鋪磚地板。牆上綻線的掛毯圖案描繪出穿著盔甲的騎士英勇對抗巨狼、魔女和火鳥——也可能是與之並肩作戰。家具精簡到極致，只有一張陳舊的木桌和被推到旁邊的椅子。正在使用這張桌子的女人坐著輪椅，手指停在筆電鍵盤上，打量著新來的訪客。

艾琳眨眨眼。「美露莘，」她客氣地說，「我沒想到會在這裡見到妳。」她還以爲大圖書館安全部門的負責人從不離開她存放資訊的地窖。

「我從不離開大圖書館，但不表示我永遠都待在底下的安全部門那一層。」美露莘回答，顯然猜到艾琳在想什麼。她沙褐色頭髮剪成參差不齊的短髮，身穿寬鬆的格紋襯衫和牛仔褲。不過她的輪椅顯然是從某個高科技世界運進來的，上頭的控制鈕多到艾琳一眼數不清。很可能也配備隱藏式武器；她畢竟是個圖書館員。「我猜這位是妳的實習生？」

「對。美露莘，這位是卡瑟琳，席爾維大人的外甥女。卡瑟琳，這是美露莘；她是圖書館員，妳想必已經猜到了，而且是——」艾琳注意到美露莘不著痕跡地做了個否定手勢，趕緊調整即將出口的話，把「安全部門負責人」改掉，「我們年資最久的成員之一。我之前向她報告過幾次。」

艾琳能猜到美露莘的動機；這個較年長的圖書館員希望在卡瑟琳不知道她的階級和職位的前提下，問卡瑟琳一些問題。這不完全公平，但艾琳能理解原因。如果卡瑟琳想待在大圖書館，她就得自己處理這件事。成爲第一個進入大圖書館的妖精有利有弊。

「幸會。」卡瑟琳有禮地說。

「對，希望如此。艾琳，考琵莉雅在她臥室，她狀況很不好。幸好妳來了。」

艾琳吞了吞口水，喉嚨很乾。「狀況很不好」這句話嚇壞她了。即使以圖書館員而言，考琵莉雅都很老了，而自從上次去巴黎，經歷了不合時節的寒冬和龍製造的冰風暴，她就染上了咳嗽，還越咳越嚴重。她在艾琳面前當然裝沒事。他們什麼都不告訴艾琳，不管是生重病，或遇上麻煩，或……「謝謝，我可以把卡瑟琳留在妳這裡嗎？」

「當然可以。」美露莘說，她的語氣幾乎稱得上溫柔。「妳要花多長時間都沒關係。」

艾琳僵硬地點了一下頭，穿越房間，敲臥室門。

「請進……」考琵莉雅的嗓音幾乎不可聞，尾音轉為細細的、撕裂般的咳嗽。

考琵莉雅不在床上；她斜靠在窗邊的琥珀色絲絨沙發上。她的膚色隱隱發灰，氣色很差，原本僅剩的幾兩肉也都瘦得看不見了；她臉上的骨頭太明顯，人類的手比有發條裝置的木手要來得更細更脆弱。沙發旁擺了一疊紙，伸手就能拿到，不過紙堆頂端有一本翻開的廉價平裝本科幻小說，封面華麗俗氣。臥室牆上掛著更多掛毯，房間四角陰影幢幢。考琵莉雅一邊眨眼一邊試著看清艾琳，她再次咳嗽，一舉一動都顯露疲態。

「我幫妳拿點什麼來吧。」艾琳說，四處張望尋找某個東西——任何東西，只要能幫她都好。茶？藥？考琵莉雅是為整座大圖書館制訂政策的圖書館員長老之一，某個世界應該有先進科技或強大魔法能幫她，應該把那些東西帶到這裡維持她的生命，讓她康復。

「現在能幫我的東西已經很有限了。」考琵莉雅用手捂著胸，等呼吸緩過來才放開。她穿著最愛的絲絨長袍，顏色是像靜脈血一樣的深紅，不過袍子在她身上看起來很空。

「噢，別說得這麼戲劇化。」

「我親愛的孩子，死亡本身就帶有很不幸的戲劇性。妳還記得有種古老的哲學論證，說如果森林裡有棵樹倒下，但旁邊沒人看見，它未必眞的倒下？死亡就像那樣，不過可惜的是，就其本質而言，至少一定會有一個人在場，把它搞得很戲劇化。」

「既然妳能這樣滔滔不絕，想必病得不是太重。」艾琳說，她的話主要是想說服自己，而不是認真的。「要是妳狀況再好一點，妳應該會指出可能有一種狀況是垂死之人已經昏迷，那會大大降低其戲劇性。」

「對，但我不想自打嘴巴。」考琵莉雅坐起身，艾琳幫忙調整靠墊，讓她舒服一點。「我們至少有兩件事要討論，一件關於妖伯瑞奇，一件關於我。還有什麼別的我該知道的事嗎？」

「我說服歐洛夫先生簽協議了。席爾維大人找我聊了一下，要求我讓卡瑟琳待在這裡，避開公眾的目光；妖精之間有某種爭端，他擔心要是他們認爲她能自由進出大圖書館，她會成爲目標。」

「而如果她說她需要圖書館員幫忙，要嘛沒人相信，要嘛只會害圖書館員也成爲目標。」考琵莉雅說，一如往常精準地點出問題。「我認爲在這情況下，我們是可以暫時讓她待在這裡。不過當然不是當成人質。」

「當然不是。」艾琳趕緊附和，「還有，在妳說之前我先回答妳：不，我不認爲這是席爾維大人精心設計的陰謀，目的是先讓我們把她帶進來，再聲稱我們拿她當人質。」

「我腦中確實閃過這種想法，不過我相信妳的判斷。」考琵莉雅停頓一下，但沒有開始咳嗽。過了一會兒，她放鬆了。「那麼她暫時是我們的客人。妳對該怎麼處置她有想法嗎？」

「我在想可以安排她和學生一起上幾門課，或一門課。希望還有複數課程開課。我知道我們人數不足，但應該沒有那麼不足，對吧？」

「嗯，沒有那麼不足，課程也確實仍是複數。這想法似乎挺合理的，我會安排。妳告訴過任何人她的眞名嗎？」

「欸……」艾琳遲疑著，「這是必要資訊，是嗎？」

艾琳發現自己極度不情願說出眞正的想法；具體來說，就是她不打算把對卡瑟琳那種程度的控制權交給任何圖書館員。很可能也包括任何生物。你可以用妖精的眞名控制和約束他們，因此他們才會對眞名守口如瓶。卡瑟琳完全是在最迫切的狀況下才把眞名交給艾琳的，不這麼做可能會比死還悲慘。

倒不是說艾琳不信任其他圖書館員。她信任他們，大部分啦。但如果大圖書館本身以一個政體而言，發現它處於尷尬的立場，有人可能決定拿卡瑟琳當政治槓桿，而艾琳身爲她的老師兼監護人，可不會讓這種事發生。

「我是說，誰會需要呢？」她用溫和而無辜的語氣補上一句。

「給妳滿分十分。」考琵莉雅讚許地說，她眼中的幽光顯示她完全理解艾琳的言外之意。「繼續保持。現在我們回到要討論的其他重點吧。妖伯瑞奇，還有我。」

艾琳深呼吸。她不想問出下一個問題，因爲那表示她將得到某個答案——而那答案會決定她接下來的路怎麼走。但考琵莉雅這麼虛弱、病得這麼重，相較之下她自己的哀鳴感覺好小題大做。房裡的陰影似乎像示警的惡兆，朝她們圍攏過來。

「他是我父親嗎？」她終於問。

考琵莉雅伸出木手碰觸艾琳的手。「他是，孩子。就血緣上來說——但僅此而已。」

艾琳不由自主地垂下頭。她無法直視考琵莉雅的眼睛。「我那麼信任妳，我一直那麼信任妳。妳怎麼能這樣對我？」

「我是因爲別無選擇，才證實妳已經知道的事。要是妳沒發現，我很樂意騙妳一輩子。」

「讓我活在謊言中？」

考琵莉雅嘆氣，她的呼吸在肺裡發出雜音。「別把我的時間浪費在陪妳耍任性上。」

「是，當然不應該。」艾琳喃喃道。她喉中有個熱熱的硬塊，她不確定是因爲考琵莉雅證明了眞相，還是因爲她承認自己原本就知道眞相卻騙了艾琳。「妳從來就不讓我耍任性，不是嗎？」

「握有權力的人沒有任性的本錢。」她握緊艾琳的手，直到艾琳抬起頭。「這是一種不該養成的壞習慣。別想辯稱妳沒有權力，妳明知道妳有。問題在於妳要怎麼處理它。」

「嗯，我要要求大圖書館針對『我父親』這個狀況，作出完整解釋。」艾琳說，刻意強調那三個字。既然她不能在考琵莉雅面前發脾氣，好歹可以諷刺幾句。她的心彷彿被一片洶湧的酸液取代，這麼做可以降低酸液的熱度。「這似乎是把事情弄清楚最簡潔俐落的方式。」

考琵莉雅皺眉。「妳會這麼一板一眼還眞不尋常。」

「我得讓一個墨守法規者兼衛道人士滿意才行，他很關心我的德行問題。」

「啊，對，確實。」考琵莉雅見過韋爾。「妳知道嗎，那不會有幫助的。」

「妳說得到答案？」

「我說殺死妖伯瑞奇。」她的目光很直率。「妳在考慮這件事，不是嗎？」

「妳最好不是想祭出什麼『如果妳殺了他，妳也沒比他高尚』的論調。」

考琵莉雅咂著舌頭。「拜託，艾琳。我知道妳剛才說我太戲劇化了，可是妳眞的認爲我會講出這種話嗎？」

「那不然妳是什麼意思？」艾琳克制自己，避免把這句話講得太哀怨。她想要答案，不想討論哲學。她想要可以實際應用的指導，她想要幫助。

「我們都經歷過艱難的狀況。」她又拍拍艾琳的手。「諸如我該不該背棄誓言、我會不會犧牲弟弟、我能不能放棄一條手臂丟給狼群吃……之類的事。像我活了這麼久，至少也會碰上幾樁道德困境。艾琳，我下面說的完全是眞話：妳因爲他是妳父親而想要殺他，這事實顯示妳確實感到與他有所連結，因此殺了他可能是妳所能作的最壞選擇。」

艾琳向後靠，發出不悅的哼聲。「這段話眞是有夠燒腦。」

「眞實事物往往如此。妳父母不知情──從以前到現在都不知情。這是絕對的眞話，如果妳要的話，我可以用語言複述一遍。他們知道妳的生母是在非自願情況下懷孕的，她根本不想要孩子，不過他們就只聽說這樣。我會讓妳決定妳要不要告訴他們。」

艾琳內心有什麼東西稍微放鬆了。她的父母若是騙了她，再加上其他所有打擊，會成爲最後一塊磚頭，放在已不堪負荷、失去平衡的高塔上，勢必將她埋在殘垣斷壁下。

「我的生母是誰？」她試探地問，不眞的期望得到答案。「我在那本獨一無二的《格林童話》裡讀到的故事，暗示妖伯瑞奇他──嗯，他的親妹妹……」她並不想眞的把話說清楚。

「知道這個對妳沒有幫助。」考琵莉雅的語氣跟燧石一樣堅定。「我可以告訴妳，她和他沒有血緣關係。在古早那時候，我們都習慣互稱兄弟姊妹，那是當時流行的風潮，結果似乎被寫進故事裡了。可是她是誰，或是否還活著……不光是涉及妳的權利，她也有她的權利。放下這件事吧。事實上，放下所有事吧，繼續過妳的人生。」

「噢，拜託，他可不會把我放下。他寄了封信給我。」她亮出那封信當作證據。「警告我大圖書館的事，說網裡有一隻邪惡蜘蛛，提到有世界消失什麼的。」

考琵莉雅疲憊地嘆口氣，放鬆身體躺回靠墊。「在年紀較輕的時候，他們從來不告訴你這個。我滿腦子：好耶，好耶，我要偷書，我要保存宇宙，可是他們有提到得開導學生、說服他們做正確的事嗎？不，他們沒有。我該提出正式申訴，說我是被詐騙才接下這份工作。」

「認眞一點好嗎。」艾琳要求，又想笑又苦惱，左右為難。「我需要幫助。」

「噢，我很認眞啊！有一天妳會坐上同樣的位置，而妳會希望當初好好聽進我說的話。給我筆和紙。」

艾琳拿來後，看著考琵莉雅快筆寫了幾句話，然後簽名。「拿去，」她終於說，說完又咳起來，「這是讓卡瑟琳插班加入目前實習生課程的命令，包括大圖書館的建築學、檔案管理、組織架構、竊盜、僞造等標準課程。她的授課老師會知道她的身分，但除非她自己想，不用告訴其他實習生。我個人認爲她如果把妖精特質掩藏起來，比較能獲得平靜和安寧，有助於在自己的空閒時間閱讀。看她啦。」

「謝謝。」艾琳接過那張紙，眞心感激地說。身爲目前年紀最老的圖書館員之一，考琵莉雅說話是很有分量的。卡琵琳的安全不成問題。

「現在我們要來談談妳不愛聽的部分了。」

艾琳揚起一眉。

「艾琳，妳有沒有想過圖書館員老了以後會怎麼樣？」

她說得對，艾琳不喜歡這話題的走向。「妳是指沒在出任務或擔任駐地圖書館員時死掉的那些人？」她問。

「對，顯然是那些人。我們就別拐彎抹角了。就是像我這樣，已經在這裡住了很久的老人……以及坦白說，已經活得很累的人。年齡是會堆積在人身上的，健康狀況下滑會更加凸顯這件事。閱讀並不能永久作爲活下去的動力。」考琵莉雅的注意力現在不在艾琳身上了；她半是自言自語，嗓音輕如耳語。「噢，我是可以去一個高科技世界，讓他們重新移植我的肺，或是去高魔法世界，讓他們揮揮魔杖就把我修好，但之後我就得越來越常進廠維修……而我受夠了。我見證了我們以爲絕對不可能的和平協議成功簽署。我看到妳長大成人。我年輕時認識的其他圖書館員幾乎都死光了。我背上的烙印每天都變得更重。該是我前往大圖書館更深處的時候了。」

「這是某種荒謬的委婉說法，意思是自殺嗎？」艾琳質問。她幾乎被恐懼噎到窒息。她不能這樣失去考琵莉雅。這女人是她的導師——更是她的朋友。「我才不會讓妳——」

考琵莉雅抬起枯瘦的手，艾琳因爲被訓練成習慣服從而驀然住口。「總是如此浮誇，」年長圖書館員說，「不，這不是委婉說法。仔細聽好，艾琳，我要告訴妳一個祕密。」

「我當然在聽。」

「結束生命的老圖書館員被……保存起來。大圖書館會留著所有屬於它的東西，而我們全都被標上了大圖書館的烙印。肉體有時盡，某物無絕期，妳想稱它爲心智或靈魂或精神都隨妳。那就是我會發生的情況。」

艾琳花了點時間消化這一切，還沒忘記避免因震驚而張大嘴巴。「我倒是第一次聽說。」她終於說。

「那當然，資淺圖書館員不會聽說這種事。我們暗中推動你們別去想這方面的事。前一天我們還在，隔天我們就不見了。」

「這對死在大圖書館之外、而且根本不知道這回事的圖書館員來說，可不是什麼愉快的想法。」艾琳說，她的邏輯自動引導她想到比較不理想的一種結果。

考琵莉雅聳肩。「嗯，如果我們假設這種狀況顯示死後確實有某種形式的存在，那麼可以推知，他們也有靈魂，總是會去某個地方。就我所知，我們這裡是爲自己判處永恆的刑期，而不是充滿福氣地和上帝團聚，或是轉世，或什麼有的沒的。神學不是我的專長。又或許他們也會出現在這裡——或許繼續留在這裡的只是我們的複本。哲學博大精深，在晚餐桌上辯論哲學總是害我消化不良。」

艾琳在心裡暗想她認識的老圖書館員，那些原本住在大圖書館，後來在她跑外勤時就默默逝去的人。「那如果妳還會在這裡——如果其他圖書館員都還在這裡——表示我能和他們交流嗎？」

「那似乎不是預設條件之一。」考琵莉雅遺憾地說，「抱歉，我們會進到大圖書館更深處，以某種抽象方式協助支持和維護它。不過就我所知，我們不會與生者交流。這大概算是好事，你們需要繼續過你們的人生，我們……嗯，我希望到時候我會有時間補一些閱讀進度。」

整個概念幾乎太大了，艾琳難以消化。「這太奇怪了。」她說。「奇怪」只是個暫時代用的詞，實際上她想講的是「嚴重、龐雜、巨大、不可能」。與此同時，她腦海深處又有個聲音在對她說，這不但是眞的，而且是對的。事情就應該是這樣，它……很合理。大圖書館當然會保存自己人——圖書館員就和書一樣啊。對她來說，要擔心的事反而少了一件。「我從沒想過可能有這種事。」

「如我所說，我們暗中推動你們別去想。」考琵莉雅伸手擁抱艾琳——她的擁抱溫暖，但好脆弱、好無力。「妳聽了會覺得好過一點嗎？我是說等妳回來時我已經不在了？」

「不會。」艾琳說，悲傷再度湧現。「這對我沒有眞正的撫慰作用，因爲即使是眞的，即使妳能在大圖書館的核心繼續存在……我仍然會失去妳。」

「噢，艾琳。」現在考琵莉雅的嗓音裡帶有眞實的痛苦，「我無法爲妳擋掉這種折磨，大圖書館也不能。我不能，妳的龍王子不能，妳的偵探不能，妳的實習生不能，妳的父母不能，妳的朋友都不能……如果妳在某處的故事裡找到答案，那妳已經比我強了。」

有人短促地敲門。

「我可以說『滾開』嗎？」艾琳小聲說。

考琵莉雅嘆氣，然後又咳起來。她在咳嗽間的空檔喃喃說：「叫對方進來。」

卡瑟琳緊張地把頭探進門內。「抱歉打擾了，」她說，「但科西切率領的工作小組找艾琳過去，而美露莘說她想先和艾琳講兩句話。」

考琵莉雅輕點一下頭，彷彿早已料到。「去吧，艾琳，他們可不願久候。」

艾琳還想多聊幾句——某些有意義、有用處的內容——但看到考琵莉雅一副意興闌珊的樣子，她實在也無法再說什麼或做什麼了。艾琳對自己、對考琵莉雅、對死亡本身感到憤怒，再加上確切地知道即將失去，淚水不禁湧了上來。「努力待久一點？」她說，拚命維持嗓音穩定，「拜託？」

「我不保證任何事。」考琵莉雅回答，頭垂下去。她不願直視艾琳的眼睛。「妳該走了。叫卡瑟琳進來，我要和她談一談。」

沒有任何話語可以改變這件事。不管是語言，或人類口語，甚至是艾琳心底最深處的自白。考琵莉雅是她的導師、她的朋友，甚至如同父母一般被她視爲家人，而現在她要失去她了。

艾琳把殘存的自尊像破布一樣裹在身上，抿緊嘴唇。她不要哭出來。既然考琵莉雅可以硬得下心，她也可以。「我晚點再來看妳。」她說，試著憑純粹的意志力將這句話變成陳述性事實。

「別弄丟性命，」考琵莉雅說，「妳還有太多事要做。」

考琵莉雅的臥室門一關上，卡瑟琳就看著艾琳。「她說什麼？」她急著問。

艾琳逼自己記起卡瑟琳的憂慮和她自己的憂慮同樣眞實切身。「她同意妳可以待在這裡。」

卡瑟琳小聲歡呼並擁抱她。

「嗯，好，請記得我這底下有肋骨，暫時還不需要弄斷。」艾琳喃喃道。她拍拍女孩的肩膀，女孩鬆開手。「現在進去和她談一談，她要評估妳目前的能力，然後將妳分配到一些課程裡。我也許沒辦法馬上回來，不過我會盡量讓妳知道狀況……」

「課程？」卡瑟琳皺眉。「我以爲妳會直接讓我看書自學。」

「只可惜那種事在小說裡比現實中來得可行。如果妳想待在這裡，就要去上課。」

「我會是超級優秀的學生，不出一個月，他們就會推薦我成爲大圖書館的正式會員啦。」卡瑟琳篤定地說，「別爲我操心，我在這裡好得很，去做妳的事吧。」

艾琳看著這滿懷熱情的妖精，懷舊與遺憾像一根針在她的心上穿過。**我也曾經像她那樣。以前全然是書本帶來的喜悅，現在卻被外交、爭權奪利、談判、復仇弄得烏煙瘴氣。到底怎麼了？**

一部分的她試著回答「我長大了」，但她莫名地覺得答案應該更複雜。**我們暗中推動你們別去想那方面的事……**

美露莘等卡瑟琳把門帶上後，才示意艾琳坐進唯一的椅子。「坐吧，」她說，「妳和我需要討論幾件事。」

「我猜科西切可以等？」艾琳邊說邊坐下。太陽似乎已過了最高點，室內光線不再那麼明亮。黑暗緊附在屋角，還沿著地板悄悄蔓延。

「噢，他希望我向妳問話，畢竟這是出於安全考量。不過我對妳想問我的問題更感興趣。」這是個好兆頭。「妖伯瑞奇。」艾琳馬上說。她晚點再爲考琵莉雅傷心；她現在想得到答案。

「妳知道多少？」

「我知道妳是誰的孩子。」美露萍的眼神疏離，不帶歉意。「我眞心認爲如果妳一輩子都不知情，會過得比較開心。我錯了嗎？」

艾琳頹然倒向椅背。「不，妳沒錯。大家都會這麼說，對吧？『這都是爲妳著想。』」

「人到了一定年紀會學到一件事，那就是眞相與和解對『國家』來說或許是必要的，但是對『個人』來說未必最好。我的職務讓我對某些圖書館員的了解遠超過他們本人——但告訴他們全部的事實不見得對現狀有幫助。」

「所以基本上，妳自認爲是法官、陪審團——」

「兼劊子手，對，如果必要的話。」美露萍泰然自若地說，「我們不奉行民主制，妳選擇成爲圖書館員並接受大圖書館烙印時，就同意聽令行事。有時候那表示我們會爲你們好而騙你們。如果妳想要不同的工作環境，當初就該另謀他職。」

「妳眞的不信話術那一套，對吧？」

「從我調到安全部門以來就不信了。」

「所以，我只是好奇一問啦……」艾琳歪頭，「誰來監視監視者？」

美露莘臉色一沉。「大圖書館會監視我。不，我不打算解釋，以後妳或許會明白我的意思。如果妳懂了……」她皺眉，彷彿在衡量某個決定。

「怎麼樣呢？」艾琳催促，因爲美露莘顯然不打算說下去了。

年長的圖書館員嘆口氣。「也許會遇上妳需要緊急找我談話的機會，如果遇上了——相信我，到時候妳自然會知道，也會曉得原因——就用速移櫃下到安全部門找我，別搭一般電梯。密碼是，噢，『歷史』。」

這額外的一層詭祕和偏執讓艾琳的心直往下沉。「到底是怎麼回事？」

「這是應變計畫。我喜歡有應變計畫。我曾經沒有任何應變計畫，結果看看我有什麼下場。」她比向她的輪椅。「把這當成寶貴的人生教訓吧。」

艾琳超想問美露莘出了什麼事才會坐輪椅；這女人剛才的用字遣詞透露那是受了外傷，而不是先天性殘疾。但從對方的神色看來，探問這個話題將立刻終結對話，而不管某些人有什麼評語，艾琳確實是能夠察言觀色的。「好喔，」她輕聲說，「『歷史』，我會記住的。這和科西切找我去談的事有關係嗎？」

「說不定有。」美露莘說了等於沒說。「我不贊同他的想法，但少數服從多數。這種事總會發生。」

「妳不是說大圖書館不走民主制嗎？」

「在妳的層級確實不是。」她傾向前。「要小心，有消息說一些世界消失了。」

艾琳點頭。「席爾維大人也告訴我了。妖伯瑞奇也是──他寫在一封信上寄給我。」

「我想看看那封信。」美露莘皺眉。「我不知道是不是眞的，但大圖書館與那些世界的連結失效了，我們沒辦法親自過去確認。我們只能依賴龍或妖精的報告。」

「那些顯然消失的世界之間有什麼連結嗎？」艾琳問，「我不是指像與大圖書館的連結，而是類型上的相似度。」

「那倒沒有──但它們都是知名的反抗者區域。意思是，該地的龍不服從上級，或是妖精不喜歡配合社群中其餘分子……」美露莘聳肩。「目前已有四個世界消失，兩個在高度秩序區域，兩個在高度混沌區域。就連韋爾都會贊同，這還不足以建構完整的理論。」

「『還』不到時候。」有個念頭閃過艾琳腦海，源自她自己一心想著的事。「會不會是妖伯瑞奇搞的鬼？類似從整個世界吸走生命來讓他自己活下去？」

「以把錯全推到大家都痛恨的人身上的角度來看，這理論很不錯，不過它嚴重缺乏證據。」美露莘說，「妳不是說妳收到他的信？」

艾琳再次拿出已有點破爛的信。

美露莘打開信，讀完後皺起眉。「沒什麼新鮮內容嘛。這信留給我吧，妳該去見科西切了，代我向他道歉，耽擱了這麼久。還有……當心點，現在千萬別把事情越弄越糟。妳可以用速移櫃，密碼是『可否認』。」

「了解。」艾琳看了考琵莉雅的房門最後一眼，便逼自己走向速移櫃。

「下次見。」她說完跨進去。

速移櫃的門緩緩打開，彷彿它在穿梭於不同房間的過程中變得古老，鉸鏈都被灰塵堵塞，門框也破舊變形。新的房間裡燃著燭光，不過一點都不夠亮。這房間很小，讓人腦中不由得浮現「密室」二字，除了房間中央的桌子、速移櫃和幾張椅子，幾乎沒有空間再容納任何家具。

「進來坐下，女孩。」科西切說。他是資深圖書館員之一，毫無疑問，他對艾琳親生父母的身分瞭若指掌。他一向看起來對艾琳沒什麼好感，不過就這方面，他對所有人是一視同仁。他頭頂光禿，臉上的鬍鬚卻濃密地炸開，正用指節粗大的手拉扯鬍子。他像某種古代德魯伊一樣裹著厚重的淺色羊毛長袍，表情像是在盤算下一次獻祭時要把誰塞進柳條人雕像中燒死。

桌邊坐的另兩人，艾琳不認識。兩人年紀都不小了——這不意外，因爲顯然這是一場極資深圖書館員專屬的簡報會。其中一位是女性，身穿艾琳認得是韓服的服飾，包括裹襟式黃色短上衣和紅色長裙，裙襬在她椅腳周圍鋪開。另一位穿著黑色修士長袍，兜帽拉起，同時藏住其臉孔及性別；艾琳只看得到那人的手因衰老和關節炎而扭曲。

這三個人圍坐在圓桌的半邊。艾琳坐進他們對面僅剩的一張空椅。她的位置兩側都有蠟燭，讓那三個年長圖書館員能看到被照得較清楚的她，反之她卻看不太清楚他們。

這感覺像審問，或是審訊。「你們是不是要問我，最後一次見到我父親是什麼時候的事？」

她發問，腦中短暫閃現古老繪畫和老故事的記憶。

「她挺有幽默感，」穿修士袍的人說，嗓音輕盈而語調很平，「她的紀錄中沒提到。」

「有提到，」科西切反駁，「不過寫的是『不恰當』的幽默感。」

「我們直接切入重點吧。」穿韓國服飾的女人嚴厲地說。以年齡來說，她的頭髮太豐盈了，與手上的皺紋或鬆垮瘦削的臉龐格格不入。艾琳意識到那一定是假髮，即使和其他圖書館員，也就是她的同儕待在一起，她也無法暫時停止訓練有素去評估和衡量別人的習慣。「我在此聲明，這場會議的列席者包括主席科西切；資深圖書館員和諾理及黃眞伊，還有圖書館員艾琳。」

「本次會議的主旨是討論妖伯瑞奇。」科西切說，他的嗓音像倒塌的墓碑。「我們都讀了妳的報告，女孩。不消說，妳絕對省略了幾件事沒提；任何探員都會這麼做。我們相信妳不會省略重要的事。」

艾琳一向清楚記得自己在報告裡寫了什麼，尤其當她寫的內容與事實有出入時。這能減少事後討論時發生必須尷尬地自圓其說，或是直接被識破撒謊的可能。「沒什麼重要的，」她斬釘截鐵地說，「不過最近有兩項新進展。」

那個修士——用消去法來判斷應該就是和諾理了——轉過頭來，兜帽的橢圓黑洞挑釁般正對著艾琳，邀請她試著徒勞無功地觀察其五官。「什麼進展？」

「我收到妖伯瑞奇的威脅信；它現在在美露莘手上。此外，席爾維大人要求我把他的外甥女卡瑟琳帶來大圖書館，暫時待在這裡以策安全。我還沒機會寫完整的報告。各方消息指出有些世界消失了，但美露莘說你們已經知道。然後目前也有某種妖精權力鬥爭正在進行。」

「什麼時候沒有某種妖精權力鬥爭在進行？」黃眞伊嘟噥，還像這該怪艾琳一樣瞪著她。

「我還沒時間仔細查證。」艾琳爲自己開脫。她在口袋裡摸找帶在身上的文件，然後放在面前的桌上，推過去給科西切。「這是歐洛夫先生簽好的妖龍和平協議，還有考琵莉雅寫的讓卡瑟琳加入我們實習生課程的授權書。」

科西切用一根手指壓住信封，根本懶得打開看。「很有用，兩者皆是。不過我們離題了。妖伯瑞奇。妳知道他是妳父親吧？妳知道爲什麼沒人告訴妳嗎？」

「我知道他是我父親。」艾琳說，感覺這句話在口腔留下又嗆又酸的餘味。「有人『告知』我爲什麼一直沒人讓我知道這件事。」她不打算說自己「知道」或「理解」了，這話題仍然太敏感。

「好吧，妳的意思傳達到了。現在，我們通常不會這麼建議——」

「因爲我們通常不會鼓勵資淺圖書館員白白糟蹋我們花在他們身上的大量訓練和心力。」和諾理打岔，「別再兜圈子了，科西切。艾琳，我們認爲妳想一勞永逸地處理掉妖伯瑞奇這個問題，我們的想法正確嗎？」

到底是誰在兜圈子？這裡只有我一個人願意講出關鍵字嗎？「你們是在問我想不想殺了他嗎？」

「對。」黃眞伊說，「通常我們是不贊成暗殺的，不過妳能理解在這個案子中我們爲什麼考處這做法吧？」

「不光是因爲他對大圖書館構成威脅，」艾琳回答，「也不光是因爲他謀殺了其他圖書館員，他在近期一直試著摧毀大圖書館——或許還包括過去我不知道的時期。」和諾理與科西切迅速互看一眼，黃眞伊輕敲手指，在在暗示她的假設是成立的。妖伯瑞奇過去果然試過，但出於某種原因，這些事實被掩蓋了。「但現在他也知道我是他女兒了，因此我可能會拖累你們。」

「妳可以待在大圖書館。」和諾理指出。

「永遠？因爲要就是永遠待著了。即使如此也只是拖延戰術，拖到他再攻擊大圖書館爲止。」她想起讀過的那個童話故事，用民間傳說的形式保存眞實發生的事件；故事中說妖伯瑞奇的妹妹還活著，在大圖書館深處躲他。艾琳不想加入這個行列。

大夥又互使了眼色。「爲什麼是現在？」黃眞伊說，「他從幾百年前就是大圖書館背上的芒刺，妳憑什麼認爲我們現在就有能力做些什麼了？」

「因爲我們目前已達到一種緊張局勢緩和下來的狀態，能夠向他方求助。」艾琳回答，「或至少，我們可以期待他們保持某種程度的中立，而不是趁機落井下石，或是爲了他們的私利而挑撥他來對付我們。」

她保持客氣尊敬的語氣，但內心聽到黃眞伊的提問——應該說聽到一連串的提問，卻提高警覺。這並不是開放式面談，他們眞心想知道她有什麼想法。這是那種包含非常明確最後階段的會議，而他們要確認她是否符合需求。**韋爾詢問我的意願，是因爲他認爲我想殺妖伯瑞奇——還是**

他懷疑我會被下令做這件事？

我加入大圖書館可不是爲了當殺手，但我怎麼能拒絕呢？

「妳有任何具體計畫嗎？」科西切皺著眉問。他扯了兩下鬍子，好像它是拉鈴索。「比『前往妳上一次見到他的地點，要求他現身面對妳』更具體的計畫？」

「請等一下，」艾琳連忙說，感覺進度有點跳太快了，「你們原本不是在說殺死妖伯瑞奇的事嗎？怎麼會一下子跳到討論我的個人計畫，要我做這種自尋死路的事？單槍匹馬？」

「姑且把這當作智力測驗吧——直到我們給妳正式命令。」和諾理冷冷地說。

艾琳內心五味雜陳。她先前願意與韋爾爭辯自己有權試著殺死妖伯瑞奇，但現在眼看著她眞的將受命執行暗殺任務，她感覺越來越不安。「我的腦袋並沒有那麼不清楚好嗎，」她拖延時間，「我現在可能很火大，但我並不笨，也沒有自殺傾向，我也不認爲我活在那種故事裡，可以直接走到他大門前挑戰他。那種事留給妖精做就好。」

科西切哼了一聲。「這回應很合理，但不算答案。」

艾琳傾向前，將雙臂擱在桌子上。「我的第一步是在『這裡』研究他，好好利用我們所掌握的他的資料。我要和美露莘談——對了，她爲什麼沒出席這場會議？」艾琳從剛剛就一直在糾結這件事。美露莘先前說：**我不贊同他的想法，但少數服從多數。**如果大圖書館安全部門的負責人不贊成這項任務……

「這是機密資訊。」黃眞伊說完，嘴巴像鋼鐵捕獸夾一樣合起。

「抱歉離題了。」艾琳暫時壓抑住不安。她晚點再讓自己沉溺在被害妄想症裡。美露莘已經提醒過她要小心，若是說錯話，她還走得出大圖書館——甚至這房間嗎？「好。先在大圖書館研究妖伯瑞奇，然後去找我的妖精人脈，有一票妖精都欠我人情，看他們能否給我任何資訊。我們知道妖伯瑞奇經常和妖精打交道，聘雇自由接案的妖精，不過最近幾次對當事妖精來說，下場都不怎麼好看。很可能有人願意出賣他。」

「妳也打算向龍族討情報嗎？」和諾理問。

艾琳謹慎挑選措詞。「這話我只在這裡私下說：若是發現有龍族和妖伯瑞奇談條件，我也不會意外，即使他們未必知道他是誰，或他的完整背景。」或很小心地避免探問，以免得知眞相，她心想。「但我認爲在近期之內，我們極度不可能得知任何一人的身分，或從他們口中獲取任何有用資訊，除非奇蹟發生。」

「對，那符合我們已知的事實。」和諾理贊同。

「凱可能知道誰願意幫忙——或是該找誰談。如果我們能把妖伯瑞奇困在一個高度秩序世界，就能抑制他藉著語言或透過混沌所做的事。」

妖伯瑞奇用語言能做到的事，遠超出艾琳的能力所及。雖然她在大圖書館待了這麼多年，妖伯瑞奇知道的詞彙與句構，她卻聞所未聞。在理應是自己強項的地方徹底被人比下去，已經不是「令人不爽」可以形容的了；簡直是令人髮指。但如果大圖書館不讓她接觸那些詞彙，她就沒辦法掌握它們，除非她自己也變節……

她的審問者再次面面相覷。然後科西切點點頭，另兩人慢了一秒也做一樣動作，幾乎像同步作用。艾琳聯想到將近一年前的威尼斯，當地妖精的力量太強大，控制了全部人的意志，將他們變成傀儡。看到區區普通人類——好吧，是圖書館員——在爲共同目標聯合一心時，能表現出這麼相似的舉動，還眞令人發毛。

「專心點，孫女。」科西切板著臉說。他搖搖頭，彷彿有點困惑自己怎麼會這麼說，怎麼會突然沾親帶故起來。「不對。女孩，艾琳。這會很複雜。該是阻止妖伯瑞奇繼續攪局的時候了。不過要是他知道我們要採取主動，他會跑去躲起來，接下來幾十年都不見人影。有鑑於此，妳說說看妳覺得我們爲什麼找妳過來？」

艾琳突然看出一種可能的解決方法，但她越想越覺得那是個壞主意。「我一個人去追殺他不太可能把他嚇到躲起來，」她說，「所以——你們要我明顯地在缺乏大圖書館支援下做這件事？可是這種行動絕對需要後援啊，有能力、有技術的後援人力。其他的圖書館員。」

「妳以前也叛逃過。」和諾理說。

「我才沒有！」艾琳抗議。

和諾理咂著舌頭。「姑且說在妳的『公開』紀錄中，妳屢次先行動，事後再申請許可——例如威尼斯事件那次。」

這說得通，不過仍是令人驚駭的想法。有上千種可能會出錯。這是那種出一張嘴的操弄者想出來太過複雜的計畫，他們以爲可以和宇宙對弈，卻沒意識到宇宙根本不甩任何遊戲規則。此外，這也將艾琳本人和她的朋友們置於可怕的風險中。「萬一有某個熱心過頭的龍或妖精以爲我眞的變節了，想抓住我交給你們，來換取未來的好處，那怎麼辦？」艾琳提出，試著想到回絕這件事的實際理由。

「盡量避開那種愛管閒事的傢伙，」黃眞伊建議，「盡妳最大的努力。」

「有多少圖書館員會知道眞相？」艾琳問。

「只有我們三個，」科西切說，「當然還有美露莘。總不能讓她認眞去追蹤妳，那可麻煩。」

「可是考琵莉雅呢？」艾琳問，越來越慌。她想知道這裡至少有一個人眞心站在她這一邊，而且知道眞相——如果苗頭不對，還能把她拉出來。這些人，科西切、黃眞伊、和諾理，或許是她的圖書館員同伴，並視她爲值得信任的探員，但不是她的朋友。

科西切的雙眼像沒掛窗簾的窗戶，灰而空洞，朝向無盡的冬季。「我會告訴她事實，女孩，不過我們就打開天窗說亮話吧——在妳回來之前，她就會走了。妳和她談過，妳已經知道了。我會確保她走的時候不會以爲妳是叛徒，這總行了吧？」

艾琳勉強點點頭。突然得知這個噩耗，她實在說不出話來。**在妳回來之前，她就會走了。**

「還有妳父母出外勤去了，」科西切說，「妳眞正的父母，把妳養大的父母。他們沒有理由聽說這件事，只要妳速戰速決。把這當作妳的動力吧。」他的嘴角抽搐了一下，試著微笑，但眼神仍然冷酷而疏離，像是他本人即將痛失至親。

他和考琵莉雅認識多久了？艾琳心想。**即使他們不是朋友，也在大圖書館裡一起變老，這有**

其獨特的親密感……

「了解。」她說，逼自己開口。但我心理上不能接受。「不過既然我們要瞞著其他所有圖書館員，這是否表示你們懷疑大圖書館裡有妖伯瑞奇的間諜？」

「不是。」黃眞伊說，她深思地慢慢說出這兩個字。「我們不這麼認爲。但是資訊一旦釋出，就很難管控，而妳並不是唯一有妖精朋友和龍朋友的圖書館員。越少人知道這件事，成功的機率越高。事實上，我們已經擬了一個小小的假消息行動。」

「我們等一下再討論那個。」科西切馬上說，「到目前爲止，妳了解這事要怎麼進行嗎？妳要單獨行動——或是和妳的朋友一起。我們會把手上妖伯瑞奇的背景資料和歷史紀錄都交給妳。如果妳需要建議，就進到大圖書館傳訊息給我們，我們會私下回應。」

「我們會優先處理，」和諾理悠悠地說，「我們的注意力都放在妳身上。」

「一切都會在掌控中。」黃眞伊補充。

科西切一定是看出艾琳的表情越來越叛逆。「當然，另一個選項是把妳留在大圖書館，直到妖伯瑞奇對妳失去興趣——立即執行。既然他已經送信給妳，表示他對妳在哪裡、如何聯絡掌握得太清楚。我眞的還需要把話說得更白嗎？」

這恐嚇是夠明確的了。艾琳要嘛配合這計畫，要嘛就被關在大圖書館好幾年——或是好幾十年，甚至好幾百年。她或許能擁有她心愛的書，但其他一切通通都沒有了。她將失去她喜歡造訪的那些世界中的任何事物。

她將失去凱。

她試著釐清這個局面究竟爲何令她如此不安——原因不只是和諾理用了「優先處理」這個字眼而已。部分是因爲不管他們如何拍胸脯保證私底下會支持，她確信「公開」叛逃會讓她的處境十分危險。另一部分是她感覺這一切都太巧妙了，搞不好聰明反被聰明誤。這麼做會使她置身於一根很長的樹枝末端，而她不信任的人手裡握著鋸子，一旦覺得必要就能割斷樹枝捨棄她。

她背上的大圖書館烙印發癢，像是在安撫她。她安全地待在大圖書館裡——她立誓服從這個地方，它是她投注信念的使命——而她正與其他有志一同的圖書館員協力合作。科西切或許是命令她去殺某個人，但他是圖書館員長老。她能夠信任這些人。

「好吧，」她慢吞吞地說，「我接受以這個計畫繼續進行下一步。不過我希望整個『叛逃』事件不要鬧得太大，如果我要向其他圖書館員求助才能完成任務，而他們認爲我未經大圖書館許可私自行動，那可是很不方便。」

「和諾理，公事包在你那嗎？」科西切威嚴地說。

「在這裡。」和諾理說完還暗自嘆了口氣，然後拿起原本靠著其椅子的亮皮黑色公事包，滑過桌子推給艾琳。「這是有關妖伯瑞奇的資料。我們修掉了一些與以前大圖書館行動有關的細節，因爲它們仍基於隱私權問題而被密封，不過那些部分應該不重要。」

「我沒有確認過，怎麼知道重不重要？」對於在這種有潛在致命危險的情況下，還拿到閹割過的研究資料，艾琳提出嚴正抗議；不只是她，可能參與的所有人都有生命危險。

「是美露莘審核的，去找她談吧。」和諾理再次交疊雙手，顯然打算結束這話題了。

艾琳很想當場扯開公事包就開始翻看，但她勉強克制住衝動。「謝謝。」她說。

科西切伸手從袍子裡取出一只串著錶鍊的沉重金懷錶，看了一下時間。「時間快到了。還有什麼問題嗎？」

我要是不合作，就馬上成爲囚犯。根本沒有選擇的餘地。她得暫時虛應故事，晚點再另想辦法。「一時想不到了。」

「很好，那我們可以談到假消息行動了。營造出妳變節並且不服從命令的假象，最簡單的方式就是當作妳眞的如此。這表示在剛好七分鐘後……」他又看了一下錶，「會有兩個圖書館員來到這房間，並奉令逮捕妳。」

「什麼？」艾琳抗議，「這實在是浮誇到可笑，你們只要在我離開大圖書館後寄一封電子郵件警告信之類的——」

「還剩下六分四十五秒，女孩，」科西切打岔，「開始跑吧，他們會去追妳。」

艾琳狠狠瞪他，只可惜她的眼睛沒有能力融化現實或發射雷射光束。她抓起公事包站起身。「往韋爾世界的出口在哪個方向？」

黃眞伊指著她左側的門。「從那邊出去，第三個路口右轉，下樓梯，第二個路口左轉，穿過活板門，第三個路口右轉，遇到岔路時走實心岩石那條走廊，然後第四個路口右轉後，妳左邊第二道門就是了。用跑的大概二十分鐘可以到。」

艾琳很慶幸她在大圖書館研習多年，能夠解讀這種指路方式。「我會保持聯絡。」她說完邁步開跑。

她忙著擠進活板門時，聽到身後傳來腳步聲。她在心裡暗罵一聲髒話。他們當然想得到她會直奔韋爾的世界，然後緊追在後。她一時考慮隨便選個別的方向，晚點再繞回來，但那樣變數太多——而且會有太多其他圖書館員可能真的相信她變節了。大圖書館經常像是被洗劫一空的金字塔，但就在你真心想要隱密和獨處時光時，又老是有半打同事在周圍晃來晃去。就此刻而言，它感覺不像家，而像是敵人的大本營。

艾琳由活板門落下，掉進用支柱撐起木材、四壁和地面爲夯實泥土的地底隧道。她沿著走道快步前進，把這計畫有多麼愚蠢的想法推到一邊，試著想出好辦法來聲東擊西或阻斷後方。腳下的泥土夠緊實，她沒有留下腳印，所以試著製造假足跡是沒用的。她所經過的門都是厚重木門，岔道則是像豎井一樣的低矮隧道。**我該鑽進一條支道躲起來，等他們經過以後再繞回來嗎？不，他們會直接在有韋爾世界出口的那個房間外守株待兔，我就得逃去另一個世界，期望凱會來找我……**

右邊第三條通道窄到讓她幽閉恐懼症都發作了。上方懸著一顆顆光裸的燈泡，她經過時拂得燈泡搖來擺去，使她的影子在地上不斷伸縮變形。她沒聽見追兵的聲音，不過他們一定離得更近了。她要想個辦法拖慢他們，一個他們無法直接用語言掃除的障礙。

她看到前方有個交會口，好幾條隧道像植物根部的纖維一樣向外蔓開。好吧，狗急跳牆計畫啓動。

艾琳在抵達交會口前最後一扇門外停住，手按在門上。「**我摸著的房間門，向外打開，把走道擋住。**」她命令。

那扇門顫抖著與鉸鏈抗衡，因爲語言逼它往和正常情況下相反的方向移動，接著它卡卡地朝走廊打開，形成臨時的路障。

「**我和門之間的地板升起、天花板降下，把走廊塡滿。**」艾琳繼續說，同時退後，她腳下的土壤開始震動，天花板也撒落大把碎土。空氣中瀰漫塵土，她用袖子摀住臉，希望沒有做得太過火。她可不希望把這一區的大圖書館整個弄塌……

不過泥土不再動作時，她周圍的大圖書館仍然是完整的。大部分啦。現在天花板有個難看的破洞，可看出遠方有光線閃爍，新鮮空氣拂過艾琳的臉。但她就讓別人來善後吧。眼前有大約一百八十公分厚的泥土堵在門後——更重要的是，對面的人不會知道土有多厚。等他們設法移開那扇門，他們面前將有一堵堅實的土牆，而他們無從得知她弄塌了多長一段走廊。這能爲她爭取時間。

微微的頭痛從一側太陽穴傳到另一側，有如一張疼痛織成的鍍金網，不過她不管它，只是又跑了起來，在心裡向自己保證只要到了另一邊，就能坐下來喘口氣，藉此抑制四肢的痠痛。

通往韋爾世界那個房間的門總算出現在眼前。後方仍然沒有腳步聲，她辦到了。科西切等人希望她被追，但並非眞的想要她被逮。她不願想像若是其他圖書館員追上她，並且試圖抓住她，會發生什麼事。有人會受傷的。她也許會掛彩，但他們絕對傷得不輕。雖然她勉爲其難地（暫時）接受了科西切的假消息計畫，她也並不想在過程中弄傷圖書館員同伴。

艾琳安心地嘆口氣，打開門走進去。

一隻腳伸出來擋在她前面，她被絆倒，跌了個狗吃屎。

第七章

艾琳仆倒在地時，等著艾琳的人由後方壓到她身上，用全身重量抵住她，一條手臂勒住她喉嚨。「不要掙扎。」熟悉的嗓音在她耳邊惡狠狠地說。

艾琳放軟身體，她認得這嗓音。「布菈達曼緹？」

「不，是來作客的龍族君主。」勒住她脖子的手臂暫時收緊，表明她有窒息的可能，然後才放鬆。「當然是我，妳這愚蠢、蠢到家、蠢到不行的白痴。」

「我承認。」艾琳氣喘吁吁地說。她進門的時候應該更謹慎才對。她腦中有個時鐘在滴答倒數還有幾分鐘，追兵就會繞過路障追上她。「妳在這裡做什麼？」

「阻止妳啊。」

「我們不是同一國的嗎？」她和布菈達曼緹的過往恩怨一言難盡，就和黑莓藤一樣扭曲糾結，也有同樣多讓人痛苦的刺。艾琳還是學徒時，布菈達曼緹就已經是正式圖書館員，曾在多項任務中負責帶她。儘管艾琳願意承認自己可能要負部分責任，但她們兩人始終處不來，輕微的看不順眼漸漸演變爲火力全開的仇視。年齡漸長、心態成熟，外加共同挺過殺身之禍，在某種程度上淡化了原本的態度，不過她們絕對稱不上朋友。

布菈達曼緹手臂又施力勒緊。「如我所說，妳在犯蠢。我是要阻止妳鑄下大錯。」

「妳認爲我想幹嘛？」艾琳問，讓語氣保持親切理性，心裡卻狂刷逃離現狀的方法清單。很不幸的是，大部分方法的預設條件都是：一開始就不要陷入這處境。

「妳在『試著』，」布菈達曼緹強調這兩個字，「去對付妖伯瑞奇。妳認爲基於某種荒謬的好運，妳可能有一絲機會殺了他，而不是落入機率遠遠更高的下場，也就是一命嗚呼、被剝了皮、懊悔出這餿主意。而且因爲上頭已經正式告訴妳不能這麼做了，妳現在準備偷溜出去、背叛組織，展現那種自我膨脹、小家子氣、老師的愛徒、確信妳違反規則也不會被懲罰的心態──」她的音調提高變成咆哮，「眞是妳的典型作風。」

「我以爲我們已經放下這些事了。」艾琳哀傷地說，「相信我，我眞的不是這地方的天之驕女。」**非但不是，我還是編號第一的實驗樣本，如果事情因爲我父親出錯，背黑鍋的人也是我。**

布菈達曼緹不由自主地收緊手臂，過了一下才克制住脾氣。「妳說得倒輕鬆。妳，艾琳，正因爲一輩子得天獨厚而深受潛在致命威脅。」

「爲什麼說致命？」

「因爲它會害死妳。」

艾琳硬是克制住爭辯的衝動。她的父母──養父母──是圖書館員，她從小就對大圖書館很熟，也經常造訪大圖書館。布菈達曼緹則是不知道從哪來的實習生，也不喜歡多談，大概不是什麼愉快的往事。艾琳猜想布菈達曼緹說她得天獨厚也不失中肯──不過就眼前而言那並不是重點吧。要是這個圖書館員再把她留在這裡久一點，她就會被逮到，而科西切愚蠢的假消息計畫以及所有一切都泡湯了。

「妳幹嘛守在這裡？」她換個話題。是科西切設局要艾琳以叛徒的身分被抓住嗎？這想法讓她不寒而慄。她還以爲能夠信任他。

「我是科西切的助理；我看得到他的行事曆。我知道他和一些人要與妳討論妳的計畫，也知道他要警告妳別去對付妖伯瑞奇。我想說我乾脆坐在這裡等著，以防……發生任何狀況。我看到妳跑進來時，就知道妳在做蠢事了。」

布菈達曼緹講到「妖伯瑞奇」時，語氣沒有任何異樣，因此艾琳默默在內心感謝上天。看來布菈達曼緹不知道艾琳是他女兒。要是她知道，絕對不會這麼若無其事。「科西切知道妳沒對他說一聲就看他的行事曆嗎？」她義正詞嚴地問。

「這不是重點。」布菈達曼緹迅速回答，「妳現在要不要清醒一點，安靜地跟我走？」只要試圖使用語言，艾琳勢必都會遭到鎖喉。她放開公事包，微微調整姿勢，試著用不太明顯的方式把手挪到身體底下。「聽著，」她說，希望講理就有用，不必訴諸暴力，「妳看到這公事包了吧？那是科西切給我的資料，他們准許我去追殺妖伯瑞奇。」

「那個公事包證明不了什麼。順便告訴妳，我可不會爲了察看公事包而放開妳。」

「如果我用語言發誓那是眞的，我奉命去殺他，妳會相信我嗎？」

布菈達曼緹遲疑著。圖書館員無法用語言說謊，如果艾琳用語言作出保證，足以證明爲眞。

「我不放心讓妳用語言說任何話，」她終於說，「妳只會試著掙脫。」

好吧，艾琳心想，我試過實話了，我試過理性了。她內心自私的一面很慶幸有機會反擊。被布菈達曼緹的腳絆倒不但傷了她的自尊，也害她喘不過氣。「大圖書館烙印，燃燒！」她在布菈達曼緹句子尚未講完時便命令道。她將手指向上滑，保護被勒住的喉嚨。

布菈達曼緹勒緊她脖子，沒有絲毫猶豫就從「箝制」升級成「扼殺」。然而，這種固定法在本質上就表示布菈達曼緹的前胸會貼著艾琳的後背。

身上的大圖書館烙印發熱是會痛的，非常痛。但她已有心理準備，而且雖然背部感覺介於嚴重曬傷及被燒熱的金屬烙印之間，讓她痛苦萬分，她知道布菈達曼緹會承受完全一樣的痛楚，而且是兩面夾攻，因爲艾琳並沒有多費唇舌用語言講清楚是誰的大圖書館烙印。

布菈達曼緹慘叫，放鬆手臂，艾琳掙脫後連忙滾向一旁，暗自咒罵她的維多利亞式長裙。她從牆邊一疊疊書塔中抓起一本書，朝布菈達曼緹丟去，它是一顆小型飛彈，只是平裝本而不是精裝本，但對於「迎面而來」的自然反應讓布菈達曼緹低頭護臉。

艾琳的背仍在痛苦哀號，不過至少她的衣服沒有因熱度而著火——只是感覺應該會燒起來而已。她抄起公事包，搖搖晃晃地站起來。她們兩人怒瞪對方，都因背上灼熱的疼痛而彎下腰。

布菈達曼緹看起來稍微不若平常那麼完美。她髮尾打薄的黑髮因爲在地上翻滾而變亂，商務長褲套裝的肘部和膝部沾了灰塵。她的目光在瞬間閃向室內另一扇門——通往大圖書館外部，也就是韋爾的世界——然後又回到艾琳身上。兩人都沒說話，她們都知道自己哪怕講幾個字，都可能讓對方趁機使用語言發揮有效或爆炸性的作用。

艾琳橫著走向那扇門，一隻手伸長準備握門把。她背部的疼痛正慢慢消退，於是再次意識到在其他追兵趕到之前，時間已所剩無幾。她對上布菈達曼緹的眼神，試著用目光逼退對方。**別再輕舉妄動，讓我走吧。**

「這是壞主意，」布菈達曼緹說，「政治局勢已經很危險了，不需要有妳雪上加霜。」

「世界消失的事？」

「所以妳聽說了。不是，還有別的。有人指控圖書館員涉入不該涉入的政治活動，有人在進行反對我們的活動。」

「如果是妖伯瑞奇，那就更應該阻止他了。」

「但如果不是……」布菈達曼緹眼中蒙上陰影，她搖搖頭。「這妳不必知道。我是來阻止妳把事情搞得更糟的。」

「給我更多資訊，否則就別擋我的路，讓我走。」

布菈達曼緹輕嘆一口氣，站直身體，兩手垂在身側。她聳聳肩。「妳是自尋死路。」她說。

艾琳感覺手指摸到門把。她拉開門，一溜煙閃身入內，然後用力關上門。

她進入的房間什麼都沒有，從剝光的牆壁到光禿禿的地板，之前的家具沒有留下半點痕跡。沒有博物館展示櫃、書架或任何東西——例如血漬或碎玻璃造成的刮痕。這是大英博物館裡的一間小儲藏室，也剛好是大圖書館通往這個世界的固定門戶。不幸的是，它也是數起頗爲暴力的事件發生現場，那些事件暴力到館長（在韋爾的一番遊說之下）決定從此將這房間閒置。艾琳聽說有些警衛認爲這房間鬧鬼，大概是因爲顯然有些人會憑空從裡頭走出來，就像她現在一樣。現在的關鍵是她沒有任何東西能用來擋住這扇門阻止其他圖書館員跟著進來。她只能以速度取勝了。

艾琳一下推擠一下側行，穿過擁擠的博物館參觀人潮，走到館外時幸運地看到一輛計程車。她完全顧不上羞恥心或禮貌，閃身越過正準備爬上計程車的那個穿戴厚重黑玉首飾和皮草的中年貴婦，搶先坐進車內。「如果你能在十分鐘內帶我到目的地，我給你三倍車資。」她向上對車夫喊道。

「女士，您要去哪兒呢？」他問道。「三倍車資」四個字有它自己的魔力，讓車夫對另外那個準乘客的抗議選擇性失聰。

艾琳把她和凱共住的地址報給他，然後便靠向椅背，車子駛入車流。她檢查公事包——簡單的搭釦，沒有鎖。想必若是它落入敵人手裡，那些人本領也夠大，任何鎖都沒有用，所以何必多此一舉？她很想當場打開公事包，但理智幫助她忍住；在高速行駛的計程車上可不適合閱讀庫藏的史料，不管那些資料多麼驚世駭俗又有情報價値。

才過八分鐘，計程車就喀啦喀啦停在他們住處外。「來，」艾琳說，把說好的三倍車資遞上去，「非常感謝。」

凱大步從起居室走到門廊來迎接她，一副蓄勢待發、心意已決的模樣。「我聽到有車停在外面，又聽到妳跑進來，」他說，「有緊急狀況嗎？」

「可能是。」艾琳承認，「或許有幾個圖書館員在追我，包括布菈達曼緹在內，他們認爲我背叛大圖書館，執意要去追殺妖伯瑞奇。」

「這是眞的嗎？」

「不是，我只是必須在表面上裝成這樣。我是指叛逃。追殺的部分是眞的。」

「這讓我立場很尷尬，」凱深思地說，「我是應該不管妳的行動和動機有多麼値得商榷，都仍然幫妳呢，還是因爲妳辜負了法定統治者的信任而追捕妳，哪個比較符合我的個性？」他看到艾琳的表情。「我的意思當然是爲了維持這個叛逃假象而考慮觀感問題。」

艾琳鬆了口氣，她不該懷疑他的。「不管我的行動多麼値得商榷，我覺得你應該無條件幫我。畢竟就邏輯上來說，我應該會編一套說詞騙你，對吧？你不會知道我是不値得信任的叛逃者。」

「太好了。」他微笑，感覺就像陽光照耀海洋，突然有一抹亮光打在他完美而冷靜的臉龐上，於是淡淡的暖意和人性將他由光滑的大理石變成你能夠期望撫摸的血肉之軀。「那我們是要跑路，還是躲在這裡並回絕所有訪客？」

艾琳皺眉，仔細思考。科西切派來追她的人，或許會在她離開大圖書館時罷手，但布菈達曼緹更鍥而不捨，而且現在還對她心懷怨恨。「韋爾去哪了？」

凱聳肩。「出外辦事。」

艾琳在心裡擲了一下硬幣。「我們去他家好了。即使他不在，我們也可以先開始看我拿到的研究資料。布菈達曼緹知道他住哪，但她會先來這裡找，這能爲我們爭取一點時間。」

「我們去那裡的路上，妳可以告訴我究竟是怎麼一回事。」凱說，語氣表明他要知道完整細節。

「好啦，不過恐怕我有壞消息要說。」艾琳又感到悲傷浮上心頭，知道必須談那件事會更難過——但凱有權利知道。考琵莉雅和凱的關係或許不像她和艾琳那麼親密，但凱也把她當朋友。每個人都有權爲朋友哀悼。

□

韋爾的管家現在已經認識也信任他們了，畢竟他們頻繁來訪，又經歷犯罪調查、謀殺未遂——再加上艾琳用心良苦地查出她最喜歡的烹飪種類（司康），然後傳授她從好幾個平行世界蒐集來的食譜。她很樂意揮手放他們上樓到韋爾家，並保證若是有韋爾以外的人問起，她會聲稱她不知道艾琳在哪。

韋爾的客廳仍然一如往常地擁擠，書架上塞滿剪貼簿，裡頭是舊罪案的細節與各種冷知識，一疊疊的參考書則有如傳染病似地由房間角落往客廳中央蔓延。壁爐架上擺滿奇妙的物件——一個黑白相間的機關盒，一只繡有銀線的神祕紅色皮囊，兩把成對的柚木柄彈簧刀，一塊令人參不透其用途、會規律無聲發光的機械裝置，一片寫著「准許六週」的紙張——不過這些東西都沒有染上灰塵，表示女傭都很習慣它們的存在。韋爾最近正在做的化學分析所使用的移液管與試管，在陰暗處散發詭異的微光，那是一種令人嫌惡、類似眞菌的綠色螢光。它們旁邊擺著半個吃剩的三明治。

「該來瞧瞧他們給了我多少情報了。」艾琳如釋重負地說。她把公事包放在桌上相對乾淨的區域，正準備打開時，兩人都聽到有車子停在屋外。

凱走到窗前，臉立刻垮下來。他用手勢要艾琳過去。

艾琳認出跨下計程車、朝前門走來的突兀高個子時，心臟直往下沉。那是凱的哥哥山遠。大禍臨頭的感覺沿著她的脊椎往上爬。儘管山遠很關心凱的福祉，卻已清楚表明他希望么弟離開艾琳，安全回到由龍族掌控的世界裡。他也知道艾琳的身世——韋爾向所有耳朵沒聾的人宣布這件事時，他也在那個暗黑檔案庫現場。感覺不太妙。

他們兩人都能聽到敲門聲，以及管家應門時山遠的嗓音。「我在找我弟弟，他用的是石壯洛克這名字。他在嗎？」

凱和艾琳互看一眼。「我不能讓他在下面罰站，」凱喃喃道，「我得下去。」

「我去躲在韋爾臥室好了，」艾琳提議，「他要找的人是你，不是我。」

她看得出凱明顯露出舉棋不定的表情。一方面，他很樂意有她作爲精神上的支柱。另一方面，如果身爲外人的艾琳在場，那麼在較年長的親戚面前，凱就得表現出符合龍族標準的禮貌，而那會讓他在對話時嚴重地綁手綁腳。「謝謝。」他輕聲說，朝著門走去。

艾琳躲進韋爾的臥室，把門留了一道小縫，讓自己能有好的角度偷看客廳。這可能是很私密的對話，但她可沒有保證不偷聽。凱或許對她的優良人格與得體本能有信心，那只能怪他誤會大了。如果有些圖書館員在玩政治遊戲，對象或許正是龍族。而如果那是山遠來找凱的原因……艾琳必須知道才行。

有兩組腳步聲踩著樓梯上樓，然後門開了，兩條龍走了進來。山遠走在前面，看起來最近和妖伯瑞奇大戰受的傷並沒有對他造成大礙。他的態度隱然透露他自認爲完全掌控局面——這讓艾琳相當憂慮。

「嗯，凱，」他說，「我爲了找你還眞是費了點工夫，不過總算找到了。我們有些事要討論。」

這兩條龍明顯是兄弟，不過很容易看出哪一人在主導權力的平衡。山遠和凱一樣是黑髮配深藍色眼睛，但他舉手投足間多了一分傲慢，凱則有種後輩見到前輩式的順從。山遠等凱把門關上，同時打量室內，態度一副就是要批評找碴的樣子。

「哥哥，很高興看到你一切安好。」凱開口，「你想喝點什麼嗎？」

「你的好意我心領了，不過我不打算待太久。你自己的健康狀況應該也不錯吧？」

「如你所見。」短暫的停頓，然後，必要的禮數既已達成，凱便直白地問：「你來幹嘛？」

山遠揚起一道如書法筆畫般優雅的眉毛。「提供一個機會給你啊。我很慶幸那個圖書館員不在這裡；她只會把事情弄得很複雜。有鑑於你沒回我之前寄的那些信……」

艾琳的思緒介於「哈哈，騙到你了吧！」以及「請繼續，你引起我的注意了」之間，但她保持絕對的安靜和靜止。如果她被抓包在眞人示範「掛毯後的老鼠」，偷聽一段她尤其不該聽的對話，結果會不太愉快。刺擊可能是其中一部分【註】。

譯註：典故出自莎士比亞作品《哈姆雷特》，波洛紐斯（Polonius）躲在一塊掛毯後偷聽，哈姆雷特一邊大喊：「有老鼠，有老鼠！」一邊用劍刺向毯後。

還有……什麼之前寄的信啊？凱並沒有提起啊。

「這和張義大人有關嗎？」凱問道。他的語氣有些怯懦，不過同時也……顯露興味。艾琳心頭浮上一陣焦慮，但把它壓下去。她沒有資格管控他的選擇。

「沒有直接關聯。」山遠說。「希望那是長期目標，不過就眼前來說，敖閏王叔的朝廷出了一個官缺。你在那裡應該可以適應良好。」

凱似乎無言以對。「敖閏王叔——哥，你應該知道在巴黎發生什麼事吧？」

「是啊，」山遠冷冷地說，「所以他的朝廷才會有一個官缺啊。由於王叔龍體微恙，而他決定暫時不操心國事，他的朝廷現在焦頭爛額。你在那裡會很有用處。」

嗯，要這麼說也是可以啦。四龍王之一的敖閏當初認定與妖精談和是不可接受的，於是盡他所能破壞在巴黎舉行的協議談判，包括殺害他自己的一名大臣並嫁禍給妖精，最後還差點用一場暴風雪毀滅整座巴黎。艾琳和凱都差點在那次事件中送命。整件事基於外交理由被掩蓋了，敖閏被宣布受到邪惡妖精的影響而短暫精神失常。（邪惡妖精是相對於願意簽署協議的善良妖精。）

不過艾琳仍然無法想像山遠怎麼會以為這個工作機會對凱來說有任何一絲吸引力。事實上，她已經看到凱擺出婉拒的表情。「哥，你認為我去那裡能有所貢獻，讓我受寵若驚，不過——」

山遠舉起一手表示告誡。「在你說出不明智的話之前，我要先聲明：這只是暫時的。頂多兩三年。之後你可以繼續研究科技。」

「如果只是兩、三年，我不如繼續待在這裡為父王效命。」凱回應，「畢竟是他指派我這個職務的。」

「我們就直話直說吧，凱。」山遠說，在艾琳聽來，這句話的意思很像是：我要提出一件事，你會因爲它很惡劣、有不愉快的暗示而覺得它是可信的，同時你希望自己顯得很成熟。「父王讓你擔任協議代表，是因爲他覺得你最適合操弄圖書館員艾琳．溫特斯。」

「那又如何？」

艾琳相當確定敖廣當初並不完全是打著這種算盤。他一定知道凱不是操弄型的人。要是現在山遠說敖廣是爲了讓艾琳出於對凱的好感，而對龍族多了至關重要的百分之一的偏袒，還比較貼近事實。

「我們收到報告，說大圖書館正考慮召回她，因爲她著了魔地在追殺他們的叛徒妖伯瑞奇。」山遠說，語氣很明顯得意洋洋。「等那件事發生，你的影響力就沒用處了。到那時候你再和她分手還滿……殘忍的。最好現在就斷了關係，不要弄得好像你只是因爲能擺布她才忍受她。」

艾琳看到怒氣湧上凱的臉頰，隨著他的龍脾氣飆升，蕨葉狀的鱗片短暫地漫過他皮膚。他開口時，語氣卻溫和得令人訝異。「你確定那些報告是眞的嗎？願意把情報賣給大圖書館外界聯絡人的圖書館員，好像不値得信任吧。」

「你才是和她實際相處的人，」山遠說，「她到底有沒有在追殺妖伯瑞奇？她到底是不是違反命令去搜尋他？」

眞有趣，艾琳心想。這事才剛發生，山遠怎麼已經知道了？要嘛他在大圖書館裡有個職位很高的內線，要嘛早在科西切叫艾琳「逃走」前，就已經在散布謠言了。

「妖伯瑞奇確實想殺我們兩個，」凱指出，「還有你，哥哥。在我看來，除掉他對我們的好處不亞於大圖書館。」

停頓片刻。然後山遠說：「我看你是敬酒不吃吃罰酒了，對吧。」

「我很感謝你來提出這機會，對我來說是很大的榮幸——」凱開口。

「馬上打住。」山遠湊近，用一根手指戳凱的胸膛正中間。艾琳看到凱在克制自己，臉頰上有條肌肉抽搐著。「凱，我現在容忍你，是體諒即使她的血統奇差無比，你仍對這個人類有感情。但我不會讓她拖累你。」

凱低頭看著那根手指，好像它是從看似高級的蘋果裡爬出來的蛆。「如果你真心認爲我對她有感情，」他輕但危險地說，「那麼你說這些話就不太聰明了。」

「你到底效忠誰？」

「該效忠誰就效忠誰。我站在我們父王指派我的位置。」

「眞正的忠誠得做你知道主君眞正想要的事，而不是盲目地服從他說出來的命令。」

凱扠起手臂。「哥哥，如果你是來替父王下達最新的命令，我洗耳恭聽。」

室內的溫度變高了。即使在韋爾的臥室裡，艾琳也能感覺到汗水沿著額頭往下滑。山遠的個人自然元素是火——而他並不樂於遭到拒絕。

「我是來提出一個對大家都有好處的建議！」山遠惡狠狠地說。

尤其是你？艾琳心想。她從之前認識他起，就漸漸產生強烈的懷疑，覺得他的終極目標是試著把凱從協議代表的職位上挖走——也就是說，山遠自己想坐這個位子。他不能直接反對他們父親的決定，或命令凱退讓，但如果凱顯然出於自由意志而這麼做，或是要求被調職……

「我很感謝你慷慨地來提出這方案——」凱再次開口。

山遠舉起一手。「別把那句話說完。我很努力和你好好講了。既然你的識見和判斷力都不足以看出這是個好主意，我只能採取更強硬的手段。」

室內的氣氛變了。「噢？」凱說，語氣和劍刃一樣又硬又平。

「你要記住，這件事我已盡可能公允。」山遠說，「我對待你寵愛的人類完全合乎情理。但該有的界線還是要有。忍耐是有限度的——我想父王也會認同。」

「我不懂你在說什麼。」凱說，語氣表明他確實知道山遠在說什麼。

「我相信父王會說，你不該找個叛徒的女兒、而且還會威脅到他與大圖書館結盟關係之人當伴侶。」山遠停頓。「當然，若是你選擇現在就離開她，去別處擔任適合的職務，我就不必向他提起這件事——當眾提起。」

艾琳暗罵一聲。她原本希望看在凱的面子上，山遠能對她的血緣閉上嘴巴。眞是一廂情願，不過……他到目前爲止都沒說出去。他只是留著這項資訊，好在對她來說最糟的時機點使用。

「你以爲他還不知道？」凱回擊。

這讓山遠一愣。「你已經告訴他了？」

「你有嗎？」

「如果你懷疑有這種事，顯然告訴他是你的責任。」山遠堅定地說。

「哥，這難道不也是你的責任嗎？」凱的眉頭湊到一起，眼睛隨著怒氣上升而閃著暗暗的紅色龍光。「看起來直到利用這項資訊對你來說有好處前，你個人幾乎不在乎這件事啊。」

「我是讓你有機會先通知他，畢竟你的關係更近。」山遠惡狠狠地說。這理由很薄弱，他顯然也有自覺。「既然你還沒告訴他——」

「你怎麼知道我沒有？」凱盛氣凌人地說。他朝前跨了一步，積極挑戰兄長。「父王會把我告訴他的所有事都轉述給你聽嗎？你知道他所有祕密嗎？你不覺得他讓我留在這裡或許有什麼原因嗎？」

「你這種傲慢無禮的行爲，恰好顯示出你多麼不適任目前的職位。」山遠輕聲說，「不要再激怒我。」

凱深呼吸，眼裡的寶石紅光芒變暗了。「哥哥，如果我的話有所冒犯，是我不對。但你一定想得到，既然你會把這種資訊捏著等到有用時再丟出來，父王又何嘗不會？要是你公開資訊，等於是逼他表態——不管最後選擇怎麼做。你確定你要把場面搞得這麼僵嗎？」

漂亮，艾琳心想。

山遠語氣首次流露出不確定。「這麼說你確實告訴他了？即使你很喜歡那女的？」

「我稟報了事情的來龍去脈，」凱冷冷地說，「你現在是想誣賴我爲了保護她而隱瞞事實嗎？」

「我很……意外。」山遠承認，「那萬一父王要你離開她呢？你會照辦嗎？」

這問句像開放性傷口懸在空中。最後凱說：「我會服從父王的旨意。」

艾琳感覺胸中有什麼東西扭成一團。她知道——一向就知道——凱不會爲了她而拋棄家族及整個人生。在她狀況較好的時候，她會希望要是面臨抉擇時刻，她會叫凱離開她去過幸福的日子，說他們兩人各有職責在身，那比他們相愛的事實更重要。

但是親耳聽到他說出這些話竟然這麼令她心痛，還眞是不可思議。

另一方面，這話似乎讓山遠更有自信。「那你現在離開她更好。」他說，「那項資訊遲早都會爆出來的。即使你和她守口如瓶，還有那個偵探，以及她的妖精實習生……趁現在切得乾乾淨淨吧。把你目前的職位交給別人，去從事更適合你才能的工作。」

「我是協議代表，」凱說，每講一個字語氣都變得更有力，「我不認爲這個角色我扮演得那麼差。哥哥，你不是唯一寫信給我的家人，有些人對我的工作成果相當滿意呢。」

山遠下巴一抬。「我們家族裡有些人一點辨別力或判斷力都沒有。」

「你是父王的長子，我是他的么子，我有什麼資格反駁你？」凱的肩膀一僵，「不過話說回來，沒有接到直接命令，我是不會離開職位的。」

「那我保證，我會拿到你要的命令。」山遠咆哮。他眼中閃著火光，雙手和臉頰都浮現淡淡的紅色鱗片圖案。「我可不會任由你幼稚的固執妨礙對你——還有對我們大家都最好的做法。」

「哥哥……」凱的嗓音漸弱，「你爲何要這麼做？」

「還不是爲了你！」壁爐裡燒的煤炭驚跳起來然後碎裂。「凱，這職位太重要，你不能再霸著不放了。我不能容許，我不會容許。必須讓別人更謹愼地處理這些事務，而你也能遠離危險。」

艾琳眞希望能夠相信他。如果山遠眞的是關心凱的安危而做這些事，感覺會好得多——健康得多。誠然，那還是會造成很大的不便，也用錯了地方，不過至少是出於善意——儘管是屬於用來鋪通往地獄之路的那種。

只可惜，她懷疑山遠有雙重動機，而且互不相關，即使第一重動機可能是「保障我弟弟的安全」，第二重卻是「搶他的工作來提高我自己的地位」。

「既然這職位這麼危險，不管誰來接任都一樣不安全。」凱反對，「我怎麼能讓別人承擔這種風險？」

「接手的人會比你年長、強大，」山遠疲憊地說，「他們會比你能幹。」

「我不認爲。」凱的語氣出現新的情緒，立場更加堅定。「哥哥，我已從經驗中學到一些事。我在妖精的地盤和他們對峙，並因此而變得更強。我出席了和平會議，而我……在必要時提供協助。我幫了忙。王叔陷入瘋狂時我阻止他，與他對抗了夠久的時間，撐到其他人能制伏他。我的能力並不差。我不是無助的弱者。若是指派我擔任這職位的父王沒有下令，無論你如何威脅利誘，我是不會自己辭職的。」

山遠握緊拳頭，艾琳心想他就要揍凱了。但他深吸一口氣，於是緊張的一刻過去。「你這是大錯特錯。」他說，憤怒由他嗓音中冒出來，像是岩漿中的氣泡。

「我是依循自認為正確的行事方向走。」凱回答，「我不後悔。」

「話別說得太早。」

「哥，你還有別的事要和我談嗎？」

凱的措詞與態度將兄長貶低為區區遊說者，而不是有權左右對話的貴客。這簡直是毫不掩飾的羞辱。山遠的頭猛地向後仰了一下，好像凱眞的打他一拳。「沒有，」他咬牙切齒地說，「我和你沒別的事好談了。不用替我向你的朋友們問好。我很快會再來，到時候再把這件事談完。」

他走時用力把門帶上。

艾琳遲疑了一下才打開臥室門。熱辣辣的怒火仍顯露在凱的姿態與眼神中，將心比心，艾琳寧可一個人靜一靜。然而繼續躲在房間，表現得像是沒把所有話聽得清清楚楚，算是一種欺騙。她默默走進客廳，兩人聽著屋外山遠的計程車駛離的聲音。

艾琳終於說：「你眞的告訴你父親我的事？」

他沒有直視她的眼睛。「我對他說在危急時刻，韋爾聲稱妳是妖伯瑞奇失散已久的女兒，藉此讓他方寸大亂。」

「這說法其實非常聰明。」艾琳深思地說。

凱眨眨眼，終於望向她的臉。「妳贊成？妳明白……」

「凱。」她走近一些，用雙臂環抱他，感覺他肌肉糾結而緊繃。「我明白這不是你能向你父親隱瞞的事。」或許在某些歷史分支中，某些平行現實裡，凱會選擇她而捨棄家人——但她從心底知道，這不是那樣的歷史和現實。不論是好是壞，他的忠誠是他的一部分，而她也因此愛上他。「我很感謝你選擇用這種說法。」

畢竟敖廣也不是省油的燈。笨蛋是沒辦法擔當四龍王之首的。他從幾千年前——或至少從龍族有歷史紀錄以來——就與四位龍族女王共同統治現實世界中偏向秩序的一端。他知道二加二等於多少，而且很可能還會從艾琳不知道的情報來源再另外加上二，最後算出艾琳就是妖伯瑞奇的女兒的結論。但合理推諉實在是很美妙的一種概念。

凱在她的擁抱中稍微放鬆了。「謝謝妳能理解。」他柔聲說。

「這是我們的專長。」但冷酷的計算凌駕於她的情感之上。「山遠是搭計程車走的，這表示要嘛他想先離開這裡再變成龍形，要嘛他就是在本地找了個地方住。」

「他大概不會在乎在韋爾門口化為眞身會惹來什麼閒話。」凱皺眉。「可是幹嘛住在這裡？」

「如果他以爲你會答應他……他可能想要你馬上離開，而他會待在這裡接手。」

凱點點頭。「對，在新的龍族代表被指派取代我前，總要有某個人在這裡。他應該要想到我絕不可能就這麼走開，丟下工作不管。」

艾琳衡量著與凱分享她的懷疑可能有什麼後果。很不幸，絕對的家族忠誠有個壞處，那就是

——他們絕對忠於家族。「我不得不納悶他這麼做的眞正目的。」她小心翼翼地說。

「他有說啊——他擔心我。」

「是沒錯，可是……你的其他哥哥、姊姊都沒有這麼積極聯絡你，要求你辭職。」一定有什麼方法能讓凱理解她的意思，讓他意識到他們面臨的危險。如果山遠眞的盯上凱的職位，他可不會放棄。

凱猶豫了。「我其他哥哥、姊姊可能不知道這裡的情況有多危險。我覺得大哥也是自己被捲入以後才察覺的。不過說句公道話，他一向很關心我的教養問題。」他的嘴巴微微扭曲，像是想起什麼不愉快的事。

「噢？」

「那不重要啦。總之任何哥哥都會爲弟弟這樣做，而在當下弟弟未必會懂得感恩。」

艾琳決定先別驚擾睡著的龍。「韋爾大概能查出山遠住在倫敦的什麼地方，這能給我們留一些餘裕。」

「妳的意思是？」

「要是你哥決定去找你父王，提議讓你辭職，他就得離開倫敦。而若是我們有監視山遠在這裡做什麼，他一走，我們就知道要開始倒數計時了。」她放開凱。「不過眼前我們需要著力在第一道防線上。」

凱揚起一眉。

「沒有妖伯瑞奇，」艾琳解釋，「就沒有問題。或者至少，問題很小。」

「保住我的職位並不是殺死妖伯瑞奇的正當理由！」

「我們本來就計畫除掉他這個威脅——用某種方式。」雖說細節還沒有眉目。「山遠在鼓吹因爲我是妖伯瑞奇的女兒、所以我也有問題的概念。如果妖伯瑞奇不再是問題，他的主張馬上就會減少一半的殺傷力。而且如果你幫忙大圖書館除掉一個長久以來的問題，那個人又對和平協議有強烈敵意……嗯，你父王不可能會反對的。」

凱抓住她手腕，修長的手指環繞她脆弱的人類肉體。「我不會讓妳倉促執行計畫而爲自己帶來危險。」

「凱，」艾琳責備地說，「我並沒有要倉促執行任何事。我只是說出我的想法，也就是如果我們能有具體的計畫會比較有用。」她腦中閃過另一個念頭：而且要是他們兩人都去追殺妖伯瑞奇，山遠就很難把任何調職令交到凱的手上。這是很好用的老招，要是我們知道命令內容，就會遵守命令了啊。

不過若是凱別和她牽扯在一起，對他來說會不會比較好——比較安全？妖伯瑞奇是套在她脖子上的重擔，沒弄好也會把凱一起拖垮。如果她眞心愛凱，是不是應該考慮對他最好，而不是她想要的做法？

她逼自己把心思放回眼前的狀況。「我們總算可以看看這些資料了吧。」她啪地打開公事包。裡頭的紙張撒了出來，朝著桌面滑去，她還得趕快按住以免飄到地上。那些紙薄得和洋蔥皮似的，很輕，上頭是手寫字而不是印刷體，有好幾種語文。幸好文件標有頁碼。

「我需要筆記的工具。」艾琳碎唸，主動「借用」了幾張韋爾的空白筆記紙和一支筆。「凱，你能幫忙嗎？我們需要把這裡的內容編出粗略的索引，然後才能開始搜尋有用的資訊。」

凱偏著頭。「他們允許妳給我看這個機密文件嗎？」這只是形式上的問題，不是眞的疑問。

「他們沒說不行。」

「妳有問嗎？」

「沒有，大概正因如此他們才沒說不行。話說回來，他們一定知道我會給你和韋爾看。」如果他們不知道，艾琳安慰自己，**那表示他們顯然不是完全在狀況內，而我也不用擔心他們的意見了**。「拉張椅子過來，然後——」

有人在敲大門。「派瑞格林．韋爾在哪裡！」有個嗓音質問道，音量大到蓋過管家勸告的聲音，他們在樓上都聽到了。

「我去看看。」凱嘆口氣說。

艾琳心不在焉地點點頭，回去看那些紙，不理會外頭的尖叫和撞擊聲。凱能夠應付的。

每一頁似乎都是大圖書館檔案庫不同紀錄的複本，一開始幾頁是關於妖伯瑞奇被交辦的任務，當時他還忠於大圖書館。

艾琳特別想知道一件事，但她懷疑在這裡是查不到答案的。使妖伯瑞奇背叛大圖書館的關鍵因素是什麼？在之前一項尋找《格林童話》特殊孤本的任務中，她讀到關於妖伯瑞奇背叛始末的一種版本，但由於是以虛構文學的形式呈現，其眞實性必須打個問號。不過，有鑑於妖伯瑞奇本人當時想要偷走那本《格林童話》，其中必定有幾分眞相……

她的記憶力並不完美，但這個故事她想忘也忘不了。

很久很久以前，有一對兄妹同屬於一座大圖書館。這座圖書館很奇怪，因爲它收藏的書來自一千個不同的世界，本身所在地卻不屬於任何世界。那對兄妹彼此相愛，齊心合力爲他們的大圖書館尋找新館藏……

有一天，哥哥對妹妹說：「這座大圖書館既然收藏了這麼多書，會不會也有一本書在講述它的由來？」

「應該有吧，」妹妹說，「但是去找它就太不聰明了。」

「爲什麼？」哥哥問。

「因爲大圖書館的祕密，」妹妹回答，「本質上就以烙印的形式附著在我們背上。」

她一邊快速翻閱文件一邊記下頁碼，並附上每項任務的時間地點及目標書籍作爲參考資料，但童話故事的句子仍在她腦中迴盪。

哥哥從來沒想過要看看背上的記號，但是那天晚上他找了面鏡子，讀了他皮膚上的文字，而他讀到的內容把他逼瘋了。於是他離開大圖書館，與它的仇敵沆瀣一氣。然而最重要的是，他立誓要向妹妹復仇，因為是她說的話把他逼上了絕路。一百年後，他的妹妹為了獲派的任務而回到大圖書館，而她懷有身孕。

「妳怎麼了？」凱問道。他回到客廳，身後飄散著一股散發氣味的蒸氣，他拍掉手上的粉塵，然後調整袖口。「為何眉頭深鎖。」

「我讀了越多給我基因的那男人的資料，越是感到自我懷疑。」艾琳坦承。

「別這樣。」

她抬頭迎視他的眼睛，看出他的猶豫。他剛才答得有點太倉促了。在這樣的對話中，他們都不知道正確答案，也不會輕易被安撫。

艾琳朝文件比了一下。「實在有太多證據表明我該擔心了。」

「我去泡茶。」凱堅定地說，在討論變得更尷尬前選了一個方便的途徑開溜。他下樓去廚房，門在他身後關上，留艾琳一個人與妖伯瑞奇的犯罪紀錄待在一起。

她盯著面前的頁面，它敘述了妖伯瑞奇前往某個平行世界中受江戶幕府統治的京都，要拿到一本完整版的《松浦宮物語》，艾琳努力集中精神寫筆記。沒有用；《格林童話》的內容又在她腦中自動播放：

這引起軒然大波，因為大圖書館內沒有新生也沒有死亡。然而她不敢走出大圖書館，深怕她的哥哥會找到她。所以她在劇痛之下哀求他們切開她的肚子、把嬰兒取出來，他們也確實這麼做了，她藉此把孩子生了下來。他們用銀線縫合她的肚皮，把她藏在最隱密的地窖內，以免她的哥哥來找她。

然後艾琳——就是那個嬰兒——被交給她的父母，配上一套方便的說詞，說有個女性圖書館員不想撫養非計畫中的孩子。她的父母——對，她仍視他們為她的父母——沒有多問。艾琳真希望她也根本不必問問題。

這不是她會選擇的身世。一年前的她根本想都想不到這可能是她的身世。我該如何自處？

還有另一個更倒胃口的想法——她有沒有可能遺傳到妖伯瑞奇的瘋狂？要是能找到曾經有什麼事把他逼瘋，某種驚嚇或誤解或創傷，她會覺得寬心許多。害她失眠的事會少一件。

她專心看文件，把它們分為三類：妖伯瑞奇早期職涯的報告、他和大圖書館決裂的事件，以及在那之後他種種活動的報告。她挑出關於他背叛的頁面，很訝異總共就只有兩頁。一定不止這樣吧？要是當時她在場且負責調查，上級勢必期望她交出和書一樣厚的資訊。還是說這屬於被「修掉」的一部分？

又有重重的腳步聲踏上樓梯——不是凱，也不是韋爾。儘管艾琳不像韋爾的耳朵特別會聽這類聲音，她還是能認出好幾個警察穿著厚靴子的腳步聲。她希望他們之中有辛督察，他是韋爾在警界最親密的熟人之一——甚至算得上朋友——而他也知道大圖書館。

但她不認得猛力推開門的警察。從制服看來是個巡佐，她完全沒見過他，他身後的其他人也都很陌生。艾琳從桌邊站起，考慮要說什麼，但她剛張開嘴想說話，警覺像一絲冷線攔住她。

這不太對勁。這些人當然看起來像警察，但行爲不像一般來找韋爾的警察，這些人並非以標準隊型一起上樓，而是一個接一個出現，還緊張地搓著手，很抱歉打擾韋爾，同時又期望他能給他們一些派得上用場的東西，而且（如果運氣好的話）事後把功勞留給他們。要嘛他們是眞警察，那表示狀況很不尋常……要嘛他們不是眞警察。

艾琳瞪大眼睛，盡力裝出天眞又尊敬的模樣。「噢，各位警官午安！希望我沒妨礙你們辦公務——我只是來找韋爾先生的，但他出去了，他們說我可以等他……」

巡佐從制服上衣深處撈出一本筆記本。「一點也不會，小姐。」他說，「我們也是來找韋爾先生的。能不能請妳告訴我妳是誰，來找他有什麼事？」

「我叫克萊瑞絲．拜克森，」艾琳撒謊，用了之前用過的假名，不過韋爾認得出來，「我的叔公最近去世了——是這樣，他一直很照顧我，因爲我還小的時候我父母就走了。我在他書房找遺囑時，發現這些文件。」她比向桌上的紙張，期盼這些警察看不懂現在露出來的那一頁上所寫的法文。「文件上還附了一張字條，說我能按照文件的指示找到他的祕密財產——嗯，我知道他在某個地方有銀行帳戶，但沒有其他細節，我試過找人翻譯這些文件，可是內容全是關於歷史，所以我希望韋爾先生能幫幫我……」

「很好，小姐。」巡佐打斷她。謝天謝地，因為她已經快喘不過氣了。要演一個能夠滔滔不絕幾分鐘、說話沒重點的平民百姓，還眞是傷肺。「聽起來是妳出現在這裡很合理的，呃，理由。現在我不打算叫妳離開，不過請妳待在那邊的桌子旁，不要妨礙我們工作。」

「噢，當然不會。」艾琳嘟噥，「可是你們——我是說，這麼多警察來找韋爾先生，是有凶殺案之類的嗎？」

「這是正式的倫敦警察廳業務。」巡佐威嚴地說。艾琳小聲尖叫，雙手合攏假裝興奮，巡佐看起來很得意。「恐怕我無法向妳說明，小姐。要低調再低調。」

艾琳乖乖點頭，從睫毛下打量其他人。他們若無其事地在客廳裡散開，站的位置讓走進門來的人會看到巡佐，卻無法立即看到其他人。其中一人在韋爾臥室門附近晃來晃去，艾琳懷疑要不是她在場，那人就會進房間去東摸西摸了。**所以要嘛韋爾惹上了正式的麻煩，要嘛這些是罪犯假扮而成的，但整件事必須看似官方行動**——所以他們並沒有對我做什麼。還沒有。

樓梯上傳來急切的腳步聲；她認出韋爾快速的步伐，一次跨兩階。警察們互使眼色。

艾琳考慮著各種選項。

第九章

艾琳看到門後的警察把手滑進上衣時，那動作等於用拇指往她內心天秤的一側用力壓，讓天秤瞬間傾向「決定了」那一端。眞正的警察（至少在這個世界和城市）或許可能攜帶隱藏武器，但不會在光明正大的逮捕行動中使用。由此可證，這些人並不是眞正的警察。

理想上，她要廢掉他們的行動能力，同時又不廢掉韋爾的行動能力，這讓措詞受到限制。用語言命令在場所有男人發生某種狀況，會讓韋爾也受影響。抉擇，抉擇。

幸好，這些人都穿著絕佳的僞裝，也就是全套警察制服……

門推開了，不過韋爾在門外一步的距離站了一會兒，快速掃視客廳。他顯然在樓下便已注意到異狀——門邊的擦鞋墊上有一抹泥巴，或是管家發了什麼牢騷，或類似的線索爲他預警。接著他的嘴唇彎出淺淺的笑容，他向艾琳點點頭，跨入房間。「唔，各位男士，」他說，「我能如何協助你們？」

「韋爾先生，倫敦警察廳有緊急事務相求，」巡佐一臉認眞地宣布，「需要你立刻來一趟，這事非常重要。樓下有車在等。」

「這我相信。」韋爾幾乎漫不經心地往室內多走一些，不過恰好讓門邊的男人不能一伸手就搆到他。「我不會問是誰派你們來的，因爲我相當確定你們會撒謊，但我向你們保證，若有人決定轉爲污點證人，絕對不會後悔的。」

巡佐看來並不意外。他用左手快速比了個手勢，然後大步走向艾琳，另三人則圍向韋爾。

艾琳對於成爲人質或遭受池魚之殃並沒有興趣。「頭盔，**降下來蓋住主人的臉**。」她一邊向後閃一邊用語言命令。

效果立即可見。頭盔是設計成安放在頭頂上的，當它們選擇向下硬擠把臉遮住，不管對頭盔或戴頭盔的人來說都不是好事。對韋爾發動的團隊攻勢瓦解成三個男人盲目地撲向他，而他輕巧地往旁邊一站便閃過了。「溫特斯，需要幫忙嗎？」他問，用手杖絆倒一名跌跌撞撞的男人。

「其實不用。」艾琳默默移動到巡佐身旁，對他的腎臟扎扎實實揮出一拳。他倒下去，艾琳又踢他肚子。經過這一天，能這樣揍人還眞是通體舒暢。

「想都別想。」韋爾用手杖用力敲第二個壞人的頭後，然後送給第三個壞人經過精準估算的兩拳，後者剛設法拔掉了頭盔。「可以請妳去樓下和他們的司機談一談嗎？用妳的認知那一招說服他上來這裡。」

「沒問題。」艾琳說完快步下樓。

樓下確實有輛車在等待，是本地俗稱「黑色瑪麗亞」的警用車，適合載運一名囚犯和數名警衛。司機也喬裝成警察，艾琳從房屋出來跑向他時，他狐疑地盯著她。「恐怕我正在執行公務呢，女士。」他嚴肅地說。

「那是當然的，」艾琳贊同，「所以在你的認知裡，我是你信任的人，你必須離開車子跟著我到屋子裡去。」

五分鐘後，巡佐、他的手下和司機都擺出不同的束手就擒姿勢，手腕上銬著自己的手銬（他們的僞裝很齊全）。

凱端著茶和司康從樓下上來，對於自己錯過了鬥毆場面很不開心。「要是我知道就好了，」他對艾琳說，這已經不是第一次了，「但她堅持要給我剛出爐的點心——」

「這是女人天生的母性衝動啊。」韋爾不屑地說。

艾琳揚起一眉。

「我發現逃出住所比承認肚子餓還輕鬆一點。」他補上一句，不敢直視她的眼睛。「總之，看得出你們是匆忙離開住處的。現在又出了什麼新的緊急狀況？和妳的新研究有關嗎？」他比向仍攤放在桌上的文件。「還有我該預期會有更多訪客嗎？」

「我對這些訪客倒是挺好奇的，」艾琳朝著那些囚犯點點頭，「緊急情況？」

「一點也不緊急。我正在給上個月的事收拾殘局，源自我們將『教授』從倫敦的地下犯罪世界祕密王座上攆走。結果呢，一半的競爭者因爲我攪局而想除掉我，另一半希望證明他們有資格坐上那位置而也想除掉我。我最近的生活因此有點不方便。」

「你都沒提。」凱皺著眉說，「你的管家也沒提。」

韋爾聳肩。「我不想用瑣碎的細節煩她，而且這種麻煩的等級也遠遠比不上『教授』。再說，你有你自己的事要處理，溫特斯最近又沒待在倫敦。」

「對了，說到這個……」艾琳瞥了一眼地上的人，他們正盡力裝作昏迷。「我們可以等警方把這些男士帶走以後再討論嗎？」

「當然可以。」聽到窗外傳來車輪聲，韋爾偏著頭。「他們這不就來了嗎？」

「前提是他們不是更多冒牌貨。」艾琳指出。

「有道理，不過……」韋爾走過去望向窗外。「我認出巴頓巡佐了，以目前來說夠保險了。等剩下我們自己人，妳再解釋清楚一點。」

□

聽了資深圖書館員們的計謀，韋爾並不是特別訝異，不過他倒是指出一個艾琳尚未注意到的漏洞。她覺得要不是這一天如此忙亂，她是會注意到的。

「沒人撤銷妳在這個世界擔任駐地圖書館員的職位，」韋爾提出，他啜了一口茶，把司康捏碎，「更重要的是，妳仍然是妖龍和平協議的大圖書館代表。妳的長老們很粗心啊，溫特斯。如果妳眞的這麼不可靠，他們早該撤換妳了。既然他們沒這麼做，他們暗中認可妳的行動也是理所當然的結論。」

「才過幾小時而已，」艾琳說，「完全有可能現在正有一些圖書館員在我們的住處，準備收回我的職權。」

凱深思地咬著嘴唇。「是沒錯，但如果他們要這麼做，就該敲鑼打鼓地試著逮捕妳，爲了妳的安全將妳監禁起來。畢竟對外的說法不就是這樣嗎？說他們想阻止妳形同自殺地攻擊一個打不倒的敵人？」

艾琳皺眉。「對，可是……這裡顯然還在上演別的事，而我不知道是什麼，也不確定能問誰。」

「妳父母？」凱提議。

「如果你是大圖書館核心的祕密黑手，設計了複雜的計畫，其中涉及利用我爲騙人工具，難道我父母不會是最不可能聽到風聲的人嗎？」艾琳猶豫了一下，「不對，不是騙人工具，是誘餌。我沒想到——他們沒給我時間想——不過就是這麼回事，對吧？我被當作誘餌公開展示。」

「我覺得妳在這件事上可能疑心病太重了，溫特斯。」韋爾說，「我覺得妳的上級只是做了我姊姊也會做的事。」

這不算是替他們的道德價值觀背書，因爲韋爾的姊姊珂倫拜是英國保密局的高級官員。

「可以解釋一下嗎？」艾琳問。

「妳不是針對妖伯瑞奇投放的誘餌，妳是用來引誘他們擔心在大圖書館內部傳遞資訊的人——不管是傳給妖伯瑞奇，或是妖精，甚至是傳給龍。一旦其他圖書館員得知妳那套預設的狀態資訊，妳的上級就能查出還有誰會神祕地聽說消息，並根據通訊管道追本溯源。」

艾琳思考了一下。這感覺……很正確。「好吧，眞討厭。」她說，順應韋爾對女性該有什麼適當用語的敏感神經，而倉促地改口，沒說「眞該死」。「既然如此，我想我就不用太擔心大圖書館會派人來這裡追我了。我眞正要擔心的是妖伯瑞奇會聽說我在找他；他會想先發制人。」

「只不過他不能進到這個世界。」凱堅定地說，「他之前設法把他的投影傳送過來，是因爲他的代理人把他用語言做成的小信物偷放在這裡，但那些代理人已經被解決掉了。」

「應該說是我們知道的那些人。」艾琳鬱悶地說，「況且，等他找到新的代理人就沒轍了。我也許不用躲大圖書館——但我還是要躲起來。不過我也得待在本地，才能和一些人聯絡。而且我還要研究這些文件。」

韋爾拿了另一個司康。「我或許有個解決辦法。」

「噢？」

「我猜想妳在倫敦這裡有妳自己的祕密藏身處，不過妳的大圖書館上級知道地點？」他等著她點頭。「所以如果大圖書館有內鬼，那裡可能也已經曝光了。然而，我在這棟建築裡有兩個房間，與主要居住區並不明顯連接在一起——一間是客房，一間是閣樓。妳可以明目張膽地走出去，僞裝後偷溜回來，我很樂意提供妳房間和食宿，石壯洛克則負責公開對外聯絡事宜，應付任何前來找妳的圖書館員。妳可以用大圖書館的力量把這裡變成保護區，讓自己不受干擾。這能解決妳的困擾嗎？」

艾琳花了點時間在腦中檢驗這主意。不用維持太久；應該可以運作順利。「太好了。」她感激地說，「眞的很謝謝你，韋爾。還有，雖然這是個不情之請，但要是你能幫忙看看這些文件我就更感謝了。」

「舉手之勞。」韋爾的語氣輕描淡寫，但他難以壓抑眼中的光芒，因爲有機會讀到大圖書館的私密紀錄。「妳猜想它們被刪減的程度有多嚴重？」

「應該滿嚴重的。」艾琳心情又變悶了。她兩手一攤。「我們是在鬼打牆。他們基於一套複雜的假消息策略而讓我帶著不完整的資訊跑出來，但如果我手上的資訊不完整，又怎麼能把工作做好？更合理的做法是讓我待在大圖書館，任意瀏覽館內任何機密文件。我或許是會帶著腦中的知識離開，但至少實體紙本紀錄不在我手上。他們到底在想什麼啊？」

韋爾皺眉，眼皮半垂，眼神疏離。「以下是臆測，溫特斯，而我憎惡臆測，不過要嘛我提出的『妳被用來揪出大圖書館內部走漏消息者』的理論是對的，要嘛就是他們缺乏妳說的做法所需的時間。有別的事務讓他們分身乏術，而他們只能勉強趕進度。」

「老天，這一年我們的災難還不夠多嗎？這一個世紀都夠多了吧？」

「親愛的溫特斯，災難就如同公車。」韋爾頭頭是道地說，「它們總是成群結隊而非一輛一輛來，來的時候無可避免總是超載，而且在任何一站都停留太久。況且，它或許不是災難啊，也許只是危機。妳自己告訴我們有流言提到世界消失了——而數個來源都證實這是眞的。與此相比，妳自己的煩惱或許相對輕微。」

「而且它搞不好是與妳無關的危機，」凱熱心地說，「畢竟，我們知道這兩、三週妳都在哪，妳有確切的不在場證明。」

艾琳斜眼看他。「你是不是想提醒我，並非大圖書館的一切都與我個人有關？」

「妳大可以這麼想，」凱說，「我不予置評。」

艾琳讓自己稍微放鬆，就放鬆一點點。凱和韋爾像是她能依靠的堅實牆壁——她能完全信任的對象。

超過妳能信任大圖書館的程度？她腦海深處有個冷冷的嗓音酸溜溜地問。

那不一樣。她信任大圖書館會做對大圖書館最有利的事——通常那也包括她在內。而她信任凱和韋爾會做對她最有利的事。

不過那個惱人的疑慮碎唸聲還是像魚鉤上的蚯蚓一樣扭個不停，一不小心從她潛意識中翻出來，現在顯眼得令人不舒服。她在這件事上的第一個直覺是不是對的——亦即她是大圖書館圈出來吸引妖伯瑞奇注意的誘餌？如果是的話，大圖書館現在在監視她嗎？

那如果她是引誘妖伯瑞奇攻擊的餌，大圖書館的反擊招式會是什麼——她周圍的人又會陷入多大的危險？

第十章

「屋裡有人。」韋爾輕聲說。他悠閒的步調維持不變，仍像不特別趕時間的英倫紳士緩步徐行，但他深邃的眼睛裡有一抹精光。「看來溫特斯擔心有追兵或許是正確的。」

「你覺得是一個人還是兩個人？還是更多？」凱沒有盯著他和艾琳同住的房屋瞧，不過確實朝它的方向漫不經心地瞥了一眼。並沒有明顯的侵入跡象。他們把艾琳留在韋爾的住處，讓她埋首於研究中——這情況已持續了兩、三天——過來看看有沒有什麼惡意徵兆。

「沒有進一步證據，我無法判斷。」

「我倒想知道你一開始是從哪裡判斷的？」凱並不懷疑韋爾的推論，但他很好奇偵探是怎麼知道的。

「書房的窗簾。如果沒有用對的方式拉開，它會勾到放在那裡的櫃子邊緣，拉出一個角度掛在那裡。你和溫特斯都會用對的方式拉窗簾；你們的管家不會。不過有鑑於你已經讓那位女士這星期休假，我們知道她沒有待在屋子裡。這代表什麼應該很明白了。」

「好喔。」凱暗自決定之後要和管家聊一聊。他們一起漫步經過房子，沒有打算馬上進去。

「這可能是有人想聯絡我們——或是想偷襲。」

「也許會偷襲溫特斯，但我想圖書館員不太可能攻擊你。」韋爾表示，「撇開生理上的難度和政治上的後果不談，他們也實在沒什麼理由對你出手。」

「對，但前提是屋裡是圖書館員，而不是妖伯瑞奇或他的黨羽。」凱相當歡迎妖伯瑞奇的黨羽來攻擊他。光是想到有可能把他們五花大綁、頭上還打個漂亮的蝴蝶結，送去給艾琳審問，就讓他覺得這是今天最值得開心的事了。「但我贊同大圖書館的機率比較高。」

「我想你馬上就要提議，你光明正大地從前門走進去，而我偷偷摸摸地從後院走後門吧。」韋爾語氣頗爲挖苦地說。

凱斜睨他。「這你又是怎麼推演出來的？」

「根據我以往觀察到你常用的策略啊，我親愛的石壯洛克。這次我同意你。給我五分鐘就定位，然後你就能開始了。」

「我完全可以駕馭細膩且具有戰術性的方式，」凱堅定地說，「況且要是艾琳在這裡，她會堅持由她走前門，我們繞去後面。」

「確實。」韋爾認同，「我們都該感恩溫特斯不在場，無法像平常一樣危害她自身安全。希望你對如何說服她繼續目前的研究有些腹案。」

他並沒有實際說出來，不過想傳達的訊息很明白。**艾琳要人家曉以大義才會維護自身安全。**

凱簡促地點點頭，在韋爾走開的同時察看懷錶，思緒仍像漩渦一樣繞著那個核心事實打轉。艾琳不會維護自身的安全。她的勇氣不輸凱的族人，不過身爲人類的她卻脆弱得要命。他能同理艾琳想殺了妖伯瑞奇，但……一定有什麼方法能達到目的，同時又不致於讓她面臨如此巨大的個人危險。

要是他們能鎖定妖伯瑞奇躲在哪個世界，他就能請求他父王蹂躪那裡，直到逼那個人現身——再徹底消滅他。當然，那樣勢必會有一些連帶的傷亡，而違背了凱本身對包括人類在內較低等生物的責任。此外，那個藏身處很可能位於混沌程度較高的世界。因爲和平協議的關係，若是龍族侵入混沌區，可能會造成政治上的後果。或許能夠找到某位特殊的妖精，願意允諾整個政治面的事都包在他身上，再暗中討一些人情作爲回報。

他啪地合上懷錶。左思右想之際，五分鐘已經過完了，而他仍然沒想到很適切的答案。不過如果運氣好，他即將採取一些行動，暫時也只能這樣了。

房屋門是鎖住的，正如它應該維持的狀態。凱滿不在乎地打開門走進去，然後把門帶上。他左右看看——即使有人在監視，但畢竟基本的謹愼也是正常反應——不過他看不出有人侵入的跡象。他脫下帽子和大衣，掛在帽架上，上樓走到書房。他該吹口哨嗎？大概不應該，受到監視時努力表現得自然，讓人很難想起到底什麼才是「自然」狀態。

那個叫布菈達曼緹的圖書館員坐在書桌後艾琳的椅子上，臉上掛著可人的理性親切表情。「午安。」她說。她穿著適合這個世界的衣服——外套和洋裝是鑲著黑邊的深灰色絲絨布料，與擱在桌上的手套配成一套。她的頭髮黑如渡鴉翅膀，髮尾打薄成俐落又乾淨的線條，眼距很寬的眼睛像鏡子而非窗戶，不透露任何祕密。

由於看到這個女人試圖竊取艾琳的位置，怒氣像潮水在凱體內湧上、朝著出乎意料的暴怒而去。「眞有趣，」他說，語氣鋒利得如同劍刃，「我才離開這裡兩分鐘，就發現妳爬進來，想要占得一席之地。」

「我只是訪客。」布菈達曼緹抗議，稍微有點退縮。「我是大圖書館的代表，就和艾琳一樣。」

「然而妳用悄悄話開了我們的鎖，偷偷進到我們的私人住處，而不是像正常訪客在門口等。」凱大步走向她。「妳爲何出現在我面前？」

布菈達曼緹臉頰上有一條肌肉在抽搐，她穩住自己，克制住或許是想要向後閃躲的衝動。「你爲什麼這樣對我？我又不是你的敵人。」

凱費了很大力氣強迫自己鎮定下來——不是在他體內洶湧的冷酷怒意的那種冰冷精確度，而是比較理性的務實態度，他知道艾琳贊同後者。他刻意逼自己用較爲隨興的口吻說話，避免使用王室的官腔。「每次有意料之外的訪客都讓我很困擾，因爲其中有太多人想殺我，我很難用平常心看待。」

「你覺得我是來殺你的？」布菈達曼緹有點歇斯底里地質問，「艾琳都對你說了什麼呀？」

凱聳肩。「我相信都是事實。」

布菈達曼緹頑固地繃緊下巴。「嗯，我來是爲了你好，也是爲了艾琳好。尤其是爲了艾琳好。」

「那就說明妳的來意吧。」凱命令。他考慮加一句「還有離開艾琳的椅子」，又覺得這會洩露太多感情。

布菈達曼緹勢必察覺到自己選擇的座位惹他不快，沒接到命令便自動站起來。「我不知道艾琳是怎麼對你說的，她可能錯誤解讀了目前狀況，那並不是任何人的錯，但總是得處理一下。」

「也許吧，」韋爾在凱身後說，「但妳還沒有說清楚現在在討論的究竟是什麼事。」他應該聽到了剛才的對話；書房門是開著的，屋裡的任何人想不聽到都很難。

「就是艾琳想做出形同自殺行爲的這項事實。」布菈達曼緹回答，對韋爾現身似乎不感到特別意外。「我們就直接切入重點好了。我知道她一定會找你們兩人幫忙，我知道你們一定知道怎麼回事。那你們爲什麼都不試著阻止她？」

「我知道她是有妳們大圖書館的支持才做這件事的，」韋爾回答，「妳阻止她也有取得同樣的支持嗎？」

布菈達曼緹嘖了一口氣，憋回噎在喉嚨裡的苦笑。「她是這麼說的？」

一股微微的不安沿著凱的脊椎往下爬。他當然毫不遲疑地完全信任艾琳，但要是有人問他：**如果艾琳認爲她有充分理由，會對你撒謊嗎？他將被迫承認：是的，至少理論上她是有可能這麼做的。**

他的猶豫大概挺明顯，因爲布菈達曼緹嫣然一笑。「我就知道你們不會照單全收她的話。畢竟你們兩人也和妖伯瑞奇交手過，知道他有多危險。大圖書館派她獨自去殺他的機率能有多高？」

「妳的論證相當有力。」韋爾不卑不亢地說，「不過仍有實質證據與妳的論點相左——而我個人已親眼見過且驗證過我說的證據。」

「什麼證據？」布菈達曼緹質問，像老鷹一樣盯上他。

韋爾只是揚起一眉，轉身繞著房間踱步，目光在一樣樣物品上切換，像是預期能找到布菈達曼緹的指紋。

凱扠起手臂，享受著布菈達曼緹那副受挫又困惑的表情。「女士，看來妳的權限還不夠高，他們沒有告訴妳現在眞正是什麼情況。」

「要嘛我的直屬上司騙了我，要嘛艾琳要慷慨就義害死自己。」布菈達曼緹反唇相譏，「根據過往的證據，你們認爲哪個可能性較高？」

凱拿出一枚硬幣，拋起來，用手背接住，檢視結果。「前者。」他決定。

布菈達曼緹發出含糊不清的怒吼，有點像要爆不爆的蒸氣引擎，她的雙手握緊成拳頭。「你可不可以嚴肅一點！」

「我非常嚴肅啊，」凱說，「我很清楚艾琳有時候對她個人的安危極度漫不經心，可是問題在於……」他瞄了韋爾半晌，對方點頭回應。「她對其他人的安危就小心得多了。難道妳現在是說，即使她認爲這是自殺任務，還是把我們扯進去，讓我們也承受危險？」

布菈達曼緹跺著腳走向他，隨著她脾氣失控，優雅也迅速流失。「你在避重就輕。她沒意識到這是自殺任務好嗎？你說的證據——」她轉向韋爾，「是在她先前拿的那個公事包裡嗎？」

「這下證實她說妳在大圖書館襲擊她是確有此事。」韋爾表示。

「因爲如果是的話，表示大圖書館裡有人基於自己的理由在背後支持她，那讓狀況更加糟糕。」布菈達曼緹很明顯地控制住急切的心情，讓表情歸於平靜。「我眞的不想用不理性的方式處理這件事。**在你們的認知裡，如果你們告訴我艾琳人在哪裡，以及現在是什麼情況，對艾琳本人才是最好的。**」

凱願意承認她說得也有道理。雖然正常來說他無條件支持艾琳——並且相對地樂於伸出一腳把布菈達曼緹絆倒——但告訴她現在的所有狀況確實比較明智。「她在韋爾的私人閣樓裡，做研究。」他解釋。

韋爾點頭。「要是大圖書館打算找到她，她總不能待在這裡。」

「了解。」布菈達曼緹小心翼翼地說，緩步朝門口走去。「你說的這個私人閣樓很難找嗎？」

「對侵入者來說是很難找，」韋爾說，「容易找的話就失去它的功能了。」

「當然。」布菈達曼緹附和。凱幾乎能讀到她皺著的眉頭後的想法：**不過語言能打開門和揭露樓梯……**

有一道異樣的念頭刺向他。他們剛才究竟爲什麼要告訴布菈達曼緹這件事？自然是爲了艾琳的安全著想，那很合理，但他怎麼覺得這之中有什麼矛盾之處？

布菈達曼緹的手摸到門把。「對了，」她若無其事地說，「**在你們的認知裡**——」

凱穿越房間的速度打破了他個人紀錄。布菈達曼緹並沒有防到他的拳頭。她優雅地彎下腰倒在地上，滿臉詫異。

凱並沒有費心接住她。

韋爾揚起一眉。「石壯洛克，你採取如此激烈的手段有什麼理由嗎？」

「是認知那一招啦，」凱氣急敗壞地說，「她用在我們身上。她大概正準備再用一次好把我們留在這裡，她就能去找艾琳。」

韋爾皺眉。「我理智上相信你是對的，但我仍然擺脫不了『她完全有理』的感覺。眞是奇妙的雙重認知，改天我應該讓溫特斯拿我來實驗。」

凱用腳尖把布菈達曼緹翻成仰面，只是確認她是不是裝昏。似乎不是。「我們對她可能有點不公平，」他說，現在他們既已占上風，他感覺可以更寬宏大量一點，「她確實自認爲是來救艾琳的。」

「我想她希望我們以爲她是匆忙間趕來的，不過……」韋爾蹲在昏迷的布菈達曼緹身旁，檢查她的口袋。「本地貨幣，而且數量驚人，應該不是先前來的那幾趟剩的錢湊在一起。一支旅館鑰匙，不過我需要更多資訊才能確認是哪家旅館。一張不限日期的倫敦地鐵車票。幾個『路西法的長湯匙』連鎖餐廳糖包。再看看她的鞋子——今天早上才上過鞋油，卻沾著稍早之前下過雨的痕跡。」

「我們這條路上就有一家『路西法的長湯匙』。」凱不安地說。

「一點也沒錯。她是昨天到的，或許還更早，然後住進本地旅館。她隔著一段距離監視你們的住處，確定家裡沒人後，便擅自闖入。布菈達曼緹女士或許認爲她是在拯救做蠢事的艾琳，不過她的行動很謹慎。」他斜睨凱一眼。「她或許是想避開我們。」

「你想我們能說服她幫我們嗎？」即使她以前對艾琳的態度讓他無法不對她有偏見，凱願意承認布菈達曼緹能力很強。

「我們可以試試看，」韋爾說，「不過我建議先採取一些預防措施……」

□

凱正在翻報紙時，聽到布菈達曼緹的呼吸模式改變了。她裝昏裝得滿像的，但凱的龍族知覺比一般人類要好，能夠分辨差異。「我知道妳醒了，」他說，「懂的話就點頭。」

布菈達曼緹睜開眼睛，發出一些含糊的聲音。塞在嘴裡的布讓她無法清楚講話，也無法使用語言。凱從個人經驗知道，要是讓圖書館員說話，想限制他們的行動可謂難如登天。

他和韋爾把布菈達曼緹綁在椅子上，並且塞住她的嘴，只讓她的右手能自由活動。畢竟是布菈達曼緹先用語言對付他們的。「妳面前的桌上有紙筆，」他說，「妳回答時可以用寫的。」

布菈達曼緹的眼中燃著怒火。她抓起筆，停頓——大概是在壓抑某種原始的衝動——並用工整的書寫體寫下：*這不是好主意*。

「這種溝通方式也挺慢的。」韋爾在她背後說，「如果妳保證不用語言影響我們，我們就幫妳拿掉嘴裡的布。」

凱覺得布菈達曼緹遲疑的反應頗值得玩味。顯然她不想這樣承諾——也就是她想保有用語言對付他和韋爾的選項。他能體會她的心情，但如果她敢故技重施，他把她丟出窗外時也不會手軟。

最後她終於寫下：**好吧，我保證今天剩下的時間內，我都不會在凱或韋爾身上使用語言**。

「妳納入特定的時間期限讓我不太舒服。」凱邊說邊小心地取出塞嘴布。

「艾琳就會這麼做。」布菈達曼緹說，語氣滿酸的，「她很擅長確保自己不會在情況改變時，被不方便的承諾給絆住。」

「妳對她的評語倒是透露不少妳自己看重的事物。」韋爾表示，「現在我們試著將討論置於更文明的基礎上好了。我們接受妳的出發點是好的，妳想幫助艾琳。然而，我們有堅實的證據表明她的確受到大圖書館支持，而目前館方聲稱她獨立行動只是爲了保護大圖書館，並引妖伯瑞奇出洞。妳的上司是科西切，對吧？」他等著她點頭。「如果妳未被完整告知現在的狀況，或許是爲了妳自身的安危著想。」

布菈達曼緹並沒有試著在被綁住的狀態下扭身面向韋爾，她只是盯著凱——大概是把他視爲在場最危險的威脅，而這評估也很正確。「我接受你們認爲幫助艾琳是對的，」她說，「我……要爲試圖強迫你們幫我而魯莽行事道歉。但我覺得艾琳也未被『完整告知』現在的狀況。」她諷刺地強調剛才韋爾用過的詞。「現在發生的事比她知道的更多。」

「譬如說？」凱簡短地問。

「你們有人在組織內部長期工作過嗎？」

「嗯，我父王的朝廷，然後王叔的朝廷……」凱說，「如果那算是工作的話。」

「那你應該了解，我說內部人員會察覺事有蹊蹺是什麼意思？外頭的人或偶爾來的訪客不會注意到，但內部人員會看得出當前事務的流向與脈動。」

凱不得不點頭——他有點不情願贊同她，又明白她有其道理。「妳覺得妳注意到某件艾琳不會注意到的事？」

「艾琳從來不會待在大圖書館太久，」布菈達曼緹斷然說，「就算是待比較長的期間，她要嘛在研究和看書，要嘛就是和一小群人往來而已。我在大圖書館待的時間合理多了，我知道那裡的狀況。科西切的預約日誌是由我登記的，我會和很多人交談。當我說事有蹊蹺時，請你們一定要當一回事。」

「什麼蹊蹺呢？」凱質問。

「我不知道。」布菈達曼緹用自由活動的手解開被綁住的手。「先撇開世界消失的事不提，雖然那也夠讓人憂心的了……現在有一些古怪的任務在進行——不，我無法提供細節，它們很機密，不過有些是脫離平常業務範圍的。有鑑於我們要應付龍族和妖精，或許是需要玩點政治遊戲才能保持地位，但也不用投入到這種程度啊。我擔心艾琳被捲入這件事，不知怎麼地遭到利用。但既然她是在科西切的許可下行動……」她皺眉，「我還眞是霧裡看花了。」

「艾琳身爲協議代表，應該要知道任何奇怪的行動才對。」凱抗議——不過他有種揮之不去的感覺：若那是可否認的行動，大圖書館當然就不會告訴她；也因此他這句話講得色厲內荏。

「對，是應該。既然她真的不知道，你或許該想想這是為什麼。」

「那妳對世界消失的事有聽到什麼消息呢？」韋爾問。

布菈達曼緹猶豫著。就凱的判斷，她不是在惺惺作態——這是真實反應。「我覺得如果你要我談這個，該是你們兩位男士向我保證這番對話要保密的時候了。」

凱和韋爾互看一眼，韋爾點點頭。「只有我們三個還有溫特斯會知道。」他說。

這下輪到凱頓住了。「如果這事會危及我的家人……」

布菈達曼緹嘆氣。「你的家人大概知道得遠比我們更清楚。畢竟你們龍族什麼地方都到得了——而我們只能去有圖書館的地方。聽著，我不會強人所難。如果他們找你討論，或如果這件事的資訊傳開來了，你就可以分享。當問題已顯而易見時，我不會堅持要你保密。」

「我接受，」凱說，「我答應妳。」

「好吧，是這麼回事。那並不只是謠言而已。我們——也就是大圖書館——有相當確鑿的事證可以證明有些世界就是已經不在那裡了。想要透過大圖書館去那些世界是去不了的，連結那些世界的門怎麼也打不開。和我們有私交的妖精和龍族聯絡人則清楚表示那些世界不見了，彷彿它們直接被消除——被用某種方式徹底抹滅。但沒人願意把這件事公諸於世，至少目前還不想。他們擔心會造成恐慌。」

「和平協議勢必是調查這狀況的理想工具吧，」韋爾提出，「如果雙方都發現有一些世界，嗯，失蹤了……」

「那些世界上都有惡名昭彰的反抗者，」布菈達曼緹說，「公開宣示反對和平協議的人——或是即使不曾公開承認，但大家都知道他們對和平協議抱持敵意的人。我想有某些人還挺高興少了一些可能的危險呢。」

「而犧牲的人命則是……」韋爾兩手一攤。他的語氣像古老的沙子一樣乾燥而單調。「值得遺憾，但無疑地微不足道的一個因子。」

「如果你希望有人在乎那些世界或其他世界上的人類，你最好支持大圖書館。」布菈達曼緹反嗆，「因爲只有我們不會把人類視爲區區的附加傷害。」

凱愰神了一下。敖閏王叔正足以被形容爲這樣的反抗者，盡了他最大的力量去破壞和平協議。他安全嗎？理性思考安慰他：若是龍王之一失蹤了，整個家族一定會陷入大混亂。（他王叔目前待在一個戒備森嚴的僻靜之地，要二、三十年後才會被放出來，家族得到的解釋是王叔受暗殺未遂後健康狀況不佳，即使心裡未必全然相信，大家表面上都接受這說法。）

「所以這是個眞實的麻煩，」他慢吞吞地說，「而不只是謠言。」

「對——但這麻煩讓人完全摸不著頭緒。沒有人勒贖或寄警告信，沒有證據，沒有明顯動機，什麼都沒有。每個人都全神戒備，但沒人知道該怎麼辦。我想大多數人只暗中期盼它會默默結束吧。因爲又能眞的做什麼呢？希望更多世界消失，好讓他們有跡可循？」布菈達曼緹甩掉剩下的縛繩，站起身來。「兩位男士失陪了，我要走了。」

「我們希望妳能保證不會洩露溫特斯的所在位置。」韋爾說。

「我發誓不會透露我知道她躲在你的私人閣樓裡——不過老實說，你是窩藏她的合理人選豈不是再明顯不過嗎？任何其他圖書館員都會先去查你家，再找別的地方。」布菈達曼緹聳肩。「我會再回來的，帶更多資訊回來。但爲了她好，我鄭重請求你們，不要讓她做任何……蠢事。」

凱睥睨著她。「妳先行行好，管好自己別做蠢事吧。我相信艾琳會很遺憾失去像妳這麼能幹的圖書館員。」

布菈達曼緹走下樓梯離開房子，一路上的腳步聲都清晰可聞。

「你很成功地惹毛她了，石壯洛克。」韋爾表示，「我相信她被激怒到告訴我們眞話——她認知中的眞話。」

「我不敢說那讓我覺得比較寬心，」凱說，「我對大圖書館領導階層的信心並沒有增加。」

「不過大圖書館是由誰主掌的？」韋爾皺眉道，「我們聽說大圖書館的長老如何如何，但據溫特斯所言，連他們也是接收別處的命令。是誰？來自哪裡？萬一大圖書館內部有人背叛它，會怎麼樣？」

「這支持你針對艾琳爲何接到那種任務所提出的理論，」凱說，「科西切和美露莘等人想用煙燻出這個失控的成員。如果那個人知道一些消失世界的事，或是正在進行的政治……」

「很有可能，」韋爾認同，「但我們的資訊還相當不完整，需要更多資料，石壯洛克。」

凱點頭附和。「不過，」他愉快地說，「至少我們知道艾琳在哪。」

第十一章

韋爾的閣樓被他的專業工具給塞爆了——僞裝用的衣物、附鏡子的化妝箱、一個個謎樣的木板箱、沾滿灰塵的過期化學藥劑瓶，以及好幾大疊等待歸檔的剪報。幸好這裡有艾琳需要的兩樣重要東西——可以工作的桌子，和可以睡覺的行軍床。上方開了巧妙隱藏的天窗，但小到根本未提供足以工作的照明，那光線只夠在她關掉乙太燈的時候，讓閣樓內不致於陷入徹底的黑暗。

要不是艾琳有事要忙，應該會幽閉恐懼症發作。有鑑於她確實得進行研究，所以倒是自得其樂。她舒適又低調地窩在這裡，就像老房子牆壁中的一隻老鼠。雖然管家知道她在這，其他僕人卻不知道。她已經度過安詳又平靜的三天，凱或韋爾偶爾會來待一下，而她首次開始感覺自己有進展了。

爲了放鬆一下，她拿起韋爾積存的一些剪報來讀，大多與犯罪和懲戒有關。這能讓她暫時忘卻某些曾經碰上妖伯瑞奇的其他圖書館員發生了什麼事。先前在學生和實習圖書館員之間流傳的八卦都……缺乏細節。正如同所有好的都市傳說，它包含了足量的血腥和恐怖元素來確保人們一說再說，但又不致於太過驚悚而讓人斷然拒絕把故事傳下去。然而這些報告冷冰冰的，想必也很精確，而報告中寫的那種事，艾琳得用黑白手繪圖去設想，而不敢任由想像力揮灑濃郁顏料。

這裡頭清楚呈現出一種模式，她稱之爲「劣化」。一開始，其他圖書館員回報說妖伯瑞奇接近他們，試圖與他們談判，或聲稱自己的意思遭到誤解，他們應該聽聽他的說法。這類情事有些結果是圖書館員活了下來；攻擊或試著用詭計對付妖伯瑞奇的圖書館員，通常則會送命。在其中兩個案例中，當事人確實逼得妖伯瑞奇逃離該區域，但由報告內容來看，他通常已獲得他一開始去那裡鎖定的目標了——一本書，或是與強大妖精聯絡的機會。

一年又一年過去，他變得越來越殘暴。圖書館員能倖存的案例，都是他們作了理性決定：一感應到危險馬上逃離該區或是尋找掩護。有更多報告是其他圖書館員事後寫的追蹤報告，他們負責調查失蹤的前輩，結果找到屍體，有時還伴隨著妖伯瑞奇留的字條，解釋說他們「多管閒事」。

再來出現了第一份發現圖書館員的屍體被剝皮、斷肢的報告。看完這份報告，艾琳得停下來喝杯水。**黑白手繪圖。虛線。一張解剖圖。**

艾琳想到有這麼多人死在妖伯瑞奇手上，自己卻莫名地倖存，再度感到一陣熟悉的寒意。她很願意相信這是因爲她的技巧或天賦有過人之處，但憑良心說，大概只是純粹的運氣，再加上妖伯瑞奇多年來除掉圖書館員像捏死螞蟻一樣簡單，低估了資淺圖書館員的能耐，而艾琳又有條龍當助手。

這種劣化，也就是他的行爲隨時間越發惡劣，會是因爲被害者都是他不認識的人嗎？較老的圖書館員應該是他的熟人——搞不好還是朋友。較新的一批，比較年輕的一代，則是陌生人，是他從未見過的人。要殺他們是不是比較容易？

她發現自己也無法解釋時間因子。艾琳本人三十出頭（一直在世界之間穿梭還滿難記住年齡的），但妖伯瑞奇的背叛和他妹妹的脫逃遠早於幾十年前。當然，符合邏輯的解釋是，這源於「待在大圖書館裡的人並不會變老」的事實——孕婦永遠不會生產，嬰兒也永遠不會長大。然而如果是這樣，艾琳當初究竟在生母的子宮裡待了多久，或是在她什麼都不懂的嬰兒時期，在大圖書館深處的搖籃裡躺了多長時間？

至於妖伯瑞奇背叛的動機……論及這一點的頁面可謂毫無用處。只有平鋪直敘地說「某圖書館員失蹤數月後，以不幸的狀態返回，並警告說妖伯瑞奇已失去理智」，文件中連她母親的名字都沒透露，眞是夠了。那部分顯然遭到編修。**起初沒有理由相信她的說詞，但後來妖伯瑞奇的作爲清楚表明她說的是實話，於是館方採取了適當的預防措施。**這幾張紙上幾乎什麼也沒說。什麼「預防措施」？哪些「後來的作爲」？他們不希望我知道什麼？這想法揮之不去。完全缺乏資訊這件事本身，就等於承認那些資訊很危險。美露莘是同意這樣刪節，還是投反對票，就像她反對派艾琳單獨對付妖伯瑞奇這整個愚蠢的計畫？

艾琳用一根手指滑過頁面下半部的大片空白，眞希望美露莘在這裡，可以向她問個清楚——然後她頓住，彷彿被凍結在座位上，因爲感覺紙頁有一點異樣。

她把頁面拿起來對著光，看看有什麼不尋常之處。她「看」不出任何東西——但是有一些書寫方式是肉眼無法看見的。而既然動手腳的人是圖書館員，另一個圖書館員就能還原它……

「**我拿的紙頁上的文字，顯示出來。**」她命令。

頁面上未使用的部分像開花一樣綻放出手寫的文字段落。艾琳不知道美露莘的字跡長怎樣，但她願意下重本打賭寫這些字的人就是那個年長的圖書館員——刻意避過科西切等人的眼睛。皇天不負苦心人。總算有事實了。

她渴盼地閱讀。這些文字的書寫風格比先前那些要現代——也更不假修飾。感覺像是帶著痛苦寫下來的。艾琳或許不像韋爾那麼擅長分析筆跡，但她看得出寫到哪裡的時候，筆尖因爲寫的人太生氣而刺進紙張，留下了她摸到的記號。

妖伯瑞奇對這個女人聲稱大圖書館被一種邪惡的智慧體控制和寄生，那種智慧體能影響其他圖書館員，他不再能信任任何兄弟姊妹了。他說這一切可以追溯到大圖書館建立的源頭，我們只不過是奴隸和工具，大圖書館本身——他把它說得像是有生命的東西——是我們之中最無助的一個。他認為由兩個圖書館員所生下的孩子被撫養長大後，可以「清白」地免受大圖書館影響，而有能力反抗它。

被他俘虜的人原本就在與他交往，但並沒有生兒育女的打算。他設法確保她一定會懷孕——這部分她不太清楚——然後把她囚禁在一個尚未發明文字的世界，那裡沒有圖書館，她逃不掉。他那時已經與混沌作了交易，自有旅行管道。她寫下夠多的故事來創造一間小型圖書室，為自己取得自由，趁他發現前逃回大圖書館。

她的經歷清楚表明他不但偏執且受到蠱惑。儘管他的想法顯然錯誤，但他真心誠意相信那都是真的。我們不知道是什麼造成他的瘋狂，只能採取行動阻止他，並預防任何類似的事重演。

艾琳咬著嘴唇。知道那原本是兩情相悅的關係，只是後來變調了，感覺有比較好嗎？或者艾琳的存在是爲了摧毀大圖書館，感覺如何？

並沒有比較好。其實沒有。不過至少她現在知道得多一點了。她檢查了其他頁面，但只有這一頁有隱藏訊息。

也許她是能把焦點放在事實與細節上，藉著研究來分散自己的注意力，但那個無可逃避的問題仍在前方等著她：她下一步到底要怎麼做？她擁有妖伯瑞奇的行動索引——嗯，部分索引，端看大圖書館到底修掉資料中多少比例。她擁有他去過的世界清單，以及已知他合作過的妖精名單。她沒有的是能帶她直搗他祕密基地的便利線索，或是她能攻擊的有用弱點——或是知道任何逼瘋他的根本因素。

聯絡他曾合作過的一些妖精，漸漸脫穎而出成爲最佳選項，不過離「好的」選項還很遙遠。他們聽起來都不像什麼好人。若是他們認爲能討到人情，很可能會把她賣給他。那些人之中，她唯一直接認識（而且還活著）的是血腥伯爵夫人，而說實在的，這位女士的名號已道盡她的性格。再說，艾琳在龍妖和平協議談判期間阻撓了她的計畫，這梁子可結大了。雖然若是能再續前緣，血腥伯爵夫人會帶著滿滿的愛（以妖精的定義而言）接受，但是艾琳本人寧可能避則避，因爲她想把血液留在血管裡、皮膚留在背上、腦袋留在肩膀上。

這時一股又刺又癢的感覺掠過她背部，額頭則像是收緊了；這種感覺彷彿巨雷將至，但是更糟，糟得多。她嚐得到空氣裡有生猛的混沌味，猶如朝這個世界凝結般匯聚，把她當作颶風中心集中在她身上。

這種情況曾發生過。艾琳像受驚的兔子衝向樓梯。她或許無法阻止它再發生，但她承受不了在周圍全是她超重要的研究文件時遭受襲擊。妖伯瑞奇想傳送訊息給她，過程中訊息內容會覆寫她周圍所有文字，而看來她設置的保護區並不足以擋住他。她氣喘吁吁，感覺氣壓增強到有了實體，她用力拉開壁板，踉蹌跨到往下的狹窄樓梯上，遠離她不能冒險失去的所有珍貴文件。

樓梯很昏暗，她在下樓時撞上牆壁，黑暗似乎像有實體一樣包圍她。她一手扶著壁板探路。現在她身邊沒有任何便於使用的紙張，對方的企圖——或可謂攻擊——是不會消失的。它仍試著闖進來，而且已經鎖定她了。她原本以為大圖書館的保護力足以將它阻於門外，但她錯了。

通往韋爾客廳的門是牆上一個矩形的光框。他出門了——艾琳聽到他離開——但他的文件都還在。要是她離它們太近，可能會引導攻擊轉而覆寫它們。如果發生那種事，她絕對無法原諒自己。她需要別的東西，某個可以讓這嗡嗡作響的超載混沌放電的東西，這混沌簡直像閃電一樣聚在她周圍。

再下十幾階樓梯。在近乎瞎眼的狀態下跌跌撞撞，她的大圖書館烙印灼熱得好像她剛被人鞭打過，她踉蹌穿過密門進到地下室的廚房。

感謝所有神明，只有管家在那裡；女僕們一定都在別的房間或出門了。「退後，」艾琳喘著氣說，管家則跳起身來，「別靠近……」她不知道那訊息——或攻擊——會不會傷害附近的人，但她不能冒險。

她隔著朦朧淚光看到廚房桌上攤放著一份報紙。這能派上用場。這必須派上用場。艾琳咬著牙奮力移動到桌邊，一手拍在報紙上。

她周圍的力量向內爆，炸進那一份《泰晤士報》。字距很密的標題及密密麻麻的內文都化爲一灘灘黑色墨水，然後在突然變成空白的紙上重新組合成字母。（即使艾琳標準放得再寬，也不會把這紙稱爲白紙。）**和我談談**，它寫道。

艾琳發現自己的嘴唇張成咆哮形狀。妖伯瑞奇似乎認爲他在演某種兩代之間的家庭倫理劇，只要靠一點敞開心房的對話就能解決問題。就她看來，這根本不是那一類故事。但或許她能利用這一點。她環顧四周尋找寫字工具——很好，有支鉛筆，管家剛才在列購物清單。她抓起鉛筆草草寫下：**你只會趁機殺了我**。

一圈力量繞著她嗡嗡作響，她能感覺到頭皮上的髮根發麻，背上烙印也癢癢的，好像它想自動由她皮膚上剝除並爬走。紙上的字母扭動重組，被妖伯瑞奇的混沌力量與語言命令而被迫換位置。**之前的事是錯誤**。

「你這個滿口謊言——虛僞的——政客。」艾琳低吼。連結不會持續太久；它已接近高峰，就像海浪湧向沙灘，幾秒後就會消失了。**你想對我說什麼?**她寫道。

我想告訴妳大圖書館的眞相，答案傳來。

而我想要你掉下懸崖死翹翹。她突然靈機一動。在談判時，一開始應該爲己方提出高到不可行的目標，然後再慢慢往中間靠攏，不是嗎？**發誓與大圖書館和平共存，我就和你談。否則免談**。

沒有出現回答。

接著紙張在桌上扭曲和抽動，像是著火般向內蜷縮。艾琳迅速後退，擔心自己在通訊過程中注入太多能量了，她環顧周圍尋找可以在其後方或下方躲避的物體。

墨水潦草地橫過紙張，顯示出一個陌生人的筆跡，這個動作似乎含有另一股力量。

停止通訊。

艾琳在片刻間讀到這句話，在白底上用醒目的黑字寫成——然後紙張便皺成一團，在沒有火焰爲媒介的情況下便直接化爲灰燼，只在桌上留下灰色痕跡。

艾琳身體一軟，靠在椅子上。她口腔中嚐得到混沌的味道；它介於血、薄荷和煙火之間，不過當那味道淡去，她甚至無法確切地回想起來。力量由她周圍洩去，像是即將暈厥的女人腦中的血液，使世界在她昏眩的眼中看來都成了一片深淺不一的墨褐色。她丟下鉛筆，身體擺動，腳下的地板似乎在搖晃。她耳中有個尖細的哨聲，像是遙遠的火車或即將離港的船，在對她發送某種信號……

噢，等等，是管家威爾森太太。「溫特斯小姐！溫特斯小姐，妳還好嗎？那是什麼啊？」

「我應該沒事。」艾琳說，偷偷拿管家代替手指來判斷自己的眼花程度，發現只看到一個管家時鬆了口氣。「很抱歉，剛才有——我是說，發生了某種攻擊……」而中途介入對話的到底是誰呢？是大圖書館設法在保護她嗎？一定是。她越想越覺得合理。

年長女人哼了一聲。「竟然在我的廚房放肆！至少韋爾先生通常絕對不會把這種事帶進我的廚房！」

「眞的非常抱歉。」艾琳趕緊說。她可不希望被趕出安全屋。不管韋爾可能怎麼說，若是他的女房東眞心反對，那可是會有問題的。「都是我不好。有人想傳送緊急訊息給我。如果妳不介意的話，這支鉛筆我就帶走了。」她突然有個不祥的預感。「啊，妳的食譜——應該都沒事吧？」

威爾森太太沒有瞇起眼睛質問：它們有什麼理由有事嗎？而是直接從最近的架子上抄起一本食譜察看。「還是和原本一樣。天佑的諾里奇的德莉雅【註】保護它了。」她得意洋洋地補上一句，朝著架上一尊小聖像點點頭，它放在食譜和帳簿之間。

「很好。」事實上，好極了。若是這種事再發生，艾琳或許能把效果限縮在單一文件上。她推開椅子站直，並沒有搖晃得太厲害。「再次爲打擾妳說聲對不起，我回樓上去了……」

譯註：這裡指的應是英國名廚德莉雅．史密斯（Delia Smith, 1941-），有自己的電視烹飪節目，也出過暢銷食譜，可謂家喻戶曉。她也是諾里奇市足球俱樂部（Norwich City Football Club）的大股東之一。但在這個平行世界的年代，德莉雅可能尚未出生，或甚至也不會有對應人物，但前面提過艾琳曾爲了討好威爾森太太而從別的世界蒐集食譜，因此推斷這份食譜不但來自艾琳，而且德莉雅的身分也是艾琳胡謅的。

「妳先給我坐下來，喝杯茶定定神。」威爾森太太堅定地說。顯然她的母性本能並不只對英俊的年輕男人才發揮作用。「韋爾先生整天把自己關起來做化學實驗，牆壁都被他燻綠，這已經夠糟了，可是這下他還邀朋友回來做一樣的事……」

她正忙著燒水，門鈴響了，她發出嘖嘖聲。「好巧不巧，珍和優菲米雅都不在，她們出去買東西了——小姐，妳先待在這裡，我馬上就回來。」

艾琳乖乖聽話，其實有點享受被人照顧。她一直等到暖好茶壺、量好茶葉，才突然驚覺威爾森太太這門應得未免太久了點。她默默飄到廚房門邊，無聲地拉開門，好聽聽是怎麼回事。

「恐怕沒人在家呢，先生。」威爾森太太說，顯然已經不是第一次說這句話。她的語氣充分表達出管家的傲慢，雖然是在和仕紳階級對話，但她知道自己身為房客的代表，社會地位堅若磐石。「韋爾先生出門了，我不確定他什麼時候回來。」

「而妳也相當確定沒有別人在家？」艾琳不認得第二人的嗓音。她在陰影中躲好，頭探出樓梯轉角往樓上的門廳看去。有兩個男人，一人微微站在另一人後方，呈現標準的支援站位。穿著體面，包括擦得亮晶晶的皮鞋、熨得平整的長褲褶線，以及繫得完美的領巾。不是龍——化成人形的龍一眼就認得出來——但可能是妖精。「既然如此，妳應該不反對我們去樓上等吧。」

「不——好意思喔！」威爾森太太雙手握拳扠在腰上，「我對兩位先生說韋爾先生出門了，不表示你們就獲得許可跑去坐在他的私人書房裡，除非他有這麼說。我很樂意收下你們的名片，等他回來時讓他知道你們來過。」

「請別這麼無情，我相信妳很樂意幫我們的。」隨著這句話傳來一波魅惑力，艾琳隔著幾公尺都感覺得到。那不是席爾維大人那種滲透式的欲望，你可能會相信完全發自你內心；這是外來的，就像有人對著你的臉噴香水一樣沒禮貌又粗暴。「我們不會給妳添麻煩的。」

威爾森太太向後仰，但她當了韋爾的管家這麼多年，自然培養出對不合理要求的免疫力——不管有沒有妖精的力量撐腰。「立刻給我滾！」

男人的臉扭曲成憤怒的面具，他向前跨出一步，伸手抓住管家的手臂，用腳把前門踢上，阻斷街上行人的目光。「瓊斯，」他對同伴說，「搜一下屋子。」

「我不同意。」艾琳從陰影中走出來，爬上樓梯走向他們。「你們是誰？來這裡做什麼？」

兩個男人都錯愕地轉頭看她。「不干妳的事。」第一個人沒好氣地說。然後他顯然突然想到什麼。「等等，妳就是艾琳．溫特斯嗎？」

「正是。」艾琳傲然說。她停在他們搆不著的距離。「但你們還是沒說自己是誰。」

「妳別管那麼多。」負責講話的人說，他的口音從「客氣而文雅」微微轉變為「打不進上流社會」。「妳馬上跟我們走。」

艾琳露出甜美笑容。「在你們的認知裡，如果你們解釋你們是誰、現在是什麼狀況、你們要**帶我去哪裡，會更容易說服我跟你們走。**」她建議。

她幾乎能看見語言調整他們的認知時，他們眼中亮起光芒。「啊，失禮了。」男人客氣地碰了一下帽沿說道，「我叫柯德，是妳認識的一位史特靈頓女士派我來的，她有急事要找妳。她也想見妳朋友凱王子，如果韋爾先生剛好在家，她也不介意他一起來，不過她特別指定要找妳。」

等凱和韋爾回來比較保險。不過關在家裡做了三天研究，讓艾琳內心吶喊著想離開屋子做點有建設性的事。她安慰自己，這妖精說的是他認定的實話，表示狀況應該是安全的。嗯，合理限度內的安全。至少不是計畫好的埋伏。「史特靈頓有說現在是什麼狀況嗎？」她問。

「沒有，女士，恐怕她沒說。她的身體還是不太好，妳知道的，因爲她最近受的槍傷。當然，我已盡我所能協助她。」

艾琳與史特靈頓算是很熟。這女人是龍妖協議的妖精代表，她和艾琳擁有正當的工作關係。過去那些綁架和受傷的恩怨多半都已放下，或至少不會太常提起。艾琳相信雖然史特靈頓可能確實派了這男人要求艾琳前往，她應該不會下令他用強硬手段闖入韋爾的住處。

要嘛他太求好心切，要嘛他想趁她不舒服時建立自己的權力基礎。**我絕對有必要和史特靈頓談一談。**

「好吧，我去就是了。」艾琳說，「她現在的住址在哪？等凱王子回來後，也會想來找我們。」或者說得更精確一點，若是等他回家時艾琳還沒回來，凱勢必會衝過去接她。

「格羅夫納廣場三十五號，女士。」

「好。我拿一下大衣、帽子和面紗，然後就跟你們走。」

「小姐，妳不用爲了我從藏身處出來，」威爾森太太責備地說，「我口袋裡一向裝著小手槍，我大可以直接射他的肚子。他們不喜歡被人射肚子。」

艾琳用眼角餘光看到那兩個男人都想像那畫面而抖了一下。「我替他們的無禮道歉，威爾森太太，不過我確實需要和史特靈頓女士談一談。我相信妳能幫忙轉達相關細節。」

威爾森太太點頭。「噢，包在我身上，小姐，我知道該怎麼做。」她臉上猙獰的笑容表明凱和韋爾將鉅細靡遺地聽到事發經過。

「太好了。既然如此……」艾琳從放大衣的櫥櫃裡取出大衣，穿上，再戴上帽子和時髦的面紗。「我們走吧。」

她希望自己沒有鑄下大錯。

第十二章

位於格羅夫納廣場的這棟房子閃亮而活潑、一塵不染且裝潢奢華（儘管品味不怎麼樣）。不論是大使、外國銀行家或小貴族，適合任何人入住。它絕對比席爾維大人居住和舉辦宴會的列支敦斯登大使館要討人喜歡。當然，地窖裡或許有些可疑物品，或是牆後藏了可怕的東西，不過你可以如此形容倫敦任何一棟房子，不只限於妖精住處。

然而艾琳走進這棟房子時，最先注意到的是股很淡的氣味。就像拉開冰箱門，裡頭有東西已開始敗壞，但你不確定眼前這一大堆食物中誰才是禍首，那是種隱隱的惡臭與肉體腐爛的味道。

坐車前來的路上平靜無波。沒人試圖謀殺，沒人誘惑，沒人綁架，沒人賄賂。不過仍然挺有意思的。柯德並不像他自以爲的那麼不著痕跡。他整趟車程都想打探艾琳與史特靈頓的過往，還表示他可能比那個女妖精更勝任聯絡人的角色。他暗示史特靈頓目前處於某種不穩定狀態。

我猜政治屬性的妖精永遠都在互耍心機，大概也不太值得驚訝吧，艾琳心想，**但我不想陪他們玩遊戲。**她並不特別喜歡史特靈頓，不過她夠了解這個妖精，應付得了她。

因此這番「不穩定」的說法還滿令她不安的。

進到屋內，一個態度冷淡的男管家帶著兩個冒冒失失的女僕迎接他們，女僕想接過艾琳的大衣和手套。艾琳沒有交出隨身物品——畢竟她並不打算待太久。「我是來見史特靈頓女士的，」

她說，「她在哪裡？」

「是艾琳．溫特斯來了嗎？」有個虛弱的嗓音從左側的房間喊道。

「是我。」艾琳回答。

「讓她進來。」停頓。「就她一個人。」

艾琳朝柯德微笑，然後走進房間，把門帶上。她好奇他會不會把耳朵貼在門上偷聽。

史特靈頓靠坐在貴妃椅上，腰後塞著靠墊支撐她坐直。她一如往常打扮得很俐落，讓她看起來介於孩童的洋娃娃與時裝圖片之間——光滑的黑髮梳成小髻，淺灰色洋裝，戴著手套來掩飾她右手是機械手，左右臉對稱，完美又毫無特色。然而她像是壞掉又補好的洋娃娃，而不是全新出廠的狀態。在史特靈頓喝的黑咖啡味之下，隱約察覺得到這房裡也有那股淡淡氣味。

「妳派人來找我，」艾琳說，「所以我來了。但請恕我直言，妳看起來不太好。」

史特靈頓朝著面向她貴妃椅的椅子比了一下。「坐吧。套句我們共同熟人的慣用語——我『推測』妳在趕時間。」

「我正忙著研究一些東西。」艾琳承認。「但是妳的——同事？助理？小弟？他說妳急著見我。他也提到妳的槍傷還沒有好。我不想成爲另一個壓力源。」

史特靈頓噘起嘴。「很不幸，恐怕妳就是。或者應該說，妳不是，但大圖書館是。順便知會一聲，柯德絕對只是小弟。」

「妳會訝異知道他在覬覦妳的工作嗎？」

「嗯，他當然會啊，」史特靈頓聳肩，「誰不會呢？」

「和管理職相比，我一向比較喜歡技術類的工作。」艾琳說。

「這種情況只會持續到發生妳不認同的決策爲止。」史特靈頓啜了口咖啡，她的手在抖——幾乎看不出的輕顫。「一旦發生那種事，每個人都會想要有一點影響力。」

「那倒是眞的。」艾琳承認，「所以妳和大圖書館有什麼嫌隙？」

史特靈頓猶豫著。「我可以放心對妳說眞話嗎？」

「妳確定妳還好嗎？」艾琳是很認眞在問她。雖然史特靈頓並不是妖精巨頭之一——至少還不是——但是能力很強的談判者、政治家和管理者。在正常情況下，她絕不會問出這麼天眞的問題。「我們都知道答案。在某些狀況下，我會對妳撒謊，而且死不承認我在撒謊，但我總不可能事先提醒妳我會這樣。」

史特靈頓用僵硬的動作搖搖頭。「不，那可不成。我——」她沒說完，放下咖啡，從袖子裡取出一只小銀盒打開，裡頭裝著白色細末。「要來點古柯鹼嗎？」

「才不要。」艾琳說，她的憂慮急速增加。

「嗯，抱歉喔，我需要來一點。」她將少許粉末倒在手背上，從鼻子吸進去。「行了，好多了。」

「史特靈頓，這不像妳啊。」艾琳保持平穩的語氣，並不想大驚小怪，但她內心感覺自己根本是坐在一顆未爆彈對面。「妳不該服用會影響妳判斷力的——」

「我需要集中精神。」史特靈頓的瞳孔好大。她深呼吸，收起小盒子後坐好。「艾琳，我要和妳談個條件。妳向我保證妳會說實話，我就告訴妳我在擔心什麼。相信我，妳不會吃虧。」

艾琳在心裡衡量利弊。她習慣與公事公辦且極度企業化的史特靈頓打交道，那個女人總是冷酷且清楚地判斷所有狀況。現在這樣不正常，很可能也不安全。不過另一方面，承諾說實話與承諾有問必答是兩碼子事，她總是能選擇沉默。「**我向妳保證，在這段對話剩下的部分，我都會對妳說實話。**」她終於說，她的話懸在空中，語言確立了她的承諾。「但我想看看妳的傷口。妳的傷口有好好處理過嗎？」

「別管傷口了。」史特靈頓說，她講話速度快又含糊不清，「我問妳，大圖書館在策劃什麼嗎？妳在策劃什麼嗎？」

「我在追殺妖伯瑞奇，」艾琳說，決定先回答第二個問題，「大圖書館知情。妳應該不反對吧？」

「他嗎？不，我完全不反對。我的主人樞機主教也不會介意。和妖伯瑞奇打交道一向很危險，而現在我們既然與龍族及大圖書館公開休戰，還是選非叛徒的圖書館員合作比較安全輕鬆。」

這讓艾琳放下心中的一顆大石。史特靈頓的恩主樞機主教是將整個人生都投入陰謀與操弄的那種妖精。一旦他發現艾琳想殺死妖伯瑞奇，必會想方設法從中牟利。艾琳想到樞機主教會覺得幫她比幫妖伯瑞奇更有利可圖，心裡頓時寬慰一些。「這個嘛，能爲你們清除棋盤上礙眼的棋子，我眞是太高興了。」她挖苦地說。

「妳沒回答我第一個問題。」史特靈頓傾向前。「大圖書館在策劃什麼嗎？」

「就算有，我也不知道是什麼。」艾琳誠實地說，「我相信個別的圖書館員現在都有自己的計畫在進行。如果大圖書館本身有任何更大規模方案，我並沒有被告知。」這是眞的。她只聽說謠言和揣測。「但如果妳的意思是，大圖書館是否在進行某種大型反妖精計畫，那我可完全不知情——而我並不認爲大圖書館會做這種事。我們都爲了和平作了這麼多努力耶？」

「是妳和少數其他人爲了和平作了這麼多努力。」史特靈頓嗆道，「理所當然地假定妳那座大圖書館裡所有人都有同感，未免太天眞了吧。」

一時間艾琳想到考琵莉雅在巴黎時，咳個不停、面容憔悴，努力想促成協議簽定——然後又想到最近在大圖書館與這位朋友兼導師見面的經過，很可能是最後一面了。憤怒像燒熱的鐵一樣在她體內扭曲。「我已經回答妳那極度開放性的提問了。如果妳想要更好的答案，妳就得告訴我現在出了什麼問題。不要再吸毒了。」

「我需要集中精神，妳不懂啦。」

「那就解釋給我聽啊。」艾琳正打算說「讓我懂」，但她知道最好別向任何妖精提出這類邀請。即使是盟友。「我猜現在出了某種狀況？」

史特靈頓大笑，又驀然止住，左手按在上個月胸部中槍的位置。「對，有事情發生了，而我很不幸地處於必須處理它的位置上。妳說得沒錯，柯德自認正仕途亨通，而我卻是他衝事業的一塊擋路石。只可惜，我現在的職位讓我沒辦法眞的用鐵腕鎭壓他。妳還記得那場大火嗎？」

「關提斯放的那把火？」那把火燒掉大半棟辦公大樓，史特靈頓之前的基地——以及她的紀錄——就設在那棟大樓裡。當時她和艾琳被迫從屋頂藉著幾條飛船纜繩逃生。

「對。我在那場火災中失去很多資產。嚴格說來那不能怪我，而且就某程度而言，妳除掉關提斯的功勞應該算在我身上，因爲妳是代表我行動……」

艾琳非常有意見地揚起眉毛。

「聽著，這事關成本損益分析，以及要用巧妙方式向我的上司回報，以免我因疏忽而受到責怪，承受失去他的寵信和我的職位的風險。中槍是件有利有弊的事——它並不如『別人』中槍那麼理想，不過確實能顯示我有將時間和注意力百分之百投入這個案子。但是整體而言，我的職位並沒有非常穩固。我能用來恐嚇別人的手段受到限制。」

「妳都不擔心我會告訴席爾維大人這件事嗎？」艾琳好奇地問。這兩個妖精以前各處於對立的一方，因爲史特靈頓當時效命於席爾維的仇人關提斯大人。雖然他們現在似乎能理性共事，但艾琳懷疑他們之間關係的性質，比較像是誰都不會動手拉對方逃出滿是食人魚的水缸，除非這麼做對他們有好處。

「不會啊，他自顧不暇，心思全放在卡瑟琳的事情上。再說我也不是他的菜。他在玩誘惑遊戲時，想要找的是會說『好好好』或『不要不要不要』的對象，而不是說自己沒興趣，順便問他能不能來杯咖啡的那種人。」

她的話像水一樣嘩啦嘩啦流出，凱肯定會用聒噪的小溪或囉嗦的山澗這類比喻來損她。艾琳好奇這妖精今天已經吸了多少古柯鹼——再加上她還有個感染的傷口。

史特靈頓搖頭。「我離題了。重點是我有個『麻煩』，而我目前並沒有可以解決它的人力或工具。我是可以去找樞機主教求助，但那樣一來我將失去現有的職位與職責。情況不太妙，非常不妙。我需要……」她在說出「妳幫忙」之前硬生生打住，以免承認自己的弱點，但艾琳看得出她費了多大的力氣忍耐。

我不需要這個，艾琳無奈地想。我有任務在身，這不是我的問題。這女人又不是我朋友。我能做的最好決策就是向大圖書館回報說，很不幸地有人謠傳我們在策劃什麼事，然後讓史特靈頓去找樞機主教，別插手這件事……

「我們來談個條件好了。」她堅定地說，「妳告訴我妳的麻煩是什麼——而我會以妳在協議中大圖書館同事的身分，盡力幫助妳。同時，妳要讓我看一下妳的傷口。妳上次放心讓別人照料傷口是什麼時候的事？」

史特靈頓閃躲艾琳的目光。「兩天前，也許三天吧。醫生叫我保持傷口乾淨，讓它癒合。」

艾琳湊近一些。爲了預防柯德在門外偷聽，她很小聲地說：「其實妳不信任這裡任何一個人，對吧？」

「我不能。」史特靈頓的語氣有一絲絕望，眼中閃著發熱的偏執光芒。「我從最底下一路爬到這個位置，而以我們的族類來說，我還很年輕。有些人想把我拉下來，讓我身敗名裂，奪取我的位置——若是我失敗了，樞機主教在這件事上將別無選擇，只能親手將我免職。妳一定能理解吧。妳難道沒有遇到同樣的事嗎？」

「我的很多同事都寧可偷書也不想談政治，我不認為他們會刻意大費周章把我拉下台。」不過艾琳懷疑可能有幾個圖書館員，在她有難時不會太急著來馳援。應該說他們會慢悠悠地晃過來，還拿相機記錄她失敗的狼狽樣。「不過我能體會妳說的，要是妳太過公開地搞砸任務，恩主也沒辦法再保妳周全了。」

她輕觸史特靈頓戴著手套的手——那隻眞手，而不是人工手。即使隔著手套，她都感覺得到對方體溫。「既然我們有共同利益——維護協議穩定、與我們所知講理的同事合作——那麼爲了妳好，讓我確保妳的傷口有好好癒合吧，還有告訴我妳因爲什麼事而懷疑大圖書館圖謀不軌。」

「妳在操弄我。」史特靈頓控訴。

「當然啊。」艾琳沒好氣地說，一時情緒失控。妖伯瑞奇想聯絡她，她則奉命要殺了妖伯瑞奇——她哪有閒工夫處理別人的困擾。「我在操弄妳，是因爲別的方式妳都不接受。若是沒有前因，妳就不肯收我的禮物；除非我用語言發誓，妳不會相信我說的是實話；妳不願相信我會無條件幫妳，認定我必定能獲得什麼好處。我自然要操弄妳，史特靈頓，否則妳永遠不會合作！」

「小聲點，」史特靈頓用氣音說，眼神快速瞟向門，「他會聽到的。」

「那就對他說是妳『操弄』我這麼說的，」艾琳惡狠狠地低語，「把可憐的小圖書館員玩弄於股掌之間。好了，我們到底一言爲定沒有？」

史特靈頓咬著嘴唇一會兒，難得露出明顯猶豫的表情，然後點點頭。「好吧，一言為定。」

外頭的門廊傳來響亮的門鈴聲，那音量大到勢必有人整個人壓在門鈴上。前門砰地打開，凱的嗓音隔著門和牆壁傳來——並不洪亮，但傳得很遠，含著抑制的憤怒，目標明確，隱然預示海嘯將至。「艾琳．溫特斯在哪裡？」

史特靈頓厭世地翻了個白眼。「妳不能管管他嗎？」

「我就喜歡原本的他。」艾琳愉快地說，「未經操弄的版本。」她提高音量。「凱，我沒事！在這裡！」

門不算是被衝開，但確實是用了十二萬分克制的力量被扭開的。「原來妳在這裡。」凱說，他的語氣表明他原本預期她被鍊在地下室，或是縱情於匿名酒池肉林，或綜合兩者。「現在到底是什麼狀況？」

說到他總是往最壞的方向去想，或許艾琳是可以接受他行為小小節制一點。「史特靈頓女士病了，」她平靜地說，「我正準備檢查她幾星期前受的傷。韋爾有沒有和你一起——啊，太好了。韋爾，你能推薦一位願意出診的醫生嗎？可靠的醫生？」

「我已經有一位能力高、收費也高的醫生了。」史特靈頓碎唸。

艾琳湊近。「對，」她輕聲說，「但韋爾要幫我找的這個醫生，絕對和柯德或其他能由妳持續生病或病情惡化中得利的妖精沒有瓜葛。妳懂我的意思嗎？」

史特靈頓抽搐般點了一下頭。

半小時後，韋爾找到的醫生已忙著給史特靈頓的傷口上藥。凱已抽離最惡劣的情緒，現在以聖人般的寬容對待艾琳，讓她不禁納悶他先前做了什麼事，讓他自覺必須站在道德制高點。他嘟囔了一句布菈達曼緹什麼的，但並不打算在他視爲敵營的地方討論──管他什麼休戰或協議的。

韋爾離開房間了。雖然以這個時空來說，他已算是思想很開放的人，他仍覺得在史特靈頓爲了治療傷口而衣衫不整的狀態下，他待在室內很不得體。他找了個藉口，說要去廚房討杯茶來喝──這表示他將謹慎地探問廚子和僕人這個家的細節。

醫生在清潔傷口並重新上藥的過程中，始終未停止碎唸。她拘謹而正派，鐵灰色頭髮無情地向後束緊，身穿樸素的黑洋裝和外套，但她治不好的跛行再加上醫療包裡擺著手槍，都暗示她並不是個簡單人物。她也沒收了史特靈頓的古柯鹼。

「醫生，妳覺得怎麼樣？」艾琳大膽靠上前問。

醫生轉頭面向艾琳，雙眉一垮，眼睛像貓頭鷹一樣發亮。「妳是這女人的監護人嗎？」

「呃，不是……」

「她顯然需要個監護人。就這樣發著高燒、傷口感染，也不好好治療……」

「之前看起來沒那麼糟啊。」史特靈頓嘟噥。她完美的鎮靜有點崩解的跡象。她在清傷口的時候拒絕使用任何麻醉藥；她攥在手裡的手帕已經變成碎布。「我要感謝妳的照料，醫生，妳的費用將以郵寄方式……」

「等治療結束，我會帶著帳單親自來請款。」醫生說，轉回頭用一根手指對準史特靈頓的鼻子。史特靈頓眨眨眼。「我會每天來檢查妳的傷口。我是不會失去病患的——不管他們多麼粗心、魯莽或任性。我沒失去派瑞格林．韋爾，而他來找我時可是帶著——嗯，那件事不提也罷。我不會失去妳。明天早上十點。還有，除了我等一下開給妳的鎮靜劑之外，什麼藥都不准碰。」

「我可以先和溫特斯小姐說幾句話嗎？」史特靈頓無力地問。

醫生看了一下懷錶。「給妳五分鐘。」

史特靈頓示意艾琳靠近一點。凱跟著她移動，在化爲人形的龍所能做到的範圍內盡可能不著痕跡。只可惜起居室裡並無法提供他便於躲藏的僞裝物，不然他本來想偷聽得低調一點的。

「我不確定是該謝妳，還是該把後半輩子都拿來躲妳。」史特靈頓嘟噥。

「想想那個醫生多有效率，」艾琳輕快地說，「想想妳不用再依賴柯德找醫生了。」她單膝跪在沙發旁，這樣比較能低聲交談。「現在告訴我，妳爲什麼認爲大圖書館在謀劃什麼事？」

史特靈頓的眼神閃向凱，很明顯地示意艾琳叫他退後一點，讓她們保有隱私。看艾琳無動於衷，她嘆口氣。「重點就是目前有若干強大的妖精互相起衝突，或是在往那個方向發展，或是退到嚴密的防禦後頭，但那種防禦本身已算是有攻擊性了。而這些妖精有一個共通之處，就是最近都收到了大圖書館發送的訊息或派遣的信差。」

「我可以問妳是怎麼知道的，但妳只會冷笑一聲，提醒我妳的恩主可是堂堂樞機主教，對吧？」

「妳眞是我肚子裡的蛔蟲。」史特靈頓擠出淡淡笑容。「姑且說目前證據還不夠確切吧，但上頭建議我私下找妳聊一聊，妳再和……其他人私下聊一聊。只是以防萬一。我這裡有一份名單，列出了涉入事件的妖精名字和頭銜，以及圖書館員使用的化名。妳把名單拿去分析一下。」她在裙子口袋裡掏了半天，拿出一只信封交給艾琳。

「謝謝。」艾琳說，把信封收起來。她晚點再看。

「我要把話說清楚。我的恩主完全明白在一個組織裡，總是可能出現尋求個人目標的反叛者。這是人生的一部分，是自然之道，是宇宙運行的常軌。但出現這種情況時，如果該組織很有實力，會留心讓任何冒險家都待在界限內——一旦逾矩就予以鎮壓。這是社會契約的一部分。」

「就某些定義來說確實是。」艾琳贊同。每個妖精都透過他們選定的原型視角來看事情，而他們越強大，就越沒辦法換個角度看事情。樞機主教眼裡的世界自然全是派系、打手、叛徒——而史特靈頓是他的僕人兼得意門生。

她也聽得出史特靈頓話中隱含的威脅。如果該組織沒有實力，樞機主教就要重新考慮是否與它合作了。人與團體若不被視為同儕……就只能淪為工具。

「我會查一查，」她說，「如果我覺得恰當的話，會把名單傳給大圖書館內部我信任的人。當然，我希望那都只是不幸的巧合。」

「當然。」史特靈頓說，她的話很敷衍，顯然只是客套。

「既然我都來了，我想順便問問：妳知道世界消失的事嗎？」

史特靈頓瞪大眼睛。「妳聽到什麼消息？」

艾琳正準備回答「只有謠言」，凱卻搶先開口。「聽說宇宙兩端都有世界消失了——秩序與混沌端都有。我們也聽說強烈反對和平協議並住在那些世界上的人，隨著世界一起消失了。」

「這不能怪在樞機主教身上，」史特靈頓堅定地說，「他又沒辦法影響秩序領域的世界。」

的確，艾琳心想。那只有龍才辦得到。「妳能夠告訴我們什麼事嗎？」她小心翼翼地提出問題。

「目前沒有。要是未來我能分享什麼的話，我會的。」她的眼神在艾琳和凱之間快速跳躍。「我們不要引發大規模恐慌，好嗎？那是很糟的主意。我一點都不想成爲那個走漏消息的人，說那些世界消失得很『徹底』，任何人都碰不到它們，因而造成大規模恐慌。」

「我們確實要小心點。妳應該不會有事吧？」倒不是說艾琳喜歡這女人，但若是她前腳剛離開這屋子，這妖精馬上就死了或遭遇「悲劇性的意外」，那她的時間和精力還眞是白白浪費了。

「應該吧。最近我的判斷力……或許是有點受損。」史特靈頓看起來有點自暴自棄，「我應該聰明一點，一開始就依賴有用的人才對。」

「妳對我的正面評價眞讓我感動。」

「我知道妳靠得住。」史特靈頓簡單地說，「滿容易預測的，不太擅長前瞻性思考，傾向於見樹不見林——不過很可靠。」

「謝謝喔。」艾琳站起身，拍拍洋裝上的灰塵。

「是說，如果妳想建立毫無限制的『完整』個人同盟關係，妳只要告訴我妳到底是怎麼把妖精弄進大圖書館的……」

「眞可惜，妳本來表現得那麼好。」艾琳嘆氣道，「不過妳聽起來好多了。我請醫生拿鎮靜劑過來。」

「妳自己要當心，」史特靈頓說，語氣又轉爲嚴肅，「我寧可不要應付新來的協議代表。」

「噢，我相信新來的會比我更講理、更好相處才對。」艾琳回答，「搞不好還會有祕書負責安排商業午餐。」

這時醫生拿著說好的鎮靜劑過來，艾琳和凱必須離開了。

凱和韋爾來時搭的計程車還在外頭等候。「不用等韋爾了，」凱邊扶艾琳上車邊說，「他說他會自己回去。」

「嗯，史特靈頓知道邀請我們進到她家，就該預期到什麼結果。」艾琳饒富哲理地說。要是史特靈頓不希望員工被問話，就不該請韋爾跨入她家門檻。

「她邀的是妳。」凱糾正她。

艾琳聳肩。「我想最近這陣子我們算是連體嬰吧，認識我們的人都知道這一點。好了……我有兩件事要告訴你。你要和我說布菈達曼緹的細節，還是我先講？對了，你知道韋爾的管家身上有槍嗎？」

「不知道，不過我並不意外。」計程車駛入車流，凱舒適地坐好。「我看妳先講好了。」

艾琳沒提她發現自己是怎麼孕育出來的，她……晚點再告訴凱。等她自己能接受這件事以後。她只是述說妖伯瑞奇訊息的細節，還有她的回應——以及柯德的邀約。

凱皺眉，但看起來並不是太憂慮。「我們知道妖伯瑞奇能用那種方式傳訊息，我想他對當前的狀況展現出侵略性態度也不太令人意外。妳確定那個干擾源來自大圖書館嗎？」

「那才說得通，」艾琳說，「否則還有誰能用語言插手？」

「可是大圖書館裡有誰會做這種事？或者有這個本事？」

「科西切？或美露莘？我要再過幾百年才會知道用語言能做到的所有事。現在的重點是妖伯瑞奇說的內容。我原本希望能用這個引誘他走進陷阱，但他並不笨。」

「我們不能冒險低估他。」凱贊同，卻眉頭深鎖。「嗯，關於布菈達曼緹——韋爾和我在我們的住處遇到她了。我們制伏她並問她話。她想說服我們，大圖書館有個祕密陰謀正以某種方式在操弄妳。」

「我很想對這整個『大圖書館祕密陰謀論』嗤之以鼻，不過若是和史特靈頓剛才說的話兩相對照……布菈達曼緹有提供你們任何特定細節嗎？」

「她提到奇怪的任務，還有圖書館員在玩政治遊戲，還有世界消失——對了，她證實那是確有其事，不只是謠言——而且她有種『事有蹊蹺』的廣泛感受。她猜想妳的任務也屬於其中一部分。」

「而我們先前提出的理論是，我的任務之所以搞得這麼神祕，部分原因是爲了查出誰在走漏消息……凱，我很擔心。現在我們已經從三個不同來源聽說與大圖書館有關的異常狀況了：我、布菈達曼緹和史特靈頓。一次是偶然，兩次是巧合，但三次是敵方行動。」

「那我們該怎麼辦？」凱問，顯然期望她有解答。

「驚慌失措？好啦，認真一點……我想我先把這事通報給科西切和美露莘。美露莘是大圖書館內部的安全主管，所以她絕對應該聽聽這件事。我可以把史特靈頓給的名單交給她，那或許正是她要的東西。」一陣悲傷襲上她心頭。她幾乎也說了考琵莉雅的名字，可是現在她可能再也見不到對方了。「然後我就繼續進行我的單一任務——但要眼觀四面。」

凱向後靠，看起來似乎鬆了口氣。莫非他原本以為艾琳會想靠自己查明整件亂七八糟的事嗎？她又不是大圖書館的化身——她只是一個圖書館員。「聽起來很合理，」他堅定地說，「也許妳今晚就能寄一份報告到大圖書館。」

計程車晃動後停下來，司機把車頂的小門拉開。「先生、女士，我們到了。」

「非常感謝。」凱說，把車資遞上去。

爲了安全起見，艾琳等他們回到韋爾的客廳才繼續對話。「我們大概應該先看看史特靈頓名單上都有誰，」她提議，「以免有我們認識的人。」

凱點點頭，她的言外之意讓他臉色凝重。要是結果發現名單上有他們認識的人——甚至是朋友——那該怎麼辦？

整個狀況已經變得太複雜。大圖書館要她獵殺妖伯瑞奇，同時假裝她是自作主張。山遠要凱交出職位，並表現得像是他自願這麼做。史特靈頓尋求艾琳的支持——前提是自己完全不必示弱。「每個人都好虛僞，」艾琳喃喃道，「這裡有誰並沒有一邊裝無辜，一邊又想從我們身上挖好處嗎？我們得在所有人出於正確的理由做錯誤的事之前，查出現在究竟是什麼狀況。」

艾琳正準備打開信封，就聽到樓下傳來門鈴聲。她大步走到窗邊看看來者何人，以及自己是否需要再度躲到閣樓。

她訝異地發現是席爾維大人。她瞬間回想起自己提出的要求——她要他協助聯絡曾和妖伯瑞奇打交道的妖精。必須是相對理性且值得信任的人選，不是會利用她發起戰爭，或是把她的血放光拿來泡澡的那種妖精。莫非他眞的找到這種對象了？

這或許正是他們需要的好運。他們搞不好終於、終於有線索了。

即使沒看見，也很容易追蹤席爾維上樓的動態，因爲管家試著攔阻他而發出嘈雜的叫聲。她或許敢對一般的妖精上門者開槍，但顯然遇到本地名流時有所忌憚。「可是韋爾先生不在家！」她抗議。

「那我等他，」席爾維愉快地說，「我會用平靜的冥想打發時間，吸納他幸福的住宅氛圍，嗅聞他的菸草香，閱讀他的剪貼簿。當然，如果剛好樓上還有別人在，我很樂意和對方見面，但我能理解妳無法透露……」

艾琳和凱互看一眼。然後凱走到門邊打開門。「沒關係，」他朝樓下的威爾森太太喊道，「交給我處理吧。」

席爾維眞可謂蹦蹦跳跳進入客廳，用華麗手勢取下帽子，露出一抹賊笑。他穿著瀟灑的晨禮服，領巾繫得很整齊，鞋子才剛擦過而晶亮無比。「我最喜歡的小老鼠，我就希望妳會在這裡呢。多美妙的一天——見到妳太開心了！」他環顧四周。「即使是在如此令人沮喪的環境下。看看這一大堆單調的書、無聊的科學器材、可悲的椅子。像我這麼有藝術氣息的人，要怎麼在這種房間揮灑創作才華？」

艾琳不禁又一次幻想把席爾維大人推出窗外的畫面。「這又不是你的房子，可以隨你布置，」她說，「再說我看過你在列支敦斯登大使館的幾個房間，可不會稱之為藝術自由的典範——特別是裡頭還積了厚厚一層灰塵。」

席爾維頓了一下。「我正準備指出妳從沒見過我的臥室，不過為了友好關係和彼此的善意著想，我就自制一下好了。希望記錄天使【註】能記得這英勇又美善的一刻。」他倒進最近的椅子，慵懶姿勢會讓文藝復興時期的畫家匆匆抓起畫筆，並且命令他脫光衣服。「我有好消息要告訴妳，我親愛的溫特斯小姐。想必妳也看得出來。」

「我是有猜到。」有兩種事會讓妖精特別開心。第一是從事與他們敘事原型完美呼應的活動，第二就是償還一樁礙事的債務。「請說吧。」

席爾維嘆氣。「妳簡直無法想像，我忍著不要求妳跪下來求我分享這項資訊，對我來說有多麼煎熬……不過我們早就約定好，所以別再瞪我了，小王子。我幫妳找到一個線人了。她和妖伯瑞奇聯絡過，而且她說她提供給他的資訊，他原本並不知道。」

艾琳驚愕地眨眼。「我沒有反對的意思，但這聽起來簡直好到不像是真的。」

「噢，我也這麼想。」席爾維贊同，「但顯然那已經是兩、三百年前的事了。不過我認為這仍然符合我們談的條件，妳同意嗎？」

若是席爾維能夠挖出最近的聯絡人，外加妖伯瑞奇目前所有藏身處的列表就好了——不過能夠解釋妖伯瑞奇深層動機的人，或許更理想。如果艾琳能搞清楚他為什麼變成叛徒，想要摧毀大圖書館……她點頭。「我同意你安排我和這個人見面，就等於完成約定。她在哪裡？」

「別的地方。」席爾維說，「君士坦丁堡。在另一個世界——意思是我得帶妳過去。而且越快越好，因為我不能擔保她會在同一個地方待多久。」他瞥向凱，嘆了口氣。「好啦，小王子，我勉強可以同時帶你們兩個一起去，只要你別做什麼不理性的事。我並不打算勸你別跟來。」

「那就好，」凱說，「因為我不會聽的。」

艾琳走到韋爾的桌子旁找紙筆。「既然不能等韋爾，我留張字條告訴他我們去哪、去幹嘛。我們可不希望他以為你綁架我們了。」史特靈頓的名單只得晚點再看，她不打算在席爾維面前提到它。

「噢，席爾維大人這麼講理，哪裡會做這種事。」凱說，但他話中帶刺，艾琳明白他並不完全信任這妖精的承諾。

席爾維一定也聽出來了，因為他瞇起淺色的眼睛。「說話小心一點。我已經向我們的共同朋

譯註：在猶太教、基督教和伊斯蘭教中都有記錄天使（Recording Angel），負責記下人類的言行，包括善行和惡行。

友溫特斯小姐承諾，我不會毀約。看在她的面子上，我才帶你同行，但你別惹怒我，凱王子。我知道此行很危險，我可不會爲了你冒險。」

「只要我們都清楚自己的立場就好。」凱說。

「況且，如果龍族協議代表在與你私下出遊時出了什麼可怕的事，那可就很尷尬了。」艾琳溫和地說。她摺起給韋爾的字條，留在他一進門就會看見的位置。「憑你這麼精明的人，是不會冒險讓這種狀況發生。我們且把恐嚇放一邊，開始辦正事如何？我還滿好奇這位神祕線人是誰。」

席爾維欣賞著自己的指甲。「嗯，關於這一點——我得另外作幾項承諾才成功約成這場會面。其中一項承諾——對她的承諾——就是在妳到那裡之前，不能告訴妳她是誰，或什麼角色。我可以保證她不打算傷害妳或妳這一方的人。」

「這太荒謬了！」艾琳抱怨。

「噢，我同意，不過一諾千金。」席爾維起身。「我們該出發了。我可以告訴妳一件事：她知道妳是誰，她很期待見到妳。『再』見到妳。」

第十三章

等他們來到大市集四通八達的走道外，席爾維大人已經不光是因爲高溫而汗流浹背。他走路的姿勢像是逆著強風，每一步都萬分艱辛。他臉頰兩側有一縷縷汗水從太陽穴滑下，早早就解開領巾和領口的釦子。當他們終於從兩根石柱間鑽出來，望向一道由磚塊和石材建成的長廊，他盡可能不著痕跡地癱靠在牆上休息。

艾琳意識到，這裡想必是市集中專賣絲綢的區域。她用評估的眼神打量周圍，試著摸清狀況。長長的布料掛在桿子上，或是披在牆上，或是誘人地從櫥櫃裡稍微露出一角。攤位是牆上一個個凹陷的壁龕，顧攤位的商人坐在壁龕前的木凳或長沙發上。空氣又乾又熱；她能聞到茶和咖啡、香料和香水味。隨著顧客與行人的人潮起起落落，帶著回音的對話聲也有如縷縷不絕的絮語，沿著長廊和尖型拱門底下飄送。普遍聽到的語言似乎是土耳其語，幸好艾琳的土耳其語還過得去，不過在她的聽覺邊緣還有其他語言和方言在探頭探腦。

「你沒事吧？」她問席爾維。

「我馬上就沒事了。」他抹了抹濕冷的額頭。「要是只有妳一個人跟我來，就輕鬆多了。」

「那是不可能的，」凱斷然說道，「你知我知，大家都知，所以何必再糾結？」

「讓人家抱怨一下嘛，我覺得我辛苦了半天，應該有資格發發牢騷。」

妖精穿梭世界的方式與龍不同。龍是在世界外面飛行，等找到他們要的世界或人以後再回到世界裡，但妖精只是用走路（或開車，或騎馬，或甚至開飛機）的方式穿過一連串不同的世界，彷彿他們橫越某種想像出來的彩虹色帶。艾琳並不了解龍或妖精是藉由什麼抽象理論或感知能力來辦到這件事的，但旅行途中並不是發問的好時機。

強大的妖精要穿梭世界並帶他人同行比較輕鬆，個人敘事原型特別與交通相關的妖精做起這件事更是得心應手。席爾維大人的力量是滿強，但他的原型是花花公子和誘惑者，與交通的敘事觀點八竿子打不著——或許除了午夜的私奔之外。帶一條龍和一個圖書館員同行可把他累壞了。

凱看起來也沒開心到哪裡去。儘管他在生理上並沒有席爾維那麼疲憊，仍滿懷不信任感，每踏出一步都預期遭到埋伏。他不喜歡這種旅行模式，但它沒有對他造成什麼特別影響——至少短程旅途不會——而且這個世界並不比韋爾的世界更加混沌。可是艾琳感覺得到他在她背後劍拔弩張，知道他用狐疑的眼神盯著人群。

「這是哪一年？」艾琳輕聲問。她在周圍看到各種膚色，服裝相對而言也沒有明顯的時代感；她對任何世界的土耳其歷史和文化都沒有鑽研，更別說這個世界了。遠處有個男人穿著英國海軍軍官制服，看起來隱約像是十八世紀末到十九世紀初的風格，但那挺籠統的。

席爾維聳肩。「我不知道，更不在乎。附近沒有戰爭，這才是重點。」他轉頭看她。「妳想融入一點嗎？如果妳想的話，我們可以先繞去採購。」

艾琳低頭看看自己的衣著。雖然她的維多利亞式洋裝和凱的西裝在這裡絕對異於常人，不過她猜想他們只會被歸類為「奇裝異服的外國人」，而不會特別被視為危險分子。「我覺得還是速戰速決比較重要。要是有人想攻擊，我們在這裡一點防備都沒有。」她不知道妖伯瑞奇能不能追蹤到她在這裡，或是他能否離開她上次見到他的那個世界，但她可不想由錯誤中學到教訓。他們現在已離開相對安全的地方，一想到有多麼不設防，就讓她感覺皮膚上有東西在爬。她逼自己冷靜。「也許遮一下頭就好？」

「讓我來吧。」凱說，他剛才默默與一旁的攤商交涉。他遞給艾琳一條灰綠色的薄紗絲布。

「謝謝。」艾琳露出感激的笑容，用絲布裹住頭部和肩膀。當然，那兩個男人仍然極度醒目，儘管各有巧妙不同——席爾維大人是行走的荷爾蒙，凱則掩不住化為人形的龍那種非人類的英俊——但至少她可以低調一點。

「既然不能去購物，我看我們就快點辦正事吧。」席爾維頂著牆站直身體，稍事休息後看起來已恢復不少元氣，他穿過人群帶路。他面前的人紛紛讓開，被他散發的強烈誘惑氛圍給震懾。少數人喃喃地表示不認同，其他人則想偷偷傳紙條給他，或是把手帕掉在他面前，希望他會撿起來。艾琳和凱無奈地互看一眼，然後跟上去。

席爾維顯然認得路；艾琳邊走邊記哪裡轉過彎，但她幾乎整個狀況外，讓她很沒有安全感。這座有牆壁、有屋頂的市集本身就像一座城池，是微型的理想城市；它或許得依賴牆外更廣大的君士坦丁堡而生，但有自己的規則與習俗。艾琳內心有一半想退到角落，背抵著牆壁躲好，直到她更了解這地方再出來；另一半卻想去找他們賣書的地方。天光由屋頂上的方形窗戶斜射下來，使絲布像寶石一樣閃亮，也在黃金和鋼鐵上反光。他們經過無邊便帽和皮件，靠墊和整套的銀盤，珠寶、馬鞍和鞋子，卻仍看不到外牆或任何市集的邊界。

「我們要去哪啊？」凱終於發問，「其中一座主要市場嗎？是珠寶市場，還是涼鞋市場？」他顯然比艾琳熟悉這個地點。

「都不是，」席爾維說，「我們要喝個飲料聊聊天。這不就到了嗎？」

他比向路口或長廊中央偶爾會出現的那種小型建築。這一棟也和其他的類似，兩層樓高，未和周圍任何牆壁相連；形狀方正，彩磚裝飾得很典雅，入口在一樓，二樓開了很多窗戶，可以欣賞來往的人群。這座小亭子並不像有些店有賣食物——店內只飄出茶和咖啡的氣味。

艾琳本想先按兵不動，掃視一下周圍有沒有間諜、殺手或身兼兩者的人，但席爾維快活地大步前進，她也只好跟上去。他丟了枚錢幣給店主，便帶頭爬上狹窄的樓梯到二樓。

二樓的顧客沒有在看窗外風景，注意力全集中在一位年長女性身上，她占據著顯然是尊榮寶座的位子，坐在一張長沙發上，身邊堆滿超出所需的靠墊。現場還有另外六人，有男有女，他們有的坐在小凳子上，有的坐在地上，都專心地聽她說話，任由自己杯中的茶或咖啡變冷。

艾琳認出那女人是誰，渾身掠過一股冰冷的戰慄。她是個妖精——而且力量不算弱。她們曾在一列往威尼斯的火車上有過一面之緣，當時艾琳要去救被綁架的凱。那時候艾琳自己也假扮成妖精。這個女人，伊絲拉——或者用她自己偏好的稱呼：伊絲拉阿姨——是個以說書為職業也是志業的說書人，去威尼斯是為了一睹凱被拍賣的奇觀，並在事後述說這個故事。後來事情的發展夠戲劇化，她大概對結果並不失望，不過……

伊絲拉阿姨抬起頭，對到艾琳的視線，她抿著薄唇勾起的笑容，或許可寬容地算作是帶有歡迎的意味。她裹著一件深藍色罩袍，只露出布滿皺紋的臉。她黑眼珠閃爍的幽光讓艾琳聯想到韋爾追蹤到線索時的熱切，不禁感到更加緊張。伊絲拉阿姨爲什麼要刻意隱瞞身分，先把艾琳找來再說呢？

妖精點頭致意，然後便把注意力轉回聽眾身上，雙掌一拍。「今天就講到這裡，」她以流利的土耳其語宣布，「我要接待別的訪客。明天同樣時間，我們在這裡繼續。」

那群聽眾——還是學生？——看來對講習提早結束不太滿意，不過仍低頭行禮、喃喃應允。艾琳察覺他們起身經過走下樓梯時，都在打量她、凱和席爾維。「萬一他們跑去告訴別人怎麼辦？」她低聲問席爾維。

席爾維兩手一攤，愉快地表示他也管不了反覆無常的命運。「這完全有可能啊，我的小老鼠，不過他們應該都不知道妳要來——所以即使認出妳，也要花點時間才能琢磨出該把情報賣到哪裡去。現在就交給妳了，我完成我這部分的交易了。」

凱伸手過來按著她的肩膀安慰她。「妳負責講話，」他提議，「我作妳的後盾。」

艾琳振作了一下。這確實是她來的目的。她走向坐著的妖精，禮貌地鞠躬。「好久不見，伊絲拉阿姨——希望我還能這樣叫您？」

「妳當然可以。」伊絲拉阿姨喜孜孜地說，「不過我們上回見面時，妳自稱克萊瑞絲．拜克森，我又該叫妳什麼呢？」

以前說的謊被人當面戳破總是很尷尬，艾琳昔日的學校老師會針對這主題上一堂道德課。艾琳自己的反應與其說是「良心」不安，倒不如說是感到能力不足。優秀的圖書館員才不會像這樣被抓包。「我叫艾琳，」她招認，「我常用艾琳．溫特斯這身分活動。我隸屬於大圖書館。很抱歉上次向您撒謊，希望您能諒解我的苦衷。」

「我能諒解。」伊絲拉阿姨表情如夢似幻，像是深陷在出神狀態中。「孩子，英雄莫不如此啊。有的光榮無比，但許多不是——不過所有人都會和我說，他們的所作所爲是逼不得已。我比妳以爲的更了解妳。當時妳一心拯救妳的情人，完全沒心思顧及路途中遇到的任何人或任何事。」

艾琳考慮指出當初確實有其他因素要顧慮，例如可能爆發戰爭，以及她會被當作凱綁架案的代罪羔羊而交由凱的家人發落，相對而言，伊絲拉阿姨顯然喜歡這個版本的故事並不是唯一考量。而現在，她想博得伊絲拉阿姨的好感。「那時也涉及政治因素。」她大膽提出。

「毫無疑問，政治是歸到血腥那一類的。愛情、血腥和辭令【註】……」伊絲拉阿姨引經據典，「但妳別淨罰站呀！坐下、坐下，孩子！妳的王子也請坐吧。至於你嘛……」她瞥向席爾維。「你想留下嗎？我可警告你喔，我是不容許人家插嘴的。」

席爾維微笑。「人家要我安靜時，我能夠管好嘴巴。溫特斯小姐，妳要怎麼獎勵我？」

艾琳愉快地回應他的笑容。她早就料到他可能有這一手。「我會守口如瓶，不洩露現在你知道妖伯瑞奇和大圖書館的重要祕密了。」

席爾維並不需要天人交戰。就正面來看，他將擁有別人不惜殺人也要獲得的資訊。就負面來看……他將擁有別人可能不惜殺了他也要獲得的資訊。他有些酸溜溜地說：「成交。」

「嗯，既然這事兒搞定，也許我們的小小對話可以開始了。」伊絲拉阿姨堅定地說，「妳要喝茶還是咖啡？」

艾琳急得渾身發癢，但她知道現下表現出適當的禮貌可能很重要。「請給我茶。」她說，坐到老婦人對面，「但您爲什麼命令席爾維大人別告訴我您的身分？」

「是請求，不是命令。」席爾維插話。

「老太婆的異想天開，」伊絲拉阿姨輕快地說，「妳應該可以多多包涵吧。」言外之意表示，**如果妳不能，就向這段對話說再見吧**。

艾琳咬緊牙關——她希望動作沒有太明顯。這場對談將考驗她的耐性。運氣好的話，伊絲拉阿姨只是想看能把艾琳逼到什麼程度，而不是故意把她留在這裡等人偷襲。如果這是陷阱——伊絲拉阿姨會後悔的。「當然，」她撒謊，「謝謝您答應和我見面。我知道這對您是種負擔……」

她按部就班地客套寒暄，啜飲薄荷茶，讚美這茶好喝，閒聊時事，同時暗忖伊絲拉阿姨的目的是什麼。她們上次相遇時，這妖精想參與一場大事件，以便在事後說故事。這回她是希望艾琳找妖伯瑞奇對質時能帶她同行嗎？或更糟，莫非她因爲這能成就個好故事，而想觸發這場對質？

譯註：此處引用英國劇作家湯姆·史達帕（Tom Stoppard, 1937-）的名言。

凱像大理石一樣無動於衷。席爾維已經放空了，轉而盯著窗外。對話主題從當前政局、茶葉品質，一路聊到伊絲拉阿姨遇過的圖書館員。艾琳並不訝異，據伊絲拉阿姨的說法，圖書館員的素質實在是一代不如一代。有些事是舉世皆然。她知道自己應該把這些內容都記住，好增補到大圖書館的檔案裡，但一刻千金，而分分秒秒正像沙漏裡的沙一樣不斷洩去。她感覺自己在熱氣中融化、在薄荷茶的氣味裡溺斃，已經以這種狀態坐在這裡好幾年了。要過多久，才會有某個學生把艾琳在這裡的消息賣出去？妖伯瑞奇多久後會試著來找她？

「妳是個好孩子。」伊絲拉阿姨終於輕拍著艾琳的手說。她自己的雙手是纖細骨架上包著滿是皺紋的血肉，皮膚長年受到風吹日曬而又硬又黑。「妳學會一些禮貌了。我看該談正題了。」

艾琳咬牙忍住那很想一吐爲快、如釋重負的大氣。「您的直率讓我銘感五內，請容我也用同樣的坦誠來回報您吧，我正在尋找叛逃圖書館員妖伯瑞奇的資訊，於是請席爾維大人爲我聯繫曾與他打交道的人士。」

「而我也這麼做了，」席爾維說，「所以我們才會在這裡。我只是萬萬沒想到這事會如此沉悶冗長。」他相當明顯地把呵欠憋回去。

伊絲拉阿姨投給他的眼神，暗示要是他是她的學生，她最起碼會用鞭刑伺候。她轉回頭看艾琳時仍面帶不豫之色。「那邊的廢物說得沒錯。我是見過妖伯瑞奇，我講了個故事給他聽——而我想那個故事使他作出某些選擇。我相信妳聽完會覺得值回票價的。」

要是艾琳長著兔耳，現在它們會豎得直直的，還微微抽搐。「請繼續。」她說，努力不笑得流口水。那只會讓對方提高價碼。

「對妳來說如此重要、如此寶貴的事，自然要有相當的回報。」伊絲拉阿姨說。她啜了一口茶。

艾琳沒什麼爭辯的餘地。「您是想進入大圖書館嗎？」她問。

「妳能辦到嗎？」

「我曾帶另一個妖精進到大圖書館，」艾琳說，「當然，那取決於向我的上級取得許可，但要是您能夠提供像是關於妖伯瑞奇的情報，如此攸關大圖書館福祉的東西……」

伊絲拉阿姨皺眉。「妳在誘惑我，孩子。」

「希望如此。」艾琳拿起杯子，發現杯子已經空了——茶壺也空了。她轉頭尋找服務生，但樓上的小房間就只有他們四人在。

「讓我來吧。」席爾維說，端起放茶壺的托盤。「盡量別在我回來前談妥什麼有趣的交易。」

伊絲拉阿姨看起來若有所思，然後用一根僵硬的手指指著艾琳。「這裡面有什麼圈套？」

「伊絲拉阿姨，您可以講得明確一點嗎？」

「我曾身處於這種故事裡——即使通常我是說故事的人。這種交易會有圈套、暗樁、隱藏的價碼，意料之外的條件。妳現在對我笑得很親切，孩子，但我知道，妳也知道，我也知道妳知道——妳有事沒有告訴我，而我如果答應妳，那件事將對妳有利、對我不利。我並不是說這是錯的，孩子，但我並沒有自投羅網的心情。在我這把年紀不行。」

「您看起來還不到六十歲。」凱諂媚地睜眼說瞎話。

「又是一個懂禮數的年輕人。」伊絲拉阿姨說，「我喜歡你們做事的方法，孩子們。你們被我一叫就來，準備滿足我任何偶發的念頭，只要能藉此獲得你們需要的東西，以拯救你們的家。在這種故事裡，這正是該有的劇情啊。」

艾琳一直努力避免忤逆這個妖精，但她實在無法配合這種說法。「伊絲拉阿姨，我是個圖書館員，而您想必也注意到了，凱是龍族。我們不像你們妖精一樣活在故事裡。」

「啊，此言差矣。」伊絲拉阿姨不以爲忤，「你們只是沒有自覺罷了。這是所有人的通病——在那個當下。」她放下空杯。「不過我扯遠了。我要再問一次：這裡面有什麼圈套？」

艾琳很清楚她說的「圈套」是什麼。爲了把卡瑟琳弄進大圖書館，她必須使用妖精的眞名。以此類推，她也能爲伊絲拉阿姨做同樣的事——但知道她的眞名將讓艾琳獲得掌控她的力量，因此妖精才喜歡使用假名和有藝術氣息的頭銜。

「假設是有個圈套，而我也誠實告知，」艾琳小心翼翼地說，「也許我們可以在互抱善意的友善精神下進行協商，而不必太過拘泥成規？我會對任何可能的問題抱持開放心態，您也用同樣的態度回報我，別讓我走進任何陷阱。」

「這很標新立異啊。」伊絲拉阿姨不太贊同地說。

「這是說書人與圖書館員之間的特殊合作關係。」艾琳誘哄道，「我自然不會告訴任何人。而既然席爾維大人也剛好不在……」

伊絲拉阿姨用一根手指輕點膝蓋，然後下定決心，面露微笑。她齜牙咧嘴的笑容令艾琳心中浮現「鱷魚式」這種形容詞——總之就是望著「準」晚餐的爬蟲生物。她想從我這裡得到什麼？

「因為我太喜歡妳了，孩子，我就答應妳吧。」

艾琳點點頭。「既然如此，我承認我需要您的眞名，才能帶您進到大圖書館。」

停頓。「幸好妳告訴我了，孩子。」伊絲拉阿姨說，「要是我在談好交易之後才得知這件事，我會對妳很不滿意。」

一股緊張的麻癢感沿著艾琳的背往下竄。伊絲拉阿姨顯然不是戰士，但大概有很多其他妖精欠她人情。若是伊絲拉阿姨想討回那些人情，艾琳的人生會變得很難過——也很短暫。她勉強擠出笑容。「如我所說，互抱善意的精神。或許您願意回報我的善意，告訴我您究竟想要什麼。」

「對我這種老女人來說，個人欲望早已如浮雲。」伊絲拉阿姨吟詠似地說，「我把人生奉獻給我的天職——說書人與漫遊者。不過有一樣東西我特別感興趣，而且只有妳能提供。」

「什麼東西呢？」

「妳的故事。」

「我的故事？」

「孩子，妳應該感到光榮才對啊！」

「我感到光榮極了。」艾琳說，她的嘴巴切換到自動模式，實際上腦子在思考該怎麼回應。

「請原諒我訝異又震驚，我只是太錯愕了。從來沒人要求聽我的故事。我是說，我寫過大圖書館報告，而他們總是想要更多細節，但那完全是兩碼子事……」

「哼！」伊絲拉阿姨噴氣的聲音打斷艾琳的大離題，「妳不是應該更興致勃勃才對嗎？妳不渴望告訴我妳的人生嗎？難道妳從來不曾想對熱情的傾聽者一吐爲快？」

艾琳大概只花半秒就回顧完一生。「說實話，我一向自認行事詭祕、守口如瓶，什麼事都不想告訴任何人。」

「我可以作證。」凱插話，簡直是幫倒忙。

艾琳惱火地瞪他一眼。「我很認眞地考慮您的提議，但這件事有點爲難。希望您了解，我會顧慮我給您的資訊有可能被用在什麼地方。」

「噢，我能平息妳的焦慮。」伊絲拉阿姨安撫她，「我只要拿掉名字和確切的細節，再加油添醋一番。等我完成後，連妳都很難認出那是妳的故事了。但我總得要有材料當基底啊，孩子。所有最好的故事都需要一粒沙才能形成珍珠。」

「所以基本上，您的目標只是……精華片段？」

「我是說書人，孩子，」伊絲拉阿姨說，「不是史學家。」

她們交談時，有一個服務生默默走進房間，把放著茶水和茶杯的新托盤擱在她們之間的桌上。他直起腰，轉身從伊絲拉阿姨身後要回到樓梯處。

艾琳看到隨著一抹金屬反光，他袖中藏著的刀子滑到手上。

第十四章

凱一定也看到了。他縱身飛越桌面撲向服務生，把他由伊絲拉阿姨身邊撞開。兩個男人翻滾後撞到牆壁，窗台上一個花瓶晃了晃，掉到外頭的市集。

艾琳的反應比凱慢了兩秒。她不具備龍族那種超越人類的反射神經；她的反射能力比較像被逼到角落的絕望老鼠，但這在緊急狀況時仍然挺好用的。她跳起身，快速繞過桌子側面，抓住伊絲拉阿姨的雙肩，然後算是連拖帶拉地把妖精帶離打鬥現場，並且將自己的身體擋在老婦人與暴徒之間。絕不能尚未得知這妖精的情報就失去她。

服務生的刀子沿著地板彈跳滑開，但他本人不是省油的燈。他的武功出乎意料地高強——能和凱赤手對戰的人並不多。他們兩人都已跳起身，正朝對方快速揮拳。艾琳對武術並不內行，不過她看得出服務生用迅疾的短掌專攻神經和壓力點。凱的招式比較大開大合，每一拳都比較重，不過較不適合這座小亭子的密閉空間。

「別擋著我，孩子，」伊絲拉阿姨在艾琳背後命令，還扳她的肩膀，「我要看清楚點。」

「絕對不行，」艾琳回答，堅持不動，「他大概是來殺您的。」

「胡說！誰會想殺一個卑微的說書人？他想殺妳的可能性高多了。」

艾琳看著凱和服務生打鬥，隱約聽到樓下和外頭傳來嘈雜的人聲。「我們能不能敲定：先把他制伏，再問他是來殺誰的……」

這時外頭喊叫聲的一些字眼清楚地傳送進來。爬上去。牆壁。窗戶。她轉身，及時看到一個穿著破舊長袍的人影正想翻越一座窗台，他的頭部用頭巾包住而看不清面貌。

艾琳抓起很輕的藤編桌，往新來的入侵者頭部掄過去。他被迫低頭閃避，這一分神之間，艾琳已趁機衝到他面前，往他臉上就是一拳。他慘叫一聲，鬆手掉出窗外。

艾琳迅速回身，環顧四周偵測威脅。這裡該死的窗戶太多了。原本方便欣賞路人的良好視野現在成了超大的潛在風險。另一雙手從不同的窗口冒出來。艾琳抓起掉在地上、仍裝滿茶的茶壺，把熱茶倒在攀住的手指上。手指鬆開，手指的主人邊哀號邊墜落。

「好，好！」伊絲拉阿姨喃喃自語，興味盎然地旁觀。「太完美了！繼續，孩子，繼續！」

艾琳希望在大市集裡巡邏的保全人員已經朝這裡趕來——但他們要多久才能到？

小亭子的窗戶或許寬敞而通風，但一定有什麼方式能擋住——最起碼基於店主的安全考量也該是這樣才對。艾琳一邊搜尋記憶，一邊將長靠枕揮向另一個爬上來的暴徒臉部，讓他在窗台邊緣搖搖欲墜。對了。窗框上有活動遮板——是裝飾性的，而且在白天營業時間會收起來並用釦環鎖住，但其障礙物的本質不變。她集中精神。「**小亭子的活動遮板，關起來並上鎖！**」

房間周圍所有窗戶的活動遮板都啪地關上，喀啦喀啦地卡住的同時，還伴隨著外頭詫異的慘叫聲。

室內突然間幾乎陷入一片漆黑，只有活動遮板的縫隙和窗戶外框透進細細的光線。凱一直在等著艾琳做些什麼——他利用服務生瞬間的錯愕蹲低身體、施展掃堂腿，把對手弄倒，然後跳到他身上使出鎖喉功。

這樣一來，外界只剩一條攻擊路徑了。「長沙發，移過去擋住樓梯口。」艾琳命令。

那件家具拖著自己笨重的身體越過地板，每個關節都在顫抖，費力到嘎吱作響，好不容易在樓梯口前就定位。艾琳聽得到外面有人在扒抓活動遮板，但想要入侵的人必須同時抓住建築外側，更增添了任務難度。他們顯然不是闖空門專家。

服務生正在默默被勒到窒息。他終於伸手拍了地板三下表示投降。

「不賴嘛，孩子。」伊絲拉阿姨審慎地說，「或許戲劇性稍嫌不足。下次等他們都進到房間，而且其中一人刀子抵在我脖子上，你們再出手。」

艾琳不敢置信地看著她。「但是那樣一來，就會有人拿刀抵著您的脖子耶！」

「噢，他們不會殺了我的。沒人會殺說書人。如果他們這麼做，誰來說他們的故事？不過那樣就優雅多了。」

艾琳腦中閃過「去他的優雅」，但因爲必須讓伊絲拉阿姨保持好心情，她匆匆把這句話蓋掉。「我會牢記在心。」她撒謊。「凱，你的人犯願意說話嗎？」

「你說呢？」凱問服務生，「和另一個選項比較起來？」

「我給你們十分鐘的不交戰承諾，不抱敵意，並願意對話，以換取逃跑的機會。」服務生——或假服務生——反過來提議。

「艾琳？」凱詢問，並沒有放鬆箝制。

艾琳眞的不喜歡冷血地殺人——而且這樣做，他們或許能從他口中問到一些答案。「成交。」她說。她聽到外頭傳來像是大市集保全人員抵達的聲音——尖叫、碰撞、悶響、有人高喊以法律之名給我站住。「我們應該可以在這裡安全地待一下子，但席爾維怎麼辦？」這名服務生上來之前，他才剛下樓。若他是第一名遇害者……他並不是她的朋友，但她也不想看到他死掉。

「我上來前把他打昏了。」服務生說，「他失去意識，但沒有大礙。瞧？我很合作吧。」

艾琳點頭。「很好。」

她走過去打開一片活動遮板，讓室內透進一些光線。小亭子周圍聚集許多看熱鬧的人，那一片仰望她的人臉海讓艾琳醒悟她需要捏造某種說詞，來阻止他們都擁上樓來添亂。她朝人群揮揮手，對著下方用土耳其語喊道：「我們上面的人都很安全！上帝保佑！」

這話換來一陣歡呼並且興致消退——畢竟若是大家都很安全，沒人慘遭殺害，總體而言或許算好事，但仍比血腥凶殺案要無趣多了。希望這也代表還要再過幾分鐘才會有人上來察看。

凱放開服務生，他坐起來，揉著喉嚨和身上的瘀青。艾琳全神貫注地盯著他，努力效法韋爾尋找線索——不過奇怪的是，他的五官彷彿籠罩著一層陰影。感覺就像不論艾琳從哪個角度看他，他都被某種看不見的黑暗微微遮蔽，讓人很難對他的相貌留下清晰印象。

「如果你不介意的話，可否透露我們之中誰才是你的目標？」她問。

他指著伊絲拉阿姨。「請妳明白，這不是私人恩怨。」

「你好大的膽子！」妖精驚呼，「我是說書人耶！」

「在死亡面前，眾生平等。」他說，態度有點過於故弄玄虛。「即使是把時間花在耍嘴皮子講些無用對話和瑣碎故事的人。」

「哪怕是死神本人，遇到尚未把自己的故事告訴他人的人，也會暫時不帶走他，孩子！」伊絲拉阿姨現在挺身捍衛她的職業，「你膽敢──你無恥地公然侮蔑──」

「不好意思，伊絲拉阿姨，」艾琳打岔，「儘管我完全同意，殺手應該不能動說書人和圖書館員半根寒毛，但我們只有十分鐘時間可以問他話，而他正想激怒您。」

伊絲拉阿姨哼了一聲，但允許艾琳帶她到樓梯口的長沙發前，扶她坐在那裡。「我看這可恥的暗巷鼠輩也不過爾爾。」

「一個只是因爲死神看到她的優點，而在她能逮到他前逃之夭夭，才免於一死的女人，口氣還眞大。」服務生反唇相譏。

「那總好過一個永遠不公開露臉的男人，因爲他把他的臉連同名字一起賣掉了。」伊絲拉阿姨嗆道。

艾琳輪流看著他們兩人。「你們認識？」

「沒有私交。」服務生說，「不過話說回來，我盡量不和任何目標建立私交，否則我會開始酗酒，而那會扼殺我的反應能力。」

「我和這個笨蛋絕對沒有私交。」伊絲拉阿姨冷冷地說，「不過我當然聽說過人稱『影子』

的致命殺手的故事。」

「影子。」艾琳說，很努力保持語氣正常。有些化名很合理，有些化名則老套到絲毫不加掩飾，讓人不翻白眼都說不過去。

「沒錯。」伊絲拉阿姨說，顯然已切入說故事模式。「傳說中，他把名字賣給從地獄爬出來的惡魔，好讓他能從那一天直到今天都盡情殺戮，不受親情束縛。」

「這完全是胡謅，」殺手喃喃道，「哪來的惡魔。」

「我很想聽那些可怕的細節，可是我們能不能專心討論你爲什麼要來殺伊絲拉阿姨？」艾琳問。

「噢，那是個漫長而複雜的故事。」殺手快活地說，「雖然我很樂意講給你們聽，恐怕我受到客戶保密條款的限制。」

「那你能告訴我們什麼？」凱問。

「我能推薦買咖啡、刀子、金屬亮光劑和皮帶的好店。你們難得來一趟，不如順便採購一番。」

「我們剛饒你一命耶！」艾琳懊惱地說。她一定能利用某種把柄來逼這男人吐出資訊——可是要用什麼呢？

「對，我很感激。請留意我現在可是親切地聊天，而不像平常一樣用凶惡的單音節回話。其實換個方式還不錯耶，說出來你們都不相信，我經常只在割開別人的喉嚨時才有機會碎唸幾句恐嚇的話。」

「這態度完全不對，」伊絲拉阿姨叱責他，「你應該更努力發揮你的本色才對啊。人見人畏的殺手才不會在那裡推薦私房好店，年輕人。你為什麼不對著這女人的臉咆哮，揚言在天亮前就會殺了她？」

「伊絲拉阿姨，您到底是幫哪一邊？」艾琳淡淡地問。

「我自然想要保住我自己的命，但要是我得死於殺手之手，我希望過程不要太草率。」伊絲拉阿姨解釋，「不是某種廉價的半吊子勾當，而是由某個真正把職業當生命、當氣氣的人執行的正統謀殺！這座城市裡還有些更厲害的殺手在遊走，不過這位影子倒也不是完全上不了檯面。」

「唷，謝謝啊，」她的目標說，「我能假設妳要為我省點工夫嗎？」

「當然不能！你會問出這種問題，顯示你的水準終究是差人一截。」伊絲拉阿姨睥睨他。

「天底下有哪個大師級殺手會追求方便簡單的獵物？」

「務實的殺手？」凱提出，「想要確保被害者最後確實死掉的殺手？」

「你不會發現有很多被害者配合那種事的。」伊絲拉阿姨嗤之以鼻地說。

在這群配角演得不亦樂乎的同時，艾琳已經拼湊出結論。有個殺手為了與艾琳完全無關的理由而找上伊絲拉阿姨，並且碰巧選在這時機下手，這種情況是可能的——但艾琳不會拿自己的錢去賭。而且剛才殺手提到的那句「哪來的惡魔」，卻沒有斷然否認，也頗值得玩味。「我們可以談個小小的條件嗎？」她提議。

「嗯，在合理範圍內……妳有什麼想法？」影子問。也許有鑑於外頭圍著大批人群和執法人員，他正在衡量自己逃走的機會。

「我要對這事的幕後主使者和動機提出兩個想法，而你要告訴我我說得對不對。」

「這交易對我似乎沒什麼好處。」影子指出。

「你可以一窺我目前的思考模式，這可是無價的知識喔。」艾琳提出。

「唔……也對。好吧，我答應妳。」

當妖精說出這句話，就表示他受到承諾約束。妖精是所有生物中最易於根據敘事典型行動，並且說出來的話都只符合其原型，因此既諷刺又逗趣的是，也唯有他們能夠被言語束縛、被迫說實話。龍可以說謊，人類可以說謊，但是在極為特定的情況下，妖精是值得信任的。

不過十分鐘的期限已所剩無幾。艾琳快速斜睨凱一眼——**當心點**——凱點頭回應表示明白。

艾琳轉回頭看著影子。「好。那我就——猜你這次行動的幕後主使者是妖伯瑞奇。」

影子的臉抽搐著，看起來像努力忍耐不直接回答「對」。「哪個妖伯瑞奇啊？」他盡力故作無辜地問。

艾琳看得出有人想鑽承諾的文字漏洞。「那個叛逃的圖書館員，」她挑明了說，「他可能有些輕微的生理問題。」例如目前他的身體不能使用，必須附身在別人身上才能活下去，也不能離開他目前受困其中的世界……

「噢，那個妖伯瑞奇啊。」影子說。他的臉又抽動了，不過嘴巴不由自主地說出話來。

「對，我現在是按照他的命令行事。」

「而他的命令是殺死這位伊絲拉阿姨——以防止她告訴我某件事。」這次影子的面部痙攣更加嚴重，不過他粗聲叫道：「對啦，既然妳什麼都知道，又何必問我？」

「忘恩負義的卑鄙小人，」伊絲拉阿姨喃喃道，「他應該派年輕圖書館員來向我請益，而不是因爲我講故事給他們聽就想殺了我！」

艾琳非常振奮。既然妖伯瑞奇這麼積極地阻止她聽到，這個故事肯定很有價值。「我只是想證實。」她甜甜地說，「謝囉。噢，我猜你並不該殺了我對吧？」

「嗯，他要我留妳活口。」他閉上嘴巴，幾乎發出聽得見的喀嗒一聲。

「最後一件事——這不算是假設，比較像是疑問。這是那種你可以回去和案主說你沒成功的契約，還是你必須竭盡全力殺了伊絲拉阿姨，沒有拒絕的選項？」

「既然這只是個疑問，我沒有義務回答。不過由於妳對我很公平，我且提醒妳，我的不交戰承諾還剩一分鐘——我有在算時間。」他瞇起眼睛，突然生出一股剛才還沒有的氣勢。「我覺得來一場追逐完全合理，不是嗎？戲劇性恰到好處？收場時妳抱著她垂死的身軀，她則掙扎著想把某項重要事實傳給妳……」

艾琳把伊絲拉阿姨拉起身。「**長沙發，把男妖精固定在牆上。**」她用語言命令。

長沙發滑過地板，殺得影子措手不及，把他夾在牆上。他痛得差點叫出來，硬是咬牙忍住。

「下次我和圖書館員打交道時會記住這個教訓。」他喃喃道，眼睛盯著艾琳。

雖然伊絲拉阿姨顯然很想聽，艾琳沒留在原地聽他最後的威脅。艾琳和凱把伊絲拉阿姨夾在中間，匆匆跑下樓梯。

樓下的房間人山人海，擠滿服務生、執法人員、顧客和斜躺的席爾維，有人在用玫瑰香的水為他淋在額頭上。大部分的人聚向凱和艾琳，要求他們給個交代。

艾琳知道他們只有一點時間，影子馬上就會追上來。她不想在大市集中被追殺——這地方她不熟，要保護伊絲拉阿姨也非易事。如果她要求席爾維或伊絲拉阿姨帶路去另一個世界，只要影子跟得夠近，或許也能追到那個世界。妖精能辦到這種事。方便的選項只有一個。

「凱，清出一條路讓我們到外面的長廊上，還有準備好帶我們上去。」她用英語命令，「席爾維，起來，我們要出去了。」

席爾維或許是個墮落的花花公子，還有極度惱人的辯才，不過他確實有實際的危機意識。他搖搖晃晃站起身，歪歪倒倒地跟著他們走。

凱結合肌肉、身高優勢，以及對喝令停步的要求充耳不聞，氣勢如虹地開出一條通往長廊的路。長廊上幾乎與小亭子裡一樣擁擠；周圍聚了大批民眾，他們在失去興致前是不會散去的。有個身穿官方制服的男人抓著艾琳肩膀，要求她回答發生什麼事，她不理他，抬頭看天花板。

「撐住我。」她命令席爾維。她即將做的事會耗去她大量能量。沒時間字斟句酌了。她鼓足全力，大叫：「**屋頂，拆散並向上向外打開！**」

在她嗓音所及的範圍內，屋頂開始向後翻，並朝外向天空敞開。磚塊和瓦片由房屋彈出，像噴泉一樣往上和往外噴，撒落在鄰近的屋頂上。屋椽在基座中傾斜，顫抖著震鬆，分開後在屋頂上留下一道與長廊平行的巨大裂縫。

艾琳的太陽穴劇痛，幾乎虛脫到跪下去，同時又喘不過氣，熱空氣像是在她肺裡凝固了一般。這是很重大的一次解構。她能聽到背景中有尖叫聲，她勉強分神去想，希望沒有太多人被天花板碎片砸到。她已經竭盡所能，將屋頂材料導向外頭。

身旁強光一閃，凱的一邊飛翼不小心揮到她，差點把她撞倒在地。他已化爲天生的龍形——美麗也很駭人，全身覆滿深藍色鱗片，像是穿著藍寶石做的盔甲，從頭部到尾巴共有好幾公尺長，還長著角和火紅色雙眼。「快上來！」他命令，尾巴像鞭子甩來甩去。

現在人群眞心在尖叫了，並且朝四面八方逃竄。混亂中，攤位上整疊的靠墊和被褥都滿天飛。有幾個混混舉起手槍或毛瑟槍。

艾琳連忙命令：「槍，卡住！」如果對方運氣眞的很好，子彈是有可能傷到凱的。至於他們其他人更是絕對怕子彈。

剛剛使用完語言，現在馬上又用一次，令她再度搖搖晃晃。席爾維推她爬上凱的背、坐到他肩膀中間時，她幾乎感覺不到他的手扶著她的腰——就連這妖精一貫的吸引力都突破不了她的頭痛和急切。但她還有足夠的專注力，在席爾維接著推伊絲拉阿姨上來時握住她的手腕（伊絲拉阿姨像個包得密實且仍在抗議的包裹），並且將她固定在原位，等席爾維自己也爬上來。

他們三人都坐好後，凱便一躍而起，靈活地穿過屋頂裂縫，升上君士坦丁堡的天空。一如以往，他的飛行有種超自然特質；那並不是以飛翼、風和重力爲元素所構成的動作。他移動時就像水墨畫中的圖像，有如塗繪在空氣中的圖案，比起物理上的合理性，美感還更重要一些。他張開雙翼，帶他們飛越大市集和袤廣的城市，然後懸浮在空中審視著下方幾百公尺外的車水馬龍。

「這才像話嘛。」伊絲拉阿姨讚許，「做得好，孩子們。這正是我期待你們會做的事。」

艾琳傾向前，把頭靠在凱背上。他的體溫有助緩解她的頭痛，也或許只是因爲他近在身邊，以及她知道他很安全。她幾次深呼吸後才開口回答。「伊絲拉阿姨，我們可以把您送到安全的地方。我相信影子很難找到您的。不過在那之前，您不是向我提出了交易嗎？拿我的故事換您的故事。我想反過來提出另一個方案。」

「噢？」妖精戳著艾琳的肩膀，「轉過來讓我看妳，孩子。我不能對著妳的後腦勺講話。」

「我該去什麼特定地點嗎？」凱問，嗓音在胸腔振動。

艾琳一邊調整姿勢面向伊絲拉阿姨，一邊瞇眼望向下方的地景。「先往內陸飛好嗎？如果你看到有哪裡剛好很荒涼，就可以降落了。謝謝。」

「了解。」雖然龍臉看不出這種表情，但她感覺出他在微笑。他調整方向，朝城市外圍飛去。

艾琳迎向伊絲拉阿姨的目光。這個年長女人對於騎在龍背上穿越國土並沒有顯露出懼色；她的神色像是已見過一切、做過這種事，最重要的是，講過這樣的故事。現在她用犀利的目光盯著艾琳，像是眼鏡蛇在打量某種會吱吱叫的小動物。

「我的提議如下，」艾琳說，「您已知道我在找妖伯瑞奇；我們現在有證據他也在找我。我認爲對您來說，這故事的結尾會比開頭有意思得多。我可以告訴您截至目前爲止我的個人故事——或者我可以用圖書館員的力量，以語言和我的名字發誓，等一切結束之後，再回來告訴您來龍去脈。」

伊絲拉阿姨喃喃自語，手指在長袍的布褶裡激動地扭曲。「但是如果妳失敗，我就什麼故事都沒有了！」

「對，」艾琳贊同，「而且我大概也死了——或更糟。這是一場賭注。不過如果您不願接受賭注，如果我採納您第一種提案，那您就永遠不知道今天會面過後又發生了什麼事。」

停頓——然後，伊絲拉阿姨竟然咧嘴而笑。「這是眞心喜愛故事的人才會講的話。我接受妳的條件，孩子。發誓吧。」

艾琳小心翼翼地揀選用語。「**我用我的名字和力量發誓，等我處理完與妖伯瑞奇的問題，也就是他死亡、我死亡或其他結果，我將回來找您，告訴您事情發生的經過。**」透過語言說出來的話在她喉中嗡鳴，也在他們周圍的風中迴盪；她沒有因此感到疼痛或疲倦，但能感覺話語的重量沉積到骨頭裡。

「我也用我的名字和力量發誓，我會誠實說出我和妖伯瑞奇見面的事；包括我告訴他什麼，以及我認爲那造成什麼後果。」伊絲拉阿姨立誓，「妳要現在聽嗎？」

艾琳本想說好，因爲這上頭不怕有人偷聽——但謹愼又令她遲疑。她或許是沒有證據顯示妖伯瑞奇養了一批訓練有素的殺手老鷹，或是其他可以在半空攻擊他們的怪物——不過她此刻並不想心存僥倖。「我們還是先降落好了。」她說。

五分鐘後，他們舒適地坐在一座小樹林的樹蔭下。不論怎麼明示暗示他可以去聽不到對話的地方散散步，席爾維都裝傻到底。凱仍維持龍形，喃喃表示可以快速撤退之類的。

伊絲拉阿姨整理了一下情緒，順順長袍，兩手交疊在膝上，然後開始述說。「多年前——可能是幾十年，可能是幾百年——有個聽說我知道什麼故事的圖書館員來找我。他名叫妖伯瑞奇，年輕又有禮貌。他想向我打聽關於第一個說書者的故事。」她提到「說書者」時用了強調語氣，當妖精提到同類中眞正的原型象徵角色時，就會用上這種語氣，例如公主、樞機主教、血腥伯爵夫人等等。「爲了回報我告訴他這個故事，他承諾會從你們的大圖書館拿很多珍貴書籍給我，最後我答應了。」

艾琳抽搐了一下。**送掉大圖書館的館藏？**不過那仍然有可能只是複本。她點頭表示理解。

伊絲拉阿姨的嗓音切換成回憶模式的抑揚頓挫，凱似乎也放慢呼吸好聽清楚。「很久以前，在那遙遠的過去，我們很多人都尚未成形，因爲沒有夢可以塑形我們，當時第一個說書者回頭一看，看到沒有形體的混沌，它將吞噬一切，包括人類、妖精和故事，不留下任何能說故事或記得故事的存有。說書者轉而望向前方，卻看到滾滾的戰爭雲霧，雲霧中滿是號令各種自然力量的巨龍，而那些巨龍正在逃離追逐他們的東西。於是說書者說：『這兩個都不成；一定要找出更好的解決之道。』」

席爾維眉頭深鎖。「現在沒有說書者，」他說，「沒人敢冠上這個頭銜。就我所知的歷史，也從來沒人用過。」

「要是你敢再插嘴，我就抽你鞭子。」伊絲拉阿姨平靜地說，「給我安靜。」

席爾維沒回答，但眉頭皺得更緊。

冰冷的恐懼開始在艾琳腸子裡打結。她聽過這個故事——不過是從另一方的角度，從不同的敘事觀點。這豈不是代表……

伊絲拉阿姨摸了一下喉嚨，然後繼續說，對艾琳的疑慮沒有察覺或不感興趣。「說書者決定必須和最大的敵人結盟，好讓所有事處於平衡狀態，既不被瓦解也不完全被固定在某個地方。因此說書者去對方國王的宮殿，說：『我們來作個交易吧。我們應該結合彼此的力量，讓所有世界穩定下來，然後我們兩個共同統治這些世界。』國王同意了。」

她等了一秒來作效果，接著咳了一聲，手又撫向喉嚨。

「伊絲拉阿姨？」艾琳關心道，她的存在焦慮突然間更加明確。「您沒事吧？」

樹木的影子似乎變長變深了。「是那個人——我聽說……」伊絲拉阿姨喘不過氣，身體向前倒。

艾琳過去接住並支撐住她，焦急地四處張望。她感覺不到任何不自然的狀況——沒有混沌力量，沒有秩序力量，什麼都沒有。她要怎麼阻擋這攻擊？「誰知道是什麼東西在影響她？」

「凱王子！」席爾維一秒變得正經八百，「你能強化周圍的秩序程度嗎？」

「當然可以，」凱隆隆地說，「可是這裡沒有需要對抗的對象。」

「這是內部的，不是外部的。我晚點再解釋——反正繞住伊絲拉阿姨然後照我說的做就對了！」他退後。「我先躲遠點。」

凱用蛇一般長長的身軀繞住艾琳和快窒息的伊絲拉阿姨，沒在管匆匆退開的席爾維。他展開雙翼蓋住兩人，遮蔽了陽光，讓她們像是身處於晶瑩剔透鱗片構成的深藍色洞穴裡。

他大吼一聲，近距離聽到這聲音幾乎要震破耳膜，艾琳的耳朵像被狠狠敲擊，骨頭也在振動，不過它的力量不光是聲音的物理性音量，而是對現實的作用。周圍世界在顫抖，變得更真實一點，更確切一點；比較不會被故事力量左右，更服膺於物理現實與伴隨現實而來的殘酷事物。

艾琳發抖——但伊絲拉阿姨抽搐，她的身體在艾琳臂彎中拱起，像是強直性痙攣發作而痛苦不堪。「停止，」她小聲說，「拜託……」

「撐住。」艾琳試著鼓勵她。這對妖精來說一定像酷刑——正如同凱在高度混沌環境中很難受，伊絲拉阿姨突然受到高度秩序襲擊，也會感到虛脫無力。「拜託撐住，繼續呼吸——我在這裡，我們會保護您……」

「好遙遠……」在陰影中幾乎看不到她的臉，「那個人用手指抵住我的嘴唇，要我保持沉默……」

「誰？」

「說書者啊，孩子！」不耐煩似乎讓她恢復了一點力氣。她轉頭看看凱繞著她的身體。「叫妳的王子別動，我得在那個人把注意力再度轉向我之前講完剩下的故事。」

「我聽到了，」凱說，「繼續說吧。」

「這是個好故事——眞可惜是我自己的故事，而從來沒人有興趣聽說書人自己的故事。」伊絲拉阿姨深吸一口氣。「聽好了。如我所說，國王同意了。這下不管是妖精或他們的敵方，雙方陣營中許多族人都會說他們兩個是叛徒，所以他們偷偷逃走去完成這項工作。有人說他們建了一座通天高塔，有人說他們在世界根部挖了座祕密地窖，但沒人知道完整的眞相。不過確實，當他們離開後，所有世界都變得更穩定了，就像項鍊上的寶石或是太陽系儀裡的星球，儘管偶爾這些世界也會騷動，但絕不會像先前那樣陷入大災難。因此這兩人的孩子與僕人著手馴服各世界，遺忘了國王與說書者的故事。可是這個故事在故事的守護者之間保存下來，用來當作給後世的警告。」

她停頓。「孩子，妳還好嗎？妳的手在發抖。」

艾琳無法回答。如果開口的話，她可能會洩露太多資訊。但她讀過這個故事，是從一份已有幾千年歷史的埃及手稿翻譯來的——而它是從龍的觀點寫的。故事中的龍王——也許是四位龍王的父親——當時正逃離由他後方追來的失控秩序力量，後來與他最大的敵人作了交易。故事最後說：*抄寫員將保存我的命運。*

*抄寫員。故事的守護者。*艾琳低頭看著自己的手，它們在發抖。**大圖書館的起源是什麼？我們是誰創立的？爲什麼而創立？**

「您告訴妖伯瑞奇這故事時，他有什麼反應？」她用顫抖的聲音問。

伊絲拉阿姨的目光轉朝內心，像是望向自己的記憶。「他很不安，」她慢吞吞地說，「和妳現在差不多。這引起我的興趣。他先說他得告訴兄弟姊妹這件事。」

艾琳點點頭，想起考琵莉雅說過的話。在古早那時候，我們都習慣互稱兄弟姊妹。那證實伊絲拉阿姨的故事是眞的。

「後來他又搖頭說不行，他得先有更多證據才能行動，但他知道哪裡能找到證據。他火冒三丈，說他和大圖書館都被利用了。」

「他有說怎麼個利用法嗎？」艾琳問。

「沒有。我這次難得直接引述他的原始說法，沒有加油添醋。」伊絲拉阿姨微微露出笑意，「然後他就很匆忙地走了，好像害怕遭到追捕。」

接著他就背叛了大圖書館。這念頭像帶刺的冰冷鉤子勾在艾琳心上。但是既然龍王和說書者是爲了大局著想，爲了穩定所有世界而做出那樣的事，有什麼不好呢？

她想起伊絲拉阿姨剛才還說了什麼，便知道答案了……然後我們兩個共同統治這些世界。是這個嗎？權力，就只是爲了權力？

她的嘴唇發麻。「謝謝您，」她說，想起該有的禮貌，「這眞的很有幫助。」

「你可以放開我了，」伊絲拉阿姨用布滿皺紋的手指戳了戳凱的側身，「我已經不再提到那個人的名字；那個人的注意力會轉往別處。」

「剛才是不是……」艾琳把「說書者」三個字吞回去，意識到說出來可能又會引來危險，「您在故事中提到的那個人搞的鬼？」

「就是。」伊絲拉阿姨說，凱把捲起的身體舒展開。陽光灑在他們身上，彷彿想讓有龍、有語言的世界恢復正常。「妳可以自由使用那個名字沒關係，孩子。但我——嗯，我們這些追隨那個人道路的後輩都和那個人有所連結——哪怕只是一點點。當我們追尋單一本質並增強力量時，免不了會發生這種狀況。說故事者、花花公子、公主、樞機主教、劊子手，我們都和各類別中最強大的那個代表人物連結……那邊那個失職的傢伙都沒和妳說過嗎？」

「我從不覺得這是什麼重要的事。」席爾維邊說邊做了個滿不在乎的手勢，幾乎（但沒有眞的）掩飾住他的謹慎。「再說，借用寫作技巧常說的：我通常都直接演給你看，不會說一大堆旁白。」

「我想確認一下我有沒有搞錯，」艾琳說，「說書者他——還是她？——親自出手，阻止您告訴我故事結尾。」

伊絲拉阿姨點點頭。她剛才差點死掉的事實似乎沒對她造成什麼衝擊。

「您告訴妖伯瑞奇這故事時也發生同樣狀況嗎？」

「沒有。」伊絲拉阿姨說，「但畢竟那是我第一次說。這是第二次。我想我不該冒險嘗試第三次。」

「您的安全沒問題吧？」艾琳不得不問。她不確定自己能怎麼保護這個老妖精，但總不能就任由她自生自滅。也許凱可以帶她去某個高度秩序世界，說書者可能就沒那麼容易對她下手。

伊絲拉阿姨慈祥地垂下頭。「妳是個好孩子——但只要我閉上嘴不講這個故事，我就很安全。總之，現在妳得到我承諾的故事了，我很期待妳的回報——剩下的故事。」

艾琳的腸胃在翻攪，她好想吐。「當然好。」她喃喃道。她得查出妖伯瑞奇需要的「更多證據」是什麼，她得回到大圖書館，她需要更多資訊。

可是大圖書館安全嗎？其他圖書館員安全嗎？

這只是個故事。伊絲拉阿姨自己也說過，故事不是事實，也未必是眞的。然而，它還是重要到說書者幾乎殺了她來阻止她說出來。這個故事讓妖伯瑞奇走上背叛與謀殺之路，並導致艾琳的生命被孕育出來。他相信這故事——或至少相信某種事。

現在問題在於……艾琳相信什麼？

第十五章

等艾琳和凱回到韋爾的住處，已是接近傍晚時分了。席爾維護送他們回韋爾的倫敦，還堅持替他們付車資。艾琳有種揮之不去的感覺，他這異常慷慨的舉動是源於他們把他弄出大市集、救了他一命，因此他還欠他們人情。凱則認爲妖精行事狡詐，誰知道他耍什麼心眼。不過免費計程車還是不坐白不坐。

「他剛才偷偷和妳說什麼？」走上門前的台階時，凱輕聲問。

「他很擔心卡瑟琳。」這件事本身就能保證席爾維會暫時守口如瓶。若是大圖書館有什麼……問題，卡瑟琳知道得越少反而越安全。

「妳也是。」

艾琳聳肩。「我擔心我們。」

她剛抬起手要按門鈴，凱就抓住她手臂。「艾琳——我知道妳有事沒告訴我。妳聽伊絲拉阿姨說故事時的反應，很明白地顯示妳知道某些能證實故事內容的事。但我信任妳。別擔心，我可以等妳準備好再告訴我。」

感激與煩躁的情緒在交戰。「凱，我們上一回進行類似對話時，是我設法讓你良心不安，因爲你想隱瞞事情！」

「青出於藍嘛。」凱說，還深深一鞠躬。

艾琳忍不住大笑，笑了好久，感覺精神上的某種重擔解除了。不論她能信任誰、不能信任誰，站在她面前的男人都徹底可靠。要不是眾目睽睽，她會馬上吻他。「你是我人生中最棒的事情，」她說，「謝謝你。」

「要謝就謝考琵莉雅把我分配給妳吧。」凱說。然後他輕聲補上一句：「我有謝她。」

他的話讓艾琳想起考琵莉雅不會再陪在他們身邊太久了，於是她點點頭，歡快的心情消逝無蹤。「我們進去面對現實吧。」

她體內有微微的罪惡感在抽動。她剛才在開玩笑，可是……她應該與凱分享資訊嗎？那是龍族歷史的一部分。她原本認為不讓凱知道是為他好。但他難道沒有權利自己選擇嗎？

「噢，拜託，」凱邊說邊跟著她進屋，「韋爾會體諒我們沒時間找到他並邀他同行的。」

「溫特斯！」韋爾在樓上喊道。他的口氣聽起來不太妙。「我們在等。」

艾琳和凱互看一眼，都很好奇「我們」所指何人，然後艾琳瞥向帽架。她認出掛在那裡的灰色絲絨披風；她看過布菈達曼緹穿這件。她忍住嘆氣，開始爬樓梯。這大概會是……一場硬仗。

布菈達曼緹坐在艾琳最愛坐的椅子上，翻看韋爾的一本剪貼簿，那些剪貼簿裡全是有趣又驚悚的罪案剪報。艾琳進到客廳時，布菈達曼緹冷冷瞥了這年紀較輕的女人一眼，顯然盡她所能在喚起艾琳還是實習生時的記憶。韋爾表現得沒那麼露骨；他只是撥弄著顯微鏡玻片，顯示自己沒空抬頭和他們打招呼。

「我很訝異看到你們共處一室，」艾琳邊說邊坐到沙發上，「發生什麼我不知道的事了嗎？」

韋爾和布菈達曼緹惱怒地互看。「如果有的話也不值得驚訝，」布菈達曼緹回嗆，「因爲妳不在這裡，收不到通知。」

「講理一點。有沒有茶可以喝啊？今天眞累。」

「這裡也有一些小小的紛擾。」韋爾放棄假裝沉浸在顯微鏡世界裡，在凳子上咻地轉了半圈，怒瞪著艾琳和凱。他大概是想藉由他們的穿著和行爲來分析他們稍早之前做了什麼。儘管他是個大偵探，他也幾乎不可能推論出「大市集」或甚至「君士坦丁堡」等關鍵詞——而這只會更加惹惱他。「可是由於妳不在這裡接收消息，除了一張簡短的字條，說你們和席爾維大人走了，也沒留下任何你們下落的資訊……」

凱站在艾琳身後，捏了捏她的肩膀表示支持。「他這次難得派上用場了，」他說，「他給了我們一條妖伯瑞奇的線索——而我們找到他的線人後才過幾分鐘，妖伯瑞奇的殺手也出現了。要是我們多耽擱一下，搞不好就太遲了。」

接下來的沉默可歸類爲忿忿不平的一方必須承認另一方說得有理，但又嘴硬不想開口。最後是管家的出現打破僵局，她送來新泡的一壺茶和夠讓所有人用的茶杯，因此造成的居家常態讓室內的敵意少了三分。

「那你們查出什麼了？」韋爾問。

艾琳趁著倒茶的時間思考了一下要怎麼說。要是布菈達曼緹不在就好辦多了。「席爾維安排我和一個叫伊絲拉的妖精見面，她走的是說書人原型。她能告訴我們她見過妖伯瑞奇，她說了個故事給他聽，而他有什麼反應。妖伯瑞奇聽完故事非常苦惱，他說他要更多證據，還說他和大圖書館都被利用了。」

「目前『證據』這東西似乎嚴重缺貨啊。」韋爾表示。

「妖伯瑞奇派的人想殺了她，以阻止她告訴我那個故事。」艾琳說，「後來說書者——我們認爲就是那個妖精原型本人——在她故事說到一半時也想殺了她。我承認這些有可能全是處心積慮的設計，想說服我她的故事很重要，而實際上都只是假線索——但她發誓她說的都是眞的。」在場所有人都知道，妖精必須遵守他們許下的誓言。

「那故事內容是什麼？」布菈達曼緹質問。

艾琳一字不漏地複述伊絲拉阿姨告訴她的事。她看到布菈達曼緹在聽的時候，表情整個凝結，那個女人就像艾琳當時一樣，在腦中撤回陣地去考慮各種可能性。

「妳認爲這事把妖伯瑞奇逼瘋了——或至少讓他陷入某種偏執？」布菈達曼緹終於問道，「不管故事到底是不是眞的，聽起來他認爲是眞的，而且和大圖書館有直接關係。那股積極的『摧毀大圖書館』狂熱可能是後來才產生的。」

「這是合理的結論。」艾琳認同。她發現自己非常不情願告訴布菈達曼緹，她還知道另一個與此相符、龍族視角的故事，尤其是凱也在場的情況下。並非因爲她不信任布菈達曼緹——嗯，不完全是。她相信布菈達曼緹會做她認爲對大圖書館好的事，而且能抛開倫理、道德或個人利益的考量。但她沒有信心若是布菈達曼緹將艾琳視爲對大圖書館的威脅，也不會動手將艾琳推下斷崖。或許應該反過來說，她「有信心」布菈達曼緹會那麼做……

她的思路在兜圈子。最重要的是，如果這故事是眞的，如果大圖書館的核心眞的有什麼大家都未察覺的東西。那麼除非艾琳能證明，否則對布菈達曼緹來說，不知道任何支持此一說法的證據才比較安全。因爲一旦這個威脅者知道她們知道眞相了……

妖伯瑞奇就是這樣想的嗎？這種對照還眞令人不安。

「這或許是一種操控他的有用方式，」韋爾深思地說，「看來你們這一趟沒有白跑。至於妖伯瑞奇派的人——我猜被對方跑掉了？」

「確實。至少是我們看到的那一個——也許還有別人。」韋爾的表情有點怪怪的……「你爲什麼這麼問？」

「因爲大約半小時前，這裡收到一封妖伯瑞奇給妳的訊息。」韋爾有點得意地說。

「什麼！」艾琳的茶在杯子裡晃動。她將杯子放在邊桌上，以免顫抖的手將茶潑出來。「妖伯瑞奇的訊息——你明知道卻不告訴我？」

「妳不在這裡，無法被告知。」布菈達曼緹指出。

「不，我指的是爲什麼我不一回來你就講？」艾琳意識到自己已瀕臨大吼大叫的程度，更糟的是，已顧不上文法。她深吸一口氣。「它在哪裡？是怎麼送來的？」

「它是由一個不知名姓的流浪兒拿到門口交給管家的，」韋爾說，「給妳的信裝在一個署名給我的較大信封裡，而我當然已仔細檢查過它——黑色墨水、鋼筆、羊皮紙、紅色蠟封。我打開信封後，發現裡頭是給妳的信。信封裡沒有其他附件。儘管我很想這麼做，我們仍判定打開它或許有危險。」他指向桌上一個圓罩式的金屬盤蓋，大概是從樓下的廚房借來的。「在那底下。」

「也許不論如何，打開它都會有危險，即使開信的人是艾琳也一樣。」凱說。

「或許最危險的是信裡包含的資訊，」布菈達曼緹補充，「應該送它去大圖書館，讓我們的上級來處理。艾琳，讓妳自己進一步深陷在這亂七八糟的事裡不但危險，還很愚蠢。」

艾琳揚起一眉。「我相當確定以前妳批評我參與度不夠，不願承擔風險，沒有準備好奉獻自己……」

「凡事都要有限度！」布菈達曼緹環顧四周尋求支援，但沒找到。「妳有偏見，」她放低音量說，「我願意接受妳的說法，相信大圖書館交付妳與妖伯瑞奇相關的祕密任務。」這顯然是她的巨大讓步。「但那不表示妳就該打開送到妳面前的每個可能是炸彈的東西，而且寄件人還寫著他的名字。」

艾琳遲疑著。妖伯瑞奇在利用語言的書寫形式創造東西方面是個奇才，而她卻是新手。她怎麼能確定這不是某種用來把他們一舉殲滅的狡猾陷阱？「既然你沒打開信，怎麼知道是他寄給我的？」她問。

「信封正面有寫，」韋爾說，「致艾琳．溫特斯，又名蕾——妖伯瑞奇寄。」

「嗯……看看信封不會害死我，否則你們兩個早就沒命了。」艾琳起身走過去，揭開盤蓋。摺起的羊皮紙如韋爾所描述，用紅色蠟封封住。被拆開的外封擱在一旁。

以它能對艾琳——以及她所在乎的一切所造成的潛在殺傷力而言，說它是郵件炸彈也不為過。「我不能冒險把它帶進大圖書館，」過了一會兒她說，「我說眞的，布菈達曼緹，如果我們認爲妖伯瑞奇能用語言製造某種在開信時就會爆炸的機關，就得考慮到他可能設計成當信被帶進大圖書館時會發生更可怕的作用。要嘛我們當作它是眞的信，拆開來讀，要嘛我們當作它可能是大規模毀滅性武器，馬上把它丟進泰晤士河。」

「這對泰晤士河不太公平吧，」凱說，「那條河已經有夠多困擾了。」

「你懂我的意思啦。」

艾琳拿起鉛筆，小心翼翼地戳了戳封住的羊皮紙。沒什麼反應。「如果妖伯瑞奇能用寄信方式殺了我們，」她邊想就邊說出來，「他早就這麼做了。我要打開了。」其他人還來不及想出更多理由表明這是壞主意，或是用物理方式阻止她，她已一把扯開封蠟。

沒東西爆炸，這是好跡象。大概是吧。

她打開信。信中大部分是英文，而不是用語言寫成的類似「展信者，馬上死去」文字。信件末尾有一小句用語言寫的話，不過那還算合理範圍。「這是一封信沒錯。」她說，難以掩飾驚訝的語氣。

「好吧，還眞令人鬆了口氣。」布菈達曼緹嘟囔，靠回椅背，試著裝作她剛才並沒有打算跳起來、從艾琳手中奪走信紙。「信上寫什麼？」

艾琳快速瀏覽。「這……呃，不太合理。」更貼切的形容詞應該是讓人難以置信才對。「溫特斯。」韋爾說，他的語氣是一種警告，表明布菈達曼緹不是唯一在考慮要強行取走信件的人。

艾琳深吸一口氣，開始唸信。「蕾，我不打算裝作我們有什麼理由和平共處。」凱的哼聲道盡千言萬語。

「然而，」她唸下去，「我們確實有共同利益。妳要我停止攻擊大圖書館——或嘗試以其他方式破壞它。而我想和妳談話。」

「在任何條件下都別想，」凱堅定地說，「他是毒藥，而且——」

艾琳豎起一根手指阻止他，不讓他藉題發揮。「我同意，但能讓我繼續唸嗎？」

凱點點頭，安靜下來。

「妳提出一個方案，我有在考慮。我知道妳會懷疑我提的任何條件，但我願意與大圖書館簽訂和平協議，用語言簽。未來不再有戰鬥，不再有死亡。妳眞的要回絕這提議嗎？我已聯絡妖精協議代表，請她建議一個讓我們見面並詳細討論此事的地點。她可以選一個不可能發生戰鬥的地方，我們在那裡見面時，妳可以確定在我面前很安全。」

「史特靈頓女士是妳的盟友，」韋爾表示，「妳救過她的命。如果她保證會找個雙方都能安全會面的地點……」

「我不敢相信你認眞看待此事，」凱反對，「這男人是叛徒兼連續殺人犯，他不能受到信任。艾琳，拜託告訴我妳現在露出若有所思的表情，是因爲妳在計畫怎麼利用這場會面困住他，然後除掉他。」

艾琳低頭看著手中的紙。她想要贊同凱的意見——但冷靜的邏輯推著她去考慮韋爾的看法。「在有妖龍和平協議之前，雙方都這樣指控對方——背叛啊連續謀殺啊什麼的。我承認以這次的例子來說，每項可能的罪名大概都眞實無誤。但我不確定自己有權利拒絕這提案。結果不光是影響到我耶，凱，還會影響到其他圖書館員。」

「把剩下的信唸完吧。」凱斷然說，「讓我知道最糟的是什麼。」

難道他看不出來，對這狀況我和他一樣沮喪嗎？

她繼續唸：「如果妳在讀這封信，蕾，就表示妳已和稱爲伊絲拉阿姨的妖精聊過特定主題，而且仍活著。我不認爲這是可能的。我派殺手去殺她是爲了救妳的命。妳活下來這項事實，表示我可能搞錯了某些事，這會使我考慮新的做法。但要採行新做法，我想先和妳談談。我已準備好考慮與大圖書館談和，我會發誓給予安全通行權，以利進行休戰協議。我知道自己沒有給妳任何信任我的理由，蕾——我現在也不要求妳信任我。我只像一直以來的一樣，要求妳考慮新的可能性。我會透過妖精大使館聯絡妳——去那裡找我吧。妖伯瑞奇。」

「眞是感人肺腑，」布菈達曼緹的語氣酸到出汁，「我們怎麼能懷疑這麼誠懇的提案呢？我們應該跪下來感謝天賜良機，然後馬上跑出去安排會面。」

「最後還有一小段用語言寫的話。」艾琳不情願地說，要是她能直接假設這封信全是謊言，人生就輕鬆多了。「他寫說這封信是真誠的提案，他是真心想要和平——這不是陷阱。」

布菈達曼緹湊過去看。「噢。」她的語氣正如艾琳的心情一樣困惑。用語言是不能說謊的——不論是口說或書寫。妖伯瑞奇盡可以用英文寫下滿紙謊言，但如果他想用語言撒謊，筆尖下的紙張會立刻燒起來。「好吧，要是妳早點提起這部分……」

艾琳放下信紙，感到鬆了口氣，在裙子上抹著手。這信上沒有什麼實質污染物——至少她希望沒有——但她就是不想讓信紙的觸感在手指上停留超出必要的時間。「我想我們都同意，這封信靠不住。我們是不是可以直接進行下一步，也就是考慮該怎麼『處理』它，而不要爭著說『我比你更不信任他』？」

布菈達曼緹閉上眼睛一會兒，艾琳好奇她是不是在默數到十。然後她顯然很費力地說：「我或許反應過度了。我不習慣看到等同於路西法本人的傢伙寄親筆信給我認識的人。」

「我也不習慣收到這種信啊。」艾琳說，努力回應對方的示好，「我也要趁現在聲明——這事不是我說了算，也不是我們幾個說了算。這必須請示大圖書館。我們可以附上我們的意見和蒐集到的所有資訊，但如果我自己跑去試著與妖伯瑞奇談和，那我真的就……」她搜尋詞彙庫，找不到什麼貼切的用語，「很蠢了。」她套用布菈達曼緹先前的評語，把話說完。

「不過他可能只願意和妳一個人打交道。」韋爾說。

「我要做也要有後援並得到允許。」艾琳回答。

「我想不透的是，爲什麼偏偏挑上妳？」布菈達曼緹問，「我沒有瞧不起妳的意思，但外頭還有很多比我們兩人都經驗豐富的圖書館員，而且他們在大圖書館中也更有政治影響力。妳最厲害的一點似乎是能避免被他殺掉。」

艾琳知道答案。**因爲我是他女兒**。但她不願也不能告訴布菈達曼緹這件事。「也許因爲我是龍妖和平協議的大圖書館代表吧。」她提出，「或是因爲他知道我在這世界的地址。我也不知道。也許他覺得『能避免被他殺掉』是一項正面特質。」

布菈達曼緹終於聳聳肩。「我想到頭來，重點還是這事可不可行，還有我們該不該設法做到吧。」

艾琳把信遞給韋爾——他一直用老鷹般的專注目光盯著它——然後坐下來。「可行性，嗯。我們假設可以用語言寫一份協議，讓大圖書館或妖伯瑞奇都無法違約。我只提得出這樣的理論，但資深圖書館員應該知道怎麼寫——如果能做到的話，這件事就可行了。」如果可行的話，也許在她的未來，妖伯瑞奇會直接隱入背景。她得先和他談話，但她能接受。那樣一來，也許某些事對她和凱來說也變得可行了。

「沒人提議龍妖協議要訂成那樣，」凱提出意見，「我是指不能違約什麼的。」

「龍和妖精都沒有想簽下會用抽象方式約束他們，讓他們永生都得遵守的協議。」艾琳指出，「以他們最終簽的版本而言，一般的文字就足夠了。」

「沒錯。」布菈達曼緹贊同，「我們現在尋求的是雙方都破除不了的規範。」她扁著嘴，像是嚐到很苦的東西。「我懂妳的意思，艾琳。我想我願意考慮讓妖伯瑞奇逃過制裁，不追究他做過的所有事，包括謀殺、凌虐、試圖摧毀大圖書館，只要這表示大圖書館未來能安全無虞。我實在不喜歡這樣，可是……」她聳肩。「保障大圖書館的安全比懲罰他更重要。」

「他不用擔心大圖書館，」凱用最溫和且不予置評的口氣說，「但誰知道別的方向會不會有人攻擊他？可沒人叫我簽什麼東西啊。」

艾琳對這概念的直覺反應是露出笑意，但理智立刻在她腦中揮舞警示旗。「我們別忘了，這種事不是只能單向操作。他或許不能對大圖書館或我們發動攻擊，但要是有人想討好他……」

「這幾乎讓人鬆口氣，」布菈達曼緹說，「我寧可相信妖伯瑞奇表面上願意簽和平協議，骨子裡其實想著要鑽條文漏洞，也不願相信他是眞心想簽和平協議，後續並沒有什麼報復所有人的計畫。因爲那不合理啊。」她聳聳肩。「我很憤世嫉俗，妳應該知道吧。」

艾琳確實知道。「總體而言，我們應該可以一致認同，讓妖伯瑞奇親自發誓不再策劃針對大圖書館的攻擊，是有利無弊的。這不完美，但對於圖書館員和大圖書館的安全是一大進展。我們也都同意這或許可行。」她不喜歡這主意，不過她也沒必要喜歡它。

「那好吧，幸好我來了！」布菈達曼緹愉快地說，「我可以馬上向大圖書館呈報這個提案。」

「先等一下——」艾琳開口。

布菈達曼緹豎起一指以示告誡。「妳現在理論上是暗中私自行動，不是嗎？妳那極爲特別的任務？」她的語氣有點尖銳。艾琳的行爲或許暫時獲得赦免，但顯然並未被原諒。「妳不能就這樣大剌剌地走進大圖書館。一旦妳撞見任何人，他們就會想抓妳去問話。不，妳得委託像我這樣的人將資訊呈報給我們的長老。妳則要負責和史特靈頓協調安排——如果妳能信任她的話。」

「妳說得對。」艾琳生了一會兒悶氣後說，「由妳向我們的長老報告這項提案確實更合理。不過先等韋爾檢查完實體信件再說。」

「你眞的認爲可以從那上頭看出什麼名堂嗎？」布菈達曼緹問韋爾。

「恐怕不行，」韋爾承認，「如果他用的不是這個世界的材料，我很難判斷他是在倫敦的哪裡取得紙或墨水的。我倒是對他的筆跡有一些想法，不過……唉，這並不是精確的科學。」他將信紙傳給凱瞧一瞧。「我疑惑的是，妖伯瑞奇怎麼能離開他現在待的世界去參加會議。我以爲他被困在那裡。」

「我也是。」艾琳承認。而且這想法讓人無比安心。「不過……也許他的盟友在別的世界留下一些門，讓他能短暫造訪——或是他說他被困住時並沒有完全吐實。又或者他有一些代理人，也有方法能聯絡他們。既然他提出這個方案，並讓史特靈頓選擇世界，他一定有藏什麼絕招。等我們去了就知道是怎麼回事了。」**並且阻止他繼續使用那絕招**，她心想。即使他們可能要與妖伯瑞奇休戰了，若是他被關在單一世界，她會開心得多。就讓他在那裡腐爛吧。

「我不喜歡這主意，」凱終於說，「一點都不喜歡。不過妳決定吧，艾琳。」她看得出他好不容易才說出這番話。「只要妳覺得值得冒這個險……」他把信遞給她。

艾琳容許自己稍作遲疑，才將信又交給布菈達曼緹。「給妳。妳說得沒錯——妳才是把它帶回大圖書館的最佳人選。我去聯絡史特靈頓，看她那裡有什麼消息。對了，趁我還沒忘記……」她從口袋拿出史特靈頓給的信封；她已看過那些名字，但都不認識。大圖書館能比她更妥善運用這份名單。「這是史特靈頓給的名單，上頭列出最近收到大圖書館訊息並防禦反應激烈的強大妖精，以及牽涉其中的圖書館員。這需要送去美露莘那裡調查一番。」

布菈達曼緹點點頭收下兩份文件，把它們塞進外套。「我會呈交上去的。妳作了正確決定。」她說，「這對大圖書館來說也是好事。」

「目前那裡有什麼狀況嗎？」

布菈達曼緹噘起嘴唇。「用『狀況』來形容倒是挺貼切。並不是真的有什麼問題，但是……這陣子我們重新調整優先順序，將政治事務排第一，這妳也知道，而結果就是取回書籍的工作積了不少。我聽說關於這類工作的訊息變得相當暴躁不耐煩。」

「訊息是誰寄的？」韋爾問。

「它們來自大圖書館深處，某種自動偵測機制，偵測我們需要哪些書才能讓世界維持平衡。當然，科西切等長老會主動指示哪些事最重要，必須優先處理……」她抽搐了一下，「我上次見到他時，他叫了我三次孫女。我超討厭他這樣叫我，這表示他真的很不爽。但總之——取書任務堆積、關於艾琳妳的八卦不少，再加上我認識的每個圖書館員都在作噩夢。我還真希望能分享一點正面新聞呢。」

「哪一類的噩夢？」凱問。

「噢，小孩哭鬧、長輩責罵、末日逼近、有人急著想告訴我們什麼事——都不是什麼具體的情節。艾琳，妳有作類似的夢嗎？」

艾琳掃描最近的記憶。「沒有，我至少沒受這種罪。」

「才怪，」凱輕聲說，「妳只是醒來後就忘了。」

「可是我不——」艾琳開口。

「妳有，」他反駁，「而且每次妳被噩夢驚醒時，大圖書館烙印都很燙。」

布菈達曼緹還滿貼心的，沒有追問凱怎麼會知道得這麼清楚。「也許消失的世界造成某種失衡狀態，」她猜測，「如果是這樣，我們越快搞定這問題，就能越快把心思用在別的事情上。」

「布菈達曼緹……」艾琳謹慎地挑選用語。她該分享自己的理論嗎？抑或讓布菈達曼緹繼續被蒙在鼓裡比較安全？凱剛才提到她會作噩夢，讓她慌亂無措。「小心點，我能想見這個提議會引發激烈的意見分歧。」

「要是沒有的話我才意外呢。」布菈達曼緹輕快地說。她皺著眉傾向前。「妳為什麼憂心忡忡的樣子？」

「在滿坑滿谷值得憂心的理由中，我特別在意把妖伯瑞奇逼瘋的那個故事。」艾琳坦承，「別告訴我妳沒想過故事背後的涵義。」

「故事就只是故事，」布菈達曼緹聳肩說道，「我會連同那個故事一併呈報——但老實說，聽起來打從一開始妖伯瑞奇就是個偏執狂加陰謀論者。當然，若是能利用這點來對付他，那倒值得放在心上。」

「說得也是。」艾琳說，「既然如此，我有最後一項請求。妳回大圖書館後可以看看卡瑟琳的狀況嗎？我想確認她一切安好。」

「妳的妖精實習生嗎？沒問題。反正我本來就想見見她。」

「不過妳要能把她從書堆裡拖出來才行。」布菈達曼緹願意幫這個忙，讓艾琳鬆了口氣。她很擔心卡瑟琳。當然，大圖書館對她來說應該是最安全的地方了，不過……

「謝謝，」她說，「幫了我大忙。」

「小事。」布菈達曼緹站起身，「我最好立刻去辦這件事了。謝了，艾琳、兩位男士。不用勞煩你們送我出去了。」

「我好像太理所當然地要你幫忙了。」布菈達曼緹走後，艾琳心虛地對韋爾說道。

「溫特斯，我手邊有好幾個重要案子。有帶有淋巴腺鼠疫的土撥鼠患，有人計畫用化石複製巨型吸血葉鼻蝠然後放牠們在倫敦作亂，有人把古柯鹼成癮的鰻魚丟進泰晤士河繁殖……」他聳肩，「我當然聽候妳的差遣。」

「所以妳沒告訴她什麼？」凱問艾琳。

「確證。」壺裡的茶涼了。艾琳輪流看著凱和韋爾——她知道她能信任這兩個人。可是也包括這麼重要的事，可能會威脅到大圖書館的事嗎？

是的。他們都曾幫助她拯救大圖書館——更重要的是，就某些領域而言，她對他們的判斷力很有信心，勝過她自己的判斷力。她或許擁有實用主義，但韋爾有邏輯思考力，而凱則有一股正直的眞誠，能夠刺穿她的離題，直搗最核心的重點。

她深吸一口氣。「我讀過第二個故事，是在一個埃及文本中——凱，就是你和我上次去取回的那一本——它看起來與第一個故事有同樣的敘事，但篇幅較短，而且是從龍的視角寫的。兩個故事的結尾都提到『故事的守護者』或『抄寫員』。韋爾、凱——萬一最後發現這事要追溯到大圖書館創建之初，該怎麼辦？」

她的話懸在空中，兩個男人則思索著她說的內容。

凱率先開口。「我的族人是不會接受這種事的，」他嚴肅地說，「我的祖父可能與妖精合作，簡直是無法想像的概念。」

「石壯洛克，你爲什麼說是你的『祖父』？」韋爾問。

凱的笑容很諷刺，只是一條充滿自嘲意味的細線。「因爲他幾千年前在很奇怪的狀況下失蹤了。而如我曾告訴艾琳的，我的家族史似乎從那之後才展開，長輩也不鼓勵我們去探究細節。」

艾琳由他越來越正式的用語和口氣，知道他生氣了。「長老也不鼓勵我們問關於大圖書館創建的事。」她柔聲說，「他們不認同。」

凱的眼裡隱隱閃著紅光。「然而我卻在思考這想法。承認這一點讓我對不起父王，可是——那並非不可能。」

「你們都漏掉一個大重點，」韋爾說，他靠向椅背，雙手手指相觸，「如果這些都是眞的，爲什麼要隱瞞？」

「妖精不會接受，」艾琳提出，「龍族也不會接受，剛才凱已經證實了。如果讓資淺圖書館員知道，可能會到處亂說。也許最老的圖書館員確實知道，而我只是太年輕，他們還沒告訴我。」

「也許吧。」韋爾皺眉，眼皮半垂。「但如果是這樣，這件事爲什麼會讓妖伯瑞奇陷入瘋狂，還導致後續一連串令人遺憾的行爲？」

艾琳回答不出來。

第十六章

「不，」史特靈頓頗爲堅決地說，「恐怕那是不可能的。」

艾琳期望中的對話並不是這麼發展的。凱很有心機地在外頭的計程車上等待，希望讓妖精和圖書館員私下交談有助於提升史特靈頓的心情。看來他大概要等久一點了。「我是來詢問基本細節的，」她試著說，「不過既然我都來了……」

「我完全了解，妳想掌握優勢。」史特靈頓讚許地微笑，「妳就和任何正常人一樣，是來利用妳的人脈，讓交易朝對妳有利的方向傾斜。」

「嗯，我努力要正常一點，」艾琳承認，「況且這可是妖伯瑞奇耶——這個人已經試過好幾次要殺了我和摧毀大圖書館，而且不久之前還想殺妳。」

「嚴格說來那是關提斯夫婦幹的好事，」史特靈頓提醒她，「從妖伯瑞奇的角度看，我大概只是協議委員會的成員，剛好倒楣受到牽連。那不是針對我個人。」

艾琳好不容易抓住這段對話令她困擾的部分原因。「妳對這整件事的反應好冷靜喔。」

「嗯，首先，說到底這並不是我的麻煩。」今天史特靈頓氣色好多了，「第二，我強烈贊成爲了解決衝突可以不擇手段。既然妳並沒能殺了他……」

「我努力過了。」艾琳委屈地說。

「大圖書館不能怪罪妳，我相信更優秀的圖書館員也都失敗了。」她停頓，「這句話似乎馬屁拍到馬腿上了。我眞心尊敬妳的專業精神，也相信妳盡了全力去殺他。」

艾琳不確定哪一項更糟——因策劃謀殺而被韋爾責罵，還是因謀殺失敗而被史特靈頓慰問。「但因爲我失敗了，妳就覺得妳必須保持中立？」

「那倒不是。」史特靈頓審愼地說，「如果他出了什麼致命意外，我個人是再高興不過了。然而論及這場協商會議，我必須能夠在結束時坦蕩蕩地宣稱我沒有收受任一方賄賂，也沒有以任何方式影響會議。妳明白嗎？」她似乎眞心尋求艾琳的認同。

艾琳咬緊牙關。「我不能否認我是有點失望，但我明白。作弊違反妳的原型。」

「對，」史特靈頓拖長聲音說，「若是作弊被抓，並因此阻礙協商進行，更絕對違反我的本性。」

「如果問妳立場如何，會違反目前的計畫嗎？」艾琳刻意選擇不精確的用語。要是運氣不錯，史特靈頓或許會回答艾琳沒想到要問的問題。

「我和樞機主教聯絡過了。」史特靈頓說。

艾琳眨眨眼。「這麼快。」

「如果遇到適當的時機，還不大膽使用快速通訊管道，還留著這管道幹什麼——而這就是適當時機。樞機主教同意，幫助大圖書館了結這件事是個好主意。而我們能有幾次機會藉著安排和平會談的適合場地，來幫大圖書館一個大忙呢？」

史特靈頓面帶微笑，但那笑容有種鱷魚般的狡猾，艾琳不禁想起童詩中的句子：**牠張開溫柔微笑的嘴巴，歡迎小魚游進來。**人情就等於妖精的貨幣，樞機主教絕對不會忘記這麼大的人情。不過另一方面，能夠一勞永逸地擺脫妖伯瑞奇，或許欠下這麼大的人情也划得來。

「當然，我已經通知大圖書館，不過他們還沒答覆。」艾琳說，「我無法保證他們會不會答應協商——而我也不希望你們白費力氣。」

「建立良好的客戶關係從來不算是浪費時間。」史特靈頓堅定地說。她一定注意到艾琳驚愕地睜大眼，因爲她又趕快補上一句：「當然，這倒不是說我們現在把妖伯瑞奇視爲未來還會往來的客戶啦！比較算是當作蒐集情報的對象吧。」

是——喔。艾琳提醒自己，史特靈頓可是緊抓著商場女強人的原型不放，昨天的準殺手大可以成爲明天備受尊敬的客戶。「當然，」她附和，「妳和大圖書館維持良好關係的利多，自然會防止妳與它的頭號敵人發展出任何類型的連結。」

「除非情勢有所變化，」史特靈頓指出，「而我們兩人都希望會變化。」

艾琳拋開客套態度。「他不可靠。我私下和妳講——不是以朋友的身分，但至少是盟友——妖伯瑞奇不可靠。」

「只要他能用你們的語言簽協議並且受到它約束，他是否可靠並不重要。」史特靈頓安撫地說，「我不太理解妳爲什麼這麼在意這件事。」

「我懷疑他的動機，」艾琳說，「他從幾世紀前就開始與大圖書館爲敵，我很難相信他突然開竅、改變心意了。我樂見其成，但也防著背後，隨時預期被偷襲。」

史特靈頓膽子不小，竟輕拍艾琳的手。「我知道上個月對妳來說壓力很大，但妳不該讓自己留下太多陰影。我們用邏輯思考來分析這件事吧。妖伯瑞奇為什麼要選在這時候談和？」

艾琳腦中浮現的第一個念頭，絕對不能與史特靈頓分享。因為他發現他是我父親。「因為資源減少了？」她提出，「他的家受損，他離開家就必須使用宿主的身體或某種連結才能擁有實質形體，他最近一次計謀也失敗了，結果還失去能幹的夥伴……」

「這理由滿充分的，」史特靈頓說，「而且據妳的說法，他並沒有自殺傾向，他並不想拿自己的命去毀掉大圖書館。妳應該很自豪，艾琳，是妳把他傷得這麼重。」

艾琳不禁持保留態度。「我不確定那會使我成為光榮的傑出人士，還是被恐怖復仇嚇破膽的目標。」

「兩個都來一點好了。但妳明白我的意思吧？」

這以冷血出名的同事會發表激勵演說，讓艾琳有點感動。然而她不禁注意到史特靈頓是從妖精角度出發，覺得結仇幾世紀後休兵談和是很正常的事——而且這種狀態只會維持到下一場劇和衝突的藉口出現為止。「妳說的和做的，我都很感謝，」她說，「希望你們能找到合適的地點，也希望我們能達成共識。你們常常需要物色類似的場地嗎？」

「噢，每隔一陣子就會需要吧。通常我們會在活動實際開始前都保密地點，來防止任何一方……啊，怎麼形容比較好呢？先下手為強。【註】」史特靈頓微笑，這回她的笑容難得看起來很眞誠，而不是出於算計。「我希望這份協議也能順利簽成，艾琳。妳是很有用的同事，我希望能繼續與妳共事。」

「彼此彼此。」艾琳贊同。

但她知道，妖伯瑞奇可能會要大圖書館答應一些要求以換取和平。萬一其中一項要求是他女兒——艾琳，該怎麼辦？

□

他們接近韋爾仕處時，艾琳看到屋外有一輛計程車在等待。坐在車外座位上的司機已悠哉地享受起春天的天氣，那副歡快模樣表明他知道自己的等待終究會獲得酬賞。「這可能有點尷尬，」艾琳輕聲說，「若是韋爾剛好在接待客戶——或是一群客戶……」

「那只好等了。」凱同意，「不過反正我們也不趕時間。史特靈頓還沒收到妖伯瑞奇的回覆，而來自大圖書館的任何通訊都會先找上妳，不是嗎？」

「希望是。也許那是布菈達曼緹的計程車，我們去打聽一下。」

譯註：「Getting their retaliation in first.」，典故出自英國與愛爾蘭獅（British & Irish Lions）橄欖球聯隊隊長威利・約翰・麥克布萊（Willie John McBride, 1940-），他在帶領球隊遠赴非洲比賽時，曾對球員說出這句話，表示只要隊上有人對敵隊球員有報復行爲時，所有人也出手攻擊離自己最近的非洲球員，藉此反制對方的暴力手段。

他們走上前時，司機轉頭看他們，凱擺出一副愉快的上流社會人士態度。「抱歉打擾了，不過你是不是送我姊姊過來了？我和她約好要見面。她很高，穿著體面，黑色短髮……」

司機上下打量凱，眉頭越皺越深。「恐怕不是你姊姊，先生，不過憑他的長相，倒挺有可能是你哥哥。」

「我哥哥？」凱看起來像肚子被人揍了一拳。

「對啊，身高一樣，眼睛一樣，長相一樣。口氣和你也有點像。」

艾琳吞回一句咒罵。她敢賭是山遠在找凱——要嘛是想施加更多道德壓力，要嘛就是要直接下命令。「凱，」她低聲說，示意他從司機身旁退開，「你何不繞到屋子後側，在那裡晃一晃？我……呃，晚點再去找你。」

她看得出凱的眼神猶豫不決。他們兩人都很清楚，這只是拖延問題。但只要凱沒有真的和山遠身處同一個房間裡，就沒人能傳達任何命令給他。

凱終於說：「如果我哥哥是要代表我父王傳旨給我，我必須服從。」

「如果他手上有你父王寫的御旨真品，我會讓你知道的。」艾琳保證。她講得很輕鬆——不過對她來說，話語總是能輕易出口。

凱轉朝街道盡頭走去，那裡有個轉角能通往房屋後側，艾琳則登上前門台階，悄悄開門自行進入。運氣好的話，山遠（假如真的是他）並沒有在監視街道，也就沒看見他們回來。韋爾會看見，但他不會洩露凱在屋子後側的事。

憂慮在艾琳腦海深處不安地攪動。如果山遠果眞拿到敖廣的命令要凱離開，她該怎麼辦才好？她會信守承諾告訴凱，還是讓他蒙在鼓裡久一點？她總是對自己信誓日日地說，絕不會逼凱在對家族的忠誠與對她的感情間二選一。她不想欺騙他——卻也同樣不願意失去他。**若是他發現我說謊，我們之間還能維持原狀嗎？**

艾琳放輕腳步爬上樓梯，聽到前方的門後傳出說話聲。她認出韋爾的嗓音，還有山遠，以及……

「卡瑟琳？」她邊說邊打開門。

正在看書的卡瑟琳抬起頭，將書籤夾進書頁。「妳的語氣也不用這麼驚訝吧。」她不以爲然地說。

「我以爲妳舒舒服服地待在大圖書館呢。」艾琳爲自己辯解。她望向那兩個男人，他們本來怒瞪著對方，不過現在轉而盯著她。「殿下，」她對山遠說，雖然之後大概無可避免要硬碰硬，決定先走軟性路線，「我沒想到你會在這裡。」

山遠朝她肩後望去，像是光用意志力就能讓凱憑空現身。「我以爲凱會告訴妳我還會再來。他人呢？」

「如果他還沒回來，應該也快到了。」艾琳盡力裝作無辜地說，「我們離開史特靈頓家之後就分開走。他要回我們住處看看有沒有信件，再到這裡與我會合。」

「那他會來就對了？」山遠質問。

「他應該隨時會到。」艾琳轉向韋爾，「我出門的時候有發生什麼事嗎？」

韋爾先後朝山遠和卡瑟琳比了個意味不明的手勢。「如妳所見，溫特斯，我家已經成了訪客來到倫敦時的招待所。這種情況再繼續下去，我就得收房租了。」

他和山遠站在桌子旁——謝天謝地，沒站在窗邊，不然山遠就可能看到樓下街道上的凱了。韋爾的手勢在收尾時，幾乎像是無意間指向一封封住的信，它很顯眼地擱在他和山遠之間的桌子上。信的旁邊有一個豪奢的皮革公事包，其深紅色調表明它大概是龍王子的東西。龍族就是忍不住要使用他們的「自然」顏色。

「很抱歉給你添麻煩了。」艾琳說。她想仔細看看那封信，但既然韋爾不願意直接提到它，她應該也從善如流。她裝作沒注意到它。「殿下，可以請問你要找凱討論什麼事嗎？」

「只是他離職的事。」山遠的得意之情濃郁地瀰漫在空氣裡，甚至可以拿刀子把它切開。室溫完全正常；他在勝利中感到舒適自在，一點也沒有情緒失控並外顯於火苗的跡象。他朝艾琳露出淡淡笑容，眼睛是和凱一樣的藍色，頭髮黑得發亮，帶著一抹隱約的紅色基調。「是這樣，我收到一項邀約，應該很符合他的喜好，於是我就馬上過來與他分享了。」

「我相信他收到家鄉的消息一定很開心。」艾琳和顏悅色地說。然而她內心卻在畫十大酷刑刑具示意圖，中間還有好幾支箭瞄準山遠。

山遠點點頭，看起來並沒有受到什麼冒犯。也許他以爲凱沒告訴她兄弟倆先前的對話內容，或者他只是假設她已經放棄掙扎。

想得美。

她要找個藉口把山遠趕出房間五分鐘，好讓她能偷看信件。她是能對他使用認知那一招——但事後效力消退時他就會想起來，而誰都不喜歡別人偷看自己的信，尤其是龍族王子。「你來很久了嗎？」她問山遠。

「我是不到半小時前到的，」他回答，「當然，派瑞格林．韋爾認識我，所以招待我留下。妳的實習生是十分鐘前才來的。我仍然不確定她來幹嘛。」他不滿的語氣顯示他已經問過她——而她拒絕回答。

艾琳腦中彷彿亮起一顆電燈泡。這招或許有用。「卡瑟琳，妳到底來幹嘛？」她質問，「是爲了重要的大圖書館事務嗎？」

卡瑟琳迴避她的視線。「我可以和妳私下談嗎？」她問。

「眞的有這個必要嗎？」艾琳轉身微微背向山遠，然後用他看不見但卡瑟琳看得見的那一隻手，做了個細微的鼓勵手勢，希望卡瑟琳能理解。小題大做一番。渲染一下。

卡瑟琳倔強地拱起肩膀。「這很重要，要是不重要我也不會向妳開這個口。我總不能隨便告訴每個人。拜託……」

剛剛好。艾琳嘆氣——或許有點演過頭了，但她得說服的人可是山遠——她望向山遠和韋爾。「不好意思，兩位男士，你們能否先移駕到走廊待五分鐘再進來？顯然這是我得立刻處理的大圖書館事務。」

「當然好，溫特斯。」韋爾說。他走過去替山遠把門拉開。「殿下，這邊請。我相信女士們會盡快解決的。」

社交壓力——大概再加上勝券在握的自在感——使山遠走出門進到走廊。最重要的是，他的公事包和信仍擺在桌上。他無疑認爲沒人膽敢拆開信，或即使他們做了，也勢必會弄破蠟封。太完美了。

「好了，卡瑟琳，」艾琳邊說邊關上門，「我要妳了解，我並沒有生妳的氣，也不會用任何不公平方式對妳。」隔著門應該會聽到她的語氣，就像她剛才也能聽見其他人的語氣。她必須保持對話的聲音才行。「所以我們以負責任的成人態度處理這件事吧。」

她默默拉卡瑟琳站起來，然後在她耳邊悄聲說：「用妳的背抵住門，讓他們無法突然衝進來。繼續正常講話。」

卡瑟琳瞪大眼睛，不過她到現在已經有夠多經驗，能夠先遵照艾琳的命令行動，而不馬上提出一連串疑問，例如：爲什麼？現在是什麼狀況？妳眞的確定我們應該這麼做嗎？她靠在門上，說：「好吧，但我開宗明義要先聲明，我沒做錯任何事。」

「我也從來不認爲妳有做錯事。」艾琳走到桌邊檢視那封信。信紙正面用中文寫著山遠的名字。墨水和紙張都是最高級的。背面的蠟封——很有意思，是她不認得的個人蠟封章，它已被剝開過，然後又用較劣質的蠟重新封緘。「妳何不告訴我妳的煩惱是什麼？」

「我覺得我的才華和技巧在這裡更有用處。」卡瑟琳說。她顯然已練習過這番說詞。「作爲妳的助理——」

「是實習生。」艾琳糾正她。

「培訓助理。」卡瑟琳堅定地說，「如果我不跟在妳身邊，那是我失職了。」

「妳應該要學習才對。」

「我在現場能學得更多。」

「妳不是應該看書看到樂不思蜀嗎！」

卡瑟琳猶豫著，最後她像是告解不赦之罪的女人般，說道：「有時候，有些事比看書更重要。」

艾琳俯向信紙，用幾乎聽不到的音量說：「信，剝開蠟封，但不要弄破蠟封。」然後她才醒悟到卡瑟琳剛才說了什麼。她瞇起眼睛。「卡瑟琳，雖然我不致於說妳在撒謊，但是到目前爲止，妳人生唯一的目標就是不擇手段進入大圖書館，好染指那些書。我能同理妳的心情。妳想忍痛放下那些書來幫我，我是很感動，但我需要妳告訴我原因。」

「需要？」卡瑟琳防備地說，「我人在這還不夠嗎？」

信自動展開——藏在裡頭的第二封信也是。兩封信都聽到艾琳說的話了。

艾琳抬起頭盯著卡瑟琳。一時間，她打算用盡可能嘲諷的方式逼問答案——不過她突然想起自己當年跟著布菈達曼緹實習時，布菈達曼緹是怎麼對自己的。於是她改用比較溫和的語氣說：「現在的局勢很危險。如果韋爾沒有告訴妳——嗯，從妳的表情看得出他沒有——那我馬上就會向妳解釋，不過相信我，這不安全。我很感謝妳來了，但我們之間必須開誠布公。到底爲什麼？」

「因爲……」卡瑟琳遲疑著，在想要怎麼說。

艾琳給她時間慢慢想，趁機掃視信件。山遠隨時可能想回到客廳來；她只剩幾分鐘時間。外層那封信是張義大人寫的，她認出這名字在先前的討論中曾被提及——他是龍族在電腦科技領域的專家。山遠直接替他工作，凱也曾用嚮往的口氣說希望將來能夠跟著他學習。

山遠，很高興聽到你和凱已經解決了紛爭。你對他的能力和智慧評價很高。若是你要接管他協議代表的職位，我很樂意收他爲學生。讓他盡快來我的住處報到吧。

張義

她噘起嘴唇吹了聲無聲的口哨。山遠眞是奸詐狡猾啊。他已試過威逼——現在要用利誘了。他勢必希望凱會接受這邀約，然後他就能把它當作既成事實呈報給敖廣。艾琳自己大概會是下一個被攆走的對象，由別的圖書館員取代。

內層那封信只有兩行。

凱，一切可好。如果你仍希望當我的學生，我願意接受。要做的事堆積如山；盡快來找我。

「是因爲我厭倦當怪胎了。」卡瑟琳說。她的語氣很平，沒有高低起伏。「我是那裡唯一的妖精，每個人都一直看我。多年來我都自學得很開心，我沒想到他們會這麼……好奇。他們一直問問題——連比較老的圖書館員也是，他們又不是實習生，應該要對我公平一點，像對待其他學生一樣！沒問我問題的人也不信任我。我知道才幾天而已，但我就是不喜歡。」她迎視艾琳的眼睛。「這和我想像中不一樣。」

艾琳把一聲嘆氣憋回去。偷看祕密郵件本身已經很困難了，還要同時應付青少年的無病呻吟——不，平心而論，聽起來這是完全合理的抱怨——只是雪上加霜。

「妳沒想到？」她問。說眞的，不然卡瑟琳以爲第一個進入大圖書館的妖精，會得到什麼待遇？

「我滿腦子只有書，」卡瑟琳承認，「我根本沒考慮到人的問題。而且……事情不太對勁。」

這妖精的語氣引起艾琳的注意。她不只是在發牢騷而已；這之中有更嚴重的狀況。「說下去，」她輕聲說，「有什麼不對勁？」

卡瑟琳皺眉。「到處都是影子。」她同樣輕聲回答。兩人都知道不能讓山遠聽到這段對話。「其他實習生有些人能看到它們——但正式圖書館員全都看不到。感覺就像整個地方都……被更大的東西籠罩在陰影裡，卻沒人察覺他們已經看不見太陽了。此外，有些人在問不該問的問題，關於我舅舅，關於妖精政治，關於妳。」

「關於我的什麼問題？」艾琳問。被陰影籠罩的感覺可能與布菈達曼緹提到的噩夢有關，或只是卡瑟琳的想像——但她現在對那件事無能為力。她必須保持專注。

「關於妳在研究什麼，或是妳之前做過什麼。」卡瑟琳一側肩膀抖了一下，算是聳肩的意思。「不只是某些人在傳的妳叛逃的胡說八道——我是說，誰會信啊？他們想知道妳是否和我討論過妳的研究項目。他們提起好幾份文件——格林兄弟寫的一個故事、一份埃及文本……」

冰冷的恐懼沿著艾琳的脊椎來回移動。先是和伊絲拉阿姨會面並得知與埃及敘事觀點相符的故事，現在大圖書館本身又想查出她有沒有告訴過任何人埃及版的內容……

不。她陷入被害妄想了。她放任自己用「大圖書館」取代「至少一個向卡瑟琳問東問西的人」。「是誰想知道這些事？」

「我覺得應該是滿高層的人。」卡瑟琳很懷疑地說，「主導的那人叫科西切。」

艾琳重新思考。這不是被害妄想，而是合理顧慮。事情非常不對勁。但現在沒時間追根究柢，因為山遠還在外面等。「我們晚點再繼續討論這件事。」她說，拿起一支筆，匆匆寫了張字條給凱。「妳是怎麼從大圖書館回到這個世界的？」

「噢，我有取得許可。」卡瑟琳連忙說，「我或許稍微誇大地表示大圖書館的氛圍對我不太好，而我需要回到充滿混沌的世界待個幾天。我在根西島中毒那次經驗真的很有用耶——我能夠裝病裝得很像。所以他們就讓我跟著三個也要來這世界的圖書館員一起走，帶頭的是布萊斯，同行的有海芭夏和美狄亞。美狄亞陪我來這裡，把我留在韋爾門口，另兩人則去見史特靈頓了。」

艾琳因爲那一次在巴黎簽署妖龍和平協議的事件，而對布萊斯與美狄亞有模糊的印象；布萊斯是比較資深的圖書館員。「嗯，很好。」她說，試著忽略那股遭到不公平地排除在妖伯瑞奇協商會議外的感覺。「那證明他們認眞看待它了。」

「認眞看待什麼？他們不告訴我現在是什麼狀況。」卡瑟琳皺眉。「我錯過什麼了嗎？」

「妳大概很快就會知道錯過了什麼。」艾琳提出建議：「等妳聽到的時候，要表現得……恰當一點。**信件，摺起來並重新封好。**」

她將寫給凱的字條捲在鉛筆上來增加重量，然後走到韋爾臥室門口。那裡的窗戶俯視屋後的巷子，艾琳能看到凱在那裡徘徊。她打開窗戶吹了聲口哨。

凱抬頭，看到她時咧嘴一笑。

艾琳不確定等他讀了她的消息，是否還笑得出來。她將加了重物的字條丟下去給他，然後關上窗戶，匆匆回到客廳找卡瑟琳，並察看桌子。信件看起來沒被碰過，唯一的差別是少了一支鉛筆和紙；山遠不會注意到這一點——但韋爾會。

「好吧，」她堅定地對卡瑟琳說，「妳回到現場了。但要遵守老規矩——我說跳的時候，妳先跳，晚點再問爲什麼。如果我要妳待在某個地方，我得信得過妳會待在那裡。明白嗎？」

卡瑟琳如釋重負地深吸一口氣。「明白。」她說，努力擺出若無其事的態度。

艾琳揮揮手要她坐回椅子上。「那我們讓男士回來吧。」

從山遠的一些小動作看得出他有些不耐煩了，他一進門就大步穿過房間。「妳確定我弟弟很安全嗎？」他質問艾琳，「妳說你們兩人分開行動，而不久之前，倫敦還到處都是關提斯夫婦——以及你們的叛徒妖伯瑞奇——的爪牙。萬一他們伺機報復怎麼辦？」

「辛督察這陣子都在努力根除他們的網絡，」韋爾安撫他，「關提斯夫婦消失以後，他們群龍無首，失去方向，以令人相當滿足的方式在自相殘殺。」

「這仍然代表你的世界不安全。」山遠嘟噥。艾琳有點身不由己地發現，山遠是眞心關心凱的安危。噢，他當然想搶走凱的工作、把凱趕去研究電腦，也很樂於用欺壓凱的方式達到他認爲對凱好的目標——但他也想保障凱的安全。

爲什麼我們全都無法免於這種……人性？

樓梯上響起重重的腳步聲，不久後凱便衝進門。「艾琳，全都搞定了！」他叫道，「史特靈頓正在安排會議，我想如果運氣好的話，這代表大圖書館能獲得眞正的安全與和平了——噢，抱歉，大哥。」他鞠躬，「我不知道你在這裡。」

「什麼會議？」山遠問，皺著眉輪流看凱和艾琳，「這又是什麼陰謀？」

「艾琳沒告訴你嗎？」凱裝無辜和故作誠懇的功力相當高深，「妖伯瑞奇要求與大圖書館談和，我們正在協助安排。如果一切順利，這可能表示他永遠不再發起攻擊，這對大圖書館來說是非常正面的事。希望你能了解我爲什麼要參與此事，大哥。」

壁爐中的火短暫地跳起，火焰往上延伸燒到磚塊。山遠深吸一口氣。艾琳只能臆測他在想什麼，但她想像他在作政治算計。在複雜的協商進行到一半時抽換負責人一向不是什麼好做法。如果山遠現在把張義大人寫的信交給凱，等於是逼凱馬上決定——那麼結果不是大好，就是大壞。頭腦清楚的賭徒不會輕易下注，除非勝率對自己有利。

「妳怎麼都沒和我說。」卡瑟琳抗議，嗓音填補了山遠的沉默。

「我們時間根本不夠啊，」艾琳安撫她，「因爲妳忙著告訴我妳爲什麼要回來擔任全職實習生。凱，謝謝你告訴我最新消息，我正希望事情能如此發展。」

山遠大步走到桌邊，拿起他的信。他皺著眉，慢半拍地檢視它有沒有被動過手腳，然後將它收進公事包留待之後再處置。「向我多說明一下這個談和是怎麼回事。」他命令艾琳。

艾琳聳肩。「目前變數還很多，殿下。妖伯瑞奇要求妖精大使史特靈頓安排中立地點，讓他和大圖書館能用語言正式簽訂一份停戰協議。這樣的協議應該能約束雙方，沒有違約的可能。我們自然以極爲謹慎和懷疑——更別說徹底的難以置信——的態度看待此事，但這似乎是太好的機會，不能輕易放過。」

「我能理解妖伯瑞奇或許有理由和妳談條件。」他的語氣幾乎稱得上輕蔑。畢竟他知道妖伯瑞奇是艾琳的父親——噢，她多希望他不知道。「希望妳會忠於妳的大圖書館。」

艾琳腦中某種刻度表從「極度沒好感」喀嗒一聲切換到「徹底被惹火」。「殿下，」她柔聲說，故意拖長嗓音叫喚他的頭銜，「如果你打算這麼公然地質疑我的忠誠度，我想我們之間勢必可以安排某種正式會議。不過且將此事安排在當前的緊急狀況之後吧——我可不想爲了某些雞毛蒜皮的爭執而損及工作效率。」

山遠的眼中閃現龍的紅光，皮膚上短暫浮現淡淡鱗片圖案，像是火焰中心的影像。室內變得酷熱，乾到足以讓艾琳喉嚨焦渴。「我會記得妳說了什麼。」他若無其事地說。然後他轉頭看凱。「盡快處理完你手頭的事，凱。我的忍耐是有限度的。」

門在他身後砰然帶上，他氣沖沖地離開時，踩在樓梯上的每一步都清晰可聞。

「我錯過什麼了嗎？」卡瑟琳一頭霧水地問。

「沒什麼重要的。」凱說。他按著艾琳的肩膀表達支持。「至少，沒錯過什麼不能等的事。」

但艾琳看出他眼神中的遲疑。他還能將這誘人的邀約拒於門外多久？而且說到底，他眞的想拒絕嗎？

她知道他對那個研究領域很有興趣，如果他寧可做別的事，她這樣把他拴在現在的職位上，公平嗎？她原本以爲她能保障他的安全——但如果大圖書館裡最重要的一群人都利用她當誘餌，她把凱留在身邊，是不是害他更危險？

如果她眞的愛他……應該放他走嗎？

第十七章

「這件事我們已經吵過五遍了，」艾琳說，仍盯著面前的文件沒有抬起頭，「妳是覺得『門都沒有』這四個字哪部分還有商量餘地嗎？」

「但我是妳的實習生耶，」卡瑟琳爭辯，「就連凱都——」

「別把我拖下水。」凱在座位上說。

「尤其是凱？」

「那取決於現在提出的是什麼論點。」凱說。

「凱說實習生有責任陪老師出生入死，保護老師、向老師學習。」她像小狗把咬爛的拖鞋叼到飼主面前般，滿懷熱忱和積極地提出她的論據。然而她的眼神深處藏有某種淡漠；她嘴上或許在說服艾琳帶她同行，但心底顯然不是真的想去。

「凱想要聲明，當他發表這番言論時，是在討論一般取書任務的情境下。」凱表示，刻意使用第三人稱，「不是……這種狀況。」

時間過得並不快。時間根本像蝸牛在爬。其他圖書館員在與史特靈頓討論，也在與妖伯瑞奇交涉協議的細節。雖然艾琳等人現在可以回到自己的住處了，但他們被排除在核心圈子外，只能等候指令——或者說得更精確一點，是等候艾琳需要做什麼的指示。他們命令她不要離開倫敦，他們只能乾等。雖然艾琳房間裡累積了不少書，卻不足以分散任何人的注意力。

「若是能親眼看到他簽下未來不會再煩我們的協議，我會少作很多以他為主題、害我尖叫的噩夢。」卡瑟琳換了個立場說明。

艾琳放下筆，抬起頭。「不行，」她說，「由於妳舅舅又去度假了，妳要待在史特靈頓家，並且勉強接受等我們回來再講給妳聽。」**假設我們回得來。**恐懼像鉛塊一樣重壓在她胃裡；這兩天必須呆坐在這裡，讓其他圖書館員傳遞訊息並安排會議，簡直就像酷刑。「如果妳想的話，我保證之後會帶妳進行半打危險到不行的任務。」

「很難笑耶。」卡瑟琳嘟囔。

「『幽默』是處理緊張場面公認有效的方法——而且應該總好過我一邊尖叫一邊兜圈，然後從窗戶跳出去。」艾琳嘆氣，「卡瑟琳，我就有話直說了。我之所以要出席會議，也純粹是因為妖伯瑞奇堅持我要在場。如果我能丟給另一個圖書館員負責，我會這麼做。難道妳真的想去？」

「不是，但……妳獲准帶兩個助手。」卡瑟琳說，「我知道凱和韋爾會占走那兩個名額——那妳不能爭取到三個名額嗎？」

艾琳突然想到卡瑟琳這固執的堅持，或許是出於什麼原因。「純粹就理論上來說喔，也不提任何名字喔……該不會有人對妳施壓，要妳親臨現場，以便能用第一手觀點完整描述過程？」

卡瑟琳緊繃的肩膀放鬆了，她癱靠向椅背，眼中充滿感激。「若是有人要我做那種事，那人也叫我別告訴任何人。」

「了解，既然如此，妳儘管向那個理論上的當事人傳達我斷然拒絕的事，理由就是我已經告訴妳的那些。」

「我不想捲進政治……」

「相信我，我完全能體會妳的立場。」凱喃喃道。他一直悶著頭在思索自己對兄長的行為，以及他暫時避開的邀約，不想與艾琳討論這些事。「但大圖書館一向家醜不外揚——每個人自然都想知道現在出了什麼事。我並不會為了任何……理論上的壓力而怪罪妳。」

通常艾琳會很開心凱和卡瑟琳之間建立這種多邊共識與理解——不過現在她只是很慶幸能少一件頭痛的事。她告訴卡瑟琳自己寧可不要參與，說的是真心話；但是另一方面，必須枯坐等待，讓其他人去打點細節，又讓她壓力大到足以改變心意。為了分散注意力，她跑去大圖書館查妖伯瑞奇的紀錄，希望找到能證實伊絲拉阿姨故事的證據。她什麼也沒找到。**這件事本身是不是就該讓我擔心？**

老實說，此時此刻所有事都讓她擔心。

門鈴聲將她由沉思中拖出來。「我去，」她說，凱正要起身，「我已經坐到屁股發麻了。」門口是布菈達曼緹，打扮得很適合這個時代與地點，不過手上提著公事包，還用手銬銬在手腕上。「妳是認真的嗎？」艾琳瞥著公事包說。然後她突然醒悟這代表什麼。「開戰時刻到了嗎？」

「如果妳非要搬軍事用語的話，對，開戰時刻到了。」布菈達曼緹維持她一貫冷靜幹練的態度，不過戴著手套的手緊緊握住公事包握把，洩露她內心不是這麼回事。「這看起來也許很蠢，但想想看如果在路上有某個攔路搶匪搶走這個，對我來說會是多麼荒謬的事。」

「說得也是。」艾琳贊同，「我們得順路去韋爾住處接他一下。」

「他不在這？」

「他手邊有另一件案子，而他反對無所事事。」

布菈達曼緹點頭。「嗯，那快點吧。去叫凱、拿外套，要幹嘛幹嘛。沒必要浪費時間把某人惹毛。」

「凱！」艾琳喊道，一邊從大衣架取下外套和帽子。「要是我隨時掌握最新狀況就好了。」她抱怨。

「妳已經被正式復職了，這還不夠嗎？」看到艾琳揚起眉毛，布菈達曼緹才進一步解釋。「嚴格說來，妳是用臥底方式執行一項非常複雜的任務，以促成這個結果。『叛逃』一事已由紀錄中刪除。倒不是說眞有人相信，因爲根本沒人認眞在找妳。妳之後可能會受到表揚。」她的語氣很嘲諷。「在妖伯瑞奇主動提出方案前，沒人需要知道眞相是妳根本不知道有這些事。」

艾琳判定識時務的做法是「不要」提到是她建議妖伯瑞奇與大圖書館談和的，那只會暗示她對妖伯瑞奇有過度的影響力，因而更加敗壞她的人格。於是她只是點頭附和。

凱瞄了一眼這個場面，便迅速穿戴上外套和帽子。「我們要怎麼做？」他問。

「我讓一輛計程車在外面等，我們先去韋爾家接他，再去史特靈頓家進行下一階段的交通。」布菈達曼緹越過凱的肩膀望著卡瑟琳，後者在走廊盡頭徘徊。「我不確定把妳的實習生單獨留在這裡是個好主意耶，艾琳。」

「我完全同意，」艾琳堅決地說，「由於她舅舅不在，我們出門時她要待在史特靈頓家。她可以搭我們便車。」

布菈達曼緹皺眉。「妳確定嗎？」

「我可以自己待在這裡。」卡瑟琳插話，艾琳懷疑她最主要的目的是激怒布菈達曼緹，「屋裡有很多書，我不會無聊。」

「人生充滿失望。」艾琳把卡瑟琳的帽子、外套和面紗遞給她。「這一切仍然有可能是某種複雜的陷阱，我想確保妳很安全。既然妳選擇離開大圖書館……」

「妳就是要不斷提醒我，對吧？」

「我希望未來幾年還能一直提醒妳。」艾琳說。**相對於另一種結果——我們此行有去無回……**

□

他們帶著韋爾抵達時，史特靈頓在起居室等待，她的狀況顯然有了大幅度進步。她眼中出現新的光采，腳步也充滿活力，雖然這些可能只是參與高階政治活動的副作用。「在我們繼續下一步之前，我需要圖書館員用語言回答幾個問題。」她說。

這在艾琳意料之中，她點點頭。「請說。」

「首先，我要妳保證妳是誠心參與這場協商，並沒有計畫採取暴力行爲，除非妳自己先遭受背叛。」

艾琳用語言複述史特靈頓的話。隨著誓言生效，她周圍的現實似乎在一瞬間定格了，就像齒輪嵌入空隙。圖書館員使用語言來實現他們說的內容，藉此調整現實；而將同一原則反過來看，語言也能迫使圖書館員實現事實。她聽到布菈達曼緹也唸出同一段話。

「很好。現在……」史特靈頓從她手上的資料夾裡抽出一份清單。「很抱歉弄這麼多官樣文章，但我得把一切都搞得清清楚楚才行。我要妳用語言保證，妳不知道別人有任何背叛這場協商的計畫或意圖。具體說來那包括龍、朋友、上司、情人……等等，但妳不用講得那麼詳細，只要選一個適當的集合名詞把其他人全都包進去即可。」

「我想妖伯瑞奇已經跑過這流程了吧？」艾琳確認。

「當然。」她拍一拍資料夾，「我並不要求妳信任我個人，我只要求妳信任樞機主教的代理人，她在樞機主教親手指導下擬出這份協議。說眞的，妳認爲他會讓這種東西裡出現漏洞嗎？」

只有他能從中謀求私利的漏洞，艾琳心想。但在每個計畫中，你遲早都得放手交給專家去做。「我不知道有任何人或組織——不論是同盟、中立或敵對立場——計畫背叛這場會議或協商。這樣可以嗎？」

「完全可以。」史特靈頓說，「現在換妳了，布菈達曼緹。」

布菈達曼緹複誦艾琳的句子，艾琳感覺體內緊張的情緒打成結。這就像那種有人與神燈精靈談條件換取願望的故事，你究竟是怎麼說的攸關結果成敗。但如果妖伯瑞奇已經接受了同樣條件……

至少她沒被要求聲明沒帶武器，因爲她絕對帶了武器——而且她確定其他人也是。

史特靈頓點點頭，收起清單。「所以要去的就你們四個，和我們說好的一樣——代表大圖書館的布菈達曼緹和艾琳，以及艾琳的兩個保鑣凱王子和派瑞格林．韋爾。交通工具隨時會到，好載你們去會議地點。我知道所有文件簽畢之後，凱王子能提供返程的交通，那個世界的氣候秩序程度夠高，他能化爲自然形態。希望這事能速戰速決，對大家都好。我也要感謝你們讓我有機會安排這件事，能讓大圖書館欠自己人情的機會並不多——尤其是這麼大的人情。」

艾琳知道沒人向凱提過負責回程交通的事，但他點點頭，顯然和大家一樣急於把這事解決掉。「那地方是什麼樣子？」

「噢，大屠殺後的世界，除了一張桌子和幾張椅子外可說是什麼都沒有。別擔心，那裡並沒有大量放射物或污染物。當協商雙方都希望百分百確定沒人藏了什麼暗招時，經常會選那裡當場地。」

艾琳有點在意「大量」兩個字，但就如史特靈頓所說，希望一切很快就結束了。

「女士，」柯德走進房間說，「交通工具來了。」

門外停著一輛黑色馬車，拉車的是四匹黑馬，牠們頭上染成黑色的華麗鴕鳥羽毛輕輕擺動。司機座位上端坐著一個身著——毫不意外——黑色服裝的瘦削人士，體格單薄又憔悴，簡直就是個活骷髏。他舉起高帽敬禮，咧嘴露出缺了牙的笑容。「可以出發囉，先生、女士。車上空間充足，要上路的乘客都夠坐。裡頭總是能再塞一個人。」

卡瑟琳衝上前抓住艾琳的手。「務必當心。」她命令艾琳，一臉凝重。

艾琳回握卡瑟琳。「我會當心的。」她向她保證。

「這交通工具有點……不吉利。」布菈達曼緹對史特靈頓說，「它簡直就是靈車嘛，妳是想暗示什麼嗎？」

史特靈頓哼了一聲，她和布菈達曼緹似乎莫名地合不來。「這位司機會送你們去目的地。把它當作一種隱喻吧：死亡無處不及。」

「而且死亡來去迅疾。」艾琳引述，她實在忍不住。

「一點也沒錯。」

在史特靈頓說話時，馬車車門開了，一縷帶著百合與柏木味的冷空氣從車上飄出來。「上車、上車，」司機催道，「我不能等。」

艾琳有點費力地把手從卡瑟琳手中抽出，讓凱將她推上馬車。接著布菈達曼緹也上車，她的背挺得很直，因爲不高興自己不是第一個上車，隨後凱和韋爾也上了車。他們都還沒在面對面的座位上坐穩，史特靈頓也還在喊著一些建議，司機就一揮馬鞭，門砰然關上，出發了。

不論這馬車還可能有什麼特質，至少底盤的彈簧不怎麼樣。它嘈雜地駛過倫敦街道時左搖右擺，乘客必須用車壁與彼此撐住自己的身體。最後座位的安排是凱坐在艾琳旁邊，面向前方，韋爾和布菈達曼緹面向他們、背對司機。司機再度揮鞭，即使外頭車聲很吵，艾琳仍聽到他在嘿嘿笑。他的笑聲讓她想打冷顫；讓她聯想到沒有空氣的肺、瘋狂與有回音的墳墓。

外頭抗議的喇叭聲與抱怨的車聲等噪音越來越大聲，顯示車禍近在眼前——然後突然安靜。車窗外的天空忽然變暗了，馬車喀啦喀啦地軋過卵石路面，而不是韋爾的倫敦那種較爲平坦的馬路。艾琳朝窗外望去，看到像在傾身睥睨、很有壓迫感的高樓大廈，在一閃而過的陰暗窗戶內，有著一張張蒼白的面孔。

凱嘆氣。「好吧，開始了。」他說。儘管他能忍受妖精的旅行模式，但對這種模式沒什麼好感，這也不難理解。

「還不算太糟，」艾琳安慰他，「至少不是一條巧克力河，河上還有唱著歌的船夫。」

「那完全是文學題材，」布菈達曼緹說，「也可以說是電影題材。」

「這就不是了？」艾琳問，比向車窗，現在透過車窗能清楚看見他們經過的一座墓園。樹上垂掛著細長的白色飄帶，雲層遮蔽要亮不亮的月亮，導致墓碑周圍暗影湧動。

布菈達曼緹聳肩。「我不關心美學部分，只想趕快到那裡，把協議簽了，然後閃人。」

司機又發出笑聲，馬車加速，四匹馬像失控的瘋狂一樣撒蹄奔跑。窗外又變得更暗了；墳墓已消失蹤影，不過遠方似乎有形體在經過的影子間大步行走或奔跑。

「這是我們共同的心願。」艾琳說。她握住凱的手，他們十指交纏，互相讓對方安心。

「我還是不太懂我去幹嘛。」韋爾說。

「艾琳想要你去啊，」布菈達曼緹敷衍地說，「而妖伯瑞奇想要艾琳去。想必他知道若是沒有你們兩個護駕，她是不會去的。」

「溫特斯並不是個浪漫主義者，」韋爾沉著地說，「如果妖伯瑞奇以爲她怕他——」

「憑良心說，我是怕他。」艾琳插話。

「對，但合理的謹慎與嚇到癱軟是不一樣的。要是妳眞的想要保鑣，大可以找更孔武有力的人陪妳，而不是倫敦的偵探。」

「也許他知道我需要精神上的支持。」艾琳輕聲說，「知道……現在是什麼情況的人。」她的意思是：**知道我是他女兒的人**。

「我還是覺得滿奇怪的，」韋爾盯著自己交疊的雙手，不理會身旁全身緊繃的布菈達曼緹，「我認爲這其中另有蹊蹺。」

「你最好祈禱沒有，」布菈達曼緹冷冷地說，「因爲要是這事出了什麼差錯，你也會被他列爲仇人。」

韋爾哼了一聲，像是想表達他有多麼不在乎這一點，然後轉而望向窗外。他們默默地坐了一會兒，黑暗的地景像漣漪由窗外掠過。

最後布菈達曼緹皺起眉頭。「凱王子，你覺不覺得外面變亮了？」

凱甩開他因旅行而感到的不適，身體往前傾，直到幾乎碰到玻璃。「對，好像是。如果已經快到目的地了，還眞的是很快。」

「我們的司機很專業。」艾琳說，朝車頂他坐的位置點點頭。一如往常，看來當某個妖精越貼近自己的原型——換言之也越遠離正常人性——辦事效率就越高。艾琳判定儘管他們的司機令人毛骨悚然，但就這次而言這是件好事。畢竟他們確實想趕快到達目的地。

馬車開始減速，布菈達曼緹和凱剛才注意到的光漸漸爬上地平線，照亮被轟炸過的大地。稀疏樹叢蔓延在一堆堆石礫和碎玻璃之間。天空布滿沙塵，將雲朵染成近似血紅的深橘色。這裡很熱——熱得讓人難受——而他們的穿著全都是配合倫敦寒冷的春天，不是這後末日式的高溫。車輪不時會壓到某種東西而嘎扎作響，艾琳懷疑會不會是骨頭。

「到啦！」司機在馬車搖晃著停住時高聲說。「請下車，先生女士，我還有一些地方要去，很多人並沒有料到我會敲他們的門哪！」他又笑了，乾啞的笑聲在空曠平原上迴盪。

凱第一個下車，他用一手擋住艾琳，並跳下車轉頭察看。他的目光移到馬車正前方，從位於側面的車窗看不到那裡的景象。「啊，」他輕聲說，「原來是這樣安排的。」

艾琳意味深長地咳了一聲。

「抱歉。」但他並沒有讓開；他站在那兒環顧四周，繃緊肩膀，像是防備有人會隨時攻擊。「好吧，沒有立即的埋伏。這大概是我們能期望最安全的狀態了。」他轉身伸手扶艾琳下車。

「這裡的混沌程度對你來說不會太高吧？」艾琳的大圖書館烙印幾乎未因這裡的任何混沌

起反應，不過她知道凱的龍族感知力比她的人類感知力敏銳——即使她是圖書館員，不是一般人類。

「不會，還過得去。等事情辦完，我可以安全地帶大家離開。」凱帶著她往前走了幾步，不理會布菈達曼緹和韋爾，指向他們前方的東西。「妳看到沒？」

有張桌子周圍擺了五張椅子，其中一張後方則有扇木門，嵌在一個單獨立在地上的門框裡。桌椅幾乎平凡乏味到可憎，是在宜人的夏日花園中會有的那種白漆金屬桌椅。但是那扇門……可就是另一回事了。艾琳見過這種門。門上寫滿語言，文字大小從一望即知到幾乎無法辨識的螞蟻尺寸都有；有些艾琳看得懂，有些不懂，但它們都與「連結、開口、通道」有關。這是妖伯瑞奇進入這個世界的方式。

這裡沒有其他地標，沒有建築、沒有樹、沒有人，什麼都沒有。仔細研究過這片地貌的人或許能分辨不同座廢墟，或是認出地平線上特定一塊隆起的地形，但除此之外，這地方本身就像是宣言，證明戰爭留下的只有荒蕪。

也許這就是爲什麼妖精認爲選它當協商場地別具意義，艾琳心想。這裡看起來絕對是沒有任何圖書館。

司機在他們後方揮了一下馬鞭，他們四人都轉頭，看到他整個人動起來，甩著韁繩催促馬兒調頭離開。才不過一眨眼，這輛載著厄運的馬車就淡化到整個消失，駛向另一個世界——把他們留在這裡。

「我們該怎麼做？」布菈達曼緹的語氣有點茫然。然後她深吸一口氣，顯然在努力控制住自己——以及團隊。「我想我們應該坐到桌子邊。」

「那是流星攻擊的完美目標。」凱愉快地贊同。

「聽著，我們雙方都同意要維持和平；他不能那麼做。」布菈達曼緹反駁，「而且我也難以恭維你的幽默感——」

「他要來了。」艾琳打岔。布菈達曼緹說話時，她一直盯著那扇門，而現在看到它在門框中顫動。

□

大家安靜下來，門打開了。艾琳看到韋爾的手握緊劍杖，凱的眼睛閃現紅光，布菈達曼緹深吸一口氣準備發言。關鍵時刻到了，他們將揭曉妖伯瑞奇究竟是真心誠意，還是設法用語言說謊，而他們全都完蛋了。

一個衰弱而乾枯的人影走出打開的門，艾琳根本無法想像人類能以這樣的狀態存活。妖伯瑞奇披著像是修士服的深色長袍，底下大概掩蓋著更可怕的畸形。布滿血絲的雙眼從殘缺不全的臉上瞪視他們，他的手上滿是傷疤與節瘤，看起來幾乎無法正常使用。他的目光掃過他們一行人，發出長長的咻咻呼吸聲。「嗯，妳真的來了。」

艾琳吞口水，努力緩和喉中的乾澀。「因爲你保證給我們安全通行權。」

「確實。」

「我還以爲你現在穿的皮囊已經沒有作用了。」

「它只是大部分都死了而已。我沒告訴任何人我狀況的全部眞相——不管是敵人，還是盟友。」

「我們希望今天之後，你和大圖書館就不再是敵人了。」布菈達曼緹勇敢地說，「或至少不是積極作對的敵人。」

「也許吧——然而他們卻派了個資淺圖書館員來簽協議，而不是更德高望重的兄弟之一。」他的目光鎖定布菈達曼緹。「妳應該有覺悟，他們是以防我在設法要他們，要把妳當犧牲品吧？他們可不想失去某個重要人士。」

布菈達曼緹的手緊緊握著公事包提把，它一定都嵌進她的肉裡了。「你以爲我不知道？」

「那妳爲什麼還要來？」

「因爲如果我成功了，我就能贏得他們的尊敬。」布菈達曼緹跨向前，將公事包用力放在桌上。「而且如果我不來的話，我到退休前都只會接到例行任務。不是每個人都像艾琳一樣好運。」尖酸的語氣表明她對此有多憤憤不平。「所以快點簽吧，拜託你了。」

「啊，那個有魔力的字眼。」妖伯瑞奇拖著腳走到桌邊，門在他身後關閉，他坐到一張椅子上。他的手在金屬的白色漆面上留下污漬。「坐下吧，你們全部。我可不會有機會再做一次這種事，讓我發表幾句感言。」

艾琳拉出布菈達曼緹右側的椅子，坐下來，眞希望能控制自己的脈搏。她身上所有不理性的部位都想逃跑——而理性的部位大多也附和它們。「讓任何圖書館員發表幾句感言都不是什麼好主意。」

「妳先前就證明這一點了，」妖伯瑞奇的笑容眞是有夠嚇人，「我眞以妳爲榮。」

「試著挑撥兩個圖書館員對你沒什麼好處。」凱說。他端坐在椅子邊緣，肌肉明顯繃得很緊。

「確實。畢竟上次這兩位女士合力對抗你時，我也在場。」韋爾將兩隻手肘支在桌上，像是對妖伯瑞奇威脅他們的能力很不屑。「在必要時刻，大圖書館可是很團結的。」

「大圖書館……」妖伯瑞奇望向布菈達曼緹，「我馬上就會簽妳的協議，但我要先和艾琳說幾句話，我很懷疑你們的事辦妥之後她還會待在這。」

「她可以用語言保證等我們辦完事，會聽你要說什麼。」布菈達曼緹拋出這麼個令艾琳相當驚恐的建議。「先簽協議，你已經答應了。」

妖伯瑞奇遲疑了一下，然後搖頭。他的兜帽深處有某種液體沿著脖子流下來。「不行，我不願意。注意聽了，布菈達曼緹，妳可能會學到東西。」他轉而朝向艾琳。「妳和伊絲拉阿姨談過了。」

「對。」艾琳承認。抵賴似乎沒意義；他的信已表明他知道了。「整個時間點耐人尋味。是我和她談話這件事，說服你簽這份協議嗎？」

「對。」妖伯瑞奇周圍有一股腐朽和灰燼的氣味，在凝滯的末日空氣中懸浮著腐敗的惡臭。

「她是否告訴妳某個故事？」

「她是告訴我一個故事，她說她也對你說過。」

「而妳活下來了？」

「看得出來吧。」

他皺眉。「一定是因爲妳自己發現蛛絲馬跡，不靠我幫忙就得出結論。我試圖告知的其他圖書館員……嗯，他們的下場就沒那麼幸運了。」

「這話是什麼意思？」艾琳越來越覺得自己完全知道他是什麼意思，但那想法太邪惡了，她寧可從他嘴裡聽到，也不願在自己心裡確切地想出來。

「我的意思是，蕾——不，我就大方一點叫妳艾琳好了。成年人可以選擇自己的名字。我的意思是，如果我試著告訴妳某些事，大圖書館本身會殺了妳。」

「我聽到的故事裡並沒有什麼不好的事，」艾琳小心翼翼地說，「布菈達曼緹也聽我講過一遍了，你不用在她面前遮遮掩掩。大圖書館最初可能是由妖精與龍合力創建的這個概念——」

「爲什麼？」妖伯瑞奇打岔，「他們爲什麼要創建大圖書館？告訴我。」

「好讓各世界穩定下來。」

「妳眞心認爲他們會純粹出於『利他主義』而這麼做嗎？爲了大眾的福祉？問問那條龍。」

他指著凱。「你，王子，告訴我——你爺爺會光是爲了某種『道德感』，就犧牲自己、與妖精簽下契約嗎？只有被洗腦的小圖書館員才會相信，維護所有平行世界的穩定值得你拿命去換。你爺爺才沒那麼低能。」

凱的雙手摳住桌子邊緣，皮膚上短暫閃現霜般的鱗片圖案。「你膽敢議論我的祖父，我眞想把你打倒在地，讓你永遠消失在這個世界及所有世界上。」他冷冷地說，「但我承認一件事。如果我祖父做了這件事，一定有什麼理由。」

布菈達曼緹像是頭痛發作，閉著眼垂下頭。艾琳暫時把對話丟在一邊，轉身伸手按著她的手腕。「妳還好嗎？」她問。

「這已經太過分了。」說話的人不是布菈達曼緹。從她唇間吐出的嗓音沒有她平常的口音或語氣；這是她的嗓音，措詞的卻另有其人。她睜開眼睛，一個陌生人以她的雙眼向外望。「我們會強制施行和平——並消除所有威脅和平的東西。這事要在這裡結束，叛徒。」

她的公事包突然打開，一連串紙張飛出來，紙頁像颶風中的秋葉一樣扭動。它們迴旋著穿過空中，然後啪地落在地面並消失在地底，將自己埋入沙質土壤下。

世界在搖撼。這不是地震，或風暴，或任何物理現象，而是現實本身在他們周圍顫抖，將它自己重整爲不同的結構，並鎖定在那個狀態。

風勢開始增強，妖伯瑞奇大叫：「你們做了什麼？」

「除掉最後一個隱憂。」布菈達曼緹說。

然後她咳嗽，接著便向前倒臥在桌面上，不動了。她外套背部的布料由下方悶燒，因爲她的烙印的高溫終於蝕穿每一層礙事的衣物，並且燒出火焰。

第十八章

艾琳不知所措。她是預期遭到背叛——但不是來自這個方向。噢，嚴格說來她知道大圖書館可能認爲犧牲她和布菈達曼緹來換取除掉妖伯瑞奇是樁公平的交易，但大家已經用語言簽了協議耶。大圖書館怎麼能違背它作出的承諾？

而且她自己的背好像也熱得很不舒服？

凱站起身。「我就知道我們不該信任你。」他衝著妖伯瑞奇咆哮，在憤怒中指甲變尖成爲爪子。

「我們都被背叛了。」韋爾打岔，「控制一下自己，石壯洛克。溫特斯……」他的語調變了，「溫特斯，妳怎麼了？」

艾琳知道自己應該反應，應該思考，但她耳中充斥著遙遠的鼓聲，頭痛得像是快裂成兩半。

「等我一下。」她小聲說。

妖伯瑞奇奮力站起身，靠在桌子上。他在說話，說某些句子，但背景的風聲太大，她聽不清楚。她頹然倒向前，努力想搞清楚現在是怎麼回事，知道自己該有不同的反應，卻無法思考爲什麼。她背部有烙印的部位很痛，她甚至不確定這樣有什麼不好。

接著凱和韋爾抓住她的手臂，硬把她壓在桌面上，臉貼著冰冷的金屬。這突如其來的暴行把她從半出神狀態中嚇醒，她在他們手中掙扎。妖伯瑞奇已移動到她視線之外——他一定在控制他們，用語言使他們轉而對付她。話語像嘔吐物在她口中湧動，想把他們打倒，爲了這背叛把他們全都打倒……

她背部的外套和洋裝像紙張一樣被撕開。某人——一定是妖伯瑞奇，她看不見——觸摸她的烙印，感覺就像他的手指穿透她，直接碰到她赤裸的心臟。她準備喊出的話哽在喉嚨。這是不適當的，這是錯的……

然後，突然間，一切都安靜了。風勢仍在增強，但她耳中的鼓聲消失，即將敲開她的頭的疼痛也緩和。她又能思考了。「放開我，」她說，臉仍被那兩個男人壓在桌上，「馬上。」

「應該可以了。」妖伯瑞奇的嗓音含有刺耳的咻咻聲，彷彿他肺部某種功能正在失靈。「你們可以放開她了。」

「你先退後。」凱低吼道。他也許並不打算立刻扭斷妖伯瑞奇的脖子，不過顯然要惹他動手也非難事。他放開艾琳，韋爾也是。「對不起，艾琳。他說妳馬上也會死，而救妳的唯一方式就是讓他修改妳的烙印……」

「你在他們身上用了『認知』那一招對吧？」艾琳疲憊地說。她看到凱醒悟到自己被操弄而全身緊繃，伸手按著他肩膀。「不要，至少先不要。我們先查出一些答案再說。」

妖伯瑞奇聳肩。「我是爲了救妳。」

艾琳站直身體，檢查損傷。她什麼也「看」不出來——不過她本來就看不到自己的背。她能感覺到乾燥的空氣拂在赤裸的皮膚上，只能臆測他對她的大圖書館烙印做了什麼。她轉頭看著妖伯瑞奇。「解釋一下。」

妖伯瑞奇跛行到椅子邊，癱軟地坐下去。他原本看起來就很糟了，現在看起來更慘。「妳的烙印中有一部分能讓大圖書館把妳當作直接管道來利用，我燒掉了那部分，」他說，「所以妳才沒像妳朋友一樣死去。」

布菈達曼緹。另一個圖書館員仍待在倒下的位置，沒有移動分毫。艾琳摸了摸她的手腕，知道她再也不會動了。沒有脈搏。再也沒有爭吵，沒有生氣，沒有合作，沒有共享的書本或共識或試圖阻止對方犯錯。憤怒與痛苦在艾琳喉中扭轉，使她眼中盈滿淚。**妳以前告訴我，眞正的圖書館員應該準備好爲大圖書館犧牲任何東西。妳知道會發生這種事嗎？**

她狠狠地把這些念頭硬是推到一邊，留待之後再來想。現在沒時間哀悼或怪東怪西。凱和韋爾跟著她和妖伯瑞奇被困在眼前這未知的狀況中，而她並不能接受他們有個什麼萬一。「大圖書館剛才做了什麼？」她其勢洶洶地問道——然後一個踉蹌，凱趕緊摟住她的腰撐著她。

「他們鎖定這個世界，不與其他世界同步，然後啓動自我毀滅程序。妳的龍沒辦法飛出去，我的門也不能用了。」他皺眉。「我以爲我對協議上的細項已經很小心了。啊，好吧——我猜他們在某處找到了漏洞可鑽。」

「你看起來好像不怎麼生氣。」艾琳注意到。

「親愛的女兒，我氣炸了好嗎。」他抬頭盯著她，儘管凱的眼睛閃著紅光，妖伯瑞奇的眼神卻更加炙熱，迸射出更猛烈、更具毀滅性的恨意。「我只差一點就終於能掌握一切了——我的女兒、我的復仇、我阻止大圖書館的機會——而現在全都崩塌了。無論這是否出於妳的本意，妳都成功地讓我出局。希望在妳死之前，這能爲妳帶來一些滿足。」

艾琳轉頭看著凱。「你覺得你能帶我們離開這裡嗎？」她知道他會理解所謂的「我們」絕對不包括妖伯瑞奇。

「我……不知道。」凱不情願地說，「我相信我能變回眞身，但剛才發生了我不懂的事，現在一切感覺都脫離常軌。現實感覺不一樣了。」

這應該是勝利的一刻才對。妖伯瑞奇終於被困住、被打敗，即使連帶賠上了艾琳自己的命。然而還有太多未解答的疑問了。妖伯瑞奇或許是個瘋狂殺人魔——但大圖書館核心的祕密會不會比他更邪惡？

在他們任何一人做出無法挽回的舉動，例如殺死妖伯瑞奇——或老實說，刺激他來殺他們——或是這世界爆炸之前，她需要資訊。

「好了，」她慢吞吞地說，「現在問題出在我們被困在這世界，而妖伯瑞奇說它將被摧毀。我們能取得的資源則包括一條龍和混沌來源。」

「妳指的是什麼？」韋爾問。

「就是妖伯瑞奇本人。他以前和我們說過，他用混沌對自己做了一些事——雖然在細節方面他說得很含糊。」

「我從不對任何人掏心掏肺，」妖伯瑞奇贊同，「和妳很像，女兒。」

艾琳摸了一下凱的手臂，用這熟悉的方式要求他信任──**讓我來處理**──然後坐進妖伯瑞奇對面的椅子，希望兩人位於同樣高度有助於推動協商。布菈達曼緹的屍體是令人不安的同桌第三人，她趴在桌面像是睡著了。艾琳逼自己不去看圖書館員同事。「考慮看看這提案。我並不打算把你弄出去，你做了太多壞事，殺了太多人……」她有被記憶吞沒的危險，傳聞中他犯下的暴行、大圖書館紀錄裡死於他手的其他圖書館員，以及他殺了另一個圖書館員並用他的皮囊當僞裝，這是艾琳的親身記憶。「我並沒有要大發慈悲。」

「那不然呢？」他問。

「解釋現在是什麼情況。告訴我你爲什麼對你曾稱爲妹妹的圖書館員做出那種事。」她無法把話說得更明白了，那些語句卡在她喉嚨裡。「如果大圖書館有什麼問題，天可憐見，講給我聽吧，也許我能想點辦法。」

「前提是妳能離開這裡。」他嘲弄她。

她迎視他布滿血絲的雙眼，直接盯著他殘破的臉。「沒有哪座監獄是逃不出來的，沒有哪道謎題是解不開的，也沒有哪個句子是不能改寫的。所以好心地開始解釋吧──我不知道我們還剩多少時間。」

「妳竟敢這樣對我說話？」

她是能夠說：「我是你女兒，我什麼都敢。」試著用這種方式和他建立連結。但她深愛她的父母——她眞正的父母，撫養她、愛她的父母——愛到做不出這種事。於是她說：「我給你最後一次說服我的機會。哪一項對你來說更重要？報復我，還是報復大圖書館？」

勁風掃過平原。現在風勢很強了，吹得又猛又熱，隱然暗示背後有更殘暴的力量。

「要是我料到會這樣……」他的笑聲在喉中沙沙作響，「好吧。可是我要由最重要的事講起。我不能告訴妳具體細節，因爲那會害死妳，它內建在妳的大圖書館烙印裡。打從我逃離大圖書館，他們發現我知道了那麼多事，就在新圖書館員身上做記號，如果我告訴他們眞相，他們就會死。我試過用講的，試過用寫的——結果害死了好多兄弟姊妹。如果我叫其他圖書館員去聽伊絲拉講故事，或是讀我找到的原始文本，大圖書館可能就會發現這些消息來源在哪裡。這是無法接受的風險，我才不要失去僅有的證據。」

「但你不是說你修改了我的烙印？」艾琳慢吞吞地說。

「我改了一個地方——那是讓他們全權控制妳的直接連結。修改其他部分要花太多時間了，我從來就沒能把所有相關文字都清乾淨。而且還有別的方面。」他轉頭看韋爾。「派瑞格林．韋爾，你有沒有注意到？那股盲目的信任、服從，還有堅決不願意考慮某些事情？」

韋爾像猛禽一樣歪著頭。他雙手握著手杖站立，背後襯著沙塵漫布的橘色天空。「嗯，有啊。我想說那是因爲溫特斯從小就生長在那種環境裡，不是有句話說，把生長中的小樹苗掰彎，它就會長成歪曲的大樹嗎？」

「她應該由我撫養才對。」妖伯瑞奇嘟噥。他的目光又鎖定艾琳。「妳會成爲怎樣的奇才啊。」

艾琳想到那情景，硬是忍住打冷顫的衝動。「我對現在的我很滿意。」她冷冷地說，「你爲什麼要讓我被生出來？」

這次他沒有直視艾琳的目光。「大圖書館核心有個地方，我認爲兩個圖書館員所生的孩子能夠在不受制於大圖書館的前提下，到達那個地方。我選中我最熟悉也最信任的圖書館員，我最親近的妹妹，我……愛的女人。當時我們已經在交往了，我只是用了一些手段確保她懷上我的孩子──以及在孩子出生前她都不能離開。我失敗了。結果那全是白忙一場，因爲妳還是接受烙印了……但我的出發點是好的。」他的話消逝在風裡，他一定知道這些話多麼無用、她根本不當一回事，因爲他的嘴巴扭曲成自嘲的表情。「我眞的是出於善意，妳知道嗎。一向都是。」

艾琳咬牙忍住對他說的內容及他多麼輕鬆地說出口，所感到的極度不齒，只問了更要緊的問題：「我母親是誰？」

「她名叫瑪格莉特。我像對妳一樣，修改了她的大圖書館烙印。現在大圖書館裡妳能信任的人，大概就只有她一個。但她好像改名字了──我問過話的所有圖書館員都不認識叫瑪格莉特的圖書館員。」

這名字對艾琳來說毫無意義，但她點點頭，試著不去想「我問過話的所有圖書館員」代表什麼意思。「好吧，那既然你不能告訴我大圖書館有什麼問題──你到底能告訴我什麼？這和你之前說過妖精和龍都是演化的死路一條有關嗎？」

「那是另一件事，不過它也構成終極問題的一部分。但我和妳說這個倒是不會害死妳。妳知道歸根究柢，龍和妖精是從哪裡來的嗎？」

「我見過高度混沌世界對一般人類產生影響，」艾琳說，「他們要嘛成爲受到操弄的無名小卒——要嘛也變成妖精。若是太深入混沌，妖精自己也會失控，會融入他們居住的世界。」

「對。現在根據這段敘述作出符合邏輯的結論。」他嘲弄的目光移向凱，「你認爲龍的起源是什麼？」

艾琳思考過這個概念一、兩回，但基於在生理上太難解釋而放棄。然而妖伯瑞奇的態度暗示這可能是眞的。「你是在告訴我，高度秩序世界的一些人類變成了龍嗎？」

「一派胡言。」凱堅定地說。

「龍當然不會討論這個，」妖伯瑞奇說，顯然很享受凱的反應，「我也沒有實質證據，要取得一條龍進行活體解剖很困難。但種種跡象都顯示……」

「這種揣測是羞辱。你是嫌我殺你的理由還不夠多嗎？」凱將語氣放得很輕柔，但帶有一股尖銳，艾琳看到他指尖有爪子的亮光。

「凱，」她說，「拜託，這不是重點。」

「噢，這是超大的重點。」妖伯瑞奇說，「妖精和龍都是強硬地由人類演化而來，當他們待在秩序到混沌這條光譜上屬於自己的那一端時，他們健康狀態最佳，就像只能在特定水溫中生存的嬌貴金魚。」他對凱冷笑。「再來還有繁衍的問題。較強大的妖精或龍，物種分化——我記得是這個詞——的程度也更高，也就是說他們只能與同類繁衍下一代。力量較弱者則仍然可以和人類生育，如果我的情報正確的話，我想你就是一個例證，派瑞格林．韋爾。在這種情況下，人類的潛能還有多大啊？」

「吾人不需為祖先的事負責，」韋爾冷冷地說，「就如同溫特斯也不必為你負責。」

艾琳看到凱的皮膚閃現藍色，她站起身面向他。「凱，克制一下。」

「這不是對我發號施令的時間和地點。」他的眼睛已變成全紅，態度專橫又憤怒。「這個人，這個叛徒，這個東西，竟敢侮辱我和我的家族……而妳早就放棄對我的權威了。」

「這我知道。」她輕聲說。示弱本身就是種武器。「但這事只關乎我和……」剩下的話卡在她喉嚨，「我父親。我請求你讓我和他把事情談完，在我們全都死掉之前。」

「如果我們全都死掉。妳眞的相信他的說法？」

「噢，是眞的，龍王子。」妖伯瑞奇說，根本懶得站起來，「來啊，化為眞身，張開飛翼！試試看帶著艾琳飛出去啊！讓我看著你撞上天空，徒勞地嘶吼，意識到自己完全被困住。我很好奇——火焰燒到我之前，我會看到你們全都著火的樣子嗎？」

凱從喉嚨發出低沉的吼聲，艾琳知道他為什麼被命中要害。每個人都害怕失去力量，但力量越大的人，失去力量時就越無助。凱是龍族王子，擁有各種特權——而現在有人告訴他，他只是某個遠古人類的後代，那個人類被巨大的秩序力量給轉化了。此外，他現在也無力拯救受他保護的人類。

要不是在某種程度上承認妖伯瑞奇的話可能是眞的，他也不會這麼生氣又這麼害怕。

「這個人在浪費妳的時間，」他惡狠狠地說，舉起一隻手，「妳不——妳無法理解這對我和我的家族是多大的羞辱。」

艾琳深吸一口氣。「有比我必須面對的現實，也就是這男人是我『父親』，還要更糟嗎？」她問。

時間一秒一秒過去，凱把手放下。「查明他還知道什麼，」他說，「然後幫大家一個忙，把他解決掉吧。」

艾琳點點頭，坐回去。「好了，妖伯瑞奇。你能告訴我眞正有用的事嗎？」

妖伯瑞奇眼中閃爍著一種新的狂熱專注。「我也許不能告訴妳——但我能指引妳去讀我讀過的故事。我派殺手去殺伊絲拉是以爲她說的事會害死妳，但妳證明我錯了。這表示妳應該也能讀完整的原始故事。」

「前提是我們能離開這裡。」韋爾表示。

「噢，關於這一點，我有個主意。給我紙筆，別告訴我妳沒帶。」

艾琳從內側口袋取出筆記本和筆，沿著桌面推給他。「拿去吧。」即使他是叛逃的圖書館員，但她對於交給他以任何圖書館員而言都算致命武器的東西仍有點緊張——不過老實說，如果他要殺她，早就有機會了。

他寫下一串索書號。「妳知道阿法—3世界嗎？」

艾琳點頭。那大概是相對「現代」的時期中，目前最平靜的一個平行世界了。「我去年才和凱去過——凱，你記得嗎，我們去拿那本有費利西安．羅普斯插畫的《基督山伯爵的女兒》？」

「我記得。」凱說，口氣仍然很差。

「很好，他能飛到那裡，事情會簡單一些。」妖伯瑞奇把筆記本推回給艾琳。「妳要去那個世界的芬蘭國家圖書館，在赫爾辛基。那份文件在芬蘭語民間詩歌區。索書號寫在這了。」

「你一開始是怎麼找到它的？」韋爾問，「你對這主題感興趣嗎？」

妖伯瑞奇噴笑。「相信我，很少有什麼東西比詩更讓我厭煩。不，我是爲大圖書館出任務時要找某些文本，必須檢閱那一整區才能挑出我需要的。可是當我看到那一本……」

「這不合理啊，」艾琳說，「如果這個祕密重要到他們不惜殺了所有知情者，大圖書館又怎麼會故意引導你去找到它呢？」如果，她在心裡對自己強調。她仍然沒辦法證實妖伯瑞奇的說詞。

「這件事我也思考了很久。」妖伯瑞奇傾向她。他周圍的空氣飄著一股腐肉和煤灰的氣味。「我有個理論，但就像關於大圖書館的創建一樣，我不確定能否和妳分享。不過若是這理論成立，那麼妳這一邊其實有個妳不知道的朋友。」他聳肩。「也許妳會查出答案。」

「但我們得先離開這裡。」一切似乎都太簡單了：與她最恐怖的噩夢和解，還說服他自願提供資訊。可是布菈達曼緹與他們一起坐在桌邊，提醒她已經有一個人爲了這場會議付出生命。

「妳仍然不信任我。」妖伯瑞奇表示，顯然看穿她的想法，「這樣很好。如果只因爲是我說的，我女兒就照單全收，那我還眞失望。」

「我不認爲艾琳喜歡你說她是你女兒，」凱咆哮，「我也不認爲我喜歡。」

「我預估自己十分鐘內就要死了，」妖伯瑞奇回答，「那賦予我一些自由，不是嗎？」

「你有賦予你殺死的圖書館員這種自由嗎？」艾琳輕聲問。

「數字被誇大了，我並不是妳眼中的殺人狂。既然妳能接受大圖書館騙了妳，爲什麼不能接受這個？」

「因爲我們第一次見面時，你就殺了一個圖書館員，還用他的皮來僞裝成他。」那醒悟眞相的驚恐瞬間深深刻在她的記憶中。「誠實回答我——爲什麼這麼多人？爲什麼要殺我們？你先前說過，我們是你的兄弟姊妹。爲什麼？」

沉默籠罩他們。最後妖伯瑞奇說：「一開始我是想解釋——想說服他們相信眞相，結果他們聽完就死了。因此我試著用其他方式讓他們理解，綁住他們、修改他們的大圖書館烙印……全都沒用。而且他們一直主動來找我，說我是叛徒，一看到我就想殺我。到後來，我放棄談判，直接選擇攻擊。或許這是瘋狂吧，但感覺是理性的思考。我決定最簡單的做法就是先打垮大圖書館，之後再來解釋。」

「你對『最簡單』的定義和我不同。」艾琳說。他們之間什麼也沒改變，他仍然是個怪物。解釋並不能平反他的作爲。

妖伯瑞奇聳肩。「以爲妳會理解，大概是我太傻吧。數百年的人生會造成不同的視角，妳的龍王子以後就能體會到了。對了，我先向你致哀。沒有什麼東西能持久。」

艾琳轉身抬頭看凱。「這算侮辱，或只是倚老賣老？」

「倚老賣老，」凱說，「我不覺得有必要在他面前繼續討論我的個人感受。」

妖伯瑞奇哼了一聲。「我們直接來談價碼吧。我可以把你們弄出去——但我要妳保證摧毀大圖書館作為回報。」

艾琳早料到他會這麼說，所以沒露出訝異表情，只是向後一靠，扠起手臂。「不。」

「不？」

「你到底以為我的耳根有多軟啊？」

「我剛才說過我們被困住了，女兒。我能理解妳已準備好為了殺死我而犧牲自己，但妳真的願意讓這兩個人死去嗎？」他手一比指向韋爾和凱。「如果妳要犧牲最親近的兩個好友來取得勝利，那我真的佩服妳，但老實說我不覺得妳做得出來。」

「我們本來就知道風險為何，溫特斯，」韋爾冷淡地說，「妳給了我們大把機會拒絕。和妳共事是我的榮幸。」

凱歪著頭。「這不是你第一次威脅艾琳的朋友來對她施壓了，」他對妖伯瑞奇說，「雖然她是你的種，卻永遠不會對你感到任何一絲關懷或憐憫，你一定很哀怨吧。」

妖伯瑞奇殘破的嘴裡露出牙齒。「妳不相信我？」

「如果我相信你說的每句話，我早就死了。」艾琳回答。

「等這個世界在五分鐘後開始化成碎片，我們再來看妳有什麼感覺。你們或許勉強有足夠的時間逃出去——如果運氣好的話。」

不可撼動的物體碰上了勢不可擋的力量，艾琳心想。**現在他已沒有什麼可失去的了——但我也一樣。**

「或許還有另一個方案，」她說，「你能否接受這個大前提：我真心信奉大圖書館的理念和其他圖書館員——我的兄弟姊妹——的安全？」她借用妖伯瑞奇自己的話。

妖伯瑞奇考慮了一下。「我承認妳大概是眞心的。」

「有點敷衍，不過我就當你同意了。好吧。那你覺得如果我知道了你發現的眞相，我會採取行動嗎？」

「我知道妳想說什麼，」妖伯瑞奇惡狠狠地說，「我不要做一半，我要大圖書館被摧毀。」

「而我要它被拯救。如果必要的話，我會從它自己手裡救它。」她盯住他的眼睛。「我會查出眞相，與其他圖書館員分享。他們是不能從你口中聽到眞相，但可以從我口中聽到。你要一句承諾？我願發誓做到那件事。我當圖書館員並不是爲了殺人或是摧毀世界。我當圖書館員是爲了保存書籍、保存故事、保存創造故事的世界。你入行時不是也想要這些嗎？妖伯瑞奇，你不幫我，就閃開，別妨礙我做事。」

風勢仍在增強，拉扯他們的衣服——她破掉的外套和洋裝、妖伯瑞奇的長袍。吹在她臉和手上的風又熱又乾，隱然表示背後有更大的熱源，就在地平線外。

「我撐不過這一次大概是好事，」妖伯瑞奇終於說，「我以爲我想要兒子——但現在看到妳完整的力量，我已無比滿足。我的女兒，妳內心燃燒著熊熊烈火，我所希冀的莫過於此。我無法忍受妳稱呼別人爲妳的父母，或被可能削弱妳力量的事物分散注意力。如果我們哪一個殺了另一個，可眞是悲慘的結局，不是嗎？」

「這打從一開始就不是那種有圓滿結局的故事了。」艾琳說。

「確實。」他撐著桌面站起來。「扶我到門那裡。」他命令。

艾琳猶豫著，不想碰到他腐敗中的肉體。結果是韋爾走過去讓妖伯瑞奇靠在他手臂上，顫巍巍地走到孤立在門框中那扇寫滿字的門前。

妖伯瑞奇把咳嗽吞回去，一手按在門上。「仔細聽好，艾琳——還有你們兩個。過去我在這身體裡灌入大量混沌力量；現在我就是靠它而活著。這扇門裡也含有不少這種力量。我現在要把它釋放出來。這會讓我死去，但這股力量會讓我們周圍的世界失去穩定，應該能破除將它固定住並阻止龍離開的跨維度之鎖。如果你們沒能把握機會，那只能怪你們自己了。」

大家都知道，若是對他的死亡表達什麼悲傷之意，都未免太矯情。於是艾琳只說：「我們有多少時間？」

「一旦開始之後，只有幾秒鐘，如果你們運氣好的話。我可沒有常拿這種事做實驗。」

「我覺得你只要有做過這種實驗就太不健康了。」韋爾說，走回去和另外兩人站在一起。

「我少數遺憾的事之一，就是不會看到未來幾百年，我女兒還會做什麼實驗。」妖伯瑞奇瞥向布菈達曼緹和她空無一物的公事包。「眞可惜她沒活下來，她的協助能派上用場。一旦大圖書館發現妳還活著，以及妳知道什麼，嗯……」

「她沒活下來很可惜的原因遠不止這樣。」艾琳輕聲說。她得晚點再來消化布菈達曼緹的死亡──現在沒時間。就她所知，布菈達曼緹在大圖書館以外沒有朋友，也老早就與家人斷絕聯繫了。記得她的只有其他圖書館員。

妖伯瑞奇沒看著她，說道：「奇怪的是，我內心有一部分樂於獲得妳的原諒。」

「我不想騙你，」艾琳說，「我原諒你的機率很低。」

他動了動肩膀，暗自嘆氣。「那理解可以嗎？」

「我需要眞相才能理解。」

「幸好我不相信死後有靈魂或生命，對吧？」他嗅了嗅增強的風，「化爲眞身吧，龍。我們快沒時間了。」

凱周圍有光芒閃爍波動，將他們的黑影長長地投射在沙質地面上。等光芒消逝，他已化爲龍形，全身布滿藍寶石般的鱗片，身長足以繞過桌子和門。他垂下一側鮮藍色的飛翼，讓艾琳和韋爾爬上他的背，他們趕緊上去。艾琳在凱肩膀後方她的老位子就定位，韋爾坐在她後頭。

妖伯瑞奇閉上眼睛，低下頭──接著門和門框就分開了。這就像是一幅違反常理的家具組裝示意圖，同時間朝四面八方分離，油漆由木材上脫落變成立體形式，繞著圓圈向外擴散。在所有東西中央有個扭動的「洞」，寬度只有三十公分，它是通往別處的開口，令艾琳脖子上的寒毛都豎起。它是被賦予實體的「錯誤」，是不該與人類存在於同一宇宙的東西。它是現形的混沌。

妖伯瑞奇舉起雙手碰觸它，將它拉近之後摟在胸前，好像它是個嬰兒。

衝擊將世界撕裂。凱躍向空中，與突然往外衝出的空氣搏鬥、想拉升高度，抵抗海嘯般的力量而拚命掙扎。艾琳和韋爾平貼在他背上，死攀住他的身體保命。在他們下方，殘餘的門和男人變成一團逐漸升起的黑色光球，就像一顆黑色太陽，會融化它碰到的所有現實。

「凱，把我們弄出去！」艾琳大叫，希望他聽得到。

她感覺他的胸腔在她底下繃緊，然後他大吼一聲，雷霆般的嗓音切穿風聲和風暴，比自然與混沌的力量都更響亮。現實被妖伯瑞奇的力量一炸，其基礎在顫動，現在它回應了，天空中暫時閃現一道裂縫，通往外頭，也就是世界之間的空間。

於是他們穿過裂縫，消失無蹤。

第十九章

進入世界之間的空間時，如釋重負的感覺席捲艾琳。他們離開那裡、自由了，妖伯瑞奇死了，而他們全都活著……

除了布菈達曼緹之外，她的罪惡感在戳著她的心。

她用力揉了揉眼睛，盯著周圍飄移的深藍淺藍——或許唯有藝術家才有辦法確切描述出那些色彩組成的波動和渦流。它朝四面八方無盡延伸——下方看不到地面，遠處也沒有地平線，無論上下都沒有極限。在這種地方，只有龍才找得到方向。

妖伯瑞奇已死，眞正、確切地死了的事實，讓艾琳彷彿卸下肩上的重擔——但他留下太多疑問。她逼自己把關於妖伯瑞奇和布菈達曼緹死亡的念頭先收起，將悲傷與愧疚這些問題留著晚點再處理，專注在眼前的危險上。

「大圖書館會以爲我們都死了。」她說，她的嗓音打破了他們飛越無盡藍色空間時的寂靜。「在繼續進行接下來的事之前，我想向你們兩個擔保，我並沒有無腦地相信妖伯瑞奇告訴我們的所有事。」事實上，她離他越遠，越容易想到理由證明他先前在說謊。「大圖書館很可能早就準備好犧牲我們來殺死他，那並不必然代表妖伯瑞奇就是對的。那只代表大圖書館很……」

「冷血，無情，願意爲了除掉它的頭號敵人而犧牲旗下最優秀的人員及無辜受害者。」艾琳還在思考用語時韋爾已替她接話，「我難以苟同這種行為——但各國政府都做過更糟的事。」

艾琳點頭。「雖然我並不喜歡在這種詭計中擔任棋子，但理論上我能接受自己被如此安排。至於你們兩個差點遭受池魚之殃，我可就不太高興了。」

「大圖書館必定知道我們不會讓妳單獨前往，」凱隆隆地說，「或者應該說，是在大圖書館裡有決策權的人會知道這一點……」

「對，你說到我的一大疑惑了。我一直理所當然地認為那些人就是比較老的圖書館員。如你所言，韋爾，我始終沒去認真思考……不過現在我好像變了。」妖伯瑞奇到底對她的烙印造成多少破壞——又會帶來什麼其他影響？她也好奇他對自己的烙印做了什麼？這是他發瘋的部分原因嗎？「如果他們背後還有人，我真的很想知道是誰。」

「我了解妳急著想看妖伯瑞奇指引我們去找的文件，」韋爾說，「相信妳有想到，那可能是他刻意留在那裡的偽造品，用來誤導圖書館員——或單純只是個故事。」

「這些我都知道，」艾琳同意，「但我們要到那裡看到它之後才知道是怎樣。」

「那和我說說這個世界吧，你們兩個顯然知道它。它危不危險？」

凱笑了，笑聲在他胸腔迴盪。「正好相反，那是我所知道最祥和的地方之一。它已經兩百年沒發生過戰爭了。年輕圖書館員經常被派去那裡執行任務訓練。」

「凱說得對，我覺得上次去也算是上頭讓我們休假吧。」

「我不記得你們有長時間離開我的倫敦。」韋爾表示。

「嗯……」艾琳聳聳肩，「老實說，那裡也挺無聊的……他們製作的咕咕鐘倒眞的很精巧。我們後來沒待多久。不過我們兩個在那裡都有銀行帳戶，可以提錢支付當地的旅費。」

「妳要怎麼進行？」凱問，「大圖書館通往那個世界的入口在馬德里，但我們是在巴黎取書的。這兩個地點我都記得很清楚，可以直接飛過去。」

艾琳在腦中調出歐洲地圖。「去巴黎比較好，」她說，「你可以在那裡變成人形，然後我們搭飛機去赫爾辛基。」

「避免受到注意？」韋爾問。

「對，正是。大圖書館或許以為我們死了，也或許對那個世界的文件一無所知——但我寧可不要有藍色龍的目擊報告傳回圖書館員耳裡，惹得他們開始問問題。」

「所以妳確實認為有什麼不對勁。」凱說。

艾琳在心裡斟酌了各種「是的」的同義詞，最後說：「我認為盲目信任的日子早該結束了，現在我需要答案。」

□

事實證明，和平、寧靜與奉公守法的氛圍，對韋爾造成的效果和對艾琳與凱一樣。等他們抵達赫爾辛基時，他已陷入越來越急躁的情緒，不斷點著手指、快速翻報紙，想要找到有趣的事卻找不著。幸好這裡沒有古柯鹼。

艾琳帶頭走上大理石階梯。建築外側全是白色大理石材質，包括大廳、穹頂和兩個側廳——像是某種保存知識的神殿。在正常情況下，這應該會讓她安心，讓她有回到家的感覺。可是現在她卻覺得像走進敵營，另一個圖書館員隨時可能出現——並且構成威脅，而不是盟友。

她走向櫃檯，凱和韋爾跟在後頭。「不好意思，」她說，她多年未講過芬蘭語，已經有點生澀，不過正慢慢找回語感，「我要看這份文件。」她把妖伯瑞奇給她的索書號秀出來。

「噢，」櫃檯內的女人若有所思地說，「我查一下。」她轉過身，一邊哼著歌一邊在微縮膠片閱讀器裡查找索書號。「找到了，在隆洛特選集裡。有很多人詢問這些作品呢。妳看到最前面的這部分嗎？這是區碼。」她用筆指出潦草索書號的第一部分，「第二部分是指哪一本書，第三部分是指哪一首詩。如果妳往右邊的側廳走，然後，嗯，我想應該在三樓吧，上去後妳再看一下樓層平面圖確認位置，應該就能找到了。妳還需要什麼協助嗎？」

「應該不用了，非常感謝。」艾琳說。

「真有意思。」他們按照指示走，韋爾喃喃道。

「我知道——整個感覺都好奇怪。」凱贊同，「沒有警衛，沒有鎖和鑰匙，不必跑十幾道繁瑣的例行公事才能摸到書……」

「確實，但我主要是在想巧合這件事。溫特斯，我猜妳的芬蘭文閱讀能力和口說能力一樣好吧？因此我們可以省去找譯者的工夫？」

艾琳點頭。「我有點疏於練習了，不過應該可以設法看懂。這裡一定也有字典。」

「芬蘭語是圖書館員普遍會學的語言嗎？」

艾琳平舉手掌做了個「也還好」的手勢。「如果隨機挑選一百個圖書館員，芬蘭語程度中上者大約一到十個人吧。它並沒有印度語或華語或英語或俄語或阿拉伯語那麼普遍，不過比起古梵文或古埃及象形文字，還算是常見。」

他們壓低音量說話，以免打擾到其他學者。他們剛才進入的側廳明亮而優雅；地磚是象牙白與米白色的大理石，漆成白色的柱子沿著整個空間延伸，撐起長型的樓廂，樓廂上有放滿書的書架。房間中央精準而整齊地排列著桌椅，上方高處的屋頂繪滿壁畫。

「溫特斯，我的重點是，妳爲什麼恰好就懂得這份重要文件使用的書寫語言。」

這話令正要踏上階梯的艾琳停住了。「噢。」她說。她仔細想了想。「嗯……」

「機率問題？」凱提出，「百分之一的機率雖然低，但並非不可能。或者，雖然我萬般不情願這麼說，我們是在這裡受到了敘事的影響。艾琳『剛好』懂得這重要文件使用的書寫語言。」

「不過這個世界混沌程度並不特別高，它算是……相當中立。差不多正好介於秩序與混沌的中間。」艾琳逼自己繼續移動，爬上樓梯。「另一個答案更令人憂心。」

「什麼答案？」韋爾問。

「我們成爲正式圖書館員之前是以學徒身分學習，當時前輩常會建議我們要修什麼課程，特定語言、文化等等，所以我才會學芬蘭語。我對這領域並不是特別感興趣；我更喜歡漢藏語系，再加上一票其他常見的語言，例如俄語和阿拉伯語，但不怎麼喜歡烏拉爾語……」她看到韋爾一頭霧水的表情，「我並沒有想學芬蘭語——但有人建議我修這門語言，而我也有了一定的程度。大圖書館喜歡鼓勵大家廣泛保有各種語言能力。我們需要有人能夠閱讀同事帶回來的書。你不會相信我們的字典區有多驚人。」

「可以想見。妳爲什麼爲此憂心？」

艾琳察覺到有一股隱隱的不安——那種被操弄的感覺，好像自己是別人棋盤上的棋子，一隻在迷宮中爬行的老鼠，有個隱形的觀察者在高處俯視。「通常分配語言或研習課程給學徒的圖書館員，會在文件中署名並解釋分配的理由。即使那理由只是『徒然且大概無用地試圖增進妳的智慧』。可是……我一直不知道是誰分配芬蘭語給我的。我以爲文件在文書作業中弄丟了，或是分配者忘了寫文件。可是現在，正如你說的，我們在這裡——眼前有一份待閱讀的芬蘭文文件，以及一個懂芬蘭文的圖書館員。」

「置身於當初大圖書館派妖伯瑞奇前往，並且『湊巧』找到那份文件的地點。」凱說。艾琳轉身，看到他皺著眉。「這個牌局裡到底有幾個玩家？」

「而且已經進行了多久？」艾琳壓抑打冷顫的衝動。

「專心，溫特斯。」韋爾不失溫和地說，「我們時間有限，之後我們就得公開現身，解釋發生了什麼事——假設妳打算那麼做。如果妳不這麼做，妳的大圖書館就眞的有理由認爲妳變成叛徒了。我們至少應該先看一下這份文件再說。」

「有道理。」艾琳說，努力不尷尬得漲紅臉。她應該不需要人家提醒事情的輕重緩急才對。前一天的事件給她的打擊一定比她想像中來得更嚴重。「好吧，這裡是三樓了，樓層平面圖在這……」她拿出筆記對照，然後沿著整排的書架走過去。這些書顯然都是同一個版本，又大又厚，以紅色皮面裝訂。「我們要的在這裡。」她把那本書從架上用力拔出來，四處張望尋找方便使用的桌子。「啊，謝謝你，凱。」

「只要妳能把內容翻譯出來就好，讓我們也能聽懂，別發出妳最愛的那些『嗯嗯』和『真的假的！』語氣詞。」凱說，拉出椅子讓她坐下。

艾琳的手在書的封面上遲疑。她很擔心，擔心得要命——打開它閱讀會不會是往錯誤的方向跨出無法挽回的一步。即使她沒像妖伯瑞奇一樣發瘋，這仍是她收不回來的行為。太魯莽了，太粗率了，太愚蠢了……

艾琳逼自己直接正視那股有東西在爬般的恐懼與不確定感。光是想到要對凱和韋爾說：**抱歉，我改變心意，我們別管這個了，把所謂的研究全忘了吧**，就讓她趕緊憋住笑聲。**存在焦慮也不過爾爾**。

她打開書翻頁，在引言部分稍微停留了一下。「隆洛特選集似乎是艾里阿斯．隆洛特蒐集的芬蘭民謠和詩歌。」她頭也不抬地告訴凱和韋爾，「他以蒐集到的素材爲基礎，編纂了一本篇幅更長的史詩選集《卡雷瓦拉》。這些都是他從芬蘭和卡瑞里亞蒐集來的詩歌的條目。」

「這些作品有多久了？」韋爾好奇地問。

「有些可以追溯到鐵器時代，有幾千年歷史了。人會死，石頭會碎，但歌曲由一個歌者傳給下一個──不是我太浮誇，我只是在引述引言的內容。」

艾琳又翻了幾頁找到特定那首詩。「好了，嗯嗯，就是這首詩，但我連試都不打算試著把它翻成英文，或是拿去掃描。這屬於──嗯。」她現在覺得對這語言比較上手了，但是和櫃檯職員閒聊與精準翻譯古詩之間仍是有差異的。「好。維納莫寧──他是主角，是個強大的歌者、巫師和英雄──決定向一個名叫安提洛．威普南的古代怪物問話，藉此找到一道遺失的咒語，但他被怪物吞噬，因此他在怪物體內架起一個熔爐，揚言要在那裡住下來，把怪物的內臟吃掉來充飢。因此安提洛．威普南必須把所知的所有咒語、所有歷史都唱給他聽，才能請他離開。你們可能在別的地方聽過類似的故事。」

她的手指沿著頁面往下滑。「我覺得從這裡開始變得有趣了。在這整個『在體內深處唱著「起源」、按順序唱出他們的咒語給他聽』的區塊，標出一大段插進去的文字，還附註說它與其他版本不同。我想這就是我們要找的……」

上方高處的屋頂傳來一聲微弱的悶響。幾粒灰塵由天花板飄下來。艾琳話講到一半頓住；她和另兩人互看。

「大概沒什麼，」凱說，「不過……」

「我去察看一下，」韋爾打斷他，「現在最大的危機就是有人阻止溫特斯翻譯證據。這可能是聲東擊西之計，想把我們從她身邊引開。」

艾琳重新低頭看著面前的字，韋爾則大步走開。「接著他唱出隱藏的『起源』，」她翻譯道，「沒人知道的圈圈叉叉祕密。」

「圈圈叉叉？」

「我把多餘的形容詞省略了。啊，這才像話嘛。一條有翼的蛇從水中飛出，從太陽升起處一路延伸至太陽落下處；他的同胞遭受大海與風暴侵襲，正在逃離已奪走他們親屬性命的海浪。」

凱的注意力沒放在她身上，他在留意整個空間，防範攻擊或偷襲的跡象。不過描述到這可能是他祖父的龍時，艾琳感覺到他突然提高了興致。

「有一位歌者在大地上行走，他的嗓音甜美，是個歡唱者、啁啾者、杜鵑呼喚者。他比跟隨其後的風暴早一步到來，烏雲籠罩狂風，他的家人都像秋天的落葉四散飄零。」

「也許是說書者，」凱喃喃道，「不過妳不是要省略多餘的形容詞嗎？」

「如果我要逐字翻譯出來給你聽，直接照著唸還比較輕鬆。」艾琳真希望自己喝了咖啡——或任何能喚起記憶，幫助她回想芬蘭語的東西。「他們在一個老女人的家相遇——這倒有意思了，通常《卡雷瓦拉》提到『北方的老女人』時，指的是一個特定角色婁希，她經常是主角，但在這裡這稱呼指的似乎是另一個老女人。她在尋找歌曲的過程中變老了，花了多年歲月探詢祕密；他們三人在她蓋得很漂亮的屋子中相會時，杜鵑歌唱，第二隻鳥也唱了，第三隻鳥又唱了。」

「怎麼這麼多隻杜鵑。」

艾琳選擇不理他，而不是浪費唇舌解釋什麼叫詩意。「接下來差不多二十行的內容，解釋這兩個——我猜是龍和妖精吧——爲什麼互相憎恨，根本無法合作。然後老女人給了他們啤酒又用了十行詩描述啤酒——並且發言了。『昔日雙方人馬曾經戰鬥，曾有家人死去，這些士兵勢必會生氣；但是風暴將至，就連敵人也會共用屋頂和壁爐。如果你們一起發誓會維持和平，也許能夠擋住風，也許能夠破除風暴。在世界中心建造一個家吧，把所有歌曲都存放在那裡，所有歷史都將被記住，這樣一來，如同漁網上的結，世界的基礎將會穩固，牆壁也會很堅實。』原文比這多了很多詩的美感。」她補充。

「在伊絲拉阿姨的版本裡並沒有一個人類在居中協調和平協議啊。」凱說。

「是啊，埃及文故事裡也沒有。」艾琳翻到下一頁，「雙方立誓結約；和平關係建立了；誓言寫成了；條約簽署了。三人都在契約簽下名字，藉此宣誓契約效力及於他們的所有子孫。他們召喚新的歌者去尋找新的歌曲；他們在那些歌者的背上留下他們的家族印記。」她想到自己的大圖書館烙印，一陣顫慄沿著她的背往下竄。「那些歌曲是砌牆的磚、繫網的繩、房屋的梁，是讓房屋屹立不倒的礎石。」

她抬頭看凱。「如果我的文化史還沒忘光的話，在這個時代，歌曲與朗誦詩歌形式的故事並沒有什麼分別。在這個脈絡下，歌曲就是故事。」

「但這裡面有什麼會逼瘋妖伯瑞奇的內容嗎？」

「下一頁。」艾琳翻頁，「有翼的蛇與歌者在同樣的屋梁下、同一間住處裡一起變老了。他們對彼此說：『我們的孩子已忘了我們；他們自己活得很開心，卻讓我們等死。』他們的歌曲變得惡劣，毒蛇渴飲他們的啤酒。老女人說：『你們何苦虛度光陰？屋子是你們蓋的；你們也能摧毀它。我們的歌者服務的對象是我們，不是你們的子孫。』她的歌聲如杜鵑一樣動聽，說出來的話卻像毒藥。她輪番對他們說悄悄話。『半個世界應該歸歌者所有，另一半應該歸有翼的蛇所有。我們的僕人會傳話給他們的子孫。如果他們不服從，你們就用歌聲召喚風暴，派狂風肆虐他們的家和土地，從天空召喚閃電……』」

艾琳中斷。「接下來二十行在敘述他們可以怎麼搞破壞。」她往下略讀。「然而在他們的住處中心有塊岩石，他們在岩石上刻下憲章，它是他們的心血結晶，而它爲了這股憤怒與仇恨流下苦澀的淚。它爲了友情消逝而流出水；它爲了親族間的背叛而流出血；它爲了受到束縛必須服從的僕人而流出鏽。然而那塊岩石仍然立在地底深處，在他們大本營的核心；因爲這就是肩上有記號的那些歌者的由來。他們的子孫維持所有世界的穩定，並且爲他們犯的錯悲泣。」

「這和其他版本還眞是大相逕庭。」

「它們全都大不相同。」艾琳狠狠盯著那張印刷紙，好像能催眠它並使它符合邏輯。「埃及文版本只有龍王說他要與頭號敵人結盟，好重建平衡。伊絲拉阿姨的版本裡，說書者找上龍王，建議他們結合力量，讓眾世界穩定，然後共同治理──結果龍王同意了。而這個版本又表示整件事開始時很正面，後來變調了，而且攪和在裡頭的人類還煽風點火──」

「艾琳。」凱說，語氣含有警示意味。

她抬頭看。山遠站在樓廂盡頭，肩上扛著昏迷的韋爾。他一聳肩擺脫韋爾，讓他掉在地上，然後開始緩緩走向艾琳和凱。

當他走近時，可以看到木地板上留下他焦黑的足印，而他眼中燃燒著怒火。

第二十章

「怎麼成了啞巴啦?」山遠說。他每個字都滿溢著憤怒。「你們沒有想好藉口應付我嗎?某種順理成章的託詞,解釋你們爲什麼好端端、活生生地在這裡,玩著你們自己的把戲,讓世界上其他人去處理重要的事情?」

凱走去站在山遠和艾琳之間。「哥哥,我不確定你此時此刻爲什麼在生我們的氣——」

「我生氣是因爲你們還活著,」山遠咆哮,「不要厚著臉皮瞪大眼睛看我,在那邊裝蒜。你們已經被宣告死亡了,你們兩個都是。還有他。」他用一腳把韋爾踢遠點。「我接獲消息,並向父王稟報。你能不能想像他會有什麼反應?他會多麼悲痛?」他簡直就是像吐口水一樣啐出這些話,艾琳感覺到室溫在升高。「你竟敢坐在這裡玩你們的書,而不是善盡職責?」

「我的職責就是死嗎?」凱冷冷地問,「你眞好心,把你心中的排序講得很明白。」

「你的職責是讓我們其他人知道你還活著,讓我們不用擔心,讓我們不再哀悼失去一個弟弟、一個兒子……」山遠咬牙切齒地說,「你會誤解我的意思,正足以證明你既不了解也不在乎。廢物母親生的廢物兒子!」

底下一樓和周圍樓廂的人都望向他們,被突如其來的噪音吸引注意。少數人朝他們發出噓聲表示譴責。

凱整個人僵住了。他皮膚上閃現鱗片圖案，艾琳看到他的指甲伸長變成爪子。「哥哥，你之前就侮辱過我，我忍下來了，但我警告你，別侮辱我母親。」

「你打算怎麼阻止我說眞話？我們都知道論打架你是打不贏我的。你在這裡離河或海都很遠，能有什麼力量？再敢對我不敬，再多狡辯一句，我就燒掉這個地方，再拖你回家好好接受管束。我想你的情婦可不會喜歡發生那種事。」

「你休想。」艾琳邊說邊站起身。她將書本夾在腋下。

山遠殺氣騰騰地望向她。「我建議妳不要讓我更生氣，我會讓妳自己的大圖書館來審判妳。」

艾琳壓制住因山遠侮辱凱而生出的憤怒。要是山遠實踐他的恐嚇，會危及他們的全部計畫。「你的消息有誤，」她說，「我們活著，妖伯瑞奇死了。我的姊姊布菈達曼緹也死了，我之後會好好悼念她——但任務本身成功了。很抱歉讓你擔心，可是——」

「妳根本不可能體會。」山遠說。他現在幾乎已逼到他們面前。「妳——一個叛徒所生、不被承認的小傢伙？因慈善而獲得收留與收養？沒有兄弟姊妹？難怪妳活下來，妳同事卻死了。前提是妳一開始說的是實話……」

憤怒像新星一樣在她體內燃燒。「如果你想的話，我可以用語言講一遍，讓你知道我沒撒謊。」她凶狠地說，「但我還要說什麼其他內容你可能就不愛聽了。」

「妳確實曾挑戰我一次。」現在他的皮膚上布滿交錯的鱗片圖案，就像凱一樣，他的眼睛燃燒著憤怒的紅光。「也許我們該作個了結。」

「不！」凱挺起肩膀，「哥，這太愚蠢了。」

「正好相反，」山遠說，艾琳意識到他的憤怒已超出可以約束或控制的程度，「這是我早就該做的事情。凱，這是爲了你好。你事後會感謝我的。」

「我以圖書館員的身分注意到一件事，而你進來時大概沒注意到。」艾琳若無其事地說。

「什麼事？」

「這座圖書館的消防系統。我情願這麼想：正常來說，殿下，要不是你情緒失控，你是不會想要燒到書本的。但如果你燒到了，我保證你會直接迎接液態氮的襲擊。」她不確定究竟要怎麼辦到，不過她很樂意臨機應變。

他聽了面露遲疑。「妳不敢這麼做。」

「我敢，但我寧可大事化小。」山遠是個強大的龍與危險的對手，和他打鬥只會耽誤他們的時間，這還是在他們運氣好的狀況下。「殿下，請容許我花點時間解釋。如果我延誤了凱回家向家人證明他一切安好，那麼是我該道歉。」

他靜止不動一會兒——接著化爲一團模糊的影子，疾速衝向前，一手直探向艾琳咽喉。凱抓住他的手腕，兩人僵持站立，彼此較勁，藍色與紅色分別在他們的皮膚上蔓延，像是大理石上的紋路。

「你是在違抗我嗎？」山遠講到「違抗」二字時有種特別的指控意味，比他先前提到厚臉皮或沒有善盡職責時都更嚴厲。

「你的行爲會讓你——還有我們的父王蒙羞。我有義務保護你不要犯錯。」凱內心的掙扎終於有了結論；他現在平靜下來了，幾乎像是在耐心地安撫幼兒。「我不會讓你傷害她的。」

被弟弟羞辱的山遠所發出的喉音，是透過人類嘴唇表達的龍之怒吼。他扭腰把凱甩開，然後用空著的手直拳擊向凱的胸膛，若是擊中，那力道大得足以打斷他的肋骨。爲了躲避這一拳，凱不得不放開山遠的手腕並向後退，腳步靈活而精確。

「艾琳，妳知道該怎麼辦。」凱沒看她便說道，然後往前一撲，抱住山遠的腰。他們兩人撞上樓廂護欄，它斷了；他們一起摔出去。

艾琳忍住尖叫聲，衝向護欄，感覺每個畫面都變成慢動作。龍由高處墜落就像人類一樣會摔死，雖然她的嘴巴張開，腦子也在搜尋語句，但她絕對來不及在兩個王子落地前講什麼……

那兩個墜落的人影周圍光芒閃爍——接著兩條龍便塡滿房間中央，彼此交纏形成紅寶石和藍寶石色的扭結，他們亂甩的尾巴和飛翼將桌子掃過地面。訪客與圖書館員都尖叫逃跑。

艾琳能猜到凱想要她做什麼：利用他們身在圖書館的條件強制開啓通往大圖書館的連結，帶著獲得的資訊離開，順便把韋爾拖走。他信任她會把他留在這裡，任由他哥哥毆打與懲罰；現在他們化爲眞身，他哥哥明顯比凱大了一號，挾著肌肉優勢與兄長權威來壓制他。艾琳應該接受他的自我犧牲，爲所當爲。

嗯，去他的。

她不能用滅火器噴山遠，或是拿家具丟他——誤傷凱的機率太高了。她需要更精準的選項。她深吸一口氣，用最大的音量高喊，以確保聲音能壓過碰撞聲和尖叫聲：「**地板，固定住山遠！**」

美麗的大理石地板原本已經被兩條龍撞得出現缺口和凹痕，現在更在他們底下波動，而山遠則陷進去。他更用力掙扎，被刺激得狂暴而凶猛，艾琳非常肯定在這一刻他若是有閒工夫說話，會罵她犯規。

但是圖書館內突然出現別的存在。許多影子由地面浮出，每秒都在變大，將白牆和彩繪天花板籠罩在不斷膨脹的黑暗中。一股猛烈的壓力砸向艾琳，迫使她跪在地上，她感覺耳鳴頭痛，彷彿自己潛入深水。大量存在圍住她，它們無形也無聲，卻仍然能夠感知到；就好像有一群鯊魚包圍她，嗅著她的血味。

幾根手指伸進她頭髮，它們想要抓牢她，每秒都變得更具體，她還感覺到有個魅影拿利器抵住她喉嚨，也在漸漸成形中。她縱身往旁邊一扭並翻滾著與那隻不懷好意的手拉開距離。

現在建築嘎吱作響，在顫抖和搖晃；由壁畫上剝落的灰塵和顏料弄得空氣混濁不堪。書架在書本的重壓下彎曲、呻吟，然後倒塌，任由書籍撒落一地，受傷的文學製造出雷鳴般的巨響。

艾琳橫向爬過地板，摸索韋爾的身軀。她在黑暗中看不到凱或山遠，倒是仍然聽到他們在打鬥。驚恐比邏輯更快作出結論：這是她在圖書館裡使用語言的結果。某個東西或某個人正在找她，結果找到了——而那個東西或那個人想殺死她。

她得立刻離開這座圖書館。更重要的是，她得在三樓垮掉之前離開它。凱或許能應付兩層樓高的墜落；換作艾琳，沒摔斷什麼部位甚至摔死，而只是跛著腳離開，就已經是老天保佑了。

她的手碰到熟悉的肩膀，她用力捏了一下。韋爾發出半清醒的含糊聲音，讓她大鬆一口氣。她用力搖他。「快點醒來——我們得離開這裡，這地方快塌了。」

「溫特斯，這次妳又幹了什麼好事？」他嘟噥。

「這絕對不能只怪我一個人。你能走路嗎？」

這時屋頂伴隨著巨大的撕裂聲裂開了，連兩條龍打鬥的聲音都被蓋過去。光線滲進來，在像水一樣盈滿圖書館的搏動黑暗中顯得微弱而蒼白，但好歹是光。

「啊，我畢竟是沒瞎。」韋爾甩甩頭，痛苦地悶哼一聲。

艾琳放棄解釋這是怎麼回事，只是用一肩頂在他腋下，撐他站起來。顯然山遠並沒有手下留情；韋爾或許是清醒的，但只是勉強能走動。他們一起蹣跚地走向樓梯間。

黑暗充塞樓梯轉角處，蓄積在牆壁之間，未被上方斜射下來的日光給穿透。黑暗有一個輪廓，正朝他們而來：它是由若隱若現圖像所構成的黑白蒙太奇，一個驚悚的夢遊者之夢，它是個髮絲飄揚如同灰色長旗的老女人，手裡握著一把刀。

*如果她的形體堅實到足以傷害我，就表示她也堅實到我能打中她……*艾琳丟下韋爾自己搖搖晃晃地站著，抓起掉在地上一本較重的書，朝迎面而來的影子擲過去。書本穿過它時它閃爍了一下，淡化成半隱形狀態，然後又開始重新聚合。

艾琳沒停頓半秒，甚至沒花時間作最短暫且最孤注一擲的禱告，就又抓住韋爾並悶頭衝過那影像。她感覺到那些半成形的手指抓向她喉嚨，刀子劃破她的外套，只差一點就傷到她的皮肉，一絲冷空氣拂在她皮膚上，不過接著他們已通過它，跌跌撞撞地跑下樓梯。腳下的階梯在顫動，彷彿正發生地震，逼得他們緊貼住牆穩定腳步。

然後他們來到了一樓，狀況變得更糟。

有一個更大的影子出現在凱和山遠上方——像他們一樣是龍，但體積大到塞滿整個大廳，還高到把屋頂都頂碎，他蜷起的身軀擦過樓廂時把它們都弄塌了。兩條年輕的龍已經不再打架；他們正焦急地想從這黑色的龍之典範底下鑽出來，因爲他快把他們壓扁了。

光線穿透影子，但還不夠。一定有什麼辦法能離開這裡，能把所有人都弄出去，能切斷這裡和那些不斷把黑暗與噩夢送進來的來源之間的連結……

記憶擾動，艾琳知道該怎麼做了。

「準備好把我拖出這裡。」她對韋爾說，然後四處尋找合適工具。有了——有一塊地磚碎片，邊緣銳利，符合她的需求。她一個箭步上前撿起它，再退到塗著灰泥的一根柱子後頭。另一段記憶促使她脫下外套裹住雙手提供保護。

「動作快，溫特斯。」韋爾警告她。艾琳回頭看，發現老女人的影子又變得堅實了。現在她的臉更加清晰，五官更明確；艾琳能清楚看出她的表情和炯炯的目光。那眼神流露的不是憎恨，也不是怨懟；那是艾琳在照鏡子時很熟悉的眼神，一股能夠切穿山脈的堅決。

她很費力地轉回頭做她要做的事，不理會影子與災難。她的大圖書館烙印配合心跳在一下一下地鼓動。她繃緊下巴，在柱子上用語言刻字，用的是指稱大圖書館的特定字母，而不是泛指一般圖書館的拼法：**這不是大圖書館**。

緊接而來的震盪將她往後炸，手中的臨時工具飛走，外套也被扯碎。她仰躺在地，頭暈腦脹，盯著巨大的影龍，看著它像暴風雲一樣鼓脹和扭曲。就算那個女人影子再拿刀抵住她喉嚨，她也動不了了。體力像一捲繞在她胸骨上的細繩正在不斷抽離，每一下心跳都越來越吃力，每一口氣都更難吸進肺裡。語言和大圖書館在起內鬨——不然還能怎麼形容呢？她可是使用大圖書館自己的工具，把這座圖書館與大圖書館區分開來呀——而她所有的力量都灌注在使這件事實現，在驅逐這種顯形的現象上了。

影子慢慢地消散，慢得令人心焦，接著寂靜降臨。艾琳聽到受盡折磨的書架嘎吱作響，人們在喘氣，有人在哭。她聽到自己腦袋裡的嗡嗡聲。

比這些都更大聲的，是她腦中自己的嗓音：他們會出現，是因爲妳在圖書館裡使用語言。他們盯上妳了。他們現在盯上你們所有人了。他們知道你們知道了。

「溫特斯，」韋爾跪在她身旁，遞給她一條手帕，「妳在流鼻血。」

她在昏眩狀態中，覺得自己流鼻血似乎再正常不過了。就算他告訴她她的頭正在地板上融化，她也不會反對。她讓韋爾扶她坐起來，然後將他白淨無瑕的手帕按在臉上，腦中毫無用處地浮現「把冰冷的鐵鑰匙貼在脖子後頭來止住鼻血」這種古早偏方。

然後現實開始刺破驚嚇造成的撫慰性雲霧。「凱和山遠在幹嘛？」她問。

韋爾朝那邊看了一眼。「發牢騷。」他診斷。

「好吧。」她的頭還很暈，但得說幾句話，免得兩條龍又打起來。「請扶我起來。」

韋爾惱火地嘆氣，但還是協助艾琳站起身。在他的攙扶下，她走向兩個龍王子，兩人都已變回人形。他們的注意力完全擺在彼此身上，甚至沒察覺她和韋爾靠近。兩人看起來都飽受驚嚇，凱嘴唇發白，山遠雙手顫抖。

「不好意思。」艾琳抓準他們爭執的短暫空檔插話。他們轉頭面向她，她伸出一指指著山遠。「殿下，我有很重要的事要告訴你，你應該會想聽的，但請給我點時間先罵一下你弟弟。」

山遠嘴巴張開又閉上，好像他的本尊是青蛙而不是龍。艾琳轉向凱。她好想仔細察看他的瘀青和割傷，想叫他坐下來休息——但有件事她得先和他講清楚。「仔細聽我說，」她說，「我不會要求你爲我犧牲自己，我不要你爲我犧牲自己。天知道我愛你，而——」

「妳愛我？」他驚愕地問，臉龐突然變得英俊百倍，眼睛就像深色的藍寶石。他們並不允許自己使用這個字眼，有太多力量可能介入、拆散他們了，只要心裡明白有愛，對他們來說就夠了。既然行動勝過言語，又何必把那些話說出口呢？

只是有時候，必須說出來才能強調重點。

「我愛你。」艾琳說。她設法不靠著韋爾自己站好，一手按在凱的胸前。「這表示我很珍惜你的生命。你知不知道，要是你犧牲自己，而我得活下去，我的餘生會是什麼光景？你哥哥至少說對這件事了。如果失去你，你父王會很痛苦。山遠大老遠跑來對你大發雷霆，是因爲他本來以爲你丟了性命，而那讓他心痛。」她不理會山遠那方向所發出的不祥隆隆聲。「要是你以後再英勇地犧牲自己，還指望我丟下你自己逃走……」

他的手移向她肩膀。「那妳每次爲大圖書館出生入死，我又有什麼感覺？妳是人類，比我脆弱一百倍。妳總是輕率地衝向危險，還不讓我攔阻妳。妳都沒發現妳這麼做讓我多受傷嗎？我該如何設想沒有妳的生活？」

艾琳面臨他們已逃避好久的事實，感覺體內深處像有東西扭成一團。「它遲早會發生的，凱。你是龍，我是圖書館員。要嘛我和你一起在大圖書館外生活，而我會老化及死亡，要嘛我待在大圖書館裡，我的年齡會凍結，但我身邊就沒有你了。」

「我可以……」他開口，又沒說完。

「你不能爲我放棄你的家人與職責，」艾琳輕聲說，「我也不會要求你這麼做。我們擁有人類的一生，這就是我們能獲得的全部了。」

「那就帶她離開這一切！」山遠打岔，「凱，既然你一心想保她安全，而且你們彼此的感情是眞的，那就找個與世無爭的地方過日子，別再一直冒險。我願意承認我可能太心急了——」

凱作了個手勢要他安靜。「我愛上的不是人類艾琳，」他說，「我愛上的是圖書館員艾琳，她不會丟下她的職責。重點不是妳的身體，艾琳。是妳的靈魂，妳的心。」

艾琳用力眨眼睛，阻止湧上眼眶的淚水。「反正……不要再試著爲了我犧牲你自己了。我不想帶著你爲我而死的認知活下去。」

「我並不會殺了他好嗎。」山遠嘟囔。

「那妳要答應我，妳會努力活著撐過這件事。」凱將她擁入懷裡。「想個辦法脫離這個困境，而妳也不會送命。我們或許只有一生的時間，但我想要那一生。」

山遠勉強維持了五秒的耐性，然後就粗魯地拍一拍艾琳肩膀。她鬆了一口氣地發現，現在他的體溫和正常人類差不多，而不是超燙。「妳不是說有很重要的事要告訴我？」

艾琳依依不捨地脫離凱的懷抱。她得承認她錯看山遠了。他或許是想要凱的職位沒錯，但也是眞心希望弟弟安全。就像她一樣。「對。殿下——剛才那位是你祖父嗎？」

「我祖父已經去世了！」山遠反駁得有點太快，「就算他沒去世，又怎麼會在這個溫和到甚至不需要我家族關注的世界上的二流圖書館裡，以令人憎惡的鬼影狀態出現呢？」

「了解。」艾琳又用韋爾的手帕塞住鼻血。「事實是：我們發現事情很不對勁，而且或許與你祖父有關，也或許與最近消失的世界有關。」她看到他不情願地點點頭。他知道這個狀況。

「大圖書館內部某處或許藏著一股邪惡力量在作祟。妖伯瑞奇死了，但他給了我們某些資訊，引導我們來到這裡，結果我們找到一個相關的故事。」

「一個故事？」山遠嗤之以鼻，「歷史比較有用吧。」

「的確，但誰會知道那麼久以前的事件眞相？或許敖廣陛下知道一些事，或是其他龍族君主。但我眼前就只有故事。我的故事來自人類紀錄，也來自妖精說書人，它們都指向同一件事。

也許我錯了，我不知道，但我確實知道剛才有東西想殺死我們所有人，而且是我在圖書館裡使用語言的那瞬間，它就出現在這裡。有東西在追我們，殿下，如果我所懷疑的事是對的，那麼整個宇宙的圖書館員和所有世界都有危險了！」

凱看著她──悠長而迫切的一眼──並深吸一口氣。「哥哥，我認爲我們不能忽視這件事。我知道你想要我協議代表的職位。」他摟在艾琳身上的那條手臂收緊，那代表一個男人知道自己即將失去一件珍寶。「它歸你了。我把它讓給你，也會親自向父王稟報。你可以在韋爾的世界我們的住處找到相關文件。我請求你善盡那個職位的義務，確保一切工作都妥善執行。此時此刻，我必須幫助艾琳。她說得對，接下來可能發生的事太緊迫了，不容輕忽。」他對到山遠的目光。

「我們都知道剛才看到的是誰。」

「我……」山遠有些不知所措，「那你要做什麼？去張義大人那裡？」

「去追根究柢，」艾琳說，「我知道現在我們該找誰討答案。大圖書館大概很快就會指派新的協議代表了，希望那個人與你合作愉快，殿下。韋爾，你要和我們一起行動嗎？」

「溫特斯，妳眞覺得有必要問嗎？」

艾琳點點頭。她湊過去輕吻凱的臉頰。她知道他剛才說了什麼，也知道他剛才放棄了什麼。未來充滿變數。如果他們所懷疑的事爲眞，他們就面臨致命危險；若不是眞的，她和凱剛才等於自斷後路，或許再也無法獲得上級批准一起工作了。**我愛你，她的這一吻表示，還有謝謝你。**

「我會告訴父王你沒死，凱。」山遠說，「我……」他再度遲疑，「他可能要再過好幾天才會命令你前去說明。」

這不太算是示好的橄欖枝，但他們大概也不能要求更多了。凱垂下頭。「謝謝你，哥哥。艾琳——要走了嗎？」

他們三人一起走出毀掉的圖書館，留山遠站在那裡，一臉不確定的表情。他得到他口口聲聲想要的東西了——但他看起來一點也不開心。

第二十一章

夜幕濃密地籠罩倫敦，沒有風擾動罩住街燈並蒙蔽周圍房屋的春霧。艾琳與凱在一條小巷弄裡等待，順便打量附近窗戶評估如何入室行竊，藉此打發時間。當然，她近期並沒有行竊的意圖，但持續練習總是沒有壞處。

凱看了一下懷錶。他什麼也沒說，但兩人都知道韋爾遲到了。大家都贊同由他單獨進行這部分任務很合理，不過若是出了什麼差錯……

奔跑的腳步聲打破寂靜。有兩個人，來得很快。艾琳和凱互看一眼，艾琳吸一口氣，準備在必要時使用語言。

接著那兩個奔跑者彎過轉角進到巷弄，出現在他們視線內，艾琳鬆了口氣。是韋爾——還有卡瑟琳。

「有遇到什麼問題嗎？」凱問，韋爾放慢速度用走的，帶著卡瑟琳朝他們過來。

「整個過程滿順利的。史特靈頓女士的僕人沒料到有人會潛進去。或許有防備正面攻擊，但沒防到潛入。」

「嗯，你是專業的。」艾琳說，「哈囉，卡瑟琳。告訴妳個好消息：我們沒死——」

她的句子中斷，趕緊抓住卡瑟琳的手，因爲那年輕妖精想打她。「這不是好消息嗎？」

「我當妳的實習生並不是爲了陪妳玩這種愚蠢的遊戲！」卡琵琳氣急敗壞地說。在街燈的光線下，她的眼睛紅腫而疲憊。「我信任妳——我告訴妳我的名字——結果妳讓我以爲妳死了……」

「我們沒時間搞這齣，」韋爾打岔，「小妹妹，控制一下情緒。如果妳想參與這次行動，我們需要妳合作而不是鬧脾氣。」

卡琵琳環顧他們三人。「噢，對，我現在明白了。你們就是那種假裝跳下懸崖，害朋友白擔心好幾年的人。我眞不該抱任何期待的。」

艾琳仍握著她的手腕。「卡琵琳，首先——我要道歉。對不起。但我們得趕快走了。等坐上計程車我再解釋，可是現在沒時間可浪費。我需要妳幫忙，這會很危險，但——」

「如果妳認爲我現在還會讓妳再跑掉，妳最好重新思考。」卡琵琳咆哮，「妳別想再這樣對我。計程車在哪？」她轉頭察看，好像預期它藏在燈柱後頭。

「往這裡，」韋爾說，「跟我來。」

「下次她抓著妳手腕時，妳就用力踩她腳。」凱熱心地建議卡琵琳，「不然就設法讓她良心不安。那比正面攻擊效果更好。」

「你在扯後腿，凱。」艾琳碎唸。

計程車停在兩條街外，卡琵琳等到他們上了車，才用銳利的目光盯著艾琳。「說吧。」她命令。

「通常是：『在妳的認知裡，妳想告訴我一切。』」凱提出，在韋爾身旁靠向椅背，車子晃了一下出發。「那一招有時幾乎讓人難為情。」

「凱，你真的有必要這樣嗎？」艾琳厭世地問。

「這對我自己的良心發揮了神奇效果。知道不是只有我害別人白擔心一場，讓我如釋重負啊。」

「嗯，也是。好吧，卡瑟琳——現在的狀況是妖伯瑞奇死了，但我們發現證據，證明有別的可疑事情在進行，所以我們才沒出面揭露我們還活著的事。他們是怎麼對妳說的？」

「有兩個圖書館員來找我，說協議出了某種差錯，整個世界都毀滅了。」卡瑟琳回答，「他們說妖伯瑞奇背叛約定，而違反與大圖書館的協議所導致的反作用力殺了他——還有你們。還有那個世界。他們要我和他們一起回大圖書館。」

「妳為什麼沒去呢？」凱好奇地問。

「當時有一點，呃，監護權方面的爭議。史特靈頓想要證據證明他們的真實身分——所以他們用語言做了某種事。然後她又要看到他們是接管我的正確人選的證據，畢竟妳委託她照顧我，而她說或許她該把我交還給我舅舅才對。」

艾琳從未想過她會如此慶幸史特靈頓總是不放過任何爭取政治上風的機會。不過有個想法令她很困擾。「我們兩人都知道，要是妳真的想離開史特靈頓、和那些圖書館員走，妳大可以偷溜。妳為什麼沒有？」

卡瑟琳盯著自己的膝蓋。「有兩個原因。一是我不想給他們我的眞名。我知道那才能讓他們帶我進大圖書館——但我不是眞的信任他們。不像我信任妳一樣。所以我沒吭聲，讓史特靈頓出面交涉。」

艾琳覺得卡瑟琳這樣也算正常。妖精的眞名對他們能發揮巨大力量，她能理解卡瑟琳爲什麼不想把對自己的這種掌控權隨便交給一個路人圖書館員。「另一個原因呢？」

「史特靈頓私下和我談過，她確信幕後有什麼陰謀在運作。她建議我讓她在公開場合鬧大一點，這樣我就不用急著作出最終決定。」卡瑟琳看著艾琳。「她說一切都太乾淨俐落了，不可能是眞的——即使妳英勇地犧牲自己是個好故事，她也不相信。而且這都符合先前我從大圖書館回到這裡時告訴妳的事。確實有什麼狀況——而如果那件事害死妳，我要他們付出代價。」

她那股帶著保護欲的憤怒讓艾琳的心都揪了起來。**我不配擁有這個。我不配擁有凱的感情，或卡瑟琳的忠誠，我不知道我爲什麼擁有它們，但我不想放棄……**

艾琳深吸一口氣。「我們兩人可能都欠史特靈頓一份人情。我就實話實說了，我要求妳和我們一起去，是因爲我懷疑大圖書館核心出了問題，而我們團隊中可能需要有妖精也有龍才能到達核心。這絕對不安全，應該說極度危險。妳有權拒絕。」

「那妳爲什麼一開始就說妳需要我？」卡瑟琳問，「妳通常不認同情緒勒索啊。」

艾琳已經和凱還有韋爾討論過這話題。韋爾認爲卡瑟琳年紀太小了，不過凱覺得卡瑟琳有權參與，結果艾琳必須投下決定性的一票。「因爲如果我對現狀的猜想正確，這事也攸關妳的生命與自由，我們其他人全都是。在那種情況下，我強制徵召妳就沒有那麼強烈的罪惡感了。」罪惡感仍存在；要是她能拖別的妖精一起去，某個年紀大一點、成熟一點，或世故一點的妖精，她會選別人。但沒有別的妖精會把眞名告訴艾琳——而她需要眞名才能帶他們進到大圖書館。

卡瑟琳皺眉，眉頭糾結。「那妳覺得現在是什麼狀況？」她問。

艾琳開始解釋。

等他們抵達目的地，也就是貝克街附近一座小型神學圖書館，晚上這個時間已經關門了——她並未完全說服卡瑟琳，但成功地讓她憂心忡忡。他們爬下車，凱付車資時，那個年輕女人神經質地察看背後。

韋爾走到圖書館大門前，開始撬鎖。

「難道妳不能……」卡瑟琳看著艾琳並擺動五指，暗示超自然力量。

「我覺得我們在赫爾辛基被攻擊的原因，正是因爲我在圖書館裡使用語言。」艾琳輕聲說，「我得用語言才能把我們弄進大圖書館，我得假設到那時候，我們勢必會引起注意。我不知道會發生什麼事。或許會有某些東西出現，也可能大圖書館本身會試著攻擊我們。」

「好極了。」卡瑟琳嘟噥。

艾琳安撫地拍拍她肩膀。「我們得盡快找到一部速移，我有個……應變計畫，可以這麼說吧。」她覺得有必要再問一次，給卡瑟琳最後一個拒絕的機會。「妳確定妳想做這件事嗎？」

卡瑟琳憤怒地直視她的眼睛。「妳在開玩笑嗎？我才不『想』做這件事——但我『會』做這件事。如果妳搞錯了，根本沒什麼事，一切都很好，這就不是問題。但如果妳說對了，那麼這事完全違背了我想當圖書館員的初衷。我不是來當別人的棋子的。況且如果妳是對的，如果只要是圖書館裡發生的任何事，他們都聽得到，那他們也知道我的眞名了。因此我也有戰鬥的理由。」

「好吧。」艾琳說，接受了她的決定。**希望上天寬恕我的靈魂，原諒我把她和凱與韋爾扯進這件事。**「韋爾，你那邊好了沒？」

「門已經開了，溫特斯——一分多鐘前就開了。」

艾琳點點頭，看了一輪整組人馬。「那就準備上場了。記住——待在我身邊，不要走散。」

凱懶洋洋地朝她行了個軍禮。「行動吧。」他說，興奮到全身緊繃。

神學圖書館裡又暗又悶，有一條窄廊通往主廳。艾琳手握著門把，深吸一口氣。好戲開鑼了。

「**通往大圖書館**。」她命令，然後用力把門拉開。

令人目盲的清澈光線透過打開的門從另一側的大圖書館房間流瀉而入。凱第一個進去，一手遮著眼睛，韋爾跟在兩步之後。

在艾琳與卡瑟琳仍站立的位置，有一股更深的黑暗聚集在圖書館外圍——走廊盡頭有一團濃郁迴旋的純粹夜晚，在艾琳的話語回聲剛要淡去時，已經形成了輪廓與物質。

艾琳拖著卡瑟琳一起跳過門檻；她拉著妖精的手，同時在急切下用了最快的速度吐出一連串讓卡瑟琳能進去的話語。卡瑟琳簡直就是撲進門的，追來的影子讓她瞪大眼睛。若是先前她還不相信，現在總算相信了。

黑暗像塞滿隧道的特快車一樣沿著走廊衝過來。艾琳看得出影子裡有飛翼；還有眼睛，和牙齒。

她在它面前把門甩上。

突然間，一切恢復正常。他們在一個有如方形穀倉的房間裡，室內明亮而通風，有一排排落地式的金屬網格式書架與它的長邊平行擺放。卡瑟琳撥下一本色彩鮮艷的精裝書來察看。「托爾金的書，」她回報，雙手依戀地抱著書，「《阿拉塔與帕蘭多的故事》。」

艾琳堅定地從她手裡拿走書，放回書架上。「所有人跟我走。」她下令。雖然她很樂意相信他們是一支訓練精良的小隊，能夠臨危不亂、保持隊型，但她還是得摸著良心承認，若是發現任何有趣的事，他們全都會分心——包括她本人在內。而大圖書館裡充滿有趣的事。

當前沒有立即性的危險徵兆——沒有威脅性十足的影子，沒有想夾扁他們的牆或想砸在他們頭上的天花板，或是全部一起攻擊他們的書——但艾琳仍然有種越來越強烈的危機感。空氣中帶著雷雨將至的靜電，而她的背……她的大圖書館烙印感覺像有人想摸它，想用手指撫過它，彷彿他們在摸索某種細緻又脆弱的東西，小心翼翼地怕弄壞它，可是一旦他們牢牢抓住它……

門外的走廊漆成天藍色，被金色罩燈照得很清楚，但艾琳發現自己詳細察看每個轉角和彎道，生怕有影子聚集在那裡。每過一秒，風險就增加一分。她發現自己壓抑著緊張，甚至微微發抖，因爲知道被追蹤的人是她。她得提醒自己，叫其他人和她分開、自行前進太愚蠢了，因爲只有她才能使用速移櫃。

可是這想法仍然一直在她腦中誘惑她，幾乎像有人在對她說悄悄話……

這時她彎過一處牆角，其他人在她後頭——而她直接撞上另一個圖書館員。那個男的走在厚地毯上和他們一樣安靜無聲，他沉浸在自己的思緒裡，和艾琳一樣嚇了一大跳。他們彼此發出的驚呼聲令凱反射性地繃緊身體，韋爾則握緊劍杖。

「抱歉，」那個圖書館員邊說邊舉起雙手表示歉意，「眞的很抱歉，我沒發現妳在那裡……」他是個有點禿頭的中年男子，穿著適合僧侶的棕色長袍，頸部露出裡頭的素色亞麻上衣，不過腳上的涼鞋是以舒適爲設計重點的精品，而且他的腳看起來做過美甲，應該沒有哪個宗教組織會認同這種行爲。

「沒關係，」艾琳趕緊說，「抱歉，我們在趕時間……」

「好的，我也是。」他揮揮手，準備轉身離開——卻忽然頓住。他的眼睛變黑，像是墨水滲進眼裡，並且朝虹膜和眼白向外擴散，讓他的雙眼變成兩汪黑影，有如骷髏頭上的眼洞。

「艾琳？」他說，他的嗓音振動，彷彿有好幾個人同時說話，「妳終於回到我們身邊了。」艾琳感到恐懼的顫慄沿著脊椎往下爬。這實在……太不對勁了。圖書館員答應爲大圖書館服務，但他們不該成爲它的傀儡呀。「你們爲什麼想殺我？」她問。

「我們弄錯了。」這次似乎是一個新的嗓音上前來——一個有說服力、充滿理解的嗓音，這種嗓音能夠講一千個故事，而且別人會相信故事是眞的。「那個叛徒把他的記號放在妳身上，藉此騙過了我們。但妳倖免於難。妳的大圖書館記號可以修復——而且現在妳爭取到聽妖伯瑞奇真實故事的權利了。」

艾琳確定一件事，那就是當敵人說出你正好想聽的話，就該抱持高度懷疑了。此外，既然這個倒楣的圖書館員已經知道她在大圖書館的確切位置，其他圖書館員——或是影子——可能正在包圍他們。她或許能用語言和一個圖書館員對戰，但她應付不了大量對手。

她故作感激地瞪大眼睛，邊說話邊橫向移動，讓那個傀儡圖書館員必須轉身才能盯著她。「謝謝，」她用誠懇到不行的語氣說，「你們不知道我多需要知道真相——」

韋爾若無其事地將劍杖反轉過來，輕點那可憐人的手臂，並啓動電擊功能。他慘叫倒地。

「溫特斯，妳的假設是正確的。」他在隨之而來的靜默中說，「看來就如同布菈達曼緹女士受到控制一樣，任何圖書館員都能被這些……存在體當作管道。不過要是妳對我們的處境評估錯誤，可能有得道歉了。」

「我會做任何必要的補贖，如果……」艾琳突然停口。

倒地的圖書館員在動，身體抽搐得好像肌肉努力在回想該如何運作。他將自己半撐起來，用緊握的拳頭推地，當他看向他們，那股黑暗已像油一般蔓延到他整張臉上。

「**長袍，堵住你的穿戴者的嘴並綁住他！**」艾琳命令。

布料一層層包住男人的臉，他的袖子則互相纏在一起，讓他的雙手無法自由行動。他在束縛物中掙扎，證實了艾琳希望的事情是真的——儘管他們的敵人控制住這個圖書館員，他們還是得說話才能使用語言。

「快跑！」艾琳一馬當先衝過走廊。她拒絕殺死圖書館員同儕或讓他受重傷，但顯然不那麼做阻止不了他。也許如果妖伯瑞奇在這裡，能夠現場對他的烙印動一些手腳——但那表示妖伯瑞奇得出現在這裡，而那可是另一個等級的徹底大災難。

有如天意一般，一部速移櫃出現在眼前。它又老又破，大小勉強夠容納兩個圖書館員和一疊書——但也只能湊合著用了。艾琳指著它。「那裡——進去！」

她現在聽得到遠處有奔跑的腳步聲逼近而來。她的想像力畫出大圖書館的立體地圖，許多光點用三角測量法鎖定一個方位，然後過去包圍它。她在慌亂中急切地把卡瑟琳推進速移櫃，擠在凱和韋爾身上——韋爾正盡力在這種狀況下保持紳士風範，但眼前狀況並不容許個人空間——接著艾琳自己也蹭進去，然後拉門，試著把他們四人都關在裡面。

「這行不通的。」卡瑟琳喘不過氣地說。

「用力縮小腹，不要說話。」艾琳咆哮。門板終於卡進門框時，她憋著氣說：「歷史！」一時間，她也覺得行不通。速移櫃紋風不動。他們不但將被追兵逮到，還會以極度可笑的模樣被逮。

這時門框邊緣透入的光線消失了，他們站立其中的箱子筆直墜落。他們沒有空間像骰子一樣被拋甩，雖然通常會發生那種狀況；他們是一大團扎實的可悲壓縮人，當速移櫃穿梭在大圖書館間，他們就一下撞向這面牆、一下撞向那面牆。有人踩到艾琳的腳，她看不到是誰。另一個人

——她懷疑是凱，感覺像他的手肘——戳了她的肚子。但最糟的還是她害怕獵殺他們的力量能夠控制這個速移櫃的去向，他們最後會被傾倒在敵人面前，而不是處於相對安全的環境中。

他們的搭乘過程終於結束時，根本沒人想到要評估一下狀況或討論下一步。艾琳直接用力推開門，踉蹌走出去，其他人跟著一擁而出。

她看到指著她的手槍時，猛然停下腳步。

美露莘正對著速移櫃，模樣看起來很累——她的眼眶發紅，眼神疲憊，顯示已經好幾天沒睡了，而且她桌上用過的咖啡紙杯堆成了小山。不過她的手並沒有抖，穩穩地瞄準艾琳。「別動，」她說，「什麼也別說。舉起雙手。」

艾琳默默遵命。她察覺自己堵住後面的人了，不過也莫可奈何。她毫不懷疑美露莘是認真的。

「你們四個，總共四個。對，人數沒錯。誰都別輕舉妄動，我會開槍。」

艾琳點點頭。要是她能自由使用雙手，要是她的手沒舉在空中，她會比手勢要凱等人乖乖聽話。她聽得出處於迫切壓力下的人的說話語氣——也聽出當圖書館員可能隨時需要使用語言時的發聲模式，以及刻意縮短句子的傾向。

「現在是什麼狀況？」卡瑟琳在速移櫃後側抗議，她的視線被較高的韋爾和凱擋住了。

「驗證。好了，艾琳。用語言講，讓我知道是真的。妳在替妖伯瑞奇工作嗎？」

「**我沒有在替妖伯瑞奇工作。**」艾琳清晰地說。這下狀況就明朗了；美露莘擔心妖伯瑞奇讓艾琳動搖或直接換邊站。愧疚像條蟲在騷擾她，因爲她現在確實在調查妖伯瑞奇要她查的線索，但她把那條蟲踩扁。那和「替」妖伯瑞奇工作是兩碼事。

美露莘還沒放下槍。「妳仍然忠於大圖書館嗎？」

「我仍然忠於大圖書館。」艾琳順從地回答。**至少忠於我的大圖書館**，她心想。**忠於我當初立誓的對象，我多年來服務的對象。但不必然忠於那些似乎寄生在我們身上的影子。**

「那妳爲什麼來這裡？」手槍的槍口感覺好大。室內並不熱，可是一滴汗沿著美露莘的太陽穴滑下來。

「**來尋求資訊和幫助。**」艾琳回答。她深吸一口氣，然後提出與其說是推理，更算是合理猜測的答案。「瑪格莉特。」

美露莘的雙手顫抖，她垂下槍放到腿上。「媽的，」她說，這是艾琳第一次聽她罵髒話，「妳知道太多了。」

槍既然已放下，艾琳便小心翼翼地往房間內部多走幾步，讓後面的人能離開速移櫃。

要怎麼處理這種局面？故事裡都說得很簡單；失散已久的孩子和父母相會通常是故事高潮，最後大家喜極而泣。這可沒那麼簡單，更絕對不會是敘事的終點。「我不覺得我們之間需要有任何改變，」她謹慎地說，「我也是女人，我能理解被強迫懷孕是什麼感覺，還有爲什麼妳寧可把孩子交給會把她視如己出、愛她、撫養她的父母。」

美露莘的笑聲像空洞的呻吟。「那妳比一些知情的女性圖書館員要好多了。」

「有多少人知情？」

「頂多十幾個，大多已經死了。只剩科西切。」

但考琵莉雅也知情啊……艾琳意識到美露莘的話代表什麼，揪心的悲傷讓她閉了一下眼睛。她明明要求那個年長女人等她，她要求了。可是考琵莉雅沒聽進去——或是身不由己。

「抱歉。」美露莘說。她嘆口氣。「我們言歸正傳吧。我會解釋現在的狀況，妳可以告訴我妳要什麼。我們或許能夠解決這件事，不再惹出更大的亂子。」

「我得先問一件事，」艾琳振作了一下說道，「最近有發生什麼怪事嗎？」

美露莘翻了個白眼。「說明妳對怪的定義。」

「更多世界消失；大圖書館出現奇怪顯影；圖書館員舉止異常。」

「對，」美露莘說，「這些都有。等一下……」她伸長手摸了一下桌子邊緣底下的按鈕。

「那是封閉鈕。在我重新開啓之前，別人沒辦法坐電梯下來這裡。」

「還眞方便。」凱說。

「它旁邊是自我毀滅鈕，以防我判定有必要動用任何手段來除掉你們全部。」她的笑容毫無幽默感。「所以現在是怎麼回事？嗯，他們以爲你們都死了——不過有一部分是因爲我這麼告訴他們。我一直在掩護妳，艾琳，我希望我沒做錯。因爲妳或許是我的孩子，但妳也是妖伯瑞奇的孩子。」

第二十二章

「我自認為是我父母的孩子。」艾琳尖銳地說，「拉結爾和劉向，是他們把我養大的。說到他們——拜託妳告訴我他們現在人不在大圖書館內。」

「他們不在。我和妳有同感：真是萬幸。」美露莘摸了一下輪椅，它呼呼地倒退繞過桌子，帶她回到桌子後頭——讓桌子成為她和室內其他空間之間的屏障。那把槍已消失於蓋在她腿上的毛毯底下。「希望在有人通知他們噩耗前，我們就能解決這件事了。」

艾琳先前能同理山遠對凱的感覺，以及卡瑟琳對失去艾琳產生的憤怒——但想到她父母被告知她的死訊，想像他們的反應，就像有把刀插進她的心，再用力扭轉。她只考慮到他們可能被當作人質或對付她的工具，卻一直避免去想他們聽到女兒死了會有什麼心情。「是啊，」她用平板的音調說，「那就太好了。」

美露莘點頭。「妳下來過這裡。」她說，朝洞穴般的地窖、桌上錯綜複雜與咖啡杯爭搶空間的電腦系統，以及排列在牆邊的皮面厚書比了個手勢。「妳知道我可以查閱個別書籍，確認那本書連結的特定世界的圖書館員出入紀錄。」

艾琳點點頭，想起這件事。「但那顯示的是透過圖書館旅行的紀錄對吧？不包括跟著龍或妖精旅行。」

「對。韋爾先生，別碰任何東西。」她說，語調的起伏沒有任何變化，「這底下內建了各種駭人的致命陷阱，除了我以外，任何人都很容易觸發。」

「這太沒效率了，」韋爾表示，雙手背到身後，「想必妳一個人做不完所有工作吧？」

「女人必須保持忙碌。」美露莘拉開書桌抽屜，拿出一本已經燒黑的書，它的樣子和牆邊那些一樣，但幾乎成了焦炭，上頭還留有滅火器泡沫的痕跡。「好，這是對應到妳先前身處世界的書。會議進行時，我把它拿出來放在桌上。」

「它看起來受損了，女士。」凱說。艾琳不由自主地注意到他突然使用尊稱。**是因爲她承認自己是我的生母嗎？**

「它燒起來了。」

大家沉默片刻。「當與之連結的世界被摧毀，那本書通常就會這樣嗎？」艾琳問。這樣談論「世界被摧毀」似乎太不當一回事了。如此重大的概念不該輕易訴諸語句。

「有鑑於通常並不會有世界被摧毀，我缺乏這方面的證據。」美露莘挖苦地說，「我甚至無法拿它和消失的世界對照。它們都從我的架上消失了——我是說那些書。」

「那些世界消失時，有任何圖書館員被派去出任務嗎？」艾琳問。她腦中有個不妙的想法自動成形。

「有，我們主要就是因此才知道那些世界現在不見了——那些派出去的圖書館員沒有回報，於是我們去調查，發現由大圖書館通往該世界的門打不開，而我檔案庫裡的書也消失了。爲什麼這麼問？」美露莘猛然傾向前，「妳知道什麼嗎？」

「我懷疑有一股力量藉由那些圖書館員去影響那些世界。」艾琳小心翼翼地說，「我懷疑就是那股力量觸發布菈達曼緹啓動一種反應，最後摧毀了會議召開的所在世界。那就是實際發生的事，凱和韋爾可以作證。」她朝桌上那本焦黑的書點點頭。「妖伯瑞奇毀了自己好讓我們離開。」

「妖伯瑞奇還做了什麼？」那種壓力緊繃的危險眼神又回到美露莘眼中，她一手移到蓋在腿上的毛毯下——去握槍。

「他修改了我的大圖書館烙印，」艾琳坦承，「他說那將阻止那股力量像控制布菈達曼緹一樣控制我。我認爲他這部分說的是實話。我感覺有東西想控制我，想利用我……我實在找不到好的動詞，卡瑟琳，所以不要再竊笑了，這一點都不好笑。」

美露莘放鬆了。「幸好妳告訴我這件事，否則我得判定妳不可靠。」

「他說他對妳做了同樣的事。」艾琳補充。她就是因此才知道向美露莘求助很安全。

「對。」她瞥向凱和韋爾，「順便告訴你們，我們這裡有全部大圖書館烙印的紀錄。當我看到艾琳的烙印被改變了，就像妖伯瑞奇的烙印一樣，也像我的烙印一樣——嗯，你們可以想見我爲何要防著你們。」

「然而妳還是讓我下來這裡。」艾琳輕聲說。

美露莘別開目光，好像有些難爲情。「我覺得我該給妳一個機會。」

「那現在呢？」

「妳說的這個大圖書館裡有股神祕力量的故事，簡直就是被害妄想發揮到了極致。」美露莘簡略地說，「這是妖伯瑞奇會掛在嘴邊的那種話。別指望我對他的瘋狂理論——或是他——產生任何認同感。」

「確切的細節不太肯定，但確實有某種東西在運作。」艾琳反駁，「我們由好幾個世界與文化的文學作品獲得證據，知道有一群人聚在一起組成了大圖書館——目前這樣的證據來源有三個，外面可能還有更多。一條龍、一個妖精和一個人類合作，一開始可能基於充分理由，也可能是爲了個人權力——」

「如我所說，妳只是在複述妖伯瑞奇的故事罷了。對，它們全都是故事。艾琳，妳應該更靈光些才是。文學中的故事與眞實歷史或有紀錄可循的事實並不一樣。」美露莘比向她面前的那些電腦，還有擺滿書架的厚書。「這些是事實，它們都是發生過的眞事，被可靠的證人看到過或宣誓過，都是可驗證的。大圖書館蒐集故事——但那不表示我們『相信』故事。」

「『事實』是我們遇上某個東西，而我相信那是我祖父的扭曲投射。」凱回嘴，「不，我沒見過他，但我看過他的畫像，也認得出家族——」他搜尋詞彙，「本質，可以這麼說吧。我哥哥也認出是他。我們見到說書者——就是涉入此事的妖精——試圖殺死某人，以阻止對方告訴我們故事時，所發揮的強大影響力。如果這全是被害妄想症，那麼是什麼摧毀了那些世界？是什麼在追殺我們？」

美露莘兩手一攤。「我承認也許有龍參與此事，或妖精參與。我甚至接受也許眞有陰謀。那和大圖書館核心腐敗並不是同一回事啊。」

「不過的確有一個變化。」韋爾本來在檢視牆邊的書，現在轉過身，像發現午餐的掠食動物一樣大步走向前。「我剛認識溫特斯的時候，她的首要之務是偷書並維護各世界的穩定度。但從幾個月前開始，我看到她把精力轉而投入外交，且沒有半點質疑。我遇到其他圖書館員時，至少有半數的人都忙於大圖書館與龍族或妖精間的外交任務。幾天前布菈達曼緹曾親口證實，蒐集書本的工作已被嚴重忽視。你們圖書館員從什麼時候開始負責跑腿和送信了？什麼時候成了主動的外交人員？這是你們自願選擇的任務嗎？」

他們先前討論過這一點，但艾琳仍不覺得他成功證明這是個問題。「韋爾，如果這是爲了達到更大規模的平衡……」

他轉向艾琳，伸出骨瘦修長的手指敲了一下她腦門。「溫特斯，這件事最嚇人之處就是妳毫無感覺。每次我提起，妳都不斷在爲它找藉口。才沒過幾秒，妳就會忘了我提出的論點。石壯洛克和我都發現了。對吧？」

「妳的觀點確實變了。」凱不情願地被拱出來，「我接受了妳說要盡更大的職責，不過考量到現在發生的其他事——艾琳，妳眞的確定妳沒有受到什麼影響嗎？」

「對！」卡瑟琳出其不意地插話，「我在這的時候，有些其他實習生有在聊。他們說現在課程不再把焦點放在書上了，都在關注禮儀和態度什麼的。我來的時候並不是想學這些。」

「你們都太誇大了啦。」艾琳堅決地說，「我們主要的任務是保護世界不走向秩序和混沌的極端。要是必須用點外交手段才能達到目的，我們也只好當外交人員來做好這部分工作。我知道我自己在想什麼。」

她知道的——對吧？有個幫倒忙的回憶浮現心頭，那是上頭第一次向她解釋「認知」這一招時，她知道了話語的接收者潛意識中會合理化自己聽到的內容，讓那句話說得通……

「我對你們這群鬧騰的傢伙就公平地講講理好了，」美露萃咬牙切齒地說，脫口說出某種她的私人慣用語，「對，最近的外交活動確實比較多。這兩年來整個局勢都有所改變。我們有了協議，我們作了安排，我們談了條件。我們不能期望照老路子一直走下去。」

「那到底是誰決定你們的行動方針呢？」韋爾見縫插針地問道。

「資深圖書館員，」美露萃回應，「當然我也列名其中。」

「那誰又對他們下命令？誰選擇要拿回哪些書——或是要傳送哪些訊息？剛才是妳先開口閉口都是『事實』的，女士。大圖書館的歷史爲何？作主的是誰？」

「你以爲我都沒想過這些問題嗎？」美露萃沒好氣地凶他，「我翻了紀錄，它們可以回溯到幾千年前，但我找不到關於這地方如何建立的確切資訊。你以爲我都沒查過嗎？即使妖伯瑞奇那樣說，而且對我做了那種事？」

韋爾繃緊下巴，安靜了。想進一步質問她的衝動與維多利亞式的禮儀令他進退兩難，艾琳判斷。不過他倒是給了她一個空檔。「我們可以一致贊同眼前確實有問題待解決嗎？」她問，「即使我們還無法確實定義它的範圍，即使我們對它的根本原因沒有共識。有一些世界消失了，布菈達曼緹死了，因爲有人或有東西利用她來摧毀那個世界。是妳幹的嗎？」

「不是。」美露莘慢吞吞地說，「我不否認，要是我能確定在過程中可以殺死妖伯瑞奇，或許會試一些手段——但不是我。我們協議中的文字太精確了，它防止任何圖書館員做出那種事。」

「那是誰幹的？」艾琳強調，「請仔細想想——如果是大圖書館外面的人，就表示對方有辦法影響大圖書館內部的運作。那我們就加倍緊急地必須阻止那人了。」

「妳說得對。」美露莘似乎下定決心了。她的肩膀變挺，眼神也很堅定。「我欠你們所有人一句道歉。我是安全部門的負責人——我不該靠你們才發現這件事。這裡確實有問題，我們得找出最好的解決方法。關於事情的源頭和你們被追殺的原因，我已有想法：這和妖伯瑞奇與危險的存在體作的一些交易有關。他在妳身上作了記號，艾琳，現在他們在追蹤妳。懂嗎？完全不用提出一些偏執的歷史假設。事實要可靠多了。」

「妳說得很有道理。」艾琳小心翼翼地附和，不想違逆這位較年長的圖書館員。只不過……這說法並沒有道理。它無法解釋布菈達曼緹之死，以及是什麼東西利用她來摧毀了那個世界。美露莘應該知道才對。

有個念頭在艾琳腦中一閃，以那種讓人胃痛的遲緩速度漸漸變得清晰，就像恐怖片中會慢慢讓觀眾看清楚某個畫面一樣。*這一切都太簡單了。我們被追進大圖書館，然後遇上一個被附身的*

圖書館員，他恰好難纏到足以讓我們慌亂地趕快去找美露莘。接著我們把所知的一切全告訴她，而她給我們一個順理成章的解釋，能暫時平息我們的疑心夠長時間……

我們走進陷阱了。

「是說，」艾琳若無其事地說，「妖伯瑞奇破壞妳的烙印後，把它修好會很麻煩嗎？」也許她的語氣洩露了端倪，或是任何提問都不夠溫和無害，總之美露莘瞇起眼睛，緊緊盯住她。「我回來以後兩、三天就修好了，」她說，「怎麼了嗎……」

她眨眨眼。黑暗在她眼中向外擴散；就像墨水從瞳孔滲到外側的栗色虹膜及周圍的眼白。「啊，」她說，現在她的嗓音不一樣了，被陌生人的語氣和說話模式給蒙上陰影，「我們又要重複這種舞蹈了。妳好，艾琳；你好，我的……孫子？我已遺忘太多，但我想你是我的血脈。歡迎來作客，小妖精、人類偵探。」

他們四個像恐懼的幼兒一樣聚在一起。凱深吸一口氣，聽起來比平日更像蛇。「爺爺？」他不確定地說，幾乎懇求對方反駁他。

「你們的研究工作做得極好，」美露莘在輪椅中向後靠，好像它是王座，而他們全是請命者，「你們以後會成為獲重用的探員。」

「我不贊同，」韋爾冷冷地說，「我選擇客戶；客戶不能選擇我。」

美露莘手微微一揮，不把他的話當一回事，但這與她先前的肢體語言截然不同；她現在有一股完全不容置喙的自信。「我相信等你能取得大圖書館的所有資源及語言後，想法就不一樣了。」

「不消說，還有等我帶有你們的烙印後。」韋爾傲慢地低頭看著坐著的圖書館員；顯然她被附身代表現在他可以儘管無禮地對她。「我看不用了。」

卡瑟琳往前挪了幾公分，偷拉艾琳的袖子。「我以爲大圖書館烙印是刻意選擇的結果，」她說，想要擺出堅決的態度，也幾乎成功了，「我總是能拒絕這一切。我不會被強迫烙印。」

「放棄？」美露莘的嘴唇勾起。「得了吧，小傢伙，我們連想都無法想像。妳會是爲大圖書館服務的妖精新世代中的第一人，我們一直在等妳當開路先鋒呢。畢竟『同意』這回事……是可以事後追加的。」

艾琳的心往下沉，她意識到她帶他們誤入歧途得多麼嚴重。「你們不能這麼做，」她宣誓般說，「我不會讓你們這麼做。」

「你們現在被關在大圖書館底部的安全部門裡。」那個嗓音透過美露莘說，「再過不久，就會有一群圖書館員搭電梯下來，把你們都拘捕起來。他們不會對你們施加非必要的傷害。我們看得出什麼是好原料；我們並不想浪費好原料。艾琳，等妳的烙印修好，妳的感覺就會恢復正常了。妳會以大圖書館希望的方式思考。」

「是你們希望的方式吧。」

「我們都是一體的。」

眞的嗎？艾琳懷疑。是誰引導妖伯瑞奇走上那條路，又給了我讀懂芬蘭文的工具？爲什麼這

些故事老是溜進能夠被人發現的平行世界去？「可是爲什麼？」她質問。一定有什麼方法能迎合這個人——不對，是這些人。如果他們就是艾琳猜想的人，有一個方法也許有用，而且三人之一會忍不住回應。龍爺爺或許會耍王室特權，團隊中的人類或許會保持沉默，但身爲元祖說書人的妖精嘛……「這後頭有什麼故事？」

美露莘臉上的表情變了，不過那雙黑眼睛仍相同——是臉上的兩個洞，令人不安又厭惡。在陌生人臉上那已經夠糟了，但在艾琳認識的人臉上，它們……很噁心。

她換了個姿勢，在輪椅上向前傾。「很久很久以前，有三個人聚在一起，他們基於很好的理由決定結合彼此的力量，在時間和空間之外創造一座建築。它會是一個有生命的東西，是一張網的中心，那張網連接所有世界，並防止它們墜入秩序的鈣化作用中或是混沌的海洋中。所有東西都將保存在那裡，不會逝去或遺失。那建築按照他們的設計運作良好，指示必須加以蒐集的故事，然後保存它們的內容——以及他們本人。但是隨著時間過去，這三個人望著外界他們子孫的種種愚行，決定採取必要手段。既然他們的後代無法自理，他們只好代理。他們必須保護子孫不因任性而自取滅亡。因此事情發生了……」

美露莘的表情一變，老龍的神態再度出現。「因此事情將要發生。」他說，他話語後潛藏的力量讓架上的書都在顫抖，「我們已經把最惡劣的反抗者居住的世界都消除，現在我們要採取正面行動。妳想要和平；妳把生命交付給崇高的使命，我們會好好運用它。」

「我並沒有把生命交付給你們，」艾琳爭辯，努力控制脾氣——以及恐懼，「我是交付給大圖書館。」

「再過一下子，妳就不會拘泥於這些瑣碎的差異了。」美露莘安撫地說。她的黑眼睛在艾琳和凱之間遊移。「別擔心；我不會拆散你們兩人。你們可以長相廝守、幸福美滿。」

艾琳難得在凱的家人對她表示認可時如此無感。凱本人看起來也越來越不吃這一套。「爺爺，」他說，「您和我預期中……不一樣。」

「顯然我的態度讓你有些不安，」美露莘說，「我承認長期和一個妖精及一個人類朝夕相處，或許害我忘了宮廷禮儀。別害怕，乖孫；一切都會導回正軌。等你離開這裡時，你會是去你爸爸的朝廷向他通報好消息。」

艾琳的心智猛然望見一整幅新的災難遠景。她和其他人將被這些幕後主人變成「忠」僕、派出去替他們玩政治遊戲，就已經夠糟了。可是當凱通知龍族各君主，說他們應該乖乖服從、卑躬屈膝，狀況又會更惡化到什麼程度？大概就和卡瑟琳試著向力量最強大的妖精呈報同樣消息時一樣有爆炸性吧。他們不會就這麼服從——他們會反擊。到時候可能有更多世界會「消失」，或更慘……

美露莘的額頭結出一粒粒汗珠，她的雙手微微顫抖。維持附身狀態對這圖書館員的身體來說一定是很大的負擔——倒不是說她有選擇餘地。影子會在她體內待到援軍出現，或是會直接離開，把他們留在這裡？

「你們從多久之前就附在我母親身上了？」艾琳質問。這是個眞心的疑問，但他們以爲她越情緒化越好。如果她假意服從，他們絕對不會相信；他們會相信憤怒。「她對我說的話有多少是真的？」

美露莘沒有馬上回答。最後她聳聳肩。「關於妳們兩人之間的話題，她是自己回答的。我們可以透過任何圖書館員的眼睛觀看——不過我們不覺得有理由干預那部分。畢竟妳已經告訴我們所有我們需要知道的事了。」

艾琳解開自我控制的束帶，讓內在的憤怒發洩出來。「你們都是耍詐的騙子！」她大步走向前，兩手用力拍在美露莘的桌子邊緣。「我把自己奉獻給一個理想，這不是我的理想。我才沒有立誓效忠某種想利用我當棋子、藉此統治宇宙的三方意識體！」

「那妳當初應該更留意自己立誓效忠的對象，孫女，不是嗎？」這不是老龍或說書者，而是第三人，第三種發聲模式。「沒有百分百確定合約裡寫了什麼就簽名，絕對大錯特錯啊。」

韋爾在艾琳身後意有所指地咳了一聲，顯然想起他曾數度問她究竟是誰在管理大圖書館。當時她忽視這些問題——或是有人促使她忽視。

「合約可以終止——」

「在雙方同意之下。」美露莘的嗓音裡有一絲惡意的愉悅，「如果妳認爲我會放棄我擁有的任何東西，最好多想一想。妳是我的。」她的目光掃過室內其他人。「你們全都是我的。我們的。我們的故事、我們的書——我們的僕人，無一可以離開大圖書館。」

艾琳腦海深處有某塊拼圖喀嗒一聲拼在一起，但她將這念頭暫且推開，晚點再來思考。「你們並不眞的自認爲是大圖書館，」她說，「如果是的話，你們就沒辦法違反協議。結果你們透過布菈達曼緹違反協議，把她害死了。」

「我們不是大圖書館，」美露莘回答，「我們控制大圖書館。這是不同的。」

「對。」艾琳彎起嘴唇露出惡意的笑容，「如果你們以爲我會接受這個，最好重新思考。我要逼你們離開我母親的身體，不論付出什麼代價——」

「艾琳！」凱表示反對。

她不理凱。「我會找到方法把你們從她和所有圖書館員身上都趕出來。你們知道我做過什麼，知道我的能耐。你們別想傷害我的朋友。我不允許！」

美露莘笑了，那是一種高高在上的傲慢笑聲。「妳確實精神可嘉，不過我們不希望妳傷到這個僕人。我們就把你們留在這兒了——等候拘捕。」

美露莘眼睛向上翻，像是昏過去一樣在輪椅中癱軟。艾琳傾向前量她的脈搏——緩慢而紊亂，但是有脈搏。*感謝任何存在的神明。至於我的下一項請求……*

「韋爾，」她說，她轉頭看他時語氣又恢復正常，「去找密門。」

她的要求讓韋爾瞪大眼睛——然後他突然會過意來，於是點點頭，快速掃視書架。

「我知道我是在場唯一的實習生，也是最菜的人，」卡瑟琳說，「但可以麻煩妳解釋一下嗎？」

「沒問題。不過趕快——凱，麻煩幫我把美露莘的毛毯割下很細的一條，我知道你有帶刀。」

「了解。」凱說，依令行事。他祖父的現形顯然令他餘悸猶存，不過艾琳似乎有計畫的事實對他起了安撫作用。

「首先——我要把他們從這裡弄走，從美露莘體內弄走。那些東西——」艾琳做了個意味不明的手勢，想要表達「源自時間的初始、會附身的靈體」，「運氣好的話，他們回來時我們會察覺。」

「對，好吧，但密道是怎樣？他們明明說我們被困在這啊！」

「他們或許這麼以爲，」艾琳說，「但我身旁這個昏迷的圖書館員，不論就本性或工作性質都有被害妄想症的傾向。別告訴我她在大圖書館底部的地窖裡有個操作中心，只有一個入口——卻沒有逃生路線？我要求韋爾去找，是因爲另一個選項是我得扯著嗓門用語言叫所有門和逃生路線都打開，而那可能造成我不想要的結果。」

「我相信我可以這麼做，而不觸發任何令人不快的陷阱。」韋爾表示，仍低頭察看著牆壁。

「會不會是活板門？」卡瑟琳問，「或是在天花板上……不，等等，她坐輪椅，抱歉，我是豬腦袋。」

「嗯，她是能用語言讓輪椅升上空中，所以並不是不可能，但我猜想逃生路線應該要易於使用才對。」艾琳回答。她豎起一耳在注意有沒有其他圖書館員接近的跡象。只可惜她不知道怎麼啓動美露莘曾示範給她看的防禦設施——或者講得精確一點，她不確定怎麼啓動它，又不會讓自己和其他人也被列爲攻擊目標。

「我找到了，」韋爾滿意地說，「我想是牆上這塊板子。溫特斯，交給妳了？」

艾琳迅速摸著他指示的那段書架。它看起來與其他書架沒有半點不同，但她相信韋爾的觀察。「**我觸碰的區域，陷阱解除；解鎖並打開。**」

牆壁發出一連串細微的喀嗒聲，然後就往她前方掀開，露出一條通道。那不是那種年久失修型的隧道；裡頭光線充足，地板平滑，寬到能供輪椅通過。「好，」她說，「趁我們還在這裡，還有一件事要講。凱，我得問你一個問題。關於你爺爺，你打算怎麼做？」

凱的下巴繃得很緊，露出騾子似的頑固表情。「我們遇到一個『自稱』是我爺爺的靈體，我沒看到確鑿的證據。」

「你對美露莘說話時態度大不相同。」韋爾表示。

「是沒錯啦……但我可能弄錯了。」

這是相當似是而非的主張。不過總好過：*我要效忠我爺爺，在任何衝突中我都會支持他*。

「好吧。下一招需要我口袋裡的這支鉛筆、你割下來的那條布，凱，你的刀，還有你用不到的一根手指。」她頓了一下。「呃，只要指尖就好，不用整根都給我，不過你的好意我心領了。」

艾琳邊說，邊用美露莘的電腦調出大圖書館的最新地圖。「希望沒人在監視我的登入狀態——」

「我們得作最壞的打算。」韋爾打岔。

「我正要說，就算他們有在監視，我也不會花太長時間，而且這只會顯示我們在這裡，他們本來就知道這一點了，也因此我要先在這裡使用語言，我們再逃跑。抱歉了，凱。」她用刀子挑破他的指尖，把幾滴血沾在鉛筆尖上，然後用布條在鉛筆上打了個結，讓它懸垂在半空。

凱顯然願意讓她切掉他整根手指，確實讓她有點不安。她並不想要這種程度的死忠。

「啊。」凱發出恍然大悟的聲音，並吸吮指尖。

「可否為妳的實習生開示一下？」卡瑟琳期盼地說，「但別割她？」

「如果我要割妳，妳會知道的。」艾琳說。她將鉛筆懸在螢幕上的大地圖前。「**龍血，在地圖上指出你祖父的位置。**」

「溫特斯，妳這種行為和用占卜棒找水源有什麼兩樣，」韋爾不屑地說，「在各種心理測量學的廢話中，妳偏偏……」

「我們握有嫌犯本人證實過的有效連結，而語言在隱喻層面上能發揮的作用就和事實層面上一樣強。」艾琳說，眼睛盯著鉛筆擺動。它突然一扭，筆尖朝向螢幕，然後戳向某一區。「好，我來放大地圖……」

鉛筆不斷戳著電腦螢幕上某一點，艾琳則調整滑鼠滾輪把地圖放到最大。她皺眉。「那在底下的『詞典與文法書』書庫，就在最底層。蘇美語區。」

「以大圖書館內的地理分布來說，它比這裡還要低嗎？」韋爾問。

「這個嘛，任何標準地圖上都沒有標出安全部門在哪裡。不過根據我們人在地圖上的這裡研判——」她指著，「其實我們和『詞典與文法書』書庫的起始點高度差不多。它往下延伸很長距離，而且他們還必須一直擴建它。」

畢竟若是缺乏閱讀必備的語言知識，蒐集那麼多故事又有何用？

「好了。」艾琳關掉電腦。她瞥向昏迷的美露莘——不過對她生母最安全的做法就是把她留在這裡，失去意識且置身事外。「我們現在要撤離了。跟我走。」

其他人迅速跟著她進入隧道，艾琳在他們後頭關上門，再走到前方帶路，每根神經都保持警覺。她不認爲他們的敵人能料到這個；要是他們眞的知道所有圖書館員知道的每一件事，妖伯瑞奇當初就沒辦法叛逃了。不過即便如此……

「計畫的下一步是什麼？」凱問道，到前頭來找她，「還有妳覺得這通往哪裡？」

「嗯，如果由我來規劃逃生路線，我會確保它直達現有的資訊中心與交通工具……」隧道在他們前方連進大圖書館一間標準的會議室，中央桌子上有部電腦。「賓果。」

「再過去呢？」

艾琳轉身面向其他人。「該是我們來談談尷尬話題的時候了，對吧？因爲我們都知道，現在合理的做法是去警告其他人——爲了他們好，也爲了我們自己好。」

她輪流看著他們三人。下定決心的凱如同雕像一樣美麗且不可撼動，像他的原始元素水一樣固執且勢不可擋。韋爾有如老鷹或獵犬專注在他的線索上，將全部的智慧力量灌注在他選擇的難題上，極度不願意放棄追尋解答或容忍不公不義。還有卡瑟琳，艾琳對她的了解最淺，但某方面卻最有共鳴——她和艾琳一樣愛書成痴，也才剛被大圖書館的幕後眞相砸了滿臉，像是被人潑了一桶污水。

「我們時間很有限，」艾琳說，「我不認爲我們能信任任何圖書館員。我們要去的地方是對手的力量中心，一旦他們醒悟到我們知道要去哪裡找他們……很可能會放棄活捉我們。」她意識到自己即將說什麼時，心臟直往下沉。*眞正有良知的人會叫他們離開；離開這裡，去向其他人示警。*「如果我將你們的安全列入任何考量，都應該叫你們離開，但是就現況而言——我已經走投無路了，需要你們幫忙。」

凱審慎地點點頭。「幸好妳有覺悟到我們的反應會有點『尷尬』，因爲我完全沒打算讓妳一個人去。」

「確實。」韋爾贊同，「溫特斯，妳到現在應該知道，領導者的權威僅限於向追隨者下達他們願意服從的命令。」

「我是來成爲圖書館員的。」卡瑟琳說，她扠起手臂，下巴往前抬。即使她很害怕，也融入了她全身輪廓所展現的憤怒裡。「我有權利爲它而戰。妳需要我幫忙時，眞的要叫我走嗎？妳要冒這個險嗎？」

卡瑟琳是他們之中年紀最小的，艾琳對她負有一股責任，對其他人則沒有。她大可以說：*我知道妳的眞名，妳得聽我的。*她大可以強迫卡瑟琳去安全的地方。

她可以，但她沒有。

「好吧，」她說，這種忠誠帶來奇妙的輕鬆感，在她心中與罪惡感互相拉扯，「去蘇美語區。往這裡走。」

「再說，」卡瑟琳邊說邊跟上去，「反正我們大概全都完蛋了，所以我還不如直接聽說書者講完整的故事。」

艾琳就知道她和卡瑟琳有很多共同點。

第二十三章

一道道金屬螺旋梯由長走道通往下方的黑暗深處。每一道螺旋梯都被圓筒狀的書架包圍，構成一堵書牆，每一層走道都有開口供人通行。上方高處的天花板有遙遠的罩燈，有如無常的星辰時明時滅。

艾琳想起這房間總是很冷。走道與螺旋梯之間有足夠的開放空間讓氣流發展成風，許多頁筆記都從沒留神的人手中飛入黑暗，飄呀飄地落在遠處地板上。

「溫特斯，我們前幾次來訪時妳都沒提到大圖書館有這個地方。」韋爾表示。

「我相信我在地圖上指給你看過——沒有嗎？抱歉。」艾琳把門帶上，引領一行人沿著走道前進。「這個區域對我們大圖書館只保存故事的原則是一大例外。我們要有能力閱讀那些故事，因此需要文法書、詞典、語言學課本等等。卡瑟琳，若妳開始受訓以後，就會從這邊拿書來學習了。」

「當我開始受訓以後，」卡瑟琳堅定地說，「在妳修正這一切以後。」

艾琳只能希望這妖精說得沒錯。他們來這裡的路上僥倖沒遇到別的圖書館員，這應該表示敵人並不知道他們在哪裡。如果那些人的資訊來自透過有烙印的圖書館員眼睛監視，他們便受限於僕人所能看見的事物——僕人沒看見的，他們也一無所知。艾琳對這一點的信念主要源自他們仍活著，並且可以自由行動的事實。如果他們的敵人能看見他們快步通過大圖書館走廊，並讓那些走廊動起來阻止他們——嗯，他們早已被囚禁或一命嗚呼了。

艾琳還在努力思考該怎麼做。事實已證明正面對質是沒有用的，向其他圖書館員示警則只會讓敵人察覺他們的位置。求助於外部力量，也就是龍族君王或力量最強大的妖精……在最好的狀況下等於承認大圖書館很軟弱，在最壞的情況下則會招致危險的威脅。而且就算他們試著離開大圖書館，敵人也可能察覺到——或直接在美露莘的紀錄裡讀到證據。即使在最理想的條件下，她能把其他人推出去，他們逃掉了，她還是會被逮到。

他們最大的希望是取得更多資訊，而那位於底下某處。

語言能對眞實事物發揮作用，但它也能透過象徵符號發揮作用。要是我能找出阻止他們的正確符號……

「我只來過這裡幾次，」凱說，好奇地環顧周圍，「我以爲安全部門在大圖書館最底層——不過這裡似乎往下挖得更深。」

「我也一直以爲安全部門就在最下面了。」艾琳承認。現在她發現自己懷疑這股確信從何而來。這又是她的圖書館員烙印硬塞給她的想法嗎？

「於是我們反而一頭栽進了文法（grammar）——或是魔法（gramarye）——深處。」韋爾沉吟道，「我在某些傳統文化裡看過這種寫法。」

「語言是力量，力量是魔法，語言是魔法。」卡瑟琳輕快地說，「全都取決於翻譯。」

「孤立語言區在這一層，」艾琳邊說邊停下腳步，「愛努語、巴斯克語……蘇美語在最底下。」

「孤立語言是什麼？」韋爾問。不論他們多努力安靜走路，踩在螺旋梯鐵台階上的腳步聲還是很響。

「以標準定義來解釋，就是與其他語言都沒有關聯的自然語言——它不像西班牙語和義大利語與法語全都有關係，而並不隸屬於任何語系。當然，某些平行世界的孤立語言在別的平行世界卻隸屬於某個語系——不過那正是我們在這一層設置幾道相連階梯的原因。這種情況並不多。」

韋爾點點頭，艾琳知道他在把這項資訊歸檔，存入他腦中掌管「目前與犯罪無關的資料」的區域。

「我還是很納悶這一切發生的時機，」凱輕聲說，「他們爲什麼選在這時候有動作？」

艾琳自己也在思考這問題。「我所想到的一個可能，是和我們把卡瑟琳弄進大圖書館有關。我們證明那是做得到的。他們藉著美露莘的口說出，卡瑟琳將成爲他們第一個妖精探員……」

「妳是說我進到大圖書館可能導致宇宙毀滅？」卡瑟琳問。

「妳的語氣也不必這麼沾沾自喜吧，」艾琳斥責，「妳可不希望這種事出現在妳的年度績效評鑑裡。」

這就是所謂的「在墓園裡吹口哨」【註】，她心想。**我們在這裡說些有的沒的，是因爲我們正走進隱喻上的坑洞，我們不知道那底下究竟有什麼，或怎麼應付它，或甚至怎麼活到一小時**

後……

她內心深處有某種東西移位了，有如一塊骨牌開始傾倒。

我厭倦害怕了。

我厭倦因害怕而愧疚了。

我厭倦因爲相信大圖書館結果遭到背叛而愧疚了。

做錯事的人又不是我。

如果錯的人是他們……我要找到方法修正事情。

這整個區域都隱然有種持續不斷的雜音，因爲風咻咻地穿過和繞過樓梯與走道，翻動零散的紙頁並傳送耳語聲，同時金屬構造本身也會低鳴和嘎吱響。凱能聽到下一條走道上有聲音純屬好運，他舉起手要大家止步。

也許是因爲他們突然停下來，反而引起對方注意。那女人有點驚慌地喊道：「那裡有人嗎？」

等他們繞過下一道螺旋梯、抵達樓梯與走道的交界處時，就會完全曝露在對方視線中。保持沉默並不是個辦法。「對，」艾琳高聲回應，她刻意調整嗓音，希望對方認不出來，並挑了個她不太熟的圖書館員的名字，「我是伊揚希。妳是誰？」

「瑪克姮。妳在這下面做什麼？」

「我來搬書，因爲有人想要兩本埃蘭語詞典。」艾琳邊說邊嘆一口氣表示自己上當了，「我帶了幾個實習生讓他們認識環境。」她大膽地走下樓梯，想看到對方。「我猜妳也是來跑腿的吧？還是妳自己在研究什麼？」

「沒有，妳說對了。」艾琳能看到那女人了。她穿著舒適的褲式套裝，一手拿著清單。「半小時前德澤桑特派我下來幫他拿一些書，但他要的書有一半我都找不到。可是我又不該空手而回，所以……」她聳肩。

有陷阱的味道——或至少是敵人的預防措施。爲了擔心艾琳等人會下來這裡，他們便安排一個圖書館員擋在半路，若他們經過便敲響警鈴。艾琳瞥向一排排的走道和樓梯，在心中快速計算。要到達蘇美語區的深處必須走這道樓梯下去；這是從反方向進入該區的最後一條走道。它是完美的咽喉點。

她快速瞥向其他人。凱聳肩，韋爾兩手一攤，承認他們別無選擇，卡瑟琳咬住嘴唇。

他們得賭一把。

艾琳從書架上撥下一本書，對自己要做的事有點畏縮，然後把書丟下樓梯。她聽到書在下方彈跳的聲音。「該死！不！」她大叫，盡力模仿大吃一驚的模樣，然後衝下樓梯去追書，希望另外那個圖書館員只會冷眼旁觀。畢竟她的反應再正常不過了……

這個計畫很美妙，眞的很可惜竟然行不通。那女人驚愕地瞪大眼睛。「等一下——」

譯註：俗語，表示故作鎮定、輕鬆來掩飾內心的恐懼。

艾琳真是痛恨聽到這句話。但她更痛恨的是那女人的嗓音突然被截斷，好像有某種巨大力量把她的聲音噎在喉嚨裡。他們的敵人來了。

金屬架構在顫抖，她腳下的樓梯左右搖晃，某種很重——非常非常重——的東西現形了，並壓在上方的走道上。

艾琳繼續往樓梯下跑，其他人跟著她，但周圍越來越暗。她分出一秒時間抬頭看天花板。頭頂的罩燈正在默默熄滅；它們一盞一盞地消失，巨大洞窟的屋頂上有一片黑暗正在擴散。隨著每一下呼吸，周圍都更昏暗一分，直到他們幾乎看不清經過的書本和卷軸上的書名。

不過艾琳倒是看出還有什麼東西來和他們作伴。他們剛才遇到圖書館員的上方那裡，現在有一條巨大的影龍盤踞在走道上，轉動大頭搜尋他們。它展開飛翼，飛上半空，整個結構都為之搖撼；它駭人而無聲地穿梭在樓梯和走道間，像有生命的影浪和將臨的死亡。

凱抓住艾琳的手臂。「這次沒有選擇餘地了。」他說。他的眼睛閃著紅光，艾琳隔著袖子都感覺到他的指甲很尖。「他最不可能殺的就是我。你們快走。」

艾琳心裡有種揪緊又撕裂的感覺——她知道他是對的，但也害怕他錯了，不聽話的後代會不會正好是他祖父最可能用利爪殺死的目標？可是沒有時間爭論，沒有時間反對，甚至沒時間緊急地進行想像中的吻別了。要嘛她信任他，讓他這麼做——以及她一向信任他做的所有事——要嘛她得命令他留在她身邊。

她選擇信任他，並繼續跑，聽到卡瑟琳和韋爾的腳步聲咚咚踩在她後頭的階梯上，像是心跳聲。她後方突然有一道強光切穿黑暗，那是凱化為龍形，只在驚鴻一瞥的藍寶石色鱗片與飛翼之間，他已縱身飛入空中。

他比較小，在這種場所，擁有速度與體型的優勢。他爺爺得先逮到他……

但用盡全世界的理性保證也安撫不了她內心的慌亂，只是促使她用更快速度衝下彎曲的階梯。**我越快結束這件事，他就越快脫離險境……**

上方傳來驚天動地的碰撞聲——根本看不到是什麼，根本不可能知道任何狀況，只聽得到金屬磨擦的恐怖聲音，還有樓梯在搖晃。艾琳抓住扶手，伸出一臂接住摔下來的卡瑟琳，扶她站穩。

他們剛好來到一處與走道的交會口。有人朝他們走來——模糊的身影，在黑暗中幾乎看不見，長袍與頭巾在漸強的風中飄動。但對方的嗓音很清晰，是很有說服力的低沉音質，可能是男人，也可能是女人，它在艾琳骨頭中迴盪，令她停止不動。

「很久很久以前，」那個人影說，「有個年輕女人去尋找撫養她的大圖書館的根源。這是一段漫長旅程，原因如下：它通過許多世界、許多語言、許多故事。故事的第一個部分是……」

那人頓住。艾琳應該要用最快的速度繼續下樓才對，但那嗓音像是繞在她心上的鐵鍊。她得聽下去，她得知道剩下的故事。她內心隱約意識到這必定就是說書者了，而就像擁有這類頭銜的任何一個妖精，這個妖精在自己的專業技藝上勢必爐火純青，能夠用故事抓住任何人的注意力，她正是著了對方的道——但那都沒差。她必須知道接下來怎樣了。

「不好意思。」韋爾上前一步，突然間像妖精一樣敏銳而專注，但他純粹是人類，這只是他的特質罷了。「恐怕你沒有提供我完整的細節。這個年輕女人是誰？這個大圖書館是幹嘛的？爲什麼說它是漫長的旅程，漫長的標準又怎麼界定？我需要答案，不只是寓言。我需要事實。」

說書者轉頭回答韋爾的提問時——眞是麻煩，嚴重妨礙流暢的敘事節奏——那股固定住艾琳並且讓她的注意力留在說書者身上的力量減弱了。艾琳倒抽一口氣，向前一撲，因爲太急著遠離那個柔滑、誘人、極爲有魔力的嗓音，差點被自己的腳絆倒。

一聲怒吼傳遍黑暗，比凱曾發出過的吼聲都洪亮，還充滿詫異和憤怒。**爺爺沒料到凱會反擊**。艾琳照理來說是會摀住耳朵的，但她需要一手抓住扶手，以免自己跌進幾乎徹底的黑暗裡。那聲音震撼人心的力量與憤怒讓她跌跌撞撞地前進。她知道她把韋爾留下了，現在只剩她和卡瑟琳，在一道感覺像無止境往下的樓梯上，迷失在黑暗中……

樓梯底部的人影幾乎令人難以察覺，只是諸多黑影中的一個影子罷了——但她的雙眼清晰而犀利，堅定而凶惡。「妳想去哪？」她質問。

「經過妳。」艾琳回答。她不確定自己能否推開這女人硬闖過去，或這麼做是否安全——但她打算試試看。

「妳一直在找答案，孫女。」她一定是看到艾琳聽到那兩個字時臉部抽搐了，因爲她笑了起來——尖細又刺耳，彷彿她對呼吸這回事很生疏，更遑論笑了。「妳不喜歡這稱呼嗎？」

「我對妳沾親帶故的資格存疑。」艾琳感覺到卡瑟琳在她身後，緊緊靠著她，緊張得全身振動。

「我不能把所有圖書館員都稱作我的後代嗎？我是第一個來的，這些書是我的，它們全都是我的。」她的嗓音突然流露出一股尖銳的占有欲。「妳也屬於我。我不會坐視任何人傷害妳——但妳得停止反抗我，孫女。」

也許這一個——三人組中唯一的人類——願意講道理。「但這是妳要的嗎？」艾琳試著說，「我們仍然在蒐集書、保存書、收藏書。我們不應該玩政治遊戲，應該把心力放在重要的事情上。如果妳在某種權力遊戲中利用圖書館員當妳的代理人，妳會讓雙方所有人都與我們爲敵。我們應該維護世界間的平衡，不是控制世界——」

「孫女，」女人打斷她，「維護平衡的唯一方式就是強制執行。別人都不懂，他們都偏向自己那一方。他們不懂得感謝我們做的事——爲他們、爲所有人做的事。我們夾在中間，顧全大局。我們必須這樣——爲了他們好。」

她的眼睛在黑暗中熠熠發亮。在這巨大洞穴的地面上，被書架所環繞，她們與穿過上方空氣的風離得很遠，那風是由兩條龍的飛翼激發的，使得金屬走道和樓梯都嘎吱抖動。感覺就像和上了年紀的長輩共處於一個小房間裡，艾琳睏倦地心想，大圖書館烙印散發撫慰的暖意，讓她的背上熱熱的：就像對方眞的了解你。

「妳上次還想割我的喉嚨呢，」她抗議，緊抓住自己清楚記得的事，「妳想殺了我。」

「我把妳誤認成別人了。」老女人靠近，幾乎是在石板地上飄移。「理智地想想看，孫女。

我們得保護書本的安全、故事的安全，而能做到的唯一方法——能做到的最好方法——就是把它們存放在這裡，因爲別人都碰不到，沒人能危害或弄丟它們。我們費了這麼大工夫，這是我們應得的。永生剩餘的時光就將如此——在這底下的黑暗中，與書——所有的書在一起，保護它們的安全、擁有它們、閱讀它們。妳是圖書館員，應該懂。妳是我的孫女，就像所有圖書館員都是我的孩子。現在妳明白什麼事最重要，什麼才是眞正的重點，妳就會加入我了。書是我們的，我們要把它們留存在這裡。」

艾琳搖頭。這番主張有個可以予以反駁的論點，她知道有，她確定有，但她找不到……

「那才不叫圖書館員呢。」卡瑟琳的聲音在發抖，不過越講越有把握，她從艾琳背後站出來面對老女人。「那是囤書狂。妳或許是檔案管理者，但不是眞正的圖書館員。」

「孩子，妳不懂。」

「妳沒叫我的名字，妳甚至不喊艾琳的名字！」卡瑟琳重重地往前走，氣得拱起緊繃的肩膀，雙拳緊握擺在身側。「艾琳會分享她的書，大圖書館會把書的複本送回原始世界和其他世界。但是妳——妳就只是據爲己有。妳不讓任何新的人進來看書，也不讓任何書出去。這才不是圖書館員！」發自內心的憤怒讓她都破音了，「妳剛開始的時候想要的一定不只是這樣，否則妳就只是個囤書狂而已。艾琳比妳更有資格稱爲圖書館員，我都比妳更有資格稱爲圖書館員。妳只是……躲在黑暗裡的東西而已。」

剛才困住艾琳的昏眩迷霧像破掉的蠟一樣裂開。她抓住卡瑟琳的肩膀，拖著她躲開突然撲過來的老女人，老女人手裡已突然多出一把鋒利而惡毒的刀。「多謝妳釐清狀況。」她說，用腳尖平衡住身體，並隨時準備再閃避。「要不要再說一次我是妳孫女，而妳只是要我乖乖聽話啊？」

「妳會是我的，不管來硬的還是來軟的。人類就是他們故事的總和，我絕不會放他們走。」她刺向艾琳，刀子在陰影中是一個移動的光點，刀尖輕輕擦過艾琳前臂，割穿她的外套，在她手臂上留下細細血痕。

艾琳正等著對方出手，趁機跨出一步，抓住老女人的手腕和前臂——她或許不擅長使刀，不過還記得如何解除敵人的武裝。但令她沮喪的是，她的雙手直接穿透老女人，彷彿對方就和周圍的影子一樣虛幻。

她能割傷我——我卻碰不到她。很不妙啊。

上方傳來另一聲雷鳴般的巨響；書本如雨點般由碎裂的書架撒落到下方地面，老女人因爲珍貴的文本受到褻瀆而氣得大叫，朝著天空揮舞雙手。艾琳把卡瑟琳拽到一座書架旁找掩護，卡瑟琳也在驚呼，當書本砸在石板地上時，她彷彿感同身受地畏縮不迭。

艾琳也很心痛——但這讓她重新思考事情的輕重緩急。*我不是來和這女人打鬥的，我是來闖越她並找到他們的巢穴。如果他們巢穴的入口就在這下面，我要打開它……*

這裡是洞穴的地面；這下面沒有任何門或通道。進入洞穴的所有入口都在遙遠的上方，在高高的走道上，超出艾琳聲音能傳送的距離。她依靠孤注一擲的邏輯思考：*如果這下面有什麼我能打開的東西，例如一扇門或一條通道或進入的方式，就一定是我要的入口了。*

她深吸一口氣，用最大的音量喊道：「解鎖！打開！」

語言像被敲擊的鐵砧在有回音的洞穴裡迴盪，艾琳感覺語言嵌入現實並開始作用。她右側約二十公尺外突然傳來一聲悶響，地上出現強光——蒼白的月光，但在這幽深的黑暗中醒目而刺眼。她幾乎沒費任何力氣。感覺就像這扇門想要爲她而開……

老女人嘶聲撲向她們兩人，速度快得要命，將卡瑟琳打向一旁；年輕的妖精女孩撞在書架上，頭部受到重擊，接著便癱倒在地。

艾琳狂奔。她像野兔般撒開腿衝向那根有如路標向上照射的光柱，同時意識到有窸窸窣窣的腳步聲緊追在後。那裡有東西——而且最重要的是，老女人不想讓艾琳找到它。艾琳就只需要這一個理由，也要向它衝去。

原本封住開口的活板門現在洞開著。當艾琳靠近時，她發現門內沒有樓梯、沒有方便使用的扶梯，就只有地上的一個洞，以及從洞裡照出來的光，還有現在她離得更近之後能聽見的水流聲。

有更多書傾瀉而下，一本詞典削過艾琳肩膀，痛得她倒抽一口氣。上方走道在龍爺爺的重壓下顫動，他的影子讓她周圍越發黑暗。**他看到光了，他也想阻止我。這絕對是正確的路，我只需要到達那裡……**

老女人出現在艾琳面前，不再費事維持遵循物理法則的表象。「儘管衝著我的刀尖來吧，孫女，但別想過我這一關！」

艾琳腳下未停，只用語言講了一個詞，它既是名詞也是祈願也是禱告。「光！」

片刻間，向上升的蒼白月光變濃了，凝聚在一起並燒得如星星一樣熾亮，使周圍的影子都淡化成模糊的墨色輪廓，幾乎看不見，也幾乎不存在。

艾琳把握這一瞬間的時機，深吸一口氣，跳入洞裡。

墜落。

第二十四章

艾琳似乎永無止境地在墜落，幾秒感覺漫長得像幾分鐘，急速的氣流灌入她耳朵，讓她不僅看不到也聽不到。

然後她撞擊水面沉了下去。

這並不是優雅的下潛，或甚至不是受到控制的跳水；這完全就是在無預警之下痛苦地啪嗒落水。她差點來不及閉緊嘴巴，彷彿從沒學過游泳似地，在水中胡亂揮動四肢努力游上水面。有股暗流將她帶往下游，她一時間慶幸自己仍穿著去赫爾辛基時那套褲裝，而不是韋爾世界那種笨重的長裙。

她的頭破水而出並喘氣呼吸，甩著頭弄掉眼中的水。她嘴唇上的水嚐起來有鹹味，像海水，於是她心裡閃過一個念頭：*要是凱在這裡就好了，他會喜歡……*

她只能祈禱凱還活著。

一聲吼叫傳入她進水的耳朵。她第一個想法——龍——很快就被推翻，因為那聲音持續不斷，鑽入她的骨頭，就像地震或……

*噢，諸神啊。*她身在一條通往瀑布的河裡，而她正被帶往瀑布！

求生本能發揮了作用。艾琳焦急地四處張望，尋找離她最近的堅實陸地。她所在的河流兩側都豎立著深色的山谷岩壁——河面並不算很寬，她不禁短暫納悶自己怎麼會剛好掉進河裡，而不是岩壁上。或許她運氣好。這裡沒有明顯的地標，沒有植物或建築——天空中也沒有她可能從中掉下來的洞。類似星光的冷色調光線讓她能視物，不過放眼望去並沒有看到光源；如果這裡有天花板，它也高到難以和天空區分。沒有月亮，沒有星星。沒有她，除非她馬上離開這條河。

面臨徹底的恐慌，她鼓起勇氣，用力踢水游向較近那一側河岸，感覺她每設法拉近水平距離一公尺，都會被河水又往下游多帶十二公尺。她甚至沒試著望向下游，看看瀑布還有多遠。凱不在這裡救她免於水難，她也沒辦法用語言自救——如果被沖下瀑布前無法爬上陸地，她將在墜落中喪命。

她的手指握住一小塊有稜角的岩石，她拚命攀住。水流像在報復似的把她摜向布滿岩石的河岸，拉著她與河岸呈平行姿勢，想將她繼續吸往下游。凸出的石頭用力戳進她身體，她的肋骨都痛了。艾琳現在死命抓著石頭，通常她只會這樣抓著書不放；她迫切地想讓頭部保持在水面上，這樣才能呼吸。

河水似乎想把她再往下吸，想故意把她拖回瀑布的方向。她嘴裡全是鹽和鐵的味道。她吐掉一口水，將自己一吋一吋拖上岸，那濕漉漉的狼狽樣就像逃離將沉之船卻又選錯救生筏的老鼠。

艾琳現在看得到瀑布了——或該說，她能看到河水往下落的位置，在幽微的星光下泛著白沫，而且水波起伏紊亂，顯示水下有不少石頭。她看不到瀑布瀉落的距離，此刻她也不確定自己想知道。

她需要搞清楚自己在哪。

大圖書館並沒有任何地下水系統之類的東西。它不像巴黎歌劇院；沒有祕密湖泊，沒有隱藏的火藥庫存。它就只是……

艾琳突然發現她的潛意識正努力說服她一切都是正常的。**韋爾說得對，我們被驅使不去思考我們生活其中的世界的基礎。**每個圖書館員都曾偶然在隨機出現的大圖書館窗外看到空洞的世界，但試圖走到那外頭是……不流行的做法。嘗試這麼做的人若非消失，就是被發現在大圖書館其他區域遊蕩，還很奇怪地出現失憶狀況。就連動用繩索、多人參與的縝密規劃的探險，也都莫名地出了差錯。這全都被當作大圖書館之謎而一筆帶過，好像只是個迷人的背景細節，與他們偷書的正經工作無關。那不重要啦，不值得花時間討論。

她眞想爲了從未眞正思考那一切而大罵自己——但那只是浪費寶貴的時間而已。這時間是凱、韋爾和卡瑟琳爲她爭取來的。以她的神學觀來說，浪費這時間等於犯下不赦之罪。

艾琳抹了一把臉——鹽水，她剛才爬離的就只是鹽水而已——然後站起來。她需要方向。這個位置的山谷岩壁太高了，無法爬上去——她得往上游或下游走。她不情願地拿出沾過凱的血的鉛筆，希望沒被水沖乾淨，也希望不會一使用語言就有東西撲到她身上……

空氣裡凝結出一塊零碎的銀色光芒，有如飄浮的蜘蛛網向她飄來，離得越近就變得越清晰。似乎每跨出想像的一步便又多展開一分，直到呈現人類的尺寸和形體，但太過模糊而難以辨認。

如果它是對這鉛筆有興趣——它是想要血嗎？艾琳腦中閃過隱約有印象的希臘神話和其他神

話，故事中的鬼魂必須吸血才能回復記憶和意志。她心不甘情不願地拿出刀子，抵住手腕。

「我絕對禁止妳這麼做！」空氣幾乎發出聽得到的一聲啪，那人影瞬間化為清晰可辨的形體。是考琵莉雅，但不像艾琳上次見到她時一樣臥病在床或疲憊不堪，現在她氣呼呼的。「艾琳，我知道妳很容易做一些愚蠢又危險的事，但在妳傷害自己之前，好歹先確認一下民間傳說的內容吧！難道妳不知道，妳對其他人負有照顧好妳自己的責任嗎？」

艾琳好不容易才把張大到可以抓蒼蠅的嘴巴閉上。**好吧，沒戲唱了。我顯然已經死了。我們都死了。**「妳說得倒輕鬆，」她回嘴，喉嚨有燒灼感，未流出的淚水讓眼眶熱熱的，「到處亂跑染上肺炎，然後又丟下我們，因為妳累了。」

「嗯，我現在不累了，而且我拒絕看到妳對自己做出比平常更嚴重的傷害。」考琵莉雅兩手扠腰——包括正常的手和木手。她的一舉一動展現出艾琳已經多年未見過的輕鬆流暢。「妳得學會『自我犧牲』也是有合理限度的。」

「我們這一行自我犧牲哪有什麼限度。」艾琳無奈地說，「這可是妳教我的。但現在說這些都有點太遲了吧，畢竟我們都已經死了。」

「我死了，」考琵莉雅贊同，「妳沒有。我是一團黏著在一起的閃亮思想和記憶，妳是需要咖啡和幾個月假期的肉體。差別明擺在眼前。」

「不可否認我是有一些肉體的瘀青。」艾琳承認。

「我得承認我感覺比平常要專注許多。」考琵莉雅皺眉，「一定是被惹毛的關係。我有股想要叱責妳的強烈衝動——」

「而妳也完全投入其中。」

「嗯，是啊，目睹我的愛徒差點割腕，刺激我產生完全正常的惱火反應。要是我沒有克制自己，我還有更多話要說呢。」

鮮血做不到的事，強烈的情緒做到了。艾琳在心中暗自筆記：要是她能活下來述說這故事，她要聲稱自己是刻意這麼做，而不是瞎貓碰上死耗子。「這裡還有別的圖書館員幽靈嗎？」她問。

「幽靈？對，我想這是最貼切的名稱了吧。或許也可稱爲記憶集合體，畢竟我們都是自己記憶的總和。」考琵莉雅一時間有點恍神，臉上陰影變深，直到她的臉幾乎像是骷髏頭。「對，這裡別的地方還有一些放滿書的通道，幾千本、幾百萬本書。我們……遊蕩，我們閱讀，我們記得的事並不多。我想，『看到妳』是從我來到這裡以來，擁有的第一個眞正條理清楚的念頭。這和我預期中不一樣。」她眼中閃著怒光，嗓音裡也含著怒氣。「這不是我想要的。這只不過是個清醒的夢境。這不是眞實的存在；這只是我曾經身爲的那個人的記憶。我原本有更好的計畫呢。我覺得我得向管理單位提出申訴。」

「可是這裡是『哪裡』？」

「我並不確切知道這裡是哪裡。硬要猜的話，可能是某種過渡空間——是大圖書館抽象定義上而非實質的邊界。也許這就像泡茶時用來攔住茶葉的小過濾器，而我們圖書館員就是那些碎屑。又或者它更像你放在廚房水槽裡的菜渣濾網，用來防止排水管被堵住。」

「這兩個畫面都不符合我對死後生活的願景。」然而她還有多少時間可以消耗？艾琳知道回頭察看有沒有影子靠近是沒有幫助的——但她還是反射性地想這麼做。「我問妳……這地方有中央嗎？一個核心？這裡有沒有三個很強大的生命體，其中一個長得像龍？」

考琵莉雅噘起嘴思考。「可能有。我知道這等於沒有回答，我道歉。問題是，我只能和我已經知道的事物產生連結——例如妳，或是書，或是我隱約認得的其他圖書館員。我想妳可以說，我不具備任何新事物的脈絡。不過有些東西……人……」她努力掙扎著思考和回想時，似乎變得更有存在感，更眞實。「他們像深水中的鯊魚一樣在這裡穿梭。地景會在他們周圍移動，爲他們讓路。他們的存在——就像空氣裡的大雷雨。他們不和我們說話。」

「我們？」

「妳剛才不是在問其他圖書館員幽靈的事嗎？妳自己看。」艾琳順著她的手勢望去，看到一大群半透明的人影朝她們飄來。他們移動得很慢，像霧，比較像被和緩的水流帶動的小樹枝，而不是被磁鐵瞬吸的鐵屑，但他們確實在靠近——而且注意力集中在她身上。她不確定這是好事還是壞事。「他們能幫忙嗎？」她質問。純粹的急切和徹底的無助讓她語氣很尖銳。她好不容易來到這裡，她的朋友都犧牲了自己，而現在她卻處於某種死後世界，根本沒人知道她在說什麼。考琵莉雅是她的老師，也是她認識最久的朋友之一，她打從心底相信考琵莉雅能夠修正事情……她卻聽不懂。艾琳只能靠自己。而她讓最親密的好友們死了——白白死了。在一瞬間，她眞的很想割腕放棄。「你們有任何人能幫忙嗎？」

考琵莉雅伸手摸她，但她發光的手穿過艾琳的手腕。「告訴我們現在發生了什麼事，艾琳。解釋一下，也許如果我們眞心想要的話，能夠影響這裡的事情。給我們嘗試的理由。」

「對啊，解釋。」另一個人影也凝聚起來，變得可辨識，是布菈達曼緹，優雅而憤怒，由於被怒氣驅動，形體非常清晰俐落，看起來就像黑暗中的光洞。「我死了，到底發生什麼事——還有妳來做什麼？」

「她是來接受審判的。」

這個嗓音來自艾琳背後，在空中饒有分量，像句宣言——法官的發言。她轉身，認出說書者。說書者仍是個性別不明、難以看清的影子，而不像所有幽靈一樣是透明的光，不過在這裡，說書者似乎和艾琳一樣屬於實體存在。「艾琳——圖書館員、大圖書館的女兒和財產。妳要隨我到妳的法官面前爲妳自己辯護。」

「你們憑什麼審判我？」艾琳質問，恐懼與憤怒在內心交戰。

「不就憑我們是大圖書館的創建者嗎？」

此話一出，周圍的幽靈們紛紛投來注意力。有些人因爲被喚起好奇心，而聚合成較爲清楚的輪廓。

說書者的焦點都放在艾琳身上，完全不理會眾幽靈。「妳爲何要猶豫？若非渴望見到我們本人，妳又來做什麼？妳的朋友們已成爲人犯，乖乖地來到我們面前，妳才能救他們。」

他們還活著。她心中燃起小小的火苗；她並沒有害死他們。如果她現在放棄，他們絕不會原諒她的。她得繼續戰鬥，爲了救他們、救她自己、救大圖書館。

「這是什麼地方？」她質問。

「過渡區。」說書者回答，「故事與記憶之地。」

「那我怎麼會眞實地在這裡？」

「妳確定是嗎？」

總體而言，艾琳不喜歡哲學辯論，或聽別人說那些答案「從某個角度來說」是眞的。只可惜，用來指稱事實與現實的一般詞彙在這裡似乎派不上用場。她得設法爲「眞相是什麼？」找到一個答案，或是自己編一個答案。

「你的故事是什麼？」她終於說，「我問過你大圖書館創建的故事，但我沒問過你自己的動機。也許龍王想穩定各世界來救他的孩子，人類女人則想保護她的書——可是當初你想要什麼？現在你想要什麼？」

周圍沒有風。圖書館員幽靈們什麼也沒說。只聽見瀑布不間斷的隆隆吼聲，還有黑暗的地景，以及空蕩蕩的天空。

「從來沒人因爲對說故事的人有興趣，而向他們打聽他們自己的故事，」說書者慢吞吞地說，「總是因爲聽的人想受到感動，或被逗樂，或被帶到遙遠的異世界。我的話語是鑰匙，能打開一千扇門，通往一千個靈魂，卻沒人會記得我的名字。沒人知道我的故事。這是我成爲這個角色所必須付出的代價。」

「但我有找到你故事的一部分啊，」艾琳反駁，「在神話裡、傳說中——埃及手稿、芬蘭民間故事……不過它們都不一致。你究竟想要什麼？你渴望什麼？」

寒意兜頭襲來，似乎重壓在艾琳身上。所有幽靈都飄走了，甚至包括考琵莉雅和布菈達曼緹，妖精的意志帶來巨大壓力，讓他們害怕得移動。說書者眼中盈滿超越艾琳理解的怨恨，已有幾百年歷史——不，是幾千年。感覺就像望進地底深處某個失落的濕冷洞穴，陽光從來就照不進去，生物在裡頭繁殖、互食、死亡。「我不記得了。」說書者說，那嗓音中的絕望再確切不過。

艾琳啞然，無法回應。

「來吧。」說書者伸手抓住她手腕，衣袖飄揚以致於艾琳看不到那隻手，只感覺到皮膚上有股冰冷的壓力——觸感就像昆蟲的爪子或魚骨。這古老的妖精開始走路，挾著一股艾琳無法抵抗的壓力帶著她前進，他們周圍的世界變模糊，彷彿每跨出踉蹌的一步都等於至少十二步。

「考琵莉雅！布菈達曼緹！你們全部——跟著我！」艾琳回頭喊道。

「妳希望受審時有人旁聽嗎？」說書者質問，「我們可沒時間搞陪審制度。妳得讓三個法官滿意，僅此而已。」

艾琳想放慢腳步，但徒勞無功；地景從身旁快速掠過，彷彿他們在水面下，而她被一股新的暗流拖著走。這不只是她被捲入的故事；這是完整成熟的神話。「我要他們知道這個故事，」她固執地說，「就只是這樣。」**嗯，或許還有一點別的原因……**她轉身，看看有沒有被跟隨的跡象，覺得在黑暗中好像看到遙遠的光亮。

「到了。」說書者放開她，並移向三張深色王座矗立的位置，坐進其中一張。另兩張王座上已有人了；其一是在樓梯底部與艾琳交談的老女人，另一個是艾琳看得出呈現半人類狀態的龍王，他陰暗的皮膚上有黑色鱗片閃著幽光，長長的指甲像爪子，額頭上長著角。王座前方的地上是凱、韋爾和卡瑟琳一動不動的身體——在這個影與光的國度，他們就和她一樣眞實，也一樣是脆弱的血肉之軀。艾琳並沒有請求批准；她撲跪在他們身邊，檢查他們的脈搏，尋找生命跡象。他們都在呼吸；她因而心跳加速，爲這小小的恩惠而感激涕零。說**書者沒騙我。他們還活著——暫時是。**

他們仍在河邊，比艾琳先前的位置更上游，不過這裡的水流比較溫和、靜謐，是微波蕩漾的流動，在背景中呢喃，河岸也向兩側拓寬，形成約五十公尺寬的河谷。地面是黑色岩石，沒有草，也沒有泥土；這裡沒長任何東西。三張王座旁有一籠影子，影子內閃爍著光，刺眼、不和諧、看不眞切。

「妳跪下是對的，」坐在中央的老女人說，和說書者悅耳流暢的語調相比，嗓音十分刺耳，「妳的罪狀可多了。」

艾琳低著頭做出明顯懺悔的模樣，並藉機往後瞄了一眼。她瞥見一抹亮光，然後又一抹。她召喚的幽靈跟來了。但她需要更多幽靈——她需要時間。在這大圖書館的底部，在黑暗邊緣，她還剩最後一把賭注。

「這和我預期中不一樣，」她說，抬頭看著王座中的三人，「我甚至不知道該怎麼稱呼你們。我該稱你們爲陛下，還是視你們爲圖書館員同事呢？」

「稱陛下就行了。」坐在右側的龍王說。艾琳本以爲他會選中間的王座，不過或許他和說書者更希望中間有個人類作緩衝。也許他們就像任何強大的龍和妖精一樣，仍本能地互相討厭——這麼說來他們在此處陰影中共處的幾千年又算是更大的犧牲了，幾乎令人憐憫。

「用我的頭銜，」說書者說，「我不是圖書館員。說書人和圖書館員是相當不同的兩種角色。」

「叫我奶奶，」老女人說，「即使我不是像妳一樣的圖書館員，但畢竟我是妳隱喻上的祖先。我並不在這地方服務。」艾琳幾乎能聽到句子結尾還有未說出口的補述「我擁有它」，但或許老女人覺得當著兩位同僚的面這麼說有欠考慮。

「那又是誰，或什麼東西？」艾琳問，指著成人大小的籠子。

「他名叫妖伯瑞奇。」說話的是龍王。「正如同大圖書館的所有財產、所有書、所有靈魂，他的陽壽既已結束，現在也就來到了這裡。他也在等候我們審判。儘管妳反叛大圖書館的程度比不上他，但仍違抗了我們。現在爲妳自己辯護吧，艾琳，並接受妳的懲罰——或是被驅逐。」

他的話像空氣中的雷鳴，以不可質疑的權威與力量作後盾。艾琳感覺她必須長跪不起、懇求對方開恩。也許這樣她才能救爲了幫她而被判罪的同伴，也許他們會讓她繼續當圖書館員。

她看著自己的雙手握成拳頭，彷彿它們是別人的手，感覺到掌心縱橫的舊疤，那是她在克盡職責時受的傷。我從來就不擅長承認自己的感情，我從來就不擅長分享我的祕密。但最重要的是——我從來就不擅長輸。

她慢慢撐著地站起身。「陛下、說書者、奶奶，」她說，「請原諒我不曉得該先喊誰比較好，請相信我對你們都抱持相等的尊敬。」她深吸一口氣。「我要說個故事給你們聽。」

第二十五章

「在很久很久以前的古時候，」艾琳開始說，「久到連這裡最老的圖書館員的幽靈都尚未誕生……」

她悄悄朝後方偷看一眼。有更多幽靈聚過來了。看來今晚艾琳與她的故事比任何記憶或書本都更能抓住他們的注意力。

「三位偉大又強大的存有聚在一起，」她繼續說，判定加一匙糖有助於對方把藥水吞下去，「其中一位是龍王，是當今統治秩序疆界各龍族君主的父親。其中一位是強大的妖精，被同僚稱之爲說書者。」她仍然不確定說書者的性別認同是男性或女性——或甚至說書者到底在不在意這件事。這並不是個與性別相關的原型。「其中一位是人類，是書籍的蒐集者與保存者，以智慧——以及待客的熱忱著稱。」

坐在中間的老女人皺著眉頭，但還沒有阻止艾琳。也許拍馬屁確實有用。

「他們一致贊同結合彼此的力量，」艾琳繼續說，「要創造一座屹立在世界之間的大圖書館——不屬於任何單一世界，獨立於所有世界之外。這座大圖書館將藉由從世界取走獨特的書籍，而盡可能和最多的世界產生連結。我並不打算裝作了解這背後的抽象原理，但它確實行得通。大圖書館是活的——到現在仍是——並持續派它的探員去蒐集新書。」

她吸了一口氣。「你可能要問：爲什麼需要做這件事？那是因爲終極的秩序與終極的混沌都具有毀滅力量。被捲入混沌力量的人類若非變成妖精，就是失去心智——而隨著混沌程度提高，妖精也會被吸收到他們的世界裡，失去所有人性。同樣地，在天秤的另一端，秩序性太高的世界會令人類演化成龍——然後龍本身會成爲沒有心智的自然力量，失去個人意志與性格。」

龍王開口了，他傾向前，影子籠罩艾琳和她昏迷的朋友們。「我覺得妳知道太多了，艾琳．溫特斯。」

「陛下，」艾琳回答，「我只有把結論告訴與我同在這個『過渡空間』的人，也就是你們——還有這些幽靈。」她轉身比向仍在聚集的圖書館員幽靈。她驚喜地看到有越來越多人呈現可辨識的人形，而不是光的輪廓。他們對她要說的事有興趣。

「讓她說完，」說書者抗議，「她的故事還沒說完。」

這不完全是她說完故事後能全身而退的保證，但龍王點點頭，靠向椅背。「繼續吧。」他命令。

艾琳垂下頭。「除了來自宇宙兩端的雙重威脅，還有龍族與妖精之間本身的敵意。他們在本性上就是對立的——也都是征服者，雙方都自認爲是能自由穿梭諸世界之順理成章的領導者。」

「妳有意見嗎？」龍王問道。

艾琳聳肩。「陛下，我不太可能主張身爲人類的我天生就比較卑賤，就該被高一等的人來統治。相對地，我倒也能體會其他人想要把權力……擴張……到自然極限的心理。我自己也曾被朋友指責自認爲不是『普通人類』，因爲我是圖書館員，我又怎麼能苛責天生就擁有強大力量的人做同樣的事呢？」

她向下瞥了一眼韋爾，看到他的眼皮幾乎難以覺察地閃了一下，對她眨眼示意，她的心猛然一跳。他醒了——但仍裝作昏迷。

「政客式的回答。」老女人說。

「但答得不笨。」說書者回應。

妖精是站在她這一邊的嗎？艾琳不確定。也許說書者只是想聽她把故事說完而已。嗯，她會盡力做到。

「於是這三者創造了大圖書館，」她接著說，「目的是爲宇宙帶來穩定，並抑制宇宙兩端的破壞性力量。但我想，他們也是希望創造雙方族群間的和平。他們看到偃旗息鼓的世界——雙方都能在相對和平狀態中生活，並合力創造單憑一己之力做不出的東西。他們夢想——」

老女人用力清喉嚨，然後吐了一口痰。「麻煩少一點理想主義元素。我是個實用主義者，孫女。」

「大圖書館本身就是我說的內容的例證，」艾琳反駁，「任一方都不可能獨力創造出它。它是眞實的，但建立在故事上——而且是活的。」

聽到最後一句話，三位法官都僵住了。「不，」老女人說，「它就是個建築物。它——那詞怎麼說來著？——自動運轉。它遵循指令。就只是這樣而已。」

「那是誰告訴我們該從各個世界蒐集哪些書？是誰或什麼東西派我進行特定任務，使我發現事有蹊蹺？是誰因爲現在圖書館員全都跑去玩政治遊戲，而得向我們求救，要我們去蒐集書本、維持平衡？那可不是你們啊。大圖書館是一張維繫所有世界的網——可是每張網都有一隻蜘蛛在維護它。如果不是你們，那是誰，或是什麼東西？」

「把妳的故事說完吧。」龍王命令，他的嗓音帶著雷鳴，隆隆地掃過谷地，讓河水都在震動。他命令的威力震得艾琳跪倒在地。她掙扎起身，一時間覺得自己沒力氣站起來。

「她好像已經說完了。」老女人發表評論，「該判決了。」

但艾琳看到凱的手很輕微地動了一下——那是鼓勵的手勢，慫恿她繼續——於是她逼自己搖搖晃晃地站直身體。「我還沒講完！」她抗議，「這事沒結束——因爲這一切全都沒結束。你們有沒有聽過一個說法：能掌控現在的人就能掌控過去，能掌控過去的人就能掌控未來？」

說書者、龍王和人類面面相覷。「好像聽過，」龍王終於說，「但我不知道妳想表達什麼。」

艾琳吞口水。她的喉嚨好乾。「目前我已經讀過或聽過這個故事的三種版本了，而且不消說外面還有別的版本——每種版本針對你們做這件事的原因說法都不同。有個故事說你們想恢復穩定；另一個故事告訴我你們想創造終極工具，來維護統治者雙方的權力；第三種版本說你們都想爲子孫尋求和平與安全，但多年之後你們認爲自己被遺忘，所以決定報復。你們本人則告訴我，你們決意在龍族和妖精身上強制施加和平，因爲不放心讓他們自己做這件事。還有別的版本嗎？

哪個才是對的？」

「我們被遺忘了，」老女人說，她的嗓音像生鏽的刀，「這部分是眞的。」

「責怪世人忘記你們好像不太公平吧，」艾琳淡淡地回答，「畢竟是你們自己要刻意躲起來。」

「但如果這是過去，而我們位於現在，那未來呢？」說書者問道。說書者傾向前的姿態有種迫切感，讓艾琳聯想到韋爾最急需新案件——或是一劑古柯鹼——時的狀態。**他想要一個將他納入的故事。只要我給他一個角色，他的原型就對我有利……**

「你們說過你們打算掌控局勢，」艾琳等到龍王點頭贊同，才繼續說下去，「你們會在龍族和妖精身上強加和平，利用圖書館員當僕人，摧毀任何不配合的世界。你們已經讓叛逆性比較強的幾個世界消失了。」

「妳用了不必要的侵略性口吻來描述這件事，孫女。」老女人說。

艾琳聳肩。「說故事的人有權挑選形容詞嘛。」她後方圖書館員幽靈的光芒變得更亮了，她能看到自己的影子投射在前方的地面。「但我的重點是，在現在這個時間點，你們能夠告訴我過去是如何——以及所導致的未來將如何。陛下、說書者、奶奶，拜託你們——求求你們——讓這成爲你們有良好意圖的故事吧。看看世界現在是什麼樣子。我和一條龍、一個妖精、一個人類在你們面前，我們就是活生生的證據，證明我們可以攜手合作，我們也正在攜手合作。你們成功了，你們贏了。」

她是發自內心，拿出了一百二十萬分的誠意；她聽得出自己語氣有多迫切。她每個字都是真心話。她不是在對抗出於仇恨或惡意或渴求主宰宇宙而想殺她的人。如果你選擇用寬容的角度去解讀這個故事——而艾琳想這麼做——她要對抗的人在多年前做了正確的事並犧牲自己，只是經過幾千年被孤立在這個幽影之地，已經看不清全局，現在也只是想拯救他們全部的「子孫」。

「你們不必把這局面繼續擴大，放了你們控制的圖書館員吧，讓我們繼續好好生活在一起。圖書館員接受這工作，並不是為了成為強制執行者——我們是保存者、輔助者，蒐集書本並分享書本的人，為所有世界提供穩定的人。讓我們擔任你們當初夢想我們能擔任的角色吧。」

龍王微微偏頭。「這就是妳認為我們所夢想的內容嗎？」

「我希望是。」艾琳回答。

「而妳是否在威脅我們，若是我們不從，就要摧毀我們和大圖書館——像妳父親之前試圖做的事？」

艾琳望著深色王座旁的那籠影子，光芒幻動的模式像在無聲尖叫。「我父親基於他認為對的理由做了錯的事情。另一方面，我則是基於錯的理由做了對的事情。」

「解釋一下。」

「我父親……刻意安排讓我誕生……因為他認為只有兩名圖書館員生下的孩子才有能力反抗你們。但結果卻是因為被兩名圖書館員撫養長大，才塑造了我的個性，賦予我韌性和意志力，讓我今天能站在這裡為我自己發聲。血統和這一點關係也沒有。」

「然而妳似乎在重蹈他的覆轍。老鼠生的孩子會打洞。」

「也許吧，」艾琳不情願地說，「但這故事還沒結束。請考慮看看。我請朋友和我一起來——我操弄他們，利用他們為好友兩肋插刀的心理——因為我認為要集合三個人才能進到這裡，一個人類圖書館員、一條龍、一個妖精。但那是錯的理由。幫助我來到這裡的並不是他們的身分，而是他們的個性。我能來到這裡，是因為凱奮戰的決心與意願，韋爾的邏輯和智慧及質疑的能力，還有卡琵琳一心想成為眞正的圖書館員，想收集知識並分享知識，也因為她提醒我什麼才是圖書館員的眞正意義。」她轉身面向那一群發光靈體。「那是帶我來到這裡的根本理由。那是身為圖書館員的感覺。你們記得嗎？」

「噢，我們記得。」考琵莉雅說，窸窸窣窣的耳語聲複述她的話，迴盪在整片河谷間。

「安靜。」龍王舉起一手，壓迫性的靜默頓時降臨，遮去所有話聲或噪音。他的眼神或許和善，但那種和善屬於自認為超出她可悲理解力的存在；紆尊降貴像山崩一樣傾倒下來，掩埋住她的話語和意見。「孩子，我會對妳法外開恩，因為妳的發言是出自天眞和正直，而不是心懷惡意。在悠悠歲月流逝的過程中，我們冷眼旁觀，看到我們的後代不值得信任。我自己的兒子背叛了兄弟，想阻止和平協議簽署。妖精自相殘殺，動用暴力手段的人就和願意和平共處的人一樣多。風險太高了。我們不允許各世界有機會再犯更多錯。」

幹得好啊，敖閏，宇宙可能被你給毀了，艾琳心想。她得繼續嘗試才行。「但如果他們不服從你們的命令呢？萬一雙方都與大圖書館為敵呢？你們要直接派圖書館員去摧毀任何膽敢反抗你們的世界嗎？由於有世界在消失，兩方人馬都已經開始恐慌了——他們很容易就受到刺激而再度開戰。被害妄想症足以刺激他們，恐懼也是——而你們勢必會利用恐懼當武器。你們會把事情越弄越糟。」

「控制是必要的，」老女人說，「大人說的是事實。為了大局著想，我們得採取行動。」

我很好奇妳是不是經常在想要說服他附和妳的觀點時，就叫他「大人」？「請聽我說！」艾琳情緒激動到破音，她努力把意志灌注在嗓音裡，想在不動用語言或任何超自然力量的前提下，設法說服他們認知到他們錯了。「說書者……」她轉頭看王座上的妖精，「別讓這成為一個暴君專政的故事。讓這成為一個歌頌自由的故事吧，歌頌成長，講述成年人尋求新的折衷方案。讓這成為我們感激你們為我們做的一切的故事，而不是你們如何把我們變成奴隸的故事。」

一時間，她好像看到說書者的姿勢顯露出遲疑。但接著老女人就湊向說書者喃喃低語，她說話的音量足以讓艾琳聽到：「說書者，故事唯有在完結之後才能述說。我們是故事的保存者、傳說的管理者。等這件事結束，它會成為我們的故事——關於我們如何為宇宙帶來和平。」

艾琳看到說書者點頭回應，一顆心跌落谷底。「很公平，」說書者說，「敘事觀點將屬於我們，由充滿希望的開頭直到光輝榮耀的結尾，一路清楚暢達。我接受。」

「那可以判決了吧？」老女人說，她兩側的人都點頭。

「艾琳，孫女，大圖書館之子。」老女人說。天空仍然清朗，但現在呈現的是無窮太空的黑暗，而不是無星傍晚天空的微寒幽冥。「我們不想太嚴厲，但必須表露出堅決。妳的發言像幼兒，認知也像幼兒——因此我們也得用幼兒的方式對待妳。爲了顧全大圖書館和宇宙的未來，我們決定驅逐妳。妳不再是圖書館員了。」

他們三人都舉起手，影子升起包圍艾琳，遮蔽外在世界，將她困在黑柱裡。她驚慌失措，咬住舌頭以免自己叫出來。

然後疼痛襲來，她仍然忍不住尖叫。感覺像液態氮淋在她背上，消去她看不見的詞彙和不理解的句子，拆解掉她本身的一部分——但那部分與她的靈魂緊密交織，她原本根本沒意識到那是獨立的東西。

她好冷。

她好孤單。

可能只有幾秒，也可能有好幾小時——在黑暗中沒有理性量測時間的餘地，沒辦法數算心跳。

當眞空褪去消融，她跪倒在地。全身不剩半點力氣，根本站不起來。她知道她的大圖書館烙印已經不在。語言離開她了；她的嗓音只是平凡人類的嗓音。她被貶爲芸芸眾生，無助又濕淋淋地跪在奪去她力量的那些人面前。

「艾琳？」是凱的聲音；他在她右邊，想扶她站起來。她也能聽到韋爾和卡瑟琳的聲音，但那是她耳中自己擂鼓般的脈搏聲之外的背景雜音。他們一定不再假裝昏迷了。何必再裝呢？已經無法再做什麼了，沒有成功的希望，沒有迴避災難的機會。「你怎麼能這樣對她！」凱對他的祖先大叫，從艾琳身邊挪開一步，怒瞪著龍王。

「孫子，你是在反抗我嗎？我以爲你已經學到教訓了。我本來以爲你早已知道該怎麼做。你的教養有這麼差嗎？」

「我的教養好得很，」凱回嘴，「我所知道、所學到的是，在有人犯錯時加以提醒也是我服務的一部分。這指的包括王叔，甚至是父王，更尤其是你。若我沒做到這一點，反而才是背叛你。這麼做可能會讓我喪命，但我有責任告訴你這種行爲不正當也不正確！」

艾琳知道這番話讓他付出多大的代價。想到她把他和其他人帶來這裡，只能在死亡和奴役間作選擇，她的心就好痛；某方面來說更糟的是，他絕對不會怪她。**我愛他，卻對他做了這種事。我實在配不上他。我是個操弄者兼騙子，就像我的生父，就像所有圖書館員……但就連我們也有不願跨越的底限。**

艾琳是很生氣沒錯，但在憤怒底下是如岩床一樣的固執。正如同卡瑟琳在心意最堅決時會拱起肩膀，或是韋爾找到案件線索時願意壓榨自己到超越人體極限，她內心也有一股無法放棄和不認輸的倔強。**這是我最後一句台詞。我不會放棄的。除非他們把我完全毀掉，否則我不會讓他們贏。**

她顫巍巍地站起來，韋爾和卡瑟琳各在她一側攙扶，她咳了一聲來清喉嚨。「這事還沒完。」她冷冷地說。

「妳要再向我們求情嗎？」老女人甚至不再惡聲惡氣；她現在儘可以施捨一些憐憫了。

說話。」

「不，」艾琳挺起肩膀，「你們不是我僅有的聽眾，從來就不是。我現在在對我的兄弟姊妹說話。」

她轉身面向盈滿河谷的圖書館員幽靈——許多面孔她從未見過，他們早在她出生前就去世了，但有少數人她認識。「我們都是同一群忠僕，」她說，用的是凡人的嗓音，「我們都爲大圖書館獻出生命，甘願用誓言束縛自己去獵書和保存世界。這可能就是我們僅有的死後生活了。你們已看到他們奪走我的烙印，我毫不懷疑他們也能消滅你們。不過我還是要問——你們要放任這種事發生嗎？你們想讓大圖書館變成這樣嗎？」

幽靈被好奇心吸引而來；記憶令他們回應。閃亮的人影如洪水般向前推進，從她身旁擁過，因憤怒而發光，並獲得了行動的意志。

第二十六章

影子從坐在王座上的三人身上往外掃，有如逆轉的閃電，讓那些由光形成的人形在碰到影子的瞬間消散無蹤。它是個別性的，像是收割者在玉米田裡必須一株一株地割。它也是終結性的，可怕的終結。艾琳不用別人告知也知道，每個被砍到的圖書館員幽靈都從大圖書館的這個附屬部分中被刪除了，不再存在於這奇異的死後世界，這個「過渡空間」。

這是艾琳幹的好事，每椿死亡都是她造成的，她要求他們向前衝，爲了她而搞破壞……不，是「爲了大圖書館」，她必須記住這一點。現在不是陷溺在罪惡感中的時候。

「妳最好有計畫，艾琳。」布菈達曼緹出現在他們身邊說。她以人類的速度和怒氣移動，而不像有些幽靈是優雅地飄浮。這時她的目光移到艾琳背上，然後用介於憐憫和氣憤的語氣說：「不過就算有，妳也無能爲力。」

「妳能做點什麼嗎？」卡瑟琳質問，「艾琳也許不是圖書館員了，但妳是啊，對吧？」

布菈達曼緹無奈地攤開發光的雙手。「我已經死了，語言已經失效——我試過了。」

「能提供力量的不是只有語言，」艾琳咬牙切齒地說，「我仍然是圖書館員，我只是沒有大圖書館烙印——」

「以及力量，和語言，和任何有用的東西。」布菈達曼緹打岔，「希望妳有規劃什麼實際的下一步，所以才叫大家去自殺。」

「我有，」艾琳說，「沒時間浪費了。凱，我需要你帶我去上游。韋爾、卡瑟琳，如果他們起疑，拜託努力拖住他們。」她用頭比向王座附近無聲的激戰，點明「他們」是誰。「布菈達曼緹，妳能和我們一起來嗎？」

布菈達曼緹眼中閃著困惑的怒氣。「我不能進到河裡。我可以在河面上跟著你們……」

「那樣一來妳就會成為飄浮的指標，」韋爾插話，「不建議。溫特斯，妳對這事有把握嗎？」

「我決定相信芬蘭文版本，」艾琳說，「而現在就一定得行動了。」沒時間道歉，沒時間下指示了，沒時間做任何事——她的圖書館員同儕正用生命在爭取每一秒，她不能白白浪費。

「凱？」

「交給我吧。」他說，抓住她一隻手，兩人一起奔向河水，然後跳下去。

河水在他們身體周圍自動繞開。凱一臂將艾琳摟在自己身上，像條鮭魚逆流而上，靈活而優雅，完全應和河流的音樂。水流重重地沖刷他們，艾琳低頭靠在凱胸前，努力讓自己成為迎面而來的急流較小的攻擊目標。在凱的懷抱中，她不覺得需要呼吸。她只希望他們離開時沒引起注意，而他們在水面下往上游前進的行為也同樣神不知鬼不覺。

「妳為什麼說相信芬蘭文版本？」凱問，雖然他們在水底，卻仍聽得到他說話。他的呼吸聲隱隱有種吃力的沙啞感；艾琳努力不去想凱被他爺爺逮住時可能受了什麼內傷。

「它是目前爲止最精確的一個版本。」艾琳解釋，「我完全願意相信那個老女人就是在幕後興風作浪的亂源。」

「好，但爲什麼要去上游？」

「凱，你還記得它說什麼嗎？『他們用來刻下憲章的岩石流下苦澀的淚』，而我們正在逆流而上的這條河的水是鹹的。那塊岩石還在那裡——手稿是這麼說的。」

「這……有可能。前面感覺完全不像有海。」

「那感覺像什麼？」

「感覺像我前所未見的事物。」與其說看到，不如說她感到他繃緊下巴，他的臉因用力而皺出紋路。「抱緊了，越來越難前進了。」

艾琳能感覺到壓迫他們的河水變重了，幾乎像是蓄意要把他們往回推。感覺就像努力迎著強風前進。這條河裡沒有魚，沒有植物，除了水的冰冷觸感和參差的黑色河岸外什麼也沒有。河水的衝力讓人不可能往前看，因此艾琳往後看，看到河面上方有一團舞動的光芒追著他們跑。「布菈達曼緹好像跟來了，」她回報，「至少我希望那是她。」

「不管是誰，希望『他們』都沒在監視。」凱吃力得全身顫抖，嘴角滲出血絲，馬上又被急流給沖掉。艾琳知道他會這麼費力，有一部分必定是因爲要維持輕柔的摟抱，以及意志力。要是他鬆懈保護力道，水流會把她直接扯出他懷裡，帶往下游並撞上石岸。

河道越來越淺了。凱抬頭看前方；水拉扯他的髮絲，把他的頭髮向後拂。「我得浮上水面了

——深度不夠我們繼續待在水面下。」

他沒浪費時間等她同意，便直接帶著她浮出水面。他們在水底下的這段期間，地景已出現巨大變化；他們現在不是在一座環繞河流的和緩山谷中，而是在狹窄的深谷裡，中間被一條湍急的小河劈開。河道在他們前方窄縮成由一座洞穴黑暗的洞口瀉落而出的細流。他們上方的天空被波紋般的光影分割而顯得凹凸有致，感覺像極光，這持續不斷的波動讓他們時而置身燃燒般明亮的白光下、時而又陷入被吞噬的陰影中。

凱把艾琳推上河岸，接著自己也爬上去，兩人一起奔向洞穴口。那是顯而易見的目的地——或許太顯而易見了？——不過也許當你與虛構敘事打交道時，勢必會發生顯而易見的狀況。艾琳知道自己是在豪賭。韋爾會叱責她證據不足，而且他罵得有理。但和其他事比起來，就只有這件事感覺對了。

凱回頭瞥了一眼，暫時放慢腳步。「有人跟著我們。」他回報。

「別做任何蠢事，例如停下來擋住對方。」艾琳喘著氣說，「我們要共進退。」

凱固執地繃緊下巴，顯示他確實準備好留下來擋住數量未明的追兵，哪怕這是自殺行爲。但他們現在已幾乎走到洞穴口了……

當他們抵達時，它開始關閉，參差的邊緣像齒顎一樣嵌合在一起。

因爲剛才沒停下來回頭看，艾琳比凱超前一步。她根本沒花一秒鐘思考，或想像自己像掉進絞肉機的蟲子一樣被擠爛的畫面，只是向前縱身一撲，穿過正在合起的洞穴口邊緣，落地時滾了一圈。

石頭在她身後砰然緊閉。她站起身，看到自己站在一條裸岩通道裡，通道盡頭有微弱的光線。地面中央有一道狹窄的溝渠，裡頭有涓涓細流，它將成爲洞穴外的河流。

她所有迫切的情感與愛的本能都在尖聲叫她回頭，試著打開通道入口，讓凱能跟進來。然而她內心比任何蛇都冷血的那部分卻叫她繼續前進。**妳做任何事都無法打開石頭的。妳沒力量了，還記得嗎？語言沒了。**

艾琳在拋下凱時體會到自我厭棄的極致痛苦，她沿著通道奔跑，尋找只能祈禱確實在這裡的東西，並希望這東西能證明她爲了來到這裡而犧牲的所有事和所有人都是值得的。不論她如何說服自己——他們在追殺的是她，不是凱，他沒和她在一起搞不好還比較安全——那聽起來仍很空洞。**是我把他扯進這件事，我把他們全扯進這件事，現在我卻丟下他們等死……**

這時她跌跌撞撞地踩進前方洞穴，看到了光的來源是什麼。

地面突然變得光滑，平坦得像被刨過，黑如縞瑪瑙，表面布滿用語言寫成的圓形圖案，狀似巨大的曼陀羅。一行行文字朝各種方向擴散，又像打結一樣連回自己身上，有如藤蔓般交纏再綻放成句子與段落，所有文字互相連結，就像一張蜘蛛網。黑色地板上的文字是純白色，會自體發光，整個圖形的直徑大約五十公尺，沒有明顯可見的起點或終點。一條細流環繞整個圖形，發出持續不斷的低語聲，之後它會流出洞穴形成艾琳和凱順流而上的那條河。

這畫面讓艾琳忘了呼吸。不光是因爲圖案的複雜，或是意識到自己看到的是什麼而敬畏不已；而是因爲空氣裡有種受到抑制的力量一直在搏動。感覺就像與龍族君主身處於同一空間，只是更劇烈。不……這感覺像置身颶風眼裡。

她逼自己走向前，去讀離得最近的句子。雖然她失去了大圖書館烙印，但任何人都能閱讀語言；它只會以他們最熟悉的那種語言顯示出來。她面前這部分是一串指示，或可能是一首詩或十四行詩，以英文呈現，不過是中世紀英文——而就她的理解，內容似乎是關於建造世界之間的鎖鍊。

當艾琳明白自己的麻煩有多大時，越來越強烈的恐懼席捲她。她原本希望——在她容許自己抱持希望的範圍內——找到一份小而美的文件，最好底下有幾個簽名。名字是有力量的，即使不具備語言，她會想辦法利用它們。就算此路不通，最好也是清楚易讀的便利憲章，有她能夠理解並設法利用或編輯的明顯關鍵處。但如果她得讀完這整個用語言畫成的曼陀羅，這整個圖形，還要假設她能理解，那是絕對趕不及在他們追上她之前完成的……

有個念頭在她腦海深處蠢動。她在這裡也許不是完全獨處。

「如果有人在聽的話，」她說，嗓音在寂靜中好響亮，幾乎有種不禮貌的感覺，「如果你能聽到我說話，如果大圖書館有意識，正努力實現它的功能，而指引我和妖伯瑞奇走上這條阻止三位創建者的路——那就展示給我看，在這些文字、這份憲章裡，我需要修改哪部分才能救你。」

沒有回應，她的心往下沉。這原本就是孤注一擲的希望，但現在感覺像手指下最後一塊快要粉碎的崖壁，也終於崩塌了。

接著，文字中的某一區開始緩慢而確切地亮了起來，好像一道陽光照在它上頭。

艾琳朝它奔去，撲通跪在它旁邊。那是一小塊而已，只有半句，卻是意義交會的核心；一行行語言從這裡向外延展，繞進其他句子和段落，再繼續蔓延到整個曼陀羅。

文字的用語很深奧，不過意義很清楚。所有被帶進大圖書館並且被標記為大圖書館一部分的東西，都將獲得保存——有一句插入語表示這同時適用於書與靈魂……

這就是為什麼那些創建者仍然存在，他們創造的東西反過來保存了他們。他們或許不是圖書館員，但卻是大圖書館的一部分，因此它讓他們一直活著——如果「活著」算是正確的形容詞。

有個可能性自然而然地浮現，它是如此重大又具災難性，艾琳不禁遲疑。她已經不假思索地從外套裡取出刀子，但握在手裡，並沒有使用。這是典型的編輯難題——她有這個膽子用刀去破壞文字，冒險毀滅宇宙嗎？或者更精確地說，毀滅宇宙中她特別在乎的那一部分？

「我的意見是動手吧，」有個嗓音打斷她的凝神思考，「但我不覺得妳下得了手。」

艾琳抬頭看。妖伯瑞奇站在入口旁，但她完全是憑嗓音認出他的。他的身體是參差不齊的許多稜角和看起來令人頭痛的扭曲線條，像是某個畫家決定拋開所有正常藝術原則，而創作的《被仇恨歪曲變形的人類靈魂》肖像畫。他目光炯炯地盯著她；說真的，由於他的臉已不成人形，他也只能盯著她。

「你怎麼會在這裡？」她質問。

「噢，別在意我。我只是趁亂逃出他們關我的籠子，跟著妳往上游來。不然妳還會去哪？妳的龍男友正努力突破岩石，不過他辦不到的。」他勾起嘴唇。「當然，我可以輕鬆穿過石頭。對我來說這裡已經沒有什麼東西是實體了。」

「那我想你也不能碰這個圖案了。」艾琳說。她用刀尖抵著石頭上一塊沒寫字的位置，它就像正常的石頭一樣硬。若是費上很大的力氣加上一點運氣，她或許能刮花它；但絕對切割不了它。而她也沒有語言，無法對她的刀說「你可以的」。

「要是有辦法，我會把這整個玩意兒拆了。但我不能碰它。我甚至不能踩在它上頭。」妖伯瑞奇的嗓音隱然有種語氣，讓人聯想到古屋中快要瓦解的地基，以及即將崩塌的懸崖。「妳現在全都看到了，妳知道眞相，知道我們如何遭到利用。難道妳還不認同我嗎？」

艾琳疲憊地站起來，刀子仍直接握在手裡。「我看到的是事情出了差錯——但一開始的意圖是高尚的，而且也已帶來很大的好處。即使是現在，我認爲創建者們仍自認是作了最好的決定。」她又想起老女人的表情。「嗯，大部分是啦。」

「妳怎能如此盲目！」妖伯瑞奇在無力的憤怒中舉起雙手，艾琳幾乎帶著同情意識到，他現在身處於自己所有計謀的核心，卻又徹底無能爲力，某方面而言簡直是最殘忍的酷刑。「快點，把血流在它上頭，也許會有用。」

「我已經不是圖書館員了。」艾琳提醒他。陰鬱的絕望慢慢侵蝕她。各種半成形的計畫在她腦中撞來撞去，但沒有一個能定形成行得通的輪廓。這時她心生一念。「既然你跟著我，他們也跟過來了嗎？我是說那些創建者？」

「那是一定的。」妖伯瑞奇聳肩。「我想他們可以把妳丟在這裡慢慢缺氧或餓死，但那就不乾脆俐落了。他們應該能看到這個影子世界裡發生的所有事吧。」

他們絕對是無所不用其極地想阻止她進入這個地底世界。要是這個不重要，他們哪會費這番工夫。因此它很重要。所以我需要……

「他們的名字在這裡，在他們簽署憲章的地方。」艾琳說。她刻意維持若無其事的語氣，只是對妖伯瑞奇說話，而不是好像在向人群邀功，不過她懷疑自己說的話還是被聽到了。「他們原始的名字。龍王、說書者——我或許已經不是圖書館員了，但如果我告訴你他們的名字……」

許多影子凝聚成形體，一股冷風嘆息般颳過室內，接著老女人便站在圖形另一邊，與妖伯瑞奇面對面。她離艾琳近得讓人不安，但天底下沒有完美的事。

賓果。當然，如果有被人用名字對付自己的疑慮，妖精是不會想靠近的——而此處的物理環境也太封閉，無法讓龍王化爲自然形態。老女人，那個人類，是出面收拾她的合理人選。

艾琳小步遠離那個老女人，舉起刀子防衛。「來殺我試試看啊，」她威脅道，「那我就把血灑在這上面。」

「愛灑多少血都隨妳，反正對妳沒好處。」老女人跨過細流，踩在文字邊緣。隔著她黑暗的腳，仍看得到文字的白色線條。「妳追到比我們預期中更遠的地方，但所有兔子洞終究會有盡頭。」

「你們怎麼找到我的？你們在這裡是全知者嗎？」

「我們藉著妳父親的眼睛看到妳。」老女人說，嘴角勾起一抹冷笑。「無論他喜歡裝作是什麼東西，他仍是個圖書館員——仍對我們有義務，仍受我們支配。」

「妳染上一些妖精的壞習慣了，」艾琳表示，「說大話，過度渲染，在提到對手時易於使用妳希望滅對方威風的用語。」

老女人臉上掠過一抹不快。「如果妳想要我趕快解決妳，我可以配合。」

艾琳快速斜睨了妖伯瑞奇一眼。「要是她刺我，你就盡力引開她注意力。畢竟你也做不了太多事……」

「我刺妳不是會不會的問題，而是時間早晚的問題。」老女人說著，已越過文字朝艾琳衝來。她的動作像是用定格攝影技術拍出來的鬼魂；艾琳無法清楚地看到她的移動路徑，只看到一連串的影像，卻抽掉中間的動態。除此之外，她還看到刀光。

老女人的速度快得嚇人。要不是艾琳已料到她會趁那個分心時刻當作攻擊的有利空檔，她絕對躲不開這一擊。她朝旁邊縱身一滾，並一氣呵成地再站起來。

冷空氣拂在她左腰，她小心翼翼地用手指摸了一下外套。外套上破了一個口子。要是刀子再近一分，或是艾琳再慢一分……

「告訴我一件事。」她對老女人說，舉起刀子做出大概是白費力氣的格擋動作。對手的刀子在攻擊瞬間必定是實體狀態，但其他時刻，她愛怎麼虛無飄渺都奈何不了她。她可以在艾琳面前來回舞動，而艾琳始終碰不到她一根寒毛。

「什麼?」

「妳最近一次眞正閱讀書籍，是什麼時候的事?」

極致的憤怒充滿老女人的眼睛，將她的臉扭曲成一張面具，看起來和妖伯瑞奇的表情一樣惡毒。「妳竟敢批判我?在我做了這麼多事之後?」

「如果妳爲了更崇高的目的而放棄所愛的一切，我只能致上敬意。」艾琳鎮定地說，「我覺得很了不起。但我認爲就長遠來看，這件事對妳和另兩人造成莫大的傷害，以致於什麼也不剩……」

老女人再次撲向她，這次艾琳左手臂被劃了長長一道傷口，鮮血流下來，從她指尖滴到文字上。正如老女人所言，這對她沒有好處，沒造成任何變化。

她只要等我累了，就能把我解決掉……恐懼讓艾琳腸胃痙攣。她或許有個計畫，但那是一整座賭注山頂端的又一個賭注。沒有永久持續的好運。

這是個不公義的世界，美德只在戲劇表演中才會獲勝【註】……這句引文幾乎讓她微笑。

老女人看到她嘴角一撇，誤解爲她在沾沾自喜。「妳知道剛才有多少圖書館員幽靈被消滅嗎?因爲妳的關係?他們攻擊我們實在太愚蠢了——但煽動他們的始作俑者是妳。現在他們消

譯註：出自劇作家吉伯特（W. S. Gilbert, 1836-1911）與作曲家蘇利文（Arthur Sullivan, 1842-1900）合創的喜歌劇《天皇》（*The Mikado*）。

失了，再也沒希望被大圖書館復甦。他們的死要算在妳頭上。至於妳朋友——他們若是不合作，也只有死路一條。妳忙了半天，策劃了整場荒唐的大冒險，全都只是白白在浪費生命——全都怪妳。就連妳父親都不敢誇口造成如此大的傷害。妳不愧是青出於藍。」

她的目光瞟向妖伯瑞奇，艾琳趁機調整自己的姿勢，並確認她站的位置。「我也是這麼想的，」她輕聲回答，努力克制被老女人的話激起的怒火，「那完全就是我的想法。我有罪，我會帶著罪惡感死去。」

「至少妳承認了。」老女人換了個姿勢，艾琳轉身面向她。

「對，」艾琳說，「我有罪。我們兩人都有罪。但是妳知道我們有何不同嗎，『奶奶』？我對他們說實話。如果我的朋友——我的兄弟姊妹——犧牲了自己，那也是他們自己的選擇。至於妳，妳騙了我們，把我們關在黑暗中，利用我們。妳大概要告訴我妳是爲了更崇高的目的而這麼做，妳只是在保護我們。但眞正崇高的目的，不會讓所有人在發現眞相後便棄之如敝屣，奶奶。眞正符合道德的目標不會使大家在知道眞實狀況後，就馬上逃離現場。大家在乎到願意爲它而死的目標……」這些話像含在嘴裡的灰燼，她希望盡可能傷害老女人而把它啐出口，「我所有的兄弟姊妹，妳所有的子子孫孫——他們都很清楚哪一方才是對的，不是嗎？從他們臉上看出這一點的感覺如何？知道他們對妳很反感的感覺如何？」

老女人化爲一抹黑影瞬間移動，艾琳還來不及躲，她已欺到艾琳面前，因爲艾琳想扭身逃開，她的刀子便刺入艾琳身側。「那妳就去和他們作伴吧。」她惡狠狠地說。

感覺不像被刀刺，而更像被打——像遭到拳擊，仍然很痛，但沒像她想像中被刀刺進內臟那麼痛。艾琳單膝跪地，然後倒在地上，老女人跟著她一起趴下去，刀子仍牢牢固定在原處，她還想把刀子往更深處捅。她現在不光是想殺了艾琳；她想弄痛她。

艾琳自己的刀子從手中掉落——她無力地朝妖伯瑞奇站的位置、也就是圖形邊緣比手勢。**快啊，就這一回，做正確的事吧……**

「放開我女兒！」妖伯瑞奇的嗓音很憤怒，但聽起來像遙遠的海鷗叫聲，沒有力量或生命來賦予它威力。「住手！」

老女人在瞬間抬起目光對他冷笑——而那正是艾琳需要的。

老女人刺在她身側的刀在攻擊時是實體，而且鋒利得能切割任何東西。她已謹慎判斷過自己的姿勢；剛才岩石展示給她看的那一區文字現在就在她正下方。

艾琳拿出僅剩的所有力氣往側面滾，用左手臂撐住自己，然後右手牢牢握住老女人抓著刀柄的位置。就在此時，她底下的語言再次發光，透過蓄積在上頭的血泊閃閃發亮，讓她能讀到她需要的。

在那裡。

她把刀子硬往下壓，切穿她自己的血肉並刺進底下的石頭，割開了血和語言及岩石，直到刀子插進「與靈魂」幾字，編修它，把它從句子中挖掉。

大圖書館或許可以保存所有被帶進館內並標記為它的財產的書，但不包括靈魂。不再是了。

語言永遠是眞實的。

「妳殺了妳每一個兄弟姊妹！」老女人朝艾琳厲聲怪叫。她拔出刀子，用力往下劃向艾琳的喉嚨。艾琳勉強伸出右臂阻擋，但這一刀砍進她骨頭，強烈的劇痛幾乎超越了身側被刺的程度。她向後倒在岩石上，氣力耗盡，看到刀子又舉起，像宇宙中最後一顆星辰映照出光線。

但另一隻手抓住老女人的手腕。說書者站在她後頭，身上的長袍和面紗仍遮掩其特徵及相貌。「夠了，」說書者說，「故事結束了。寓言完成了。我們不能殺了唯一會記得我們的人。」

「但她會記得什麼？」龍王也在這裡，在一波遮去光線的湧升黑影中，他的黑似乎與另兩人融爲一體。

但他們在消逝，他們全都是，慢慢退入空無，不再是大圖書館館藏的一部分——能夠自由地繼續前往眞正的死後世界，不論那是什麼。

艾琳想要指出她將死去，那使她記得任何事的可能性大幅降低，更遑論講述他們的故事。不光是死，而且她也沒機會以大圖書館幽靈的身分回來。這算雙重自殺嗎？她想笑，但已沒有肺活量笑了，她的視線變得好暗，看不到影子，或妖伯瑞奇，或甚至周圍的語言。但她能感覺到。颶風仍在迴旋，發動機仍在運轉，電源仍啓動著，大圖書館仍在這裡。這才是重要的事。

若是能想像靈魂不需要依靠語言或大圖書館就能擁有某種永生，死後眞的還有什麼，不只是陰鬱地飄過健忘和故事，而其他圖書館員也都在那裡，或許等凱他們度過幸福而長壽的一生後——請讓他們活著吧，讓他們撐過這個難關，讓他們幸福——或許在某個地方，她會再見到他們……這不是挺好的嗎？

妖伯瑞奇也許不相信死後還有生命。

但艾琳和她父親不一樣。

她冷得要命。

她閉上眼睛。

第二十七章

艾琳迷迷糊糊地想：星星又亮了。

它們一顆接一顆在袤廣的拱形夜空中亮起，散布成未知的星座，構成她不理解的天文學和她不相信的占星學。它們在黑暗中以她不懂的語言寫下文字。它們毫不遲疑也毫不停頓地依循自己的路徑而行，除了當某種黑洞籠罩它們，或是一座黑橋或樓梯干擾她的視野……

艾琳意識到自己睜著眼睛，而且在呼吸。這番醒悟令她震驚到大口喘氣，然後咳起來，彷彿她的肺才剛想起來該如何運作。現在她清醒且在思考了，才能感覺到身體底下的冰冷石頭正吸掉她的體溫。她坐起身。

她一陣天旋地轉，馬上抱住太陽穴。這種感覺與其說像是試著把二加二得出四，倒更像試著把四減二而發生計算障礙。**我本來都快死了，可是現在我還活著。但是……**

這時她的視線進一步聚焦，看到並認出旁邊還躺著另外三個人，於是她拋開所有形而上問題，或是她的背爲什麼刺刺癢癢的，只是專注在眞正緊急的問題上：他們是否也活著。

韋爾的脈搏很穩定，卡瑟琳也是；艾琳放開她手腕時，她蜷起身體，半夢半醒地嘟噥著時間和早晨和殺人什麼的。至於凱……

艾琳屏住呼吸。他的脈搏在她指尖底下穩定跳動，她這才大大安心地呼出那口氣。他的衣服撕破了，臉上和手臂都是瘀青，不過呼吸很平穩，而且還活著。

「哈囉？」艾琳認出這個試探的嗓音是瑪克妲，也就是他們先前遇到的圖書館員。「下面有人嗎？」

「有！」艾琳高聲回應，「一人清醒，三人昏迷。我們需要醫療救援，包括協助搬運到最近電梯或速移櫃的擔架和幫手。」

「誰說的，溫特斯。」韋爾嘟噥，聲音很含糊。他睜開一隻朦朧的眼睛，只隔一秒又閉起來，身體再度呈現昏迷的癱軟狀態。

「我不太懂現在是什麼狀況……」瑪克妲朝下方喊道，在走道邊緣俯身觀望，試著看出端倪。

艾琳能體會她的好奇，但現在真的不是好時機。「瑪克妲，拜託妳，妳能走路，但我應該是不能，狀況很緊急。立刻去找人幫忙——順便通知安全部門的美露莘。我們就待在這裡等。」

她等到瑪克妲走了、腳步聲踩在鐵樓梯上，才更仔細檢查自己的狀況。她被刀子割到的部位，衣服上有一道道破口，但皮肉卻沒有對應的傷口——不過那裡的布料確實被乾掉的血染成棕色。這引起她的巨大疑問，他們在那個過渡空間裡度過的時間到底是否真實？她不確定自己想要太深入探究這個問題。她得向大圖書館上司提出某種解釋——她真正的上司，像是科西切和美露莘等人，不是三位創建者——而她不知道什麼樣的說法才不會害自己因不可靠或精神失常等理由而被免職。

要是我能使用語言，至少就能向他們發誓那全都是眞的，可是現在我沒有大圖書館烙印了……

她把凱的頭髮往後撥。「我想要說我們不能再爲了救對方而一頭跳進危險了，」她輕聲說，「但說了也是白說，對吧？所以也許我們只是應該更常一起跳下去。」

凱仍閉著眼睛，但他的手動了，抬起來握住她的手，用力到讓她一時有點痛，然後又放鬆到比較正常的力道，不過傳達出他不打算放手的意味。「妳有讓他安息嗎？」他問。

艾琳不用問他指的是誰。「應該吧，」她回答，「我想他們……全都離開那裡了。『那裡』本身也不存在了。」

「那等妳死的時候會怎麼樣？」

「不會有什麼出乎我預期的事。」她用另一隻手再握住他的手。「但我打算盡可能活久一點……而且在你身邊一起生活，盡可能久一點。」

他睜開眼，微笑，這讓他的臉由單純的英俊轉變爲美麗——遠比席爾維大人之類欲望的化身都更美麗。「嗯，那我可以省下遊說妳接受的唇舌了。」

「我這樣做自私得要命，」艾琳承認，「但事實是我想讓你成爲我人生的一部分。」

他眨眨眼，仰望著她。「妳從沒這麼說過。」

「我們身在一個過渡空間裡。」她用力握了一下他的手，努力搜尋適當——還有誠實——的詞語來解釋。「所以我才要說這些話。我原本以爲自己要死了，我試著接受事實，並祝願你擁有長壽的幸福人生……結果我做不到。我閉上眼睛時，仍然想與你共度更多年歲，更多時光。我們會過得很積極充實——但我要我們一起度過。」

「所以不能去巴黎度假囉？或是東京？或是奈洛比？」凱的語氣微微戲謔，不過眼神比聲音述說了更多。

「如果剛好去工作，也許可以順便玩一、兩天吧。」

他停頓。「不過萬一妳不是圖書館員了呢？」

她背部的刺癢感一直揮之不去。艾琳第一次允許自己懷疑：她的烙印被消除這件事是永久的嗎？既然她死裡逃生，也許其他事情也是暫時性的？

如果這個嘗試失敗了，她不確定自己能面對未來——甚至是面對凱。但如果成功了……

「等我一下。」艾琳說，伸手到外套口袋裡。她沾過凱的血的鉛筆還在裡頭。她沉思地用手掂著鉛筆，努力回想正確的詞彙——那些字眼蹦了出來。她腦中的空缺消失了。

「**鉛筆，升起來。**」她說，這次她完全懶得用語言雕琢精確的細節或範圍了。

鉛筆像迷你火箭射入空中。飛得很高很遠，它撞上什麼東西後傳來遠遠的一聲噹。

「我以為妳已經不是圖書館員了，」凱慢吞吞地說，「而我從未如此慶幸被打臉。」

艾琳熱淚盈眶。她不光是開心；這是喜悅，重大到她無法解釋的情緒，即使是對凱解釋。

「顯然大圖書館仍然認為我是——那才是最重要的。」

□

艾琳打開門，回到凱和其他人在等待的房間，並謹慎地往旁邊跨一步。有個墨水瓶咻地從後方飛過她頭邊，砸在對面牆上碎掉，墨水和古董陶瓷碎片灑落一地，弄得一團亂。

凱跳起身。「我們受到攻擊了嗎？」

艾琳匆忙關上門。門後響起另一聲重擊。**大概是檯燈**。「沒有，」她說，「正好相反，我們沒事，一切都很好，事情完全在掌控之中。」

「是喔。」韋爾意有所指地瞥向墨水瓶殘局，揚起一眉。

「嗯，對我來說一切都在掌控中啦，應該說對我們而言。」就這麼一回，她決定她的需求，還有她的實習生與同事的需求，必須與大圖書館的需求——或者更精確點說，是有權管轄她的圖書館員的需求——占有同樣重量。「我——我們——獲得完全的許可返回你的世界了，韋爾，還有我可以復職，卡瑟琳也仍是我的實習生。」

卡瑟琳賊笑。「妳勒索他們嗎？」

「妳認爲我會做這種事，眞讓我太震驚了。」艾琳回答，「尤其是說出眞相就足以解決問題了。不過我們大概該上路了——」

大聲嚷嚷的嗓音從她後方關上的門板滲進來。儘管他們確切的用語聽不清楚，顯然都是一些咒罵的話。

凱伸出臂彎讓艾琳勾住。「妳可以邊走邊解釋。我猜這次我們沒有速移可搭了吧？」

「沒有，而且我不想回到裡面去提出要求。」

等他們與簡報室拉開了安全距離，走在往韋爾世界出口的半路上，艾琳判定她可以解釋了。「問題出在缺乏實質證據。我們四個人對事情經過提出了完整且一致的說法，但我們拿不出任何證物。我相信你能體會，韋爾。」

「這種情況不是沒有發生過。」韋爾承認，「他們覺得是怎樣？我們都產生幻覺？」

「對，這是他們主要的理論。至少他們還不敢直接說我們在說謊。」鑲著橡木板的走廊夠寬，他們能四人並排行走。「我用語言發誓整個故事都是事實，那讓他們很為難，因為我不可能用語言說謊。所以他們假設妖伯瑞奇設法把我們都困在某種共同的夢魘裡，而我們在失神狀態下闖進大圖書館，過程中弄傷自己。」

「我能理解他們為什麼喜歡這個理論，」卡瑟琳表示，「這代表沒人眞的有錯，除了我們太大意之外。」

艾琳點點頭。「然而，有一些……怪事，可以這麼說吧？若干圖書館員都出現整段的記憶斷層，包括美露莘在內，那是因為被創建者附身的關係。另外一些人不記得自己為什麼要做某些事，在一些案例中還是相當重大的事，例如涉入他們通常不會參與的政治活動，現在必須想辦法退出。整個『連同妖伯瑞奇在內把簽訂協議的所在世界炸掉』事件，根本不是大圖書館所策劃或執行的，他們沒辦法用語言寫出一份與他簽訂的和平協議，接著又違反自己的承諾。」她想著這個句子，決定不值得花力氣試著澄清文法問題。「你們懂我的意思就好。再來就是大圖書館創建故事的埃及文版本，是大圖書館本身的館藏——而如果我們找席爾維大人來問話的話，他能作證伊絲拉阿姨的故事是怎麼說的。」

「我舅舅被列爲安全風險嗎？」卡瑟琳突然憂慮起來。

「沒有。」艾琳安撫她。「大家一致贊同，威脅他可能爲整件事引來注意，最好還是別驚擾睡著的狗。」

「那我們被列爲安全風險嗎？」韋爾問，「溫特斯，我突然想到，如果資深圖書館員相信妳的故事，他們一定很擔心自己得爲創建者的行爲負責。那些消失的世界該怎麼辦？」

艾琳覺得很疲憊。「如此隨口提起這件事感覺很不對勁。創建者摧毀它們時，好像只不過是犧牲了棋盤上的棋子——而我們一點辦法也沒有。無法讓它們再出現，無法爲它們討回公道。我們頂多只能做我們已經做的事：確保這種事不再發生。」

「不過韋爾對政治上的隱含意義看法是對的，」凱說，「那裡發生了什麼事？」

「我想，」艾琳慢吞吞地說，「如果你們不介意，這部分就等我們回到住處再說吧。不用等太久了。」

也許創建者不在了，他們的記憶或鬼魂最後的回音也從大圖書館被除去，但在短期內，艾琳在這裡都不會感到徹底安全，也不會停止回頭察看有沒有暗影跟隨。

□

並沒有人趁他們不在的時候把他們的住處炸掉，最糟的事可說是累積了大量信件。艾琳在書桌前開始整理信件，凱和韋爾則搶先坐進扶手椅。

「我要泡茶，還是咖啡？」卡瑟琳認命地說，「還是給大家都倒一杯白蘭地？」

「妳可以坐下來，把我剩下的故事聽完。這也對妳有影響。」艾琳將信件分成幾堆。「廣告、廣告、帳單、帳單、給你的私人信件，凱……」她丟給他，「帳單、稅單、產品型錄、史特靈頓寫的信。」

「她有重要的事嗎？」韋爾問。凱撕開他的信，表情有些困惑地看著內容。

「她拒絕爲弄丟卡瑟琳負責，希望這是我們搞的鬼，並且想知道現在狀況的完整細節。」艾琳放下信，「唉，她將得到大圖書館認可的修訂版。」

「指的是？」凱問道，並放下他的信。

「韋爾先前完全說中了。如果大圖書館和消失的世界有關聯，立場就尷尬了。『是我們的創建者幹的，但他們消失了』這種藉口在紛擾的政治氛圍下通常沒人會買單。事實上，在任何狀況下大概都沒人會買單，不過你們懂我的意思。然而外頭有隻稱手的代罪羔羊，而且這隻羊目前沒辦法找任何藉口。」

艾琳永遠沒辦法心平氣和地想起妖伯瑞奇——或是自己在什麼狀況下誕生——但它正在轉變

爲舊瘀青式的隱隱作痛，而不是新傷口的劇痛。他不在了，因此她更容易在整段歷史底下畫一條線，將它歸類到過去。當然事情沒有那麼簡單……不過總是個開始。

韋爾不認同地噘起嘴。「那麼這將是個徹底的謊言了？」

「比較算是對他絕對已死亡這項事實所發出的評論吧——這是我親自見證的事實。很確定地見證他死亡了。打倒他的是布菈達曼緹。」在艾琳的堅持下，這些資料收進了永久紀錄。現在她能爲布菈達曼緹做的也只有這件事。這並不夠，什麼事都不可能夠的，但至少有做點什麼。「而如果他死了之後，就不再有世界消失——嗯，大家要自己作出因果關係的聯想也不能怪大圖書館了。他的名聲將自動填補故事中的許多漏洞。」

「那我們呢？」卡瑟琳突然插嘴，朝其他人揮手。她坐在一張腳凳邊緣，拱背前傾以保持平衡，髮髻裡有一些髮絲鬆脫，蓬亂的鬈髮披在肩上。「妳得背黑鍋嗎？舊事重演？」

艾琳發現自己不敢直視任何人的眼睛。「恐怕我比平常更凶了一點。」

「妳是說妳恐嚇他們。」卡瑟琳愉快地說，「眞希望我親眼看到。」

「沒有閒雜人等在旁觀，會比較好操作。」艾琳挖苦地說，「在我們的小討論中——絕對是不列入紀錄的討論——我同意也許一切都是妖伯瑞奇造成的幻覺，既然如此，我們確實認眞做了自己的工作，現在當然應該回到原本的崗位，不得受到任何阻礙或懲罰。不管是哪種形式。直截了當，清楚明白。」

「那如果不是幻覺呢？」凱問。他顯然聽得津津有味。

「嗯，那樣的話，或許就必須提出各種疑問，各種資訊大概也得昭告天下了。一開始只要向其他圖書館員公布——但我們都知道紙包不住火。即使沒人提到消失的世界或把它與創建者三人組連結在一起，也會有很多人對大圖書館產生興趣。他們甚至可能試著自己研究它的歷史；當興致勃勃的研究者有上千人之眾時，某種具殺傷力的證據被挖出來的機率就高得很危險了。」

韋爾傾向前，眼神專注。「但眞正的事實呢？」

「我的證詞的完整紀錄已收進大圖書館的檔案庫，將妥善保存在那裡。美露莘向我保證過了。」艾琳一點也不想叫那個圖書館員「母親」，她們兩人都不想這樣。她們擁有良好的專業關係，那就夠了。艾琳知道她的眞正爸媽是誰——是養大她、愛她的人。「以防未來發生什麼事而使它變得……有關係。」

「似乎滿合理的。」韋爾放鬆身體靠回椅背，終於舒服地坐著了。

「別告訴我你自己以前查案時，從沒幹過隱匿事實這種事。」凱說。

「噢，我有啊，我承認。有時候裝聾作啞反而更能伸張正義。但有鑑於溫特斯是唯一知道完整眞相的圖書館員——」

「還有她先前告知的其他人啊。」卡瑟琳插話。

「好吧，那她是唯一有興趣保存完整眞相的圖書館員。這幾天下來我們已經看到夠多證據，證明歷史不該被遺忘。」

「前提是那確實是歷史。」凱用手指撫弄信件邊緣，「我們有同一個故事的好幾種不同版本，就連創建者本人似乎都不確定眞相爲何。哪個才是眞的？」

「自利與權力，」卡瑟琳馬上說，「也許是明理的自利，但仍是自利。他們並不是利他主義者。」

「不是嗎？」韋爾問道，「自利者願意犧牲的程度是有限的，而我們相當清楚地看到他們放棄了自己一些核心本質，去創造大圖書館來穩定世界。要是他們的動機純粹是獲取權力，老早就可以下手了。」

「我的立場有點偏頗，」凱說，「我相信我爺爺是根據他心目中對大家最好的方案去行動——但我終歸是不願意相信他沒那麼好的。艾琳，妳要投下決定性的一票嗎？」

「我想我們永遠不會知道答案了，」艾琳慢吞吞地說，「紀錄中必須標記爲『不明確』。但我願意相信他們是想做正確的事，他們的犧牲更甚於自利。」

她決定換個話題。接下來這部分會很棘手。「凱，我知道你已經正式辭掉協議代表一職，但是——」

「他做了什麼？」卡瑟琳驚呼。

艾琳瞪她瞪到她退縮，然後又轉回頭看凱。「你覺得在他們派別人來之前，你還有多少時間？我已經向大圖書館預告我可能也會辭去代表一職，那是我被丟墨水瓶的部分原因，他們很不開心。」

凱的表情慢慢轉變爲賊笑。「其實我可能不用辭了。這封信……」他舉起信，「是山遠寫的。」

艾琳本來猜想那應該是壞事，但卻不符合凱的笑容。「他寫了什麼？」

「噢，他說他可能誤判了我們關係的某些方面。他和父王談過了——眞正地深談過——我想那稍微改變了他的看法。他想知道赫爾辛基事件的更多資訊，不過目前他願意暫時不碰我的職位。他說願意讓我保留它……嗯，幾十年左右。」

艾琳瞪大眼睛。幾十年時間對龍來說很短暫——但那可能已是她和凱所需的全部了。她也能看出潛在的危險。「你要怎麼告訴他事件經過？」

「我會同時告訴他和父王。」凱很直接地看她一眼，「我想父王會贊同妳和大圖書館的想法：這項資訊最好還是掩埋起來。」

而我和大圖書館知道龍爺爺來歷的事實，應該足以當作要脅籌碼，確保凱不會被轉調到西伯利亞某地，在接下來幾世紀都被冷落——**或更糟**。艾琳點點頭，如釋重負。

「嗯，我絕對不會告訴我舅舅就對了。」卡瑟琳說，「反正他也不會想知道的，那太危險了。他不在這類圈子裡打滾。」

艾琳終於開始放鬆了。他們確實會完好無缺地度過這一關——而且仍然聚在一起。「所以我還是協議代表，」她說，「妳還是我的實習生，卡瑟琳。不過我懷疑政治活動會出現一波衰退潮，在我看來那正好，我的本業是書。」

「還有取得書。」韋爾淡淡地補上一句。

「噢，確實，不過首先是閱讀。我父母給我的那套書，我連摸都還沒摸過呢。這棟房子裡也有些書是我花了好幾個月蒐集的，卻始終沒空瞧一眼。我要重新安排一下事情的優先順序。不讀書的圖書館員怎麼有能力處理好複雜的工作？」

她站起身走到凱面前，伸手拉他站起來。「如果你能晚點再聯絡山遠，我有個提議——我們所有人都要參與。」

「是嗎？」韋爾從椅中彈起，「妳有案子要給我？」

「這次不是。」凱起身時她用力握了一下他的手，兩人相視而笑。他們稍後還有時間再私下談話，不過半天前在大圖書館裡，他們已經說了所有需要說的話。她知道他在那裡，她擁有他——他也擁有她。

「去書店？」卡瑟琳滿懷期待地問。

「也不是。」艾琳幾乎能感覺周圍的世界以新的韻律和節拍重新開始，由春天向前切換到夏天。到處都是新的契機，她將去尋找——並善用它們。「我有書要讀，有人要談話。但首先——我想請你們幾個去吃午餐。」

「帶路吧。」凱說，對她咧嘴一笑。

《看不見的圖書館8　被遺忘的故事》完

《看不見的圖書館》系列完

The Invisible Library

本書提及之作家、作品名中英文對照表

依照出現順序排列

致謝

《紅花俠》

the *Scarlet Pimpernel*

序章

露易莎·奧爾科特的《殭屍新娘大反攻》

Louisa Alcott's *Attack of the Zombie Brides*

第一章

哥雅的畫作《農神呑噬其子》

Goya's *Saturn Devouring His Son*

第四章

《約翰辛克萊幽靈獵人》系列

John Sinclair Ghosthunter Books

第八章

《格林童話》

the Grimm Brothers fairytale

《松浦宮物語》（在我們的世界被認爲是藤原定家作品）

The Tale of the Matsura Palace

第十八章

費利西安·羅普斯插畫的《基督山伯爵的女兒》

Monte-Cristo's Daughter with the Rops illustrations

第十九章

（芬蘭）史詩選集《卡雷瓦拉》

the Kalevala

第二十一章

托爾金的《阿拉塔與帕蘭多的故事》

Tolkien's *The Tale of Alatar and Pallando*

看不見的圖書館8 被遺忘的故事（完）/ 珍娜薇．考格曼
（Genevieve Cogman）著 ; 聞若婷譯. -- 初版. --
臺北市 : 蓋亞文化, 2023. 10
面；　公分
譯自 :The Untold Story
ISBN 978-986-319-959-5（第8冊 : 平裝）

873.57　　112015789

Light 027

看不見的圖書館 8 被遺忘的故事【完】

作　　者　珍娜薇．考格曼（Genevieve Cogman）
譯　　者　聞若婷
封面裝幀　莊謹銘
編　　輯　章芳群
總 編 輯　沈育如
發 行 人　陳常智
出 版 社　蓋亞文化有限公司
地址：台北市 103 承德路二段 75 巷 35 號 1 樓
電話：02-2558-5438　傳真：02-2558-5439
電子信箱：gaea@gaeabooks.com.tw
投稿信箱：editor@gaeabooks.com.tw
郵撥帳號 19769541　戶名：蓋亞文化有限公司
法律顧問　宇達經貿法律事務所
總 經 銷　聯合發行股份有限公司
地址：新北市新店區寶橋路二三五巷六弄六號二樓
電話：02-2917-8022　傳真：02-2915-6275
港澳地區　一代匯集
地址：九龍旺角塘尾道 64 號龍駒企業大廈 10 樓 B&D 室
電話：+852-2783-8102　傳真：+852-2396-0050
初版一刷　2023年10月
定　　價　新台幣 460 元
Published and Printed in Taiwan

ISBN　978-986-319-959-5